孙吴文学系年

徐昌盛　著

山东大学中文专刊

山东大学出版社
SHANDONG UNIVERSITY PRESS

图书在版编目(CIP)数据

孙吴文学系年/徐昌盛著.—济南:山东大学出版社,2022.8

(山东大学中文专刊)

ISBN 978-7-5607-7514-2

Ⅰ.①孙… Ⅱ.①徐… Ⅲ.①中国文学-古代文学史-吴国 Ⅳ.①I209.363

中国版本图书馆CIP数据核字(2022)第082657号

策划编辑 张晓林
责任编辑 李 淼
封面设计 泽坤广告

出版发行 山东大学出版社
社 址 山东省济南市山大南路20号
邮政编码 250100
发行热线 (0531) 88363008
经 销 新华书店
印 刷 山东蓝海文化科技有限责任公司
规 格 787毫米×1092毫米 1/16
33.75印张 4插页 351千字
版 次 2022年8月第1版
印 次 2022年8月第1次印刷
定 价 128.00元

『山东大学中文一流学科建设经费』资助项目

《山东大学中文专刊》编辑出版说明

《山东大学中文专刊》，是山东大学中文学科学者著述的一套丛书。由山东大学文学院主持编辑，邀请有关专家担任编纂工作，请国内有经验的专业出版社分工出版。山东大学中文学科与山东大学的历史同步，在社会巨变中，屡经分合迁转，是国内历史悠久、名家辈出、有较大影响的中文学科之一。1901年山东大学堂创办之初，其课程设置就包括经史子集等中文课程。1926年省立山东大学在济南创办，设立了文学院，有中国哲学、国文学两系。20世纪30年代至40年代，杨振声、闻一多、老舍、洪深、梁实秋、游国恩、王献唐、张煦、丁山、姜叔明、沈从文、明义士、台静农、闻宥、栾调甫、顾颉刚、胡厚宣、黄孝纾等著名学者、作家在国立山东（青岛）大学、齐鲁大学任教，在学术界享有盛誉。新中国成立后，山东大学中文学科迎来新的发展时期，华岗、成仿吾先后担任校长，陆侃如、冯沅君先后担任副校长，黄孝纾、王统照、吕荧、高亨、高兰、萧涤非、殷孟伦、殷焕先、刘泮溪、孙昌熙、关德栋、蒋维崧等语言文学名家在山东大学任教，是国内中文学科实力雄厚的学术重镇。改革开放以来，新中国培养的一代学术名家周来祥、袁世硕、董治安、牟世金、张可礼、龚克昌、刘乃昌、朱德才、郭延礼、狄其骢、葛本仪、钱曾怡、曾繁仁、张忠纲等，以深厚的学术功力和开拓创新精神，谱写了山东大学中文学科新的辉煌。总结历史成就，整理出版几代人用心血和智慧凝结而成的著述，是对学术前辈最大的尊敬，也是开拓未来，创造新知，更上一层楼的最好起点。2018年4月16日，山东大学文学院新一届领导班子奉命成立，20日履任。如何在新的阶段为学科发展做一些有益的工作，是摆在面前的首要课题。编辑出版《山东大学中文专刊》是新举措之一。经过一年的紧张工作，一批成果即将问世。这其中既有历史成就的总结，也有新时期的新著。相信这是一项长期的任务，而且长江后浪推前浪，在未来的学术界，山东大学中文学科的学人一定能够创造出无愧于前哲，无愧于当代，无愧于后劲的更加辉煌的业绩。

山东大学文学院

2019年10月11日

徐昌盛

男，1982年生，江苏射阳人。中国共产党党员。本科毕业于北京化工大学行政管理系，硕士和博士毕业于北京大学中文系。先后在华东师范大学中文系、湖南师范大学文学院工作，现为山东大学副教授，博士生导师。目前主要研究汉魏六朝文学。主持国家社科基金后期资助项目《魏晋学术新变与总集编纂》（18FZW048）和《三国吴地文化与文学》（21FZWB075）两项，担任国家社科基金重大项目《明清骈文文献整理与研究》（18ZDA251）子课题负责人。出版专著《挚虞及其〈文章流别集〉研究》和《〈文章流别集〉与魏晋学术新变》两部，在《文学遗产》《光明日报》等报刊发表文章30余篇。

前　言

从孙策占据江东的兴平二年（195）开始，到孙皓投降司马氏的天纪四年（280）结束，孙吴统治政权存续了86年之久。本书以孙吴文学为中心，结合政治、军事、外交、文化的变迁，通过编年史的形式，尝试勾勒孙吴一代文学的演变轨迹。

本书的文献依据主要有《后汉书》《三国志》《晋书》《宋书》《隋书》《世说新语》《建康实录》《资治通鉴》等，作品依据是严可均《全上古三代秦汉三国六朝文》和逯钦立《先秦汉魏晋南北朝诗》。一般按照文献形成的时间先后排列材料，以见出同一材料的源流和变化。但面对纷繁芜杂的材料，有时也会将记载时间虽然靠后，但概括比较全面、简略的材料置于前端，以利于全面把握整个事件的梗概。需要说明的是，本书在征引史料时，对原书的部分标点进行了适当的修改。

本书编年的依据，主要是客观的史料，对史料不详或龃龉之处，也尽可能地进行考证。同时，也注意吸收利用已有的编年成果，凡是属于前人的可靠研究成果，一律予以注明；而近代以来的学者研究著作和论文，凡是有利于本书编纂的，也一律注明出处。凡是属于本书作者的意见，一律以按语别之。

本书所列文学作品，主要来自严可均和逯钦立所辑录之书，又斟酌史料的文意进行了适当的增补。本书涉及作品的命名原则是：凡史书、总集、类书和严可均、逯钦立等已经确立题名的作品，习用已久，一般沿袭不改，而对于增补的作品，则斟酌文意创立题名。

本书采用的是编年体例，全书逐年排列，每年之中大略按时排列，四时之中按月排列，不能明确时、月的则酌情安置。阴历和阳历往往会有差异，本书概以阴历为准，但属阴历岁末的事件，也会注意通过按语的形式提示阳历年份。

本书的收集对象集中于文学领域，同时也关注与文学相关的学术、政治、军事、外交、地理等因素。文学的发展与学术息息相关，而孙吴的文学家主要身份是经学家和史学家。文学的发展与社会政治的变迁联系密切，国与国之间的战争和交聘时而中断、时而促进了文学和学术的交流。而天文、历法、瑞应、灾异等，与政治和人事相关，故不能不录；属地的变迁、郡县的分合，有时也成为考察学者和作家事迹的依据，一并酌情予以记录。

为研究对象进行编年，是学者进行研究的基础工作。陈寅恪《元白诗笺证稿》说："苟今世之编著文学史者，能尽取当时诸文人之作品，考定时间先后、空间离合，而总汇于一书，如史家长编之所为，则其间必有启发，而得以知当时诸文士之各竭其才智，竞造胜境，为不可及也。"[①]陆侃如《中古文学系年·序例》

①陈寅恪：《元白诗笺证稿》，生活·读书·新知三联书店2001年版，第9页。

说文学史工作应包含三个步骤："第一是朴学的工作——对于作者的生平、作品年月的考订，字句的校勘训诂等。这是初步的准备。第二是史学的工作——对于作者的环境、作品的背景，尤其是当时社会经济的情形，必须完全弄清楚。这是进一步的工作。第三是美学的工作——对于作品的内容和形式加以分析，并说明作者的写作技巧及其影响。这是最后一步。三者具备，方能写成一部完美的文学史"，而系年工作，"把当时文人的事迹和作品，按年考定排列，这是属于朴学方面的准备"。[①]本书的编纂目的，正是为孙吴文学的进一步研究，提供扎实的文献基础。

①参见陆侃如：《中古文学系年·序例》，人民文学出版社1985年版。

目　录

孙坚起家至孙策渡江前(172—194)

吴郡富春孙氏本是寒门。孙坚出身孤微，在汉末大乱中以武功起家，招合部曲，为孙氏基业的开创奠定了基础。

《宋书》卷二七《符瑞上》载：“孙坚之祖名钟，家在吴郡富春，独与母居。性至孝，遭岁荒，以种瓜为业。忽有三少年诣钟乞瓜，钟厚待之。三人谓钟曰：‘此山下善，可作冢，葬之，当出天子。君可下山百步许，顾见我去，即可葬也。’钟去三十步，便反顾，见三人并乘白鹤飞去。钟死，即葬其地。地在县城东，冢上数有光怪，云气五色上属天，衍数里。父老相谓，此非凡气，孙氏其兴矣。坚母任坚，梦肠出绕吴昌门。以告邻母，邻母曰：‘安知非吉祥也。’昌门，吴郭门也。坚生而容貌奇异。坚妻吴氏初任子策，梦月入其怀；后孕子权，又梦日入怀。告坚曰：‘昔任策，梦月入怀，今又梦日入怀，何也？’坚曰：‘日月阴阳之精，极贵之象，吾子孙其兴乎！’”

《建康实录》卷一《太祖上》载：“（孙权）其先出自周武王母弟卫康叔之后，武公子惠，孙曾耳，为卫上卿，因以孙为氏。春秋时孙武为吴王阖闾将，因家于吴，帝乃孙吴之后也。祖钟。父坚。”

按：孙氏实属寒门，家族在江东无地位，参见田余庆《孙吴建国的道路——论孙吴政权的江东化》。①

汉灵帝熹平元年（172），孙坚始在会稽郡有部曲，此后历任盐渎、盱眙、下邳等县县丞，笼络了淮水南北的子弟。

《资治通鉴》卷五七载：“（熹平元年）十一月，会稽妖贼许生起句章，自称阳明皇帝，众以万数；遣扬州刺史臧旻、丹阳太守陈寅讨之。”《三国志》卷四六《吴书·孙坚传》载：“会稽妖贼许昌起于句章，自称阳明皇帝，与其子诏扇动诸县，众以万数。坚以郡司马募召精勇，得千余人，与州郡合讨破之。是岁，熹平元年也。刺史臧旻列上功状，诏书除坚盐渎丞，数岁徙盱眙丞，又徙下邳丞。”裴注引《江表传》曰：“坚历佐三县，所在有称，吏民亲附。乡里知旧，好事少年，往来者常数百人，坚接抚待养，有若子弟焉。”

按：孙坚是吴郡富春人。吴郡原属会稽郡，东汉顺帝永建四年（129），以钱塘江为界，将会稽郡拆分为会稽郡和吴郡。（参见《三国志》卷五七《吴书·虞翻传》裴注引《会稽典录》朱育说：“到永建四年，刘府君上书，浙江之北，以为吴郡，会稽还治山阴。”）会稽许生于熹平三年（174）被杀。

汉灵帝中平元年（184），孙坚击破黄巾军有功，拜别部司马。

《三国志》卷四六《吴书·孙坚传》载是年黄巾起义兴起，天下响应，“汉遣车骑将军皇甫嵩、中郎将朱儁将兵讨击之。儁

①参见田余庆：《秦汉魏晋史探微》（重订本），中华书局2011年版，第264—297页。

表请坚为佐军司马，乡里少年随在下邳者皆愿从。坚又募诸商旅及淮、泗精兵，合千许人，与儁并力奋击，所向无前。汝、颍贼困迫，走保宛城。坚身当一面，登城先入，众乃蚁附，遂大破之。儁具以状闻上，拜坚别部司马”。《资治通鉴》卷五八载：“南阳太守秦颉杀忠，余众复奉孙夏为帅，还屯宛。儁急攻之，司马孙坚率众先登；癸巳，拔宛城。孙夏走，儁追至西鄂精山，复破之，斩万余级。于是黄巾破散，其余州郡所诛，一郡数千人。”

按：孙坚早期的部曲，一是来源于下邳少年，二是募自商旅及淮、泗精兵，因此孙坚虽然是从会稽郡起兵，但部曲主要是淮、泗人。

汉灵帝中平三年（186），孙坚为司空张温参军，讨伐边章、韩遂，屯长安。

《三国志》卷四六《吴书·孙坚传》载：“边章、韩遂作乱凉州，中郎将董卓拒讨无功。中平三年，遣司空张温行车骑将军，西讨章等。温表请坚与参军事，屯长安。”

《资治通鉴》卷五八系于中平二年（185），曰：“张温将诸郡兵步骑十余万屯美阳，边章、韩遂亦进兵美阳，温与战，辄不利。十一月，董卓与右扶风鲍鸿等并兵攻章、遂，大破之，章、遂走榆中。温遣周慎将三万人追之。参军事孙坚说慎曰：‘贼城中无谷，当外转粮食，坚愿得万人断其运道，将军以大兵继后，贼必困乏而不敢战，走入羌中，并力讨之，则凉州可定也！’慎不从，引军围榆中城，而章、遂分屯葵园峡，反断慎运道，慎惧，弃车重而退。温又使董卓将兵三万讨先零羌，羌、胡围卓于望垣北，粮食乏绝，乃于所渡水中伪立鄣以捕鱼，而潜从鄣下过军。比贼追之，决水已深，不得渡，遂还屯扶风。张温以诏书召卓，卓良久乃诣温；温责让卓，卓应对不顺。孙坚前耳语谓温曰：'卓不怖罪而鸱张大语，宜以召不时至，陈军法斩之。'温曰：'卓素著威名于河、陇之间，今日杀之，西行无依。'坚曰：'明公亲率王师，威震天下，何赖于卓！观卓所言，不假明公，轻上无礼，一罪也；章、遂跋扈经年，当以时进讨，而卓云未可，沮军疑众，二罪也；卓受任无功，应召稽留，而轩昂自高，三罪也。古之名将仗钺临众，未有不断斩以成功者也。今明公垂意于卓，不即加诛，亏损威刑，于是在矣。'温不忍发，乃曰：'君且还，卓将疑人。'坚遂出。"

汉灵帝中平四年（187），孙坚转长沙太守，击败长沙区星、零陵观鹄。

《三国志》卷四六《吴书·孙坚传》载："时长沙贼区星自称将军，众万余人，攻围城邑，乃以坚为长沙太守。到郡亲率将士，施设方略，旬月之间，克破星等。"《资治通鉴》卷五八同。《后汉书》卷八《孝灵帝纪》载是年："冬十月，零陵人观鹄自称'平天将军'，寇桂阳，长沙太守孙坚击斩之。"

汉灵帝中平五年（188），孙坚击败长沙、零、桂等三郡贼，封乌程侯。

《三国志》卷四六《吴书·孙坚传》载："周朝、郭石亦帅徒众起于零、桂，与星相应。遂越境寻讨，三郡肃然。汉朝录前后功，封坚乌程侯。”卷五六《吴书·朱治传》载：“随孙坚征伐。中平五年，拜司马，从讨长沙、零、桂等三郡贼周朝、苏马等，有功，坚表治行都尉。”

汉献帝初平元年（190），孙坚参与讨伐董卓，杀荆州刺史王叡、南阳太守张咨，并投靠袁术，被拜为破虏将军、豫州刺史。

《后汉书》卷九《孝献帝纪》载：“（初平元年）孙坚杀荆州刺史王叡，又杀南阳太守张咨。”卷七四下《刘表传》载：“初平元年，长沙太守孙坚杀荆州刺史王叡。”《三国志》卷四六《吴书·孙坚传》载：“诸州郡并兴义兵，欲以讨卓。坚亦举兵。荆州刺史王叡素遇坚无礼，坚过杀之。比至南阳，众数万人。南阳太守张咨闻军至，晏然自若。坚以牛酒礼咨，咨明日亦答诣坚。酒酣，长沙主簿入白坚：‘前移南阳，而道路不治，军资不具，请收主簿推问意故。’咨大惧欲去，兵陈四周不得出。有顷，主簿复入白坚：‘南阳太守稽停义兵，使贼不时讨，请收出案军法从事。’便牵咨于军门斩之。郡中震栗，无求不获。前到鲁阳，与袁术相见。术表坚行破虏将军，领豫州刺史。遂治兵于鲁阳城。”裴注引《吴录》曰：“叡先与坚共击零、桂贼，以坚武官，言颇轻之。……坚曰：‘被使者檄诛君。’叡曰：‘我何罪？’坚曰：‘坐无所知。’叡穷迫，刮金饮之而死。”卷六《魏书·袁术传》载：“董卓之将废帝，以术为后将军；术亦畏卓之祸，出奔南阳。会长沙太守孙坚杀南阳太守张咨，术得据其郡。”《后汉书》卷七五《袁术传》载：“时董卓将欲废立，以术为后将军。术畏卓之祸，出奔南阳。会长沙太守孙坚杀南阳太守张咨，引兵从术。刘表上术为南阳太守，术又表坚领豫州刺史，使率荆、豫之卒，击破董卓于阳人。”《三国志》卷四六《吴书·孙坚传》裴注引《吴历》曰：“初坚至南阳，咨既不给军粮，又不肯见坚。坚欲进兵，恐有后患，乃诈得急疾，举军震惶，迎呼巫医，祷祀山川，遣所亲人说咨，言病困，欲以兵付咨。咨闻之，心利其兵，即将步骑五六百人诣营省坚。坚卧与相见。无何，卒然而起，按剑骂咨，遂执斩之。”卷三九《蜀书·刘巴传》裴注引《零陵先贤传》载：“时孙坚举兵讨董卓，以南阳太守张咨不给军粮，杀之。”

《资治通鉴》卷五九“初平元年”条载：“初，荆州刺史王叡，与长沙太守孙坚共击零、桂贼，以坚武官，言颇轻之。及州郡举兵讨董卓，叡与坚亦皆起兵。叡素与武陵太守曹寅不相能，扬言当先杀寅。寅惧，诈作按行使者檄移坚，说叡罪过，令收，行刑讫，以状上。坚承檄，即勒兵袭叡。叡闻兵至，登楼望之，遣问：‘欲何为？’坚前部答曰：‘兵久战劳苦，欲诣使君求资直耳。’叡见坚惊曰：‘兵自求赏，孙府君何以在其中？’坚曰：‘被使者檄诛君！’叡曰：‘我何罪？’坚曰：‘坐无所知！’叡穷迫，刮金饮之而死。坚前至南阳，众已数万人。南阳太守张咨不肯给军粮，坚诱而斩之；郡中震栗，无求不获。前到鲁阳，与袁术合兵。术由是得据南阳。表坚行破虏将军，领豫州刺史。诏以北军中候刘表为荆州刺史。时寇贼纵横，道路梗塞，表单马入宜城，请南郡名士蒯良、蒯越与之谋曰：‘今江南宗贼甚盛，各拥众不附，若袁术因之，祸必至矣。吾欲征兵，恐不能集，其策焉出？’

蒯良曰：‘众不附者，仁不足也；附而不治者，义不足也。苟仁义之道行，百姓归之如水之趣下，何患征兵之不集乎？’蒯越曰：‘袁术骄而无谋，宗贼帅多贪暴，为下所患，若使人示之以利，必以众来。使君诛其无道，抚而用之，一州之人有乐存之心，闻君威德，必襁负而至矣。兵集众附，南据江陵，北守襄阳，荆州八郡可传檄而定。公路虽至，无能为也。’表曰：‘善！’乃使越诱宗贼帅，至者五十五人，皆斩之而取其众。遂徙治襄阳，镇抚郡县，江南悉平。”“冬，孙坚与官属会饮于鲁阳城东，董卓步骑数万猝至，坚方行酒谈笑，整顿部曲，无得妄动。后骑渐益，坚徐罢坐，导引入城，乃曰：‘向坚所以不即起者，恐兵相蹈藉，诸君不得入耳。’卓兵见其整，不敢攻而还。”

按：汝、颍黄巾或在此时依附孙坚。《三国志》卷一《魏书·武帝纪》载：“汝南、颍川黄巾何仪、刘辟、黄邵、何曼等，众各数万，初应袁术，又附孙坚。”卷五五《吴书·程普传》载：“从孙坚征伐，讨黄巾于宛、邓，破董卓于阳人，攻城野战，身被创夷。”

汉献帝初平二年（191），孙坚受袁术命攻破董卓将领胡轸，进入洛阳扫除陵庙。

《后汉书》卷七二《董卓传》载：“时河内太守王匡屯兵河阳津，将以图卓。卓遣疑兵挑战，而潜使锐卒从小平津过津北，破之，死者略尽。明年，孙坚收合散卒，进屯梁县之阳人。卓遣将胡轸、吕布攻之，布与轸不相能，军中自惊恐，士卒散乱。坚追击之，轸、布败走。卓遣将李傕诣坚求和，坚拒绝不受，进军大谷，距洛九十里。卓自出与坚战于诸陵墓间，卓败走，却屯黾池，聚兵于陕。坚进洛阳宣阳城门，更击吕布，布复破走。坚乃扫除宗庙，平塞诸陵，分兵出函谷关，至新安、黾池间，以截卓后。卓谓长史刘艾曰：'关东诸将数败矣，无能为也。唯孙坚小戆，诸将军宜慎之。'”李贤注引《九州春秋》曰：“卓以东郡太守胡轸为大督，吕布为骑督。轸性急，豫宣言'今此行也，要当斩一青绶，乃整齐耳'。布等恶之，宣言相警云'贼至'，军众大乱奔走。”卷九《孝献帝纪》载：初平二年，“袁术遣将孙坚与董卓将胡轸战于阳人，轸军大败。董卓遂发掘洛阳诸帝陵。夏四月，董卓入长安”。《三国志》卷五六《吴书·朱治传》载：“从破董卓于阳人，入洛阳。”

《三国志》卷四六《吴书·孙坚传》载：“卓寻徙都西入关，焚烧雒邑。坚乃前入至雒，修诸陵，平塞卓所发掘。”裴注引《吴书》曰：“坚入洛，扫除汉宗庙，祠以太牢。坚军城南甄官井上，旦有五色气，举军惊怪，莫有敢汲。坚令人入井，探得汉传国玺，文曰'受命于天，既寿永昌'，方圜四寸，上纽交五龙，上一角缺。”《后汉书》卷七五《袁术传》载：“（袁术）又闻孙坚得传国玺，遂拘坚妻夺之。”李贤注引韦昭《吴书》曰：“汉室大乱，天子北诣河上，六玺不自随，掌玺者以投井中。孙坚北讨董卓，顿军城南，甄官署有井，每旦有五色气从井中出，使人浚井，得汉传国玉玺，其文曰'受命于天，既寿永昌'。”裴注引《典略》：“又长沙太守孙坚，前领豫州刺史，驱走董卓，扫除陵庙，其功莫大；绍令周昂盗居其位，断绝坚粮，令不得入，使卓不被诛，绍罪十也。”《三国志》卷八《魏书·公孙瓒传》载：“是时，术遣孙坚屯阳城拒卓，绍使周昂夺其处。术遣越与坚攻昂，不胜，越为流矢所中死。”

《资治通鉴》卷六〇“初平二年”条载：“孙坚移屯梁东，为卓将徐荣所败，复收散卒进屯阳人。卓遣东郡太守胡轸督步骑五千击之，以吕布为骑督。轸与布不相得，坚出击，大破之，枭其都督华雄。或谓袁术曰：‘坚若得雒，不可复制，此为除狼而得虎也。’术疑之，不运军粮。坚夜驰见术，画地计校曰：‘所以出身不顾者，上为国家讨贼，下慰将军家门之私仇。坚与卓非有骨肉之怨也，而将军受浸润之言，还相嫌疑，何也?’术踧踖，即调发军粮。坚还屯，卓遣将军李傕说坚，欲与和亲，令坚疏子弟任刺史、郡守者，许表用之。坚曰：‘卓逆天无道，今不夷汝三族，县示四海，则吾死不瞑目，岂将与乃和亲邪！’复进军大谷，距雒九十里。卓自出，与坚战于诸陵间。卓败走，却屯渑池，聚兵于陕。坚进至雒阳，击吕布，复破走。坚乃扫除宗庙，祠以太牢，得传国玺于城南甄宫井中；分兵出新安、渑池间以要卓。卓谓长史刘艾曰：‘关东军败数矣，皆畏孤，无能为也。惟孙坚小戆，颇能用人，当语诸将，使知忌之。孤昔与周慎西征边、韩于金城，孤语张温，求引所将兵为慎作后驻，温不听。温又使孤讨先零叛羌，孤知其不克而不得止，遂行，留别部司马刘靖将步骑四千屯安定以为声势。叛羌欲截归道，孤小击辄开，畏安定有兵故也。虏谓安定当数万人，不知但靖也。而孙坚随周慎行，谓慎求先将万兵造金城，使慎以二万作后驻。边、韩畏慎大兵，不敢轻与坚战，而坚兵足以断其运道。儿曹用其言，凉州或能定也。温既不能用孤，慎又不能用坚，卒用败走。坚以佐军司马，所见略与人同，固自为可；但无故从诸袁儿，终亦死耳！’乃使东中郎将董越屯渑池，中郎将段煨屯华阴，中郎将牛辅屯安邑，其余诸将布在诸县，以御山东。辅，卓之婿也。卓引还长安。孙坚修塞诸陵，引军还鲁阳。”

孙坚受袁术命，于襄阳与刘表战，被刘表将黄祖兵士射杀于岘山。

《三国志》卷四六《吴书·孙坚传》载：“初平三年，术使坚征荆州，击刘表。表遣黄祖逆于樊、邓之间。坚击破之，追渡汉水，遂围襄阳，单马行岘山，为祖军士所射杀。”裴注引《典略》曰：“坚悉其众攻表，表闭门，夜遣将黄祖潜出发兵。祖将兵欲还，坚逆与战。祖败走，窜岘山中。坚乘胜夜追祖，祖部兵从竹木间暗射坚，杀之。”卷六《魏书·刘表传》载：“灵帝崩，（刘表）代王叡为荆州刺史。是时山东兵起，表亦合兵军襄阳。袁术之在南阳也，与孙坚合从，欲袭夺表州，使坚攻表。坚为流矢所中死，军败，术遂不能胜表。”《后汉书》卷七四下《刘表传》载：“袁术与其从兄绍有隙，而绍与表相结，故术共孙坚合从袭表。表败，坚遂围攻襄阳。会表将黄祖救至，坚为流箭所中死，余众退走。”《三国志》卷二二《魏书·桓阶传》载：“（长沙）太守孙坚举阶孝廉，除尚书郎。父丧还乡里。会坚击刘表战死，阶冒难诣表乞坚丧，表义而与之。”

《资治通鉴》卷六〇“初平二年”条载：“（袁）术使孙坚击

刘表，表遣其将黄祖逆战于樊、邓之间，坚击破之，遂围襄阳。表夜遣黄祖潜出发兵，祖将兵欲还，坚逆与战，祖败走，窜岘山中。坚乘胜，夜追祖，祖部兵从竹木间暗射坚，杀之。坚所举孝廉长沙桓阶诣表请坚丧，表义而许之。坚兄子贲率其士众就袁术，术复表贲为豫州刺史。术由是不能胜表。”

《资治通鉴》卷六〇载孙坚卒于初平二年末。司马光《资治通鉴考异》（以下简称《考异》）曰：“范《书》‘初平三年春，坚死’，《吴志·孙坚传》亦云初平三年。《英雄记》曰‘初平四年正月七日死’。袁《纪》‘初平三年五月’。《山阳公载记》载策表曰‘臣年十七，丧失所怙’。裴松之按策以建安五年卒，时年二十六，计坚之亡，策应十八，而此表云十七，则为不符。张璠《汉纪》及胡冲《吴历》并以坚初平二年死，此为是而本传误也。今从之。”

按：建安十三年，孙权杀黄祖（《后汉书》卷七四下《刘表传》载：“会表将江夏太守黄祖为孙权所杀”），遂报父仇。

孙坚死后，孙策移居江都，结识了张纮、秦松、陈端等。

《三国志》卷四六《吴书·孙策传》载：“渡江，居江都，结纳豪俊，有复仇之志。”卷五三《吴书·张纮传》载：“初，纮同郡秦松字文表，陈端字子正，并与纮见待于孙策，参与谋谟。”

按：孙策与部伍中的广陵人士，应于此时结交，时张纮已开始为孙策划策，参见下条。

张纮为孙策制定了占领江南再图进取的策略。

《三国志》卷四六《吴书·孙策传》裴注引《吴历》曰：“今

君绍先侯（孙坚）之轨，有骁武之名，若投丹杨，收兵吴会，则荆、扬可一，仇敌可报。据长江，奋威德，诛除群秽，匡辅汉室，功业侔于桓、文，岂徒外藩而已哉？”

王朗拜会稽太守。

陆侃如《中古文学系年》系于“初平三年”，说：“朗于建安元年去职，在郡四年，当以初平三年到任。董卓于三年四月被诛，朗到任当在四月后。”①

汉献帝初平四年（193），华歆拜豫章太守。

《三国志》卷一三《魏书·华歆传》载该年：“东至徐州，诏即拜歆豫章太守，以为政清静不烦，吏民感而爱之。”裴注引《魏略》曰：“扬州刺史刘繇死，其众愿奉歆为主。歆以为因时擅命，非人臣之宜。众守之连月，卒谢遣之，不从。”

袁术失去南阳，退据寿春。

《资治通鉴》卷六〇载：“袁术为刘表所逼，引军屯封丘，黑山别部及匈奴于扶罗皆附之。曹操击破术军，遂围封丘。术走襄邑，又走宁陵。操追击，连破之。术走九江，扬州刺史陈瑀拒术不纳。术退保阴陵，集兵于淮北，复进向寿春。瑀惧，走归下邳，术遂领其州，兼称徐州伯。李傕欲结术为援，以术为左将军，封阳翟侯，假节。”

汉献帝兴平元年（194），吴景为丹杨太守，孙贲为丹杨都尉。

《资治通鉴》卷六一系于本年。

①陆侃如：《中古文学系年》，人民文学出版社1985年版，第311页。

按：吴景是孙坚吴夫人的弟弟，即孙权的舅舅，常随孙坚征战有功。孙贲是孙坚同母兄孙羌之子，即孙权的堂兄。该年丹杨郡为孙氏所掌握，有利于控制长江津渡。

孙策到寿春依附袁术，接受了孙坚的部曲。

《三国志》卷四六《吴书·孙策传》载："兴平元年，从袁术。术甚奇之，以坚部曲还策。"裴注引《江表传》曰："策径到寿春见袁术，涕泣而言曰：'亡父昔从长沙入讨董卓，与明使君会于南阳，同盟结好；不幸遇难，勋业不终。策感惟先人旧恩，欲自凭结，愿明使君垂察其诚。'术甚贵异之，然未肯还其父兵。术谓策曰：'孤始用贵舅为丹杨太守，贤从伯阳为都尉，彼精兵之地，可还依召募。'策遂诣丹杨依舅，得数百人，而为泾县大帅祖郎所袭，几至危殆。于是复往见术，术以坚余兵千余人还策。"又载："术表策为折冲校尉，行殄寇将军，兵财千余，骑数十匹，宾客愿从者数百人。"卷五六《吴书·朱治传》载："会坚薨，治扶翼策，依就袁术。后知术政德不立，乃劝策还平江东。"卷四九《吴书·太史慈传》裴注引《江表传》载，孙策对太史慈说："刘牧往责吾为袁氏攻庐江，其意颇猥，理恕不足。何者？先君手下兵数千余人，尽在公路许。孤志在立事，不得不屈意于公路，求索故兵，再往才得千余人耳。仍令孤攻庐江，尔时事势，不得不为行。"

按：据此可知孙策两次向袁术索回孙坚的军队，第一次袁术"未肯还其父兵"，第二次袁术"以坚余兵千余人还策"。

孙策在寿春时期结交了蒋钦、周泰、陈武等武将。

按：蒋钦是九江寿春人，周泰是九江下蔡人，陈武是庐江松滋人，皆是江淮之士。

孙策受袁术命讨伐庐江太守陆康。

《后汉书》卷三一《陆康传》载："会庐江贼黄穰等与江夏蛮连结十余万人，攻没四县，拜康庐江太守。……时袁术屯兵寿春，部曲饥饿，遣使求委输兵甲。康以其叛逆，闭门不通，内修战备，将以御之。术大怒，遣其将孙策攻康，围城数重。……受敌二年，城陷。"《三国志》卷四六《吴书·孙策传》载："策攻康，拔之。"卷五五《吴书·程普传》载："坚薨，复随孙策在淮南，从攻庐江，拔之，还俱东渡。"

田余庆《孙吴建国的道路——论孙吴政权的江东化》说："孙策用孙坚余兵攻庐江太守吴郡陆康，陆氏宗族随在庐江的百余人中，死者将半，陆康本人亦旋死。这是震动江东的大事，不能不加剧江东大族对孙策的疑惧和戒备，也引起刘繇的反目。"①

陆逊时年12岁，随陆康在官。

《三国志》卷五八《吴书·陆逊传》载："逊少孤，随从祖庐江太守康在官。袁术与康有隙，将攻康，康遣逊及亲戚还吴。逊年长于康子绩数岁，为之纲纪门户。"

按：陆逊生于183年，时年12岁。陆康是陆逊从祖，陆绩的父亲。

张昭为陶谦作哀辞，即《徐州刺史陶谦哀辞》。

《三国志》卷八《魏书·陶谦传》裴注引《吴书》曰："谦死

①田余庆：《秦汉魏晋史探微》（重订本），中华书局2011年版，第267页。

时，年六十三，张昭等为之哀辞曰：‘猗欤使君，君侯将军，膺秉懿德，允武允文，体足刚直，守以温仁。令舒及卢，遗爱于民；牧幽暨徐，甘棠是均。憬憬夷、貊，赖侯以清；蠢蠢妖寇，匪侯不宁。唯帝念绩，爵命以章，既牧且侯，启土溧阳。遂升上将，受号安东，将平世难，社稷是崇。降年不永，奄忽殂薨，丧覆失恃，民知困穷。曾不旬日，五郡溃崩，哀我人斯，将谁仰凭？追思靡及，仰叫皇穹。呜呼哀哉！’”

按：张昭是彭城国人，属于徐州刺史部，故被徐州刺史陶谦举茂才（《三国志》卷五二《吴书·张昭传》载“刺史陶谦举茂才，不应，谦以为轻己，遂见拘执”）。

汉献帝兴平二年(195)

孙策始受命渡江。

按：孙策渡江的时间，《三国志·魏书·武帝纪》《后汉纪》等以为初平四年（193），《三国志·吴书·孙策传》裴注引《江表传》以为兴平元年（194），《资治通鉴》系于兴平二年。《考异》说："《魏志》《袁纪》皆云'初平四年，策受袁术使渡江'，《汉献帝纪》《吴志·孙策传》皆云'兴平元年'，虞溥《江表传》云'策兴平二年渡江'。按术初平四年始得寿春。《策传》云术欲攻徐州，从陆康求米，事必在刘备得徐州后也。《刘繇传》称吴景攻繇，岁余不克，则策渡江不应在兴平元年以前。今以《江表传》为定。"王仲荦亦说："袁术利用孙策以江东人进取江东，策在兴平二年（公元一九五年）受命渡江作战，所向无前，不久在江东建立了根据地；有兵两万余人，马千余匹。"①

十二月，孙策被袁术任命为殄寇将军。

《三国志》卷四六《吴书·孙策传》载《吴录》孙策谢表称："兴平二年十二月二十日，于吴郡曲阿得袁术所呈表，以臣行殄寇将军；至被诏书，乃知诈擅。"《建康实录》卷一《太祖上》载："……时汉献帝兴平元年也。明年冬，术以策为殄寇将军。"

①王仲荦：《魏晋南北朝史》，中华书局2007年版，第99页。

王肃（195—256）生于会稽。

《三国志》卷三八《蜀书·许靖传》裴注引《魏略》载王朗与许靖书称："仆连失一男一女，今有二男：大儿名肃，年二十九，生于会稽；小儿裁岁余。"陆侃如《中古文学系年》说："以甘露元年卒年六十二推之，肃当生于本年，朗年约四十。"①刘跃进《秦汉文学编年史》说："按王肃卒于甘露元年，时年六十二，逆推生于本年。"②

名士许劭卒于豫章郡南昌县。

按：汝南许劭，善于品题人物，"故天下言拔士者，咸称许、郭"，既以许列郭前，则许劭地位略显尊崇；其与从兄许靖俱有高名，"好共核论乡党人物，每月辄更其品题，故汝南俗有'月旦评'焉"（《后汉书》卷六八《许劭传》）。汉末曾避居广陵，徐州刺史陶谦礼之甚厚，许劭知其非真心遇士，又到曲阿投扬州刺史刘繇，"及孙策平吴，劭与繇南奔豫章而卒"（《后汉书》卷六八《许劭传》）。根据这些材料，可以考出许劭在江东地区的活跃时间。中平五年（188）冬十月，徐州黄巾起事，朝廷以陶谦为徐州刺史，击破黄巾军。初平四年（193），即董卓被诛的次年，诏拜陶谦为徐州牧。广陵郡为徐州所管辖。据此可以推测，许劭寄居广陵是在188—193年。许劭卒于豫章，是在兴平二年（195），总之在188—195年，许劭的活动区域主要在江东地区，身为清谈领袖，自然会影响到江东的清谈风气。

---

①陆侃如：《中古文学系年》，人民文学出版社1985年版，第316页。

②刘跃进：《秦汉文学编年史》，商务印书馆2006年版，第620页。

汉献帝建安元年(196)

孙策自领会稽太守。

《后汉书》卷七五《袁术传》载:“自孙坚死,子策复领其部曲,术遣击杨州刺史刘繇,破之,策因据江东。”《三国志》卷五六《吴书·朱治传》载:“是时吴景已在丹杨,而策为术攻庐江,于是刘繇恐为袁、孙所并,遂构嫌隙。而策家门尽在州下,治乃使人于曲阿迎太妃及权兄弟,所以供奉辅护,甚有恩纪。治从钱唐欲进到吴,吴郡太守许贡拒之于由拳,治与战,大破之。贡南就山贼严白虎,治遂入郡,领太守事。策既走刘繇,东定会稽。”卷四六《吴书·孙策传》载:“吴人严白虎等众各万余人,处处屯聚。吴景等欲先击破虎等,乃至会稽。策曰:‘虎等群盗,非有大志,此成禽耳。’遂引兵渡浙江,据会稽,屠东冶,乃攻破虎等。尽更置长吏,策自领会稽太守,复以吴景为丹杨太守,以孙贲为豫章太守;分豫章为庐陵郡,以贲弟辅为庐陵太守,丹杨朱治为吴郡太守。”《建康实录》卷一《太祖上》载:孙策“兴平二年十二月,发自寿阳,比至历阳,众已五六千。济于横江,大破刘繇牛渚营,追败繇于曲阿,转斗千里,郡县归伏”。

按:由于扬州刺史治所寿春为袁术所占据,刘繇于是渡江移州治于曲阿。《后汉书》卷九《孝献帝纪》载兴平元年:“是岁,杨州刺史刘繇与袁术将孙策战于曲阿。繇军败绩,孙策遂据江东。”李贤注引《吴志》曰:“孙策既破繇,遂度兵据会稽,策自领会稽太守。”刘跃进《秦汉文学编年史》据此置于兴平元年。[①]王云度《秦汉史编年》“兴平元年”说“孙策败刘繇应于二年”[②],又“建安元年”说“孙策据会稽,《策传》未载明年月,《后汉纪》载于献帝行至洛阳后,是为建安元年七月。《通鉴》则载于迁都许之后,是为八月。今从《后汉纪》”[③]。

孙策以张昭、张纮、秦松、陈端等为谋臣。

《三国志》卷四六《吴书·孙策传》载:“彭城张昭、广陵张纮、秦松、陈端等为谋主。”

虞翻劝会稽太守王朗避位孙策,王朗不从,遂为孙策所破。孙策占据会稽郡。

《三国志》卷五七《吴书·虞翻传》载:“虞翻字仲翔,会稽余姚人也,太守王朗命为功曹。孙策征会稽,翻时遭父丧,衰绖诣府门,朗欲就之,翻乃脱衰入见,劝朗避策。朗不能用,拒战败绩,亡走浮海。翻追随营护,到东部候官,候官长闭城不受,翻往说之,然后见纳。朗谓翻曰:‘卿有老母,可以还矣。’翻既归,策复命为功曹,待以交友之礼,身诣翻第。”卷一三《魏书·王朗传》载:“孙策渡江略地。朗功曹虞翻以为力不能拒,

①参见刘跃进:《秦汉文学编年史》,商务印书馆2006年版,第619页。

②王云度:《秦汉史编年》,凤凰出版社2011年版,第1151页。

③王云度:《秦汉史编年》,凤凰出版社2011年版,第1164页。

不如避之。朗自以身为汉吏，宜保城邑，遂举兵与策战，败绩，浮海至东冶。策又追击，大破之。朗乃诣策。策以朗儒雅，诘让而不害。”裴注引《汉晋春秋》曰：“孙策之始得朗也，谴让之。使张昭私问朗，朗誓不屈，策忿而不敢害也，留置曲阿。”裴注引《献帝春秋》曰：“孙策率军如闽、越讨朗。朗泛舟浮海，欲走交州，为兵所逼，遂诣军降。策令使者诘朗曰：‘问逆贼故会稽太守王朗：朗受国恩当官，云何不惟报德，而阻兵安忍？大军征讨，幸免枭夷，不自扫屏，复聚党众，屯住郡境。远劳王诛，卒不悟顺。捕得云降，庶以欺诈，用全首领，得尔与不，具以状对。’朗称禽虏，对使者曰：‘朗以琐才，误窃朝私，受爵不让，以遘罪网。前见征讨，畏死苟免。因治人物，寄命须臾。又迫大兵，惶怖北引。从者疾患，死亡略尽。独与老母，共乘一榧。流矢始交，便弃榧就俘，稽颡自首于征役之中。朗惶惑不达，自称降虏。缘前迷谬，被诘惭惧。朗愚浅驽怯，畏威自惊。又无良介，不早自归。于破亡之中，然后委命下隶。身轻罪重，死有余辜。申脰就鞅，蹴足入绊，叱咤听声，东西惟命。’”

按：王朗（？—228），字景兴，东海郯县人，是经学家。其子王肃，是曹魏时期的经学大家。

名士许靖从会稽逃难至交州。

《三国志》卷三八《蜀书·许靖传》载：“孙策东渡江，皆走交州以避其难，靖身坐岸边，先载附从，疏亲悉发，乃从后去，当时见者莫不叹息。既至交阯，交阯太守士燮厚加敬待。”又载许靖与曹操书曰：“会稽倾覆，景兴失据，三江五湖，皆为虏庭。

临时困厄，无所控告。便与袁沛、邓子孝等浮涉沧海，南至交州。经历东瓯、闽、越之国，行经万里，不见汉地，漂薄风波，绝粮茹草，饥殍荐臻，死者大半。”

按：许靖是清谈名士，曾避难于会稽郡和吴郡，投靠旧友王朗。《三国志》卷三八《蜀书·许靖传》载：“许靖字文休，汝南平舆人。少与从弟劭俱知名，并有人伦臧否之称……靖从兄陈相玚，又与伷合规，靖惧诛，奔伷。伷卒，依扬州刺史陈祎。祎死，吴郡都尉许贡、会稽太守王朗素与靖有旧，故往保焉。靖收恤亲里，经纪振赡，出于仁厚。”

程秉约于本年前后避乱交州，与刘熙考论大义，遂博通五经。

《三国志》卷五三《吴书·程秉传》载：“程秉字德枢，汝南南顿人也。逮事郑玄，后避乱交州，与刘熙考论大义，遂博通五经。士燮命为长史。”又载：“著《周易摘》《尚书驳》《论语弼》，凡三万余言。”

贺齐被孙策举为会稽郡孝廉。

《三国志》卷六〇《吴书·贺齐传》载：“建安元年，孙策临郡，察齐孝廉。”

胡综时年14岁，为孙策吏，与孙权在吴郡读书。

《三国志》卷六二《吴书·胡综传》载：“孙策领会稽太守，综年十四，为门下循行，留吴与孙权共读书。”

孙策闻袁术欲僭号，遂与之断绝关系。

《三国志》卷四六《吴书·孙策传》载：“时袁术僭号，策以书责而绝之。”《后汉书》卷七五《袁术传》载：“自孙坚死，子策复领其部曲，术遣击杨州刺史刘繇，破之，策因据江东。策闻术将欲僭号，与书谏曰……术不纳，策遂绝之。”

按：《资治通鉴》系于建安元年。据下引张纮文说“有自取之志”，则袁术有僭号意向，因此孙策与之断绝关系，二年春袁术称帝，则知孙策使张纮作文必在此前。

张纮作《为孙会稽劝袁术勿僭号书》。

《三国志》卷四六《吴书·孙策传》裴注引《吴录》载孙策使张纮为书曰：“盖上天垂司过之星，圣王建敢谏之鼓，设非谬之备，急箴阙之言，何哉？凡有所长，必有所短也。去冬传有大计，无不悚惧；旋知供备贡献，万夫解惑。顷闻建议，复欲追遵前图，即事之期，便有定月。益使怃然，想是流妄；设其必尔，民何望乎？曩日之举义兵也，天下之士所以响应者，董卓擅废置，害太后、弘农王，略烝宫人，发掘园陵，暴逆至此，故诸州郡雄豪闻声慕义。神武外振，卓遂内歼。元恶既毙，幼主东顾，俾保傅宣命，欲令诸军振旅，然河北通谋黑山，曹操放毒东徐，刘表称乱南荆，公孙瓒炰烋北幽，刘繇决力江浒，刘备争盟淮隅，是以未获承命櫜弓戢戈也。今备、繇既破，操等饥馁，谓当与天下合谋，以诛丑类。舍而不图，有自取之志，非海内所望，一也。昔成汤伐桀，称有夏多罪；武王伐纣，曰殷有罪罚重哉。此二王者，虽有圣德，宜当君世；如使不遭其时，亦无繇兴矣。幼主非有恶于天下，徒以春秋尚少，胁于强臣，若无过而夺之，惧未合于汤、武之事，二也。卓虽狂狡，至废主自与，亦犹未也，而天下闻其桀虐，攘臂同心而疾之，以中土希战之兵，当边地劲悍之虏，所以斯须游魂也。今四方之人，皆玩敌而便战斗矣，可得而胜者，以彼乱而我治，彼逆而我顺也。见当世之纷若，欲大举以临之，适足趣祸，三也。天下神器，不可虚干，必须天赞与人力也。殷汤有白鸠之祥，周武有赤乌之瑞，汉高有星聚之符，世祖有神光之征，皆因民困悴于桀、纣之政，毒苦于秦、莽之役，故能芟去无道，致成其志。今天下非患于幼主，未见受命之应验，而欲一旦卒然登即尊号，未之或有，四也。天子之贵，四海之富，谁不欲焉？义不可，势不得耳。陈胜、项籍、王莽、公孙述之徒，皆南面称孤，莫之能济。帝王之位，不可横冀，五也。幼主岐嶷，若除其逼，去其鲠，必成中兴之业。夫致主于周成之盛，自受旦、奭之美，此诚所望于尊明也。纵使幼主有他改异，犹望推宗室之谱属，论近亲之贤良，以绍刘统，以固汉宗。皆所以书功金石，图形丹青，流庆无穷，垂声管弦。舍而不为，为其难者，想明明之素，必所不忍，六也。五世为相，权之重，势之盛，天下莫得而比焉。忠贞者必曰宜夙夜思惟，所以扶国家之踬顿，念社稷之危殆，以奉祖考之志，以报汉室之恩。其忽履道之节而强进取之欲者，将曰天下之人非家吏则门生也，孰不从我？四方之敌非吾匹则吾役也，谁能违我？盍乘累世之势，起而取之哉？二者殊数，不可不详察，七也。所贵于圣哲者，以其审于机宜，慎于举措。若难图之事，难保之势，以激群敌之气，以生众人之心，公义故不可，私计又不利，明哲不处，八也。世人多惑于图纬而牵非类，比合文字以悦所事，苟以阿上惑众，终有后悔者，自往迄今，未尝无之，不可不深择而熟思，九也。九者，尊明所见之余耳，庶备起予，补所遗忘。忠言逆耳，幸留神听！”

《后汉书》卷七五《袁术传》载有张纮上书的节文。

张纮（153—212），字子纲，广陵人。《三国志》卷五三《吴书·张纮传》载：“少游学京师，还本郡，举茂才，公府辟，皆不就。”又说张纮“入太学，事博士韩宗，治《京氏易》《欧阳尚书》，又于外黄从濮阳闿受《韩诗》及《礼记》《左氏春秋》”。

傅刚认为：“张纮此信不仅分寸把握得当，而且写得文采斐然、词意雅正。”①

①《中国古代文学史》编写组编：《中国古代文学史》上册，高等教育出版社2018年版，第264页。

汉献帝建安二年(197)

春，袁术自称天子。

《后汉书》卷九《孝献帝纪》载：“（建安）二年春，袁术自称天子。”《三国志》卷六《魏书·袁术传》载：“兴平二年(195)冬，天子败于曹阳。术会群下谓曰：‘今刘氏微弱，海内鼎沸。吾家四世公辅，百姓所归，欲应天顺民，于诸君意如何?’众莫敢对。主簿阎象进曰：‘昔周自后稷至于文王，积德累功，三分天下有其二，犹服事殷。明公虽奕世克昌，未若有周之盛，汉室虽微，未若殷纣之暴也。’术嘿然不悦。用河内张炯之符命，遂僭号。以九江太守为淮南尹。置公卿，祠南北郊。”

按：《后汉书》与《三国志》所载时间不同，《资治通鉴》卷六二“建安二年”载：“袁术称帝于寿春，自称仲家，以九江太守为淮南尹，置公卿百官，郊祀天地。”兹从《通鉴》。

孙策再致书劝袁术勿僭号，袁术不纳，遂断绝交通。

《三国志》卷五〇《吴书·孙景传》载：“术后僭号，策以书喻术，术不纳，便绝江津，不与通。”

五月，孙策受朝廷命为会稽太守，明汉将军，袭爵乌程侯。

《三国志》卷四六《吴书·孙策传》裴注引《江表传》曰：

“建安二年夏，汉朝遣议郎王誧奉戊辰诏书曰：‘董卓逆乱，凶国害民。先将军坚念在平讨，雅意未遂，厥美著闻。策遵善道，求福不回。今以策为骑都尉，袭爵乌程侯，领会稽太守。’……策自以统领兵马，但以骑都尉领郡为轻，欲得将军号，乃使人讽誧，誧便承制假策明汉将军。”

孙策作《明汉将军谢表》。

《三国志》卷四六《吴书·孙策传》裴注引《吴录》载策上表谢曰：“臣以固陋，孤特边陲。陛下广播高泽，不遗细节，以臣袭爵，兼典名郡。仰荣顾宠，所不克堪。兴平二年十二月二十日，于吴郡曲阿得袁术所呈表，以臣行殄寇将军；至被诏书，乃知诈擅。虽辄捐废，犹用悚悸。臣年十七，丧失所怙，惧有不任堂构之鄙，以忝析薪之戒，诚无去病十八建功，世祖列将弱冠佐命。臣初领兵，年未弱冠，虽驽懦不武，然思竭微命。惟术狂惑，为恶深重。臣凭威灵，奉辞罚罪，庶必献捷，以报所授。”

诸葛亮的从父诸葛玄被杀于豫章南昌。

《三国志》卷三五《蜀书·诸葛亮传》载：“亮早孤，从父玄为袁术所署豫章太守，玄将亮及亮弟均之官。会汉朝更选朱皓代玄。玄素与荆州牧刘表有旧，往依之。”裴注引《献帝春秋》曰：“初，豫章太守周术病卒，刘表上诸葛玄为豫章太守，治南昌。汉朝闻周术死，遣朱皓代玄。皓从扬州刺史刘繇求兵击玄，玄退屯西城，皓入南昌。建安二年正月，西城民反，杀玄，送首诣繇。”

汉献帝建安三年(198)

周瑜渡江依孙策。

《三国志》卷五四《吴书·周瑜传》载:“遂自居巢还吴。是岁,建安三年也。策亲自迎瑜,授建威中郎将,即与兵二千人,骑五十匹。”

《资治通鉴》卷六二“建安三年”载:“袁术以周瑜为居巢长,以临淮鲁肃为东城长。瑜、肃知术终无所成,皆弃官渡江从孙策。策以瑜为建威中郎将。肃因家于曲阿。”

按:孙策居舒县时已结交周瑜,《三国志》卷四六《吴书·孙策传》载:“坚初兴义兵,策将母徙居舒,与周瑜相友,收合士大夫,江、淮间人咸向之。”裴注引《江表传》曰:“策年十余岁,已交结知名,声誉发闻。有周瑜者,与策同年,亦英达夙成,闻策声闻,自舒来造焉。便推结分好,义同断金,劝策徙居舒,策从之。”

周瑜在此前亲结鲁肃。

《三国志》卷五四《吴书·鲁肃传》载:“周瑜为居巢长,将数百人故过候肃,并求资粮。肃家有两囷米,各三千斛,肃乃指一囷与周瑜,瑜益知其奇也,遂相亲结,定侨、札之分。袁术闻其名，就署东城长。肃见术无纲纪，不足与立事，乃携老弱将轻侠少年百余人，南到居巢就瑜。瑜之东渡，因与同行，留家曲阿。”裴注引《吴书》曰：“肃渡江往见策，策亦雅奇之。”

孙策赏赐周瑜鼓吹。

《三国志》卷五四《吴书·周瑜传》裴注引《江表传》载：“策又给瑜鼓吹，为治馆舍，赠赐莫与为比。”

王朗归曹操。

《三国志》卷一三《魏书·王朗传》裴注引《汉晋春秋》曰：“孙策之始得朗也，谴让之。使张昭私问朗，朗誓不屈，策忿而不敢害也，留置曲阿。建安三年，太祖表征朗，策遣之。太祖问曰：‘孙策何以得至此邪？’朗曰：‘策勇冠一世，有俊才大志。张子布，民之望也，北面而相之。周公瑾，江淮之杰，攘臂而为其将。谋而有成，所规不细，终为天下大贼，非徒狗盗而已。’”

张纮受命于孙策，奉章至许都，为孔融所亲善，为曹操所器重。

《三国志》卷五三《吴书·张纮传》载：“建安四年，策遣纮奉章至许宫，留为侍御史。少府孔融等皆与亲善。”裴注引《吴书》曰：“纮至，与在朝公卿及知旧述策材略绝异，平定三郡，风行草偃，加以忠敬款诚，乃心王室。时曹公为司空，欲加恩厚，以悦远人，至乃优文褒崇，改号加封，辟纮为掾，举高第，补侍御史，后以纮为九江太守。纮心恋旧恩，思还反命，以疾固辞。”

俞绍初辑校《建安七子集》之《建安七子年谱》按称：

"'四年'当作'三年'，说见《通鉴考异》。"[①]

孙策转拜讨逆将军，改封吴侯。

《三国志》卷四六《吴书·孙策传》载："制书转拜讨逆将军，改封吴侯。"裴注引《江表传》曰："建安三年，策又遣使贡方物，倍于元年所献。其年，制书转拜讨逆将军，改封吴侯。"

《资治通鉴》卷六二载："孙策遣其正议校尉张纮献方物，曹操欲抚纳之，表策为讨逆将军，封吴侯。"胡三省注曰："由乌程徙封吴，进其封也。"《考异》曰："《江表传》曰：'建安三年，策又遣使贡方物，倍于元年所献。其年，制书转拜讨逆将军，改封吴侯。'按，策贡献在二年，非元年也。又陈《志》《纮传》曰：'建安四年，（策）遣纮奉章诣许。'按，《吴书》纮述策材略、忠款，曹公乃优文褒崇，改号加封。然则纮来在策封吴侯前，本传误也。"

虞翻返回会稽郡。

裴占荣《虞仲翔先生年谱》系于本年。[②]

陆凯（198—269）生。

《三国志》卷六一《吴书·陆凯传》载："陆凯字敬风，吴郡吴人，丞相逊族子也。"

---

①俞绍初辑校：《建安七子集》，中华书局2005年版，第400—401页。

②参见裴占荣：《虞仲翔先生年谱》，《国立北平图书馆馆刊》1933年第7卷1号。

汉献帝建安四年(199)

孙策、孙权攻破庐江太守刘勋，占据庐江郡。

《三国志》卷四七《吴书·吴主传》载：孙权“建安四年，从策征庐江太守刘勋”。卷四六《吴书·孙策传》载：“后术死，长史杨弘、大将张勋等将其众欲就策，庐江太守刘勋要击，悉虏之，收其珍宝以归。策闻之，伪与勋好盟。勋新得术众，时豫章上缭宗民万余家在江东，策劝勋攻取之。勋既行，策轻军晨夜袭拔庐江，勋众尽降，勋独与麾下数百人自归曹公。”卷一四《魏书·刘晔传》载：“晔睹汉室渐微，己为支属，不欲拥兵，遂委其部曲与庐江太守刘勋。勋怪其故，晔曰：‘宝无法制，其众素以钞略为利，仆宿无资，而整齐之，必怀怨难久，故相与耳。’时勋兵强于江、淮之间。孙策恶之，遣使卑辞厚币，以书说勋曰：‘上缭宗民，数欺下国，忿之有年矣。击之，路不便，愿因大国伐之。上缭甚实，得之可以富国，请出兵为外援。’勋信之，又得策珠宝、葛越，喜悦。外内尽贺，而晔独否。勋问其故，对曰：‘上缭虽小，城坚池深，攻难守易，不可旬日而举，则兵疲于外，而国内虚。策乘虚而袭我，则后不能独守。是将军进屈于敌，退无所归。若军必出，祸今至矣。’勋不从。兴兵伐上缭，策果袭其后。勋穷踧，遂奔太祖。”卷一二《魏书·司马芝传》裴注引《魏略》曰：“勋字子台，瑯邪人。中平末，为沛国建平长，与太祖有旧。后为庐江太守，为孙策所破，自归太祖，封列侯，遂从在散伍议中。勋兄为豫州刺史，病亡。兄子威，又代从政。勋自恃与太祖有宿，日骄慢，数犯法，又诽谤。为李申成所白，收治，并免威官。”

按：庐江郡旧郡治在舒县，刘勋迁至皖城。孙策击败刘勋，打开了进军长江中游的门户。

孙策收袁术部曲，获得袁术的百工器物。

《三国志》卷六《魏书·袁术传》载：“妻子依术故吏庐江太守刘勋，孙策破勋，复见收视。术女入孙权宫，子耀拜郎中，耀女又配于权子奋。”《后汉书》卷七五《袁术传》载：“（袁术）妻子依故吏庐江太守刘勋。孙策破勋，复见收视，术女入孙权宫，子曜仕吴为郎中。”《三国志》卷四六《吴书·孙策传》“勋独与麾下数百人自归曹公”句裴注引《江表传》曰：“会术死，术从弟胤、女婿黄猗等畏惧曹公，不敢守寿春，乃共舁术棺柩，扶其妻子及部曲男女，就刘勋于皖城。……时策西讨黄祖，行及石城，闻勋轻身诣海昏，便分遣从兄贲、辅率八千人于彭泽待勋，自与周瑜率二万人步袭皖城，即克之，得术百工及鼓吹部曲三万余人，并术、勋妻子……皆徙所得人东诣吴。”《资治通鉴》卷六三系于本年，亦说“得术、勋妻子及部曲三万余人”。《建康实录》卷一《太祖上》载：本年“及袁术败死，其部曲将术家属归庐江太守刘勋。策既定江东，遂引兵与周瑜西渡，袭皖城，大破刘勋于庐江，取袁术乘舆百工器物而归”。

按：孙吴的鼓吹乐应该是在孙策击溃刘勋时获得的袁术的乐府制度基础上建立的。袁术家族曾“四世三公”，是当时的望族，僭号后“置公卿百官，郊祀天地”，但未闻在制度方面有所创改，应当是沿袭汉制，孙策所获得的“鼓吹”应属汉代的鼓吹规制。

孙策西伐江夏，上《讨黄祖表》。

《三国志》卷四六《吴书·孙策传》裴注引《吴录》载孙策上表曰：“臣讨黄祖，以十二月八日到祖所屯沙羡县。刘表遣将助祖，并来趣臣。臣以十一日平旦部所领江夏太守行建威中郎将周瑜、领桂阳太守行征虏中郎将吕范、领零陵太守行荡寇中郎将程普、行奉业校尉孙权、行先登校尉韩当、行武锋校尉黄盖等同时俱进。身跨马栎陈，手击急鼓，以齐战势。吏士奋激，踊跃百倍，心精意果，各竞用命。越渡重堑，迅疾若飞。火放上风，兵激烟下，弓弩并发，流矢雨集，日加辰时，祖乃溃烂。锋刃所截，猋火所焚，前无生寇，惟祖迸走。获其妻息男女七人，斩虎、韩晞已下二万余级，其赴水溺者一万余口，船六千余艘，财物山积。虽表未禽，祖宿狡猾，为表腹心，出作爪牙，表之鸱张，以祖气息，而祖家属部曲，扫地无余，表孤特之虏，成鬼行尸。诚皆圣朝神武远振，臣讨有罪，得效微勤。”

《资治通鉴》卷六三“建安四年”载：“时策引兵西击黄祖，行及石城，闻勋在海昏，策乃分遣从兄贲、辅将八千人屯彭泽，自与领江夏太守周瑜将二万人袭皖城，克之，得术、勋妻子及部曲三万余人；表汝南李术为庐江太守，给兵三千人以守皖城，皆徙所得民东诣吴。勋还至彭泽，孙贲、孙辅邀击，破之。勋走保流沂，求救于黄祖，祖遣其子射率船军五千人助勋。策复就攻勋，大破之。勋北归曹操，射亦遁走。策收得勋兵二千余人，船千艘，遂进击黄祖。十二月，辛亥，策军至沙羡，刘表遣从子虎及南阳韩晞，将长矛五千来救祖。甲寅，策与战，大破之，斩晞。祖脱身走，获其妻子及船六千艘，士卒杀溺死者数万人。"

王朗作《遗孙策书》。

《三国志》卷四九《吴书·刘繇传》载："后策西伐江夏，还过豫章，收载繇丧，善遇其家。王朗遗策书曰：'刘正礼昔初临州，未能自达，实赖尊门为之先后，用能济江成治，有所处定。践境之礼，感分结意，情在终始。后以袁氏之嫌，稍更乖剌。更以同盟，还为仇敌，原其本心，实非所乐。康宁之后，常愿渝平更成，复践宿好。一尔分离，款意不昭，奄然殂陨，可为伤恨！知敦以厉薄，德以报怨，收骨育孤，哀亡愍存，捐既往之猜，保六尺之托，诚深恩重分，美名厚实也。昔鲁人虽有齐怨，不废丧纪，《春秋》善之，谓之得礼，诚良史之所宜藉，乡校之所叹闻。正礼元子，致有志操，想必有以殊异。威盛刑行，施之以恩，不亦优哉！'"

虞翻为孙策说服豫章太守华歆投降，孙策待华歆为上宾。孙策占据豫章郡。

《三国志》卷一三《魏书·华歆传》载："孙策略地江东，歆知策善用兵，乃幅巾奉迎。策以其长者，待以上宾之礼。"裴注引胡冲《吴历》曰："孙策击豫章，先遣虞翻说歆。歆答曰：'歆久在江表，常欲北归；孙会稽来，吾便去也。'翻还报策，策乃进军。歆葛巾迎策，策谓歆曰：'府君年德名望，远近所归；策年幼稚，宜修子弟之礼。'便向歆拜。”华峤《谱叙》曰：“孙策略有扬州，盛兵徇豫章，一郡大恐。官属请出郊迎，教曰：'无然。'策稍进，复白发兵，又不听。及策至，一府皆造阁，请出避之。乃笑曰：'今将自来，何遽避之？'有顷，门下白曰：'孙将军至。'请见，乃前与歆共坐，谈议良久，夜乃别去。义士闻之，皆长叹息而心自服也。策遂亲执子弟之礼，礼为上宾。是时四方贤士大夫避地江南者甚众，皆出其下，人人望风。每策大会，坐上莫敢先发言，歆时起更衣，则论议谨哗。歆能剧饮，至石余不乱，众人微察，常以其整衣冠为异，江南号之曰'华独坐'。”虞溥《江表传》曰：“孙策在椒丘，遣虞翻说歆。翻既去，歆请功曹刘壹入议。壹劝歆住城，遣檄迎军。歆曰：'吾虽刘刺史所置，上用，犹是剖符吏也。今从卿计，恐死有余责矣。'壹曰：'王景兴既汉朝所用，且尔时会稽人众盛强，犹见原恕，明府何虑？'于是夜逆作檄，明旦出城，遣吏赍迎。策便进军，与歆相见，待以上宾，接以朋友之礼。”

《三国志》卷五七《吴书·虞翻传》裴注引《江表传》曰：“策讨黄祖，旋军欲过取豫章，特请翻语曰：'华子鱼自有名字，然非吾敌也。加闻其战具甚少，若不开门让城，金鼓一震，不得无所伤害，卿便在前具宣孤意。'翻即奉命辞行，径到郡，请被褠葛巾与歆相见，谓歆曰：'君自料名声之在海内，孰与鄙郡故王府君？'歆曰：'不及也。'翻曰：'豫章资粮多少？器仗精否？

士民勇果孰与鄙郡?’又曰:‘不如也。’翻曰:‘讨逆将军智略超世,用兵如神,前走刘扬州,君所亲见,南定鄙郡,亦君所闻也。今欲守孤城,自料资粮,已知不足,不早为计,悔无及也。今大军已次椒丘,仆便还去,明日日中迎檄不到者,与吾辞矣。’翻既去,歆明旦出城,遣吏迎策。”裴注引《吴历》载:“翻谓歆曰:‘窃闻明府与王府君齐名中州,海内所宗,虽在东垂,常怀瞻仰。’歆答曰:‘孤不如王会稽。’翻复问:‘不审豫章精兵,何如会稽?’对曰:‘大不如也。’翻曰:‘明府言不如王会稽,谦光之谭耳;精兵不如会稽,实如尊教。’因述孙策才略殊异,用兵之奇,歆乃答云当去。”

《资治通鉴》亦系此事于本年。

孙策从豫章郡析分出庐陵郡。

《资治通鉴》卷六三“建安四年”载:“策分豫章为庐陵郡,以孙贲为豫章太守,孙辅为庐陵太守。会僮芝病,辅遂进取庐陵,留周瑜镇巴丘。”

孙权被扬州刺史严象举为茂才。

《三国志》卷四六《吴书·孙策传》载:曹操“乃以弟女配小弟匡,又为子章取贲女,皆礼辟弟权、翊,又命扬州刺史严象举权茂才”。

汉献帝建安五年(200)

吴郡《左传》学者高岱为孙策所杀。

《三国志》卷四六《吴书·孙策传》裴注引《吴录》曰:“时有高岱者,隐于余姚,策命出使会稽丞陆昭逆之,策虚己候焉。闻其善《左传》,乃自玩读,欲与论讲。或谓之曰:‘高岱以将军但英武而已,无文学之才,若与论《传》而或云不知者,则某言符矣。’又谓岱曰:‘孙将军为人,恶胜己者,若每问,当言不知,乃合意耳。如皆辨义,此必危殆。’岱以为然,及与论《传》,或答不知。策果怒,以为轻己,乃囚之。知交及时人皆露坐为请。策登楼,望见数里中填满。策恶其收众心,遂杀之。岱字孔文,吴郡人也。受性聪达,轻财贵义。其友士拔奇,取于未显,所友八人,皆世之英伟也。太守盛宪以为上计,举孝廉。许贡来领郡,岱将宪避难于许昭家,求救于陶谦。谦未即救,岱憔悴泣血,水浆不入口。谦感其忠壮,有申包胥之义,许为出军,以书与贡。岱得谦书以还,而贡已囚其母。吴人大小皆为危竦,以贡宿忿,往必见害。岱言在君则为君,且母在牢狱,期于当往,若得入见,事自当解。遂通书自白,贡即与相见。才辞敏捷,好自陈谢,贡登时出其母。岱将见贡,语友人张允、沈昬令豫具船，以贡必悔，当追逐之。出便将母乘船易道而逃。贡须臾遣人追之，令追者若及于船，江上便杀之，已过则止。使与岱错道，遂免。被诛时，年三十余。”

四月，孙策与广陵太守陈登交战。

《三国志》卷七《魏书·陈登传》裴注引《先贤行状》曰：“登在广陵，明审赏罚，威信宣布。……布既伏诛，登以功加拜伏波将军，甚得江、淮间欢心，于是有吞灭江南之志。孙策遣军攻登于匡琦城”。《建康实录》卷一《太祖上》载：“建安五年四月，广陵太守陈登治射阳，阴遣间使，以印绶与严白虎余党于会稽，图取策。策密知之，讨登，至丹徒。”《三国志》卷二二《魏书·陈矫传》载：“郡为孙权所围于匡奇，登令矫求救于太祖。矫说太祖曰：‘鄙郡虽小，形便之国也，若蒙救援，使为外藩，则吴人锉谋，徐方永安，武声远震，仁爱滂流，未从之国，望风景附，崇德养威，此王业也。’太祖奇矫，欲留之。矫辞曰：‘本国倒县，本奔走告急，纵无申胥之效，敢忘弘演之义乎？’太祖乃遣赴救。吴军既退，登多设间伏，勒兵追奔，大破之。”

按：陈登是陈珪之子。建安二年，陈登受曹操命为广陵太守。吕思勉《三国史话》说：“孙策的用兵，几于所向无敌，独有两次攻陈登，都是失败的。孙策心中甚为愤怒。他临死前的出兵，《三国志·孙策传》注引《江表传》，说他是想去攻陈登的，这大约是实情。孙策用兵甚锐，这一次大举而来，假如不死而渡过了江，陈登能否抵抗，自然是一个问题。然而陈登不是像刘繇等武略不济的人，即使一时失败，必不至于一蹶不振，总还能收合余烬，求救于中央，或者和别一支兵马联合，和孙氏相持。况且孙策善战，陈登未必和他野战，还可用守势对付呢。所以陈登在广陵，确是孙氏的一个劲敌。”①

四月，孙策（175—200）为许贡客所射杀。

《三国志》卷四六《吴书·孙策传》载：建安五年，“会为故吴郡太守许贡客所杀。先是，策杀贡，贡小子与客亡匿江边。策单骑出，卒与客遇，客击伤策”。裴注引《江表传》说：“初，吴郡太守许贡上表于汉帝曰：‘孙策骁雄，与项籍相似，宜加贵宠，召还京邑。若被诏不得不还，若放于外必作世患。’策候吏得贡表，以示策。策请贡相见，以责让贡。贡辞无表，策即令武士绞杀之。贡奴客潜民间，欲为贡报仇。猎日，卒有三人即贡客也。策问：‘尔等何人？’答云：‘是韩当兵，在此射鹿耳。’策曰：‘当兵吾皆识之，未尝见汝等。’因射一人，应弦而倒。余二人怖急，便举弓射策，中颊。后骑寻至，皆刺杀之。”卷一《魏书·武帝纪》载：“孙策闻公与绍相持，乃谋袭许，未发，为刺客所杀。”卷一四《魏书·郭嘉传》载：“孙策转斗千里，尽有江东，闻太祖与袁绍相持于官渡，将渡江北袭许。众闻皆惧，嘉料之曰：‘策新并江东，所诛皆英豪雄杰，能得人死力者也。然策轻而无备，虽有百万之众，无异于独行中原也。若刺客伏起，一人之敌耳。以吾观之，必死于匹夫之手。’策临江未济，果为许贡客所杀。”《后汉书》卷九《孝献帝纪》载：“是岁，孙策死。弟

①吕思勉：《三国史话》，《吕思勉全集》（25），上海古籍出版社2016年版，第349—350页。

权袭其余业。”《三国志》卷四六《吴书·孙策传》裴注引孙盛《异同评》说“策以四月遇害”。

孙权嗣位，时占有东南五郡。

《三国志》卷四七《吴书·吴主传》载：建安五年，“是时惟有会稽、吴郡、丹杨、豫章、庐陵”。

曹操表孙权为讨虏将军、会稽太守。

《三国志》卷四七《吴书·吴主传》载：“曹公表权为讨虏将军，领会稽太守，屯吴，使丞之郡行文书事。”卷五三《吴书·张纮传》载：“曹公闻策薨，欲因丧伐吴。纮谏以为乘人之丧，既非古义，若其不克，成仇弃好，不如因而厚之。曹公从其言，即表权为讨虏将军，领会稽太守。”

胡综为孙权金曹从事。

《三国志》卷六二《吴书·胡综传》载：“策薨，权为讨虏将军，以综为金曹从事。”

张纮被曹操任命为会稽东部都尉。

《三国志》卷五三《吴书·张纮传》载：“曹公欲令纮辅权内附，出纮为会稽东部都尉。”

张纮与孔融书论虞翻。

《三国志》卷五七《吴书·虞翻传》载：“会稽东部都尉张纮又与融书曰：‘虞仲翔前颇为论者所侵，美宝为质，雕摩益光，不足以损。’”

张昭受托辅助孙权。

《三国志》卷五二《吴书·张昭传》载：“策临亡，以弟权托昭，昭率群僚立而辅之。”裴注引《吴历》曰：“策谓昭曰：‘若仲谋不任事者，君便自取之。正复不克捷，缓步西归，亦无所虑。’”

张纮与张昭一内一外辅佐孙权。

《三国志》卷五三《吴书·张纮传》裴注引《吴书》曰：“纮与张昭并与参谋，常令一人居守，一人从征讨。”又曰：“权初承统，春秋方富，太夫人以方外多难，深怀忧劳，数有优令辞谢，付属以辅助之义。纮辄拜笺答谢，思惟补察。每有异事密计及章表书记，与四方交结，常令纮与张昭草创撰作。纮以破虏有破走董卓，扶持汉室之勋；讨逆平定江外，建立大业，宜有纪颂以昭公义。既成，呈权，权省读悲感，曰：‘君真识孤家门阀阅也。’乃遣纮之部。”《江表传》曰：“初，权于群臣多呼其字，惟呼张昭曰张公，纮曰东部，所以重二人也。”

周瑜至吴，留掌众事。

《三国志》卷五四《吴书·周瑜传》载：“五年，策薨，权统事。瑜将兵赴丧，遂留吴，以中护军与长史张昭共掌众事。”

鲁肃被周瑜引荐给孙权，并为孙权分析形势，制定策略。

《三国志》卷五四《吴书·鲁肃传》载：“会瑜已徙肃母到吴，肃具以状语瑜。时孙策已薨，权尚住吴，瑜谓肃曰：‘昔马援答光武云“当今之世，非但君择臣，臣亦择君”。今主人亲贤贵士，纳奇录异，且吾闻先哲秘论，承运代刘氏者，必兴于东南，推步事势，当其历数。终构帝基，以协天符，是烈士攀龙附凤驰骛之秋。吾方达此，足下不须以子扬之言介意也。’肃从其言。瑜因荐肃才宜佐时，当广求其比，以成功业，不可令去也。权即见肃，与语甚悦之。众宾罢退，肃亦辞出，乃独引肃还，合榻对饮。因密议曰：'今汉室倾危，四方云扰，孤承父兄余业，思有桓文之功。君既惠顾，何以佐之？'肃对曰：'昔高帝区区欲尊事义帝而不获者，以项羽为害也。今之曹操，犹昔项羽，将军何由得为桓文乎？肃窃料之，汉室不可复兴，曹操不可卒除。为将军计，惟有鼎足江东，以观天下之衅。规模如此，亦自无嫌。何者？北方诚多务也。因其多务，剿除黄祖，进伐刘表，竟长江所极，据而有之，然后建号帝王以图天下，此高帝之业也。'权曰：'今尽力一方，冀以辅汉耳，此言非所及也。'张昭非肃谦下不足，颇訾毁之，云肃年少粗疏，未可用。权不以介意，益贵重之，赐肃母衣服帏帐，居处杂物，富拟其旧。"

郑欣《魏蜀吴建国路线的比较研究》解读道："发展的第一步是，剿除江夏的黄祖和襄阳的刘表，占据长江中游的荆州。发展的第二步是'竟长江所极'，就是进窥长江上游，消灭益州的刘璋。据有长江以南的土地后建国称帝。与北方的曹操相对抗，徐图天下。"①

步骘始从孙权，为孙权主记。

《三国志》卷五二《吴书·步骘传》载："孙权为讨虏将军，召骘为主记。"裴注引《吴书》曰："岁余，骘以疾免，与琅邪诸葛瑾、彭城严畯俱游吴中，并著声名，为当时英俊。"

诸葛瑾擅长《毛诗》《尚书》《左传》，始为孙权所用。

①郑欣：《魏晋南北朝史探索》，山东大学出版社2009年版，第5页。

《三国志》卷五二《吴书·诸葛瑾传》载："汉末避乱江东。值孙策卒，孙权姊婿曲阿弘咨见而异之，荐之于权，与鲁肃等并见宾待。"裴注引《吴书》曰："瑾少游京师，治《毛诗》《尚书》《左氏春秋》。遭母忧，居丧至孝，事继母恭谨，甚得人子之道。"

虞翻为富春长，孙策卒，不赴丧，留富春制服行丧。

《三国志》卷五七《吴书·虞翻传》载："翻出为富春长。策薨，诸长吏并欲出赴丧，翻曰：'恐邻县山民或有奸变，远委城郭，必致不虞。'因留制服行丧。诸县皆效之，咸以安宁。"

虞翻注《易》，后被孔融赞赏为"东南之美"。

《三国志》卷五七《吴书·虞翻传》载少府孔融称虞翻《易》学说："闻延陵之理乐，睹吾子之治《易》，乃知东南之美者，非徒会稽之竹箭也。"

按：裴占荣《虞仲翔先生年谱》系于本年。[①]刘汝霖《汉晋学术编年》系于六年。[②]陆侃如《中古文学系年》则系于八年，说："孙策卒于建安五年，此书当在卒后数年中，与前书（即《与张纮书》）时代应相近。"[③]孔融约于建安四年迁少府，至九年已是太中大夫，那么孔融赞赏虞翻《易》注，发生在建安五年、六年、八年都是有可能的，姑系于此。

"东南之美"最早出自《尔雅·释地》"东南之美者，有会稽之竹箭焉"，本是称赞吴地的特产，孔融以之称赞虞翻的学术。又《文选》卷二四载潘尼《赠陆机出为吴王郎中令一首》说"东

①参见裴占荣：《虞仲翔先生年谱》，《国立北平图书馆馆刊》1933年第7卷1号。

②参见刘汝霖：《汉晋学术编年》，华东师范大学出版社2010年版，第448页。

③陆侃如：《中古文学系年》，人民文学出版社1985年版，第346—347页。

南之美，曩惟延州。显允陆生，于今鲜俦。振鳞南海，濯翼清流。婆娑翰林，容与坟丘”，亦用来称赞陆机的文学和学术。

虞翻作《奏上易注》。

《三国志》卷五七《吴书·虞翻传》裴注引《翻别传》曰：“翻初立《易》注，奏上曰：‘臣闻六经之始，莫大阴阳，是以伏羲仰天县象，而建八卦，观变动六爻为六十四，以通神明，以类万物。臣高祖父故零陵太守光，少治孟氏《易》，曾祖父故平舆令成，缵述其业，至臣祖父凤为之最密。臣亡考故日南太守歆，受本于凤，最有旧书，世传其业，至臣五世。前人通讲，多玩章句，虽有秘说，于经疏阔。臣生遇世乱，长于军旅，习经于枹鼓之间，讲论于戎马之上，蒙先师之说，依经立注。又臣郡吏陈桃梦臣与道士相遇，放发被鹿裘，布《易》六爻，挠其三以饮臣，臣乞尽吞之。道士言《易》道在天，三爻足矣。岂臣受命，应当知经！所览诸家解不离流俗，义有不当实，辄悉改定，以就其正。孔子曰：“乾元用九而天下治。”圣人南面，盖取诸离，斯诚天子所宜协阴阳致麟凤之道矣。谨正书副上，惟不罪戾。’”

虞翻作《又奏上易注》。

《三国志》卷五七《吴书·虞翻传》裴注引《翻别传》曰：“翻又奏曰：‘经之大者，莫过于《易》。自汉初以来，海内英才，其读《易》者，解之率少。至孝灵之际，颍川荀谞号为知《易》，臣得其注，有愈俗儒，至所说西南得朋，东北丧朋，颠倒反逆，了不可知。孔子叹《易》曰：“知变化之道者，其知神之所为乎！”以美大衍四象之作，而上为章首，尤可怪笑。又南郡太守马融，名有俊才，其所解释，复不及谞。孔子曰“可与共学，未可与适道"，岂不其然！若乃北海郑玄，南阳宋忠，虽各立注，忠小差玄而皆未得其门，难以示世。'"

按：虞翻所作《奏上易注》和《又奏上易注》时间不详，姑系于此。裴占荣《虞仲翔先生年谱》说："吾人读此诸表，可推得以下种种之定则：（一）虞氏五世家传孟氏《易》之学，前汉所谓颛门，奥义犹存。（二）虞歆之世，最有旧书，当时说《易》诸家，当然俱在其搜罗之列。（三）先生注《易》，折衷群言，集汉末之大成。（四）虞氏《易注》今尚存在，实经学界一可重之书。"①

虞翻作《奏郑玄解尚书违失事目》。

《三国志》卷五七《吴书·虞翻传》裴注引《翻别传》曰："又奏郑玄解《尚书》违失事目：'臣闻周公制礼以辨上下，孔子曰"有君臣然后有上下，有上下然后礼义有所错"，是故尊君卑臣，礼之大司也。伏见故征士北海郑玄所注《尚书》，以《顾命》康王执瑁，古"月"似"同"，从误作"同"，既不觉定，复训为杯，谓之酒杯；成王疾困凭几，洮颒为濯，以为浣衣成事，"洮"字虚更作"濯"，以从其非；又古大篆"丣"字读当为"柳"，古"柳""丣"同字，而以为昧；"分北三苗"，"北"古"别"字，又训北，言北犹别也。若此之类，诚可怪也。玉人职曰天子执瑁以朝诸侯，谓之酒杯；天子颒面，谓之浣衣；古篆"丣"字，反以为昧。甚违不知盖阙之义。于此数事，误莫大焉，宜命学官定此三事。又马融训注亦以为同者大同天下，今经益"金"就作"铜"字，诂训言天子副玺，虽皆不得，犹愈于玄。然此不定，

①裴占荣：《虞仲翔先生年谱》，《国立北平图书馆馆刊》1933年第7卷1号。

臣没之后，而奋乎百世，虽世有知者，怀谦莫或奏正。又玄所注五经，违义尤甚者百六十七事，不可不正。行乎学校，传乎将来，臣窃耻之。’”

裴占荣《虞仲翔先生年谱》说：“至于上献帝表，所以亦附于此年者，其理由：(一) 本传注《翻别传》云‘翻初立《易注》奏上曰云云’，本传翻与少府孔融书，并示以所著《易注》，则知示孔融与上献帝之时，并不甚远，或系同时。(二) 张纮北使与孔融既相友善（见纮本传），本传载纮致融书，并载纮官为会稽东部都尉，则知系纮返吴之言。味其语意，知张孔二人，前此对先生之品学，已有相当之钦佩。”[①]

华歆被曹操征回中原。

《三国志》卷一三《魏书·华歆传》载：“后策死。太祖在官渡，表天子征歆。孙权欲不遣，歆谓权曰：‘将军奉王命，始交好曹公，分义未固，使仆得为将军效心，岂不有益乎？今空留仆，是为养无用之物，非将军之良计也。’权悦，乃遣歆。”

薛综依族人避地交州，从刘熙学。

陆侃如《中古文学系年》系于建安五年，说：“（刘）熙在交州讲学，当在建安初。今假定综避地及从学在五年左右，也许距事实不太远。他的生年大约在光和中（一八〇年左右），卒时年约六十余。”[②]

---

①裴占荣：《虞仲翔先生年谱》，《国立北平图书馆馆刊》1933年第7卷1号。

②陆侃如：《中古文学系年》，人民文学出版社1985年版，第341页。

汉献帝建安六年(201)

春，孙权攻杀庐江太守李术，以孙河为庐江太守。

《建康实录》卷一《太祖上》载：“建安六年春，策所置庐江太守李术闻策死，遂不从命，乃与权书曰：‘有德见归，无德见叛，不应还。’权怒，自征之，枭首，屠其城，徙其部曲二万人，从东渡江。”《三国志》卷四七《吴书·吴主传》裴注引《江表传》曰：“初策表用李术为庐江太守，策亡之后，术不肯事权，而多纳其亡叛。权移书求索，术报曰：‘有德见归，无德见叛，不应复还。’权大怒，乃以状白曹公曰：‘严刺史昔为公所用，又是州举将，而李术凶恶，轻犯汉制，残害州司，肆其无道，宜速诛灭，以惩丑类。今欲讨之，进为国朝扫除鲸鲵，退为举将报塞怨仇，此天下达义，夙夜所甘心。术必惧诛，复诡说求救。明公所居，阿衡之任，海内所瞻，愿敕执事，勿复听受。’是岁举兵攻术于皖城。术闭门自守，求救于曹公。曹公不救。粮食乏尽，妇女或丸泥而吞之。遂屠其城，枭术首，徙其部曲三万余人。”《资治通鉴》卷六三“建安五年”载：“庐江太守李术不肯事权，而多纳其亡叛。权以状白曹操曰：‘严刺史昔为公所用，而李术害之，肆其无道，宜速诛灭。今术必复诡说求救。明公居阿衡之任，海内所瞻，愿敕执事，勿复听受。’因举兵攻术于皖城。术求救于操，操不救。遂屠其城，枭术首。徙其部曲二万余人。”

《三国志》卷五一《吴书·孙韶传》裴注引《吴书》曰：“（孙）河，坚族子也，出后姑俞氏，后复姓为孙。河质性忠直，讷言敏行，有气干，能服勤。少从坚征讨，常为前驱，后领左右兵，典知内事，待以腹心之任。又从策平定吴、会，从权讨李术，术破，拜威寇中郎将，领庐江太守。”

汉献帝建安七年(202)

交阯刺史部改称交州，治广信县。

《后汉书》卷九《孝献帝纪》载："是年，改交趾刺史部为交州，仍治广信。"

按： 汉武帝元封五年（前106）设交阯刺史部，总领岭南九郡。建安七年，交阯刺史部改为交州，仍治广信。广信（今广西梧州）是苍梧郡和交阯刺史部的治所，属于岭南九郡的政治、文化和学术中心。

孙权被曹操责送质子，与吴夫人、周瑜议，不送质。

《三国志》卷五四《吴书·周瑜传》裴注引《江表传》曰："曹公新破袁绍，兵威日盛，建安七年，下书责权质任子。权召群臣会议，张昭、秦松等犹豫不能决，权意不欲遣质，乃独将瑜诣母前定议，瑜曰：'昔楚国初封于荆山之侧，不满百里之地，继嗣贤能，广土开境，立基于郢，遂据荆扬，至于南海，传业延祚，九百余年。今将军承父兄余资，兼六郡之众，兵精粮多，将士用命，铸山为铜，煮海为盐，境内富饶，人不思乱，泛舟举帆，朝发夕到，士风劲勇，所向无敌，有何逼迫，而欲送质？质一入，不得不与曹氏相首尾，与相首尾，则命召不得不往，便见制于人也。极不过一侯印，仆从十余人，车数乘，马数匹，岂与南面称孤同哉？不如勿遣，徐观其变。若曹氏能率义以正天下，将军事之未晚。若图为暴乱，兵犹火也，不戢将自焚。将军韬勇抗威，以待天命，何送质之有！’权母曰：‘公瑾议是也。公瑾与伯符同年，小一月耳，我视之如子也，汝其兄事之。’遂不送质。”

《资治通鉴》卷六四“建安七年”条亦载其事，又卷七八魏元帝“咸熙元年正月”条胡三省注说：“魏制，凡遣将帅，皆留其家以为质任，（钟）会单身无子弟，故曰单身无任。”

汉献帝建安八年(203)

孙权以孙翊代吴景领丹杨太守。

《三国志》卷五〇《吴书·妃嫔传》载:“八年,景卒官。”卷五一《吴书·孙翊传》载:“建安八年,以偏将军领丹杨太守,时年二十。”《建康实录》卷一《太祖上》载:“八年,以弟翊代吴景领丹杨太守。”

孙权西伐黄祖。

《三国志》卷四七《吴书·吴主传》载:“(建安)八年,权西伐黄祖,破其军。”

按: 这是孙权第一次讨伐黄祖。当时黄祖任江夏太守,孙权欲进取长江中游,必然要取江夏郡。因此,建安八年、十二年、十三年,孙权三征江夏,终杀黄祖。

孔融作《遗张纮书》。

《三国志》卷五三《吴书·张纮传》裴注引《吴书》曰:“及(孙权)讨江夏,以东部少事,命纮居守,遥领所职。孔融遗纮书曰:‘闻大军西征,足下留镇。不有居者,谁守社稷?深固折冲,亦大勋也。无乃李广之气,仓发益怒,乐一当单于,以尽余愤乎?南北并定,世将无事,孙叔投戈,绛灌俎豆,亦在今日,但用离析，无缘会面，为愁叹耳。道直途清，相见岂复难哉?’”

陆侃如《中古文学系年》说:“权继策后第一次讨江夏在建安八年，故系于此。”[①]

刘熙《释名》已经成书。

宋清秀、曾礼军、包礼祥撰《中国学术编年·两汉卷》据《释名》中释天下十三州，有雍州（194年置）而无交州（203年置)，推知《释名》成书于194—203年。[②]

陆逊出仕为孙权幕僚。

《三国志》卷五八《吴书·陆逊传》载:“孙权为将军，逊年二十一，始仕幕府，历东西曹令史。”

诸葛恪（203—253）生。

《三国志》卷六四《吴书·诸葛恪传》载:“诸葛恪字元逊，瑾长子也。少知名。”裴注引《江表传》曰:“恪少有才名，发藻岐嶷，辩论应机，莫与为对。权见而奇之，谓瑾曰:‘蓝田生玉，真不虚也。’”裴注引《吴录》曰:“恪长七尺六寸，少须眉，折额广额，大口高声。”

孙权讨伐山越。

《三国志》卷四七《吴书·吴主传》载:建安八年，“山寇复动。还过豫章，使吕范平鄱阳，程普讨乐安，太史慈领海昏，韩当、周泰、吕蒙等为剧县令长”。

---

①陆侃如:《中古文学系年》，人民文学出版社1985年版，第346页。

②参见宋清秀、曾礼军、包礼祥撰:《中国学术编年·两汉卷》，华东师范大学出版社2013年版，第661页。

汉献帝建安九年(204)

韦昭（204—273）生。

按：《三国志》卷六五《吴书·韦昭传》载：韦昭于凤皇二年（273）入狱致死，年七十，则知生于本年。

吴郡学者沈友（176—204）被诬谋反而为孙权所杀。

《三国志》卷四七《吴书·吴主传》裴注引《吴录》曰："是时权大会官寮，沈友有所是非，令人扶出，谓曰：'人言卿欲反。'友知不得脱，乃曰：'主上在许，有无君之心者，可谓非反乎？'遂杀之。友字子正，吴郡人。年十一，华歆行风俗，见而异之，因呼曰：'沈郎，可登车语乎？'友逡巡却曰：'君子讲好，会宴以礼，今仁义陵迟，圣道渐坏，先生衔命，将以裨补先王之教，整齐风俗，而轻脱威仪，犹负薪救火，无乃更崇其炽乎！'歆惭曰：'自桓、灵以来，虽多英彦，未有幼童若此者。'弱冠博学，多所贯综，善属文辞。兼好武事，注《孙子兵法》。又辩于口，每所至，众人皆默然，莫与为对，咸言其笔之妙，舌之妙，刀之妙，三者皆过绝于人。权以礼聘，既至，论王霸之略，当时之务，权敛容敬焉。陈荆州宜并之计，纳之。正色立朝，清议峻厉，为庸臣所谮，诬以谋反。权亦以终不为己用，故害之，时年二十九。”《建康实录》卷一《太祖上》:“九年，大会僚属，以事诛沈友。友，字子正，吴人也。弱冠好学，博闻明赡，善文词，多有口辩。时人以友笔妙、舌妙、刀妙，三妙过人。权至吴，征礼之，共论王霸大略，当世之务。友性忠謇，立朝正色，为众所毁。权亦以终不为己用，故杀之。”

孙权弟丹杨太守孙翊被杀。

《资治通鉴》卷六四“建安九年”条曰:“丹阳大都督妫览、郡丞戴员杀太守孙翊。将军孙河屯京城，驰赴宛陵，览、员复杀之;遣人迎扬州刺史刘馥，令往历阳，以丹阳应之。览入居军府中，欲逼取翊妻徐氏。徐氏绐之曰:‘乞须晦日，设祭除服，然后听命。’览许之。徐氏潜使所亲语翊亲近旧将孙高、傅婴等与共图览，高、婴涕泣许诺，密呼翊时侍养者二十余人与盟誓合谋。到晦日，设祭。徐氏哭泣尽哀，毕，乃除服，薰香沐浴，言笑欢悦。大小凄怆，怪其如此。览密觇，无复疑意。徐氏呼高、婴置户内，使人召览入。徐氏出户拜览，适得一拜，徐大呼:‘二君可起!’高、婴俱出，共杀览，余人即就外杀员。徐氏乃还缞绖，奉览、员首以祭翊墓，举军震骇。孙权闻乱，从椒丘还。至丹阳，悉族诛览、员余党，擢高、婴为牙门，其余赏赐有差。河子韶，年十七，收河余众屯京城。权引军归吴，夜至京城下营，试攻惊之;兵皆乘城，传檄备警，欢声动地，颇射外人。权使晓谕，乃止。明日见韶，拜承烈校尉，统河部曲。”

《建康实录》卷一《太祖上》载:“(建安十年)是岁，丹杨都尉妫览、郡丞戴员等与边洪谋杀太守孙翊，翊妻徐密与翊亲近孙高、傅婴等谋览、员，伏刃杀之，尽诛其党，以览、员首祭翊墓。”

张忱石《建康实录》卷一《太祖上》校勘记第22条引用了陶元珍《建康实录札记》“《吴志》孙翊被杀在建安九年，《实录》系于十年，误”，谓“陶说是，《通鉴》六四亦见载于建安九年”。①

①参见许嵩撰，张忱石点校：《建康实录》卷一，中华书局1986年版，第30—31页。

汉献帝建安十年(205)

孔融作《与曹公论盛孝章书》，制命未至，时为吴郡太守的盛宪已为孙权所杀。

《三国志》卷五一《吴书·孙韶传》裴注引虞预《会稽典录》载：“（盛）宪字孝章，器量雅伟，举孝廉，补尚书郎，稍迁吴郡太守，以疾去官。孙策平定吴、会，诛其英豪，宪素有高名，策深忌之。初，宪与少府孔融善，融忧其不免祸，乃与曹公书：‘岁月不居，时节如流，五十之年，忽焉已至。公为始满，融又过二，海内知识，零落殆尽，惟会稽盛孝章尚存。其人困于孙氏，妻孥湮没，单子独立，孤危愁苦，若使忧能伤人，此子不得复永年矣。《春秋传》曰：“诸侯有相灭亡者，桓公不能救，则桓公耻之。”今孝章实丈夫之雄也，天下谭士，依以扬声，而身不免于幽执，命不期于旦夕，是吾祖不当复论损益之友，而朱穆所以绝交也。公诚能驰一介之使，加咫尺之书，则孝章可致，友道可弘也。今之少年，喜谤前辈，或能讥平。孝章；孝章要为有天下大名，九牧之民所共称叹。燕君市骏马之骨，非欲以骋道里，乃当以招绝足也。惟公匡复汉室，宗社将绝，又能正之，正之之术，实须得贤。珠玉无胫而自至者，以人好之也，况贤者之有足乎？昭王筑台以尊郭隗，隗虽小才，而逢大遇，竟能发明主之至心，故乐毅自魏往，剧辛自赵往，邹衍自齐往。向使郭隗倒县而王不解，临溺而王不拯，则士亦将高翔远引，莫有北首燕路者矣。凡所称引，自公所知，而有云者，欲公崇笃斯义也。因表不悉。'由是征为骑都尉。制命未至，果为权所害。"又载："孙权杀吴郡太守盛宪，宪故孝廉妫览、戴员亡匿山中。"

《文选》卷四一亦载此文。

分置建平县。

《建康实录》卷一《太祖上》载："十年春，往椒丘，使都尉贺齐讨上饶，分置建平县。"

顾谭（205—246）生。

曹道衡《中古文学史料丛考》"顾谭生卒年"条载："《吴志·顾雍传附孙谭传》载，顾雍卒数月，拜谭太常，代雍平尚书事。是时鲁王孙霸有盛宠，谭上疏请明嫡庶之端，以是得罪于霸。又以芍陂之役，其弟顾承与张休俱受上赏，而全琮群子受下赏，至是为全琮父子所构，坐徙交州。按：据雍传，雍卒于赤乌六年（243），《建康实录》卷二《太祖下》更明记卒于十一月。是谭迁太常在七年春，其被徙亦在此年，其卒在九年（246）。以年四十二逆推，当生于汉献帝建安十年（205）。传又言谭'弱冠与诸葛恪等为太子四友'，《诸葛恪传》载恪'弱冠拜骑都尉，与顾谭、张休等侍太子登讲论道艺，并为宾友'。孙权称帝，立太子在吴黄武元年（222），时恪年二十，谭年十八，皆得言弱冠也。"[①]

①曹道衡：《中古文学史料丛考》，《曹道衡文集》卷九，中州古籍出版社2018年版，第101—102页。

汉献帝建安十一年(206)

周瑜连胜黄祖。

《三国志》卷五四《吴书·周瑜传》载:“十一年,督孙瑜等讨麻、保二屯,枭其渠帅,囚俘万余口,还备宫亭。江夏太守黄祖遣将邓龙将兵数千人入柴桑,瑜追讨击,生虏龙送吴。”

太史慈(165—206)卒。

《建康实录》卷一《太祖上》载:“十一年,建昌都尉太史慈卒。慈字子义,东莱黄人。少好学,仕郡奏曹史。……称丹杨太守……(孙策)拜门下都督,从还吴,迁折冲中郎将,深委任之,每与计议。……乃拜慈为建昌都尉,治于海昏焉……及权统事,以慈能制刘磐,专委南方之事。卒,时年四十二。”

刘洪约于是年创造了《乾象历》。

按:《乾象历》是天文学家刘洪创造的历法,大约形成于建安十一年,孙吴一直沿用此历法。它是三国时最为精确、先进的历法,也是“我国划时代的历法之一,而为后代历法的规范”[①]。《乾象历》具有重要的成就,《晋书》卷一七《律历志》说“洪术为后代推步之师表”。学者指出有十方面的成就,兹撷取最重要

①陈遵妫:《中国天文学史》(下),上海人民出版社2006年版,第148页。

的两点略述如下：一是提高了回归年长度的精度。《乾象历》的一回归年为365.24618日，不仅比后汉《四分历》的365.25日更为精确，而且比曹魏《黄初历》的365.25599日和《景初历》的365.24688日更接近回归年的实值（365.24219日）。二是减小了朔望月的长度，提高了历法的精度。《乾象历》朔望月的长度是29.53054日，后汉《四分历》的是29.53085日，而现代科学计算的结果是29.53059日。[①]

宋清秀、曾礼军、包礼祥撰《中国学术编年·两汉卷》系刘洪著《乾象历》于中平五年（188）[②]，未详所据。

①参见王奎、谭良啸：《三国时期的科学技术》，社会科学文献出版社2011年版，第18—21页。

②参见宋清秀、曾礼军、包礼祥撰：《中国学术编年·两汉卷》，华东师范大学出版社2013年版，第622页。

汉献帝建安十二年(207)

孙权西征黄祖，获其人民。

《三国志》卷四七《吴书·吴主传》载：“十二年，西征黄祖，虏其人民而还。”

太夫人吴氏薨，与孙坚合葬高陵。

《建康实录》卷一《太祖上》载：“十二年，太夫人吴氏薨，合葬高陵。夫人吴郡钱塘人，早失父母，与弟景居，孙坚闻其才貌，求而娉之。夫人初孕策，梦月入怀，既而生策。及权在孕，又梦日入怀，以告坚。坚曰：‘日月，阴阳之精，极贵之象，吾子孙其兴乎！’后坚薨，夫人家于舒，抚育孤幼，严于母训。及策统众，夫助治军国，至多补益。……临薨，引见张昭、张纮等，属以后事。”《资治通鉴》卷六五“建安十二年”条载：“权母吴氏疾笃，引见张昭等，属以后事而卒。”《三国志》卷五〇《吴书·吴景传》裴注引《志林》曰：“按会稽贡举簿，建安十二年到十三年阙，无举者，云府君遭忧，此则吴后以十二年薨也。八年、九年皆有贡举，斯甚分明。”

《三国志》卷五〇《吴书·妃嫔传》载：“及权少年统业，夫人助治军国，甚有补益。建安七年，临薨，引见张昭等，属以后事，合葬高陵。”卷五二《吴书·张昭传》载：“昭熟视权曰：‘臣虽知言不用，每竭愚忠者，诚以太后临崩，呼老臣于床下，遗诏顾命之言故在耳。’”裴注引韦昭《吴书》曰：“是时天下分裂，擅命者众。孙策莅事日浅，恩泽未洽，一旦倾陨，士民狼狈，颇有同异。及昭辅权，绥抚百姓，诸侯宾旅寄寓之士，得用自安。”

《三国志》卷四六《吴书·孙坚传》裴注引《吴录》曰：“尊坚庙曰始祖，墓曰高陵。”裴注引《志林》曰：“坚有五子：策、权、翊、匡，吴氏所生；少子朗，庶生也，一名仁。”

按：《三国志》卷四七《吴书·吴主传》载“七年，权母吴氏薨”，又上揭《妃嫔传》“建安七年，临薨”，误。孙坚与吴夫人育有四子，长子孙策，次子孙权，三子孙翊，四子孙匡。吴夫人有弟名吴景。

汉献帝建安十三年(208)

春，孙权讨江夏，攻杀黄祖，遂报父仇。

《后汉书》卷七四下《刘表传》载："会表将江夏太守黄祖为孙权所杀，琦遂求代其任。"《三国志》卷四七《吴书·吴主传》载："十三年春，权复征黄祖，祖先遣舟兵拒军，都尉吕蒙破其前锋，而凌统、董袭等尽锐攻之，遂屠其城。祖挺身亡走，骑士冯则追枭其首，虏其男女数万口。"卷五四《吴书·周瑜传》载："十三年春，权讨江夏，瑜为前部大督。"卷五五《吴书·董袭传》载："建安十三年，权讨黄祖。祖横两蒙冲挟守沔口，以栟闾大绁系石为碇，上有千人，以弩交射，飞矢雨下，军不得前。袭与凌统俱为前部，各将敢死百人，人被两铠，乘大舸船，突入蒙冲里。袭身以刀断两绁，蒙冲乃横流，大兵遂进。祖便开门走，兵追斩之。明日大会，权举觞属袭曰：'今日之会，断绁之功也。'"

按：《资治通鉴》卷六五"建安十二年"条载"是岁，孙权西击黄祖，虏其人民而还"，《考异》说"《吴志·孙权传》建安八年、十二年，皆尝讨黄祖"，皆以为建安十二年孙权讨伐黄祖，误。

据《后汉书·刘表传》所载，孙权杀黄祖后，刘表子刘琦代任江夏太守，孙权未能据有江夏。

吴分立新都郡，贺齐为新都太守。

《三国志》卷六〇《吴书·贺齐传》载："齐复表分歙为新定、黎阳、休阳。并黟、歙，凡六县，权遂割为新都郡，齐为太守，立府于始新，加偏将军。"《资治通鉴》卷六五"建安十三年"载："孙权使威武中郎将贺齐讨丹阳黟、歙贼。黟帅陈仆、祖山等二万户屯林历山，四面壁立，不可得攻，军住经月。齐阴募轻捷士，于隐险处，夜以铁戈拓山潜上，县布以援下人。得上者百余人，令分布四面，鸣鼓角。贼大惊，守路者皆逆走，还依众。大军因是得上，大破之。权乃分其地为新都郡，以齐为太守。"

胡综拜鄂长。

《三国志》卷六二《吴书·胡综传》载："从讨黄祖，拜鄂长。"

九月，曹操平定荆州。

《三国志》卷五四《吴书·周瑜传》载："其年九月，曹公入荆州，刘琮举众降，曹公得其水军，船步兵数十万。"《后汉书》卷九《孝献帝纪》载："秋七月，曹操南征刘表。……是月，刘表卒，少子琮立，琮以荆州降操。"卷七四下《刘表传》载："太祖军到襄阳，琮举州降。"

朱治作《说孙贲》。

《三国志》卷五六《吴书·朱治传》裴注引《江表传》载

（朱）治说（孙）贲曰："破虏将军昔率义兵入讨董卓，声冠中夏，义士壮之。讨逆继世，廓定六郡，特以君侯骨肉至亲，器为时生，故表汉朝，剖符大郡，兼建将校，仍关综两府，荣冠宗室，为远近所瞻。加讨虏聪明神武，继承洪业，揽结英雄，周济世务，军众日盛，事业日隆，虽昔萧王之在河北，无以加也，必克成王基，应运东南。故刘玄德远布腹心，求见拯救，此天下所共知也。前在东闻道路之言，云将军有异趣，良用怃然。今曹公阻兵，倾覆汉室，幼帝流离，百姓元元未知所归。而中国萧条，或百里无烟，城邑空虚，道殣相望，士叹于外，妇怨乎室，加之以师旅，因之以饥馑，以此料之，岂能越长江与我争利哉？将军当斯时也，而欲背骨肉之亲，违万安之计，割同气之肤，啖虎狼之口，为一女子，改虑易图，失机毫厘，差以千里，岂不惜哉！"

九月，诸葛亮出使东吴，促成孙刘联盟，共抗曹操。

《三国志》卷四七《吴书·吴主传》载："刘备欲南济江，肃与相见，因传权旨，为陈成败。备进住夏口，使诸葛亮诣权，权遣周瑜、程普等行。"卷三五《蜀书·诸葛亮传》载："先主至于夏口，亮曰：'事急矣，请奉命求救于孙将军。'时权拥军在柴桑，观望成败，亮说权曰：'海内大乱，将军起兵据有江东，刘豫州亦收众汉南，与曹操并争天下。今操芟夷大难，略已平矣，遂破荆州，威震四海。英雄无所用武，故豫州遁逃至此。将军量力而处之：若能以吴、越之众与中国抗衡，不如早与之绝；若不能当，何不案兵束甲，北面而事之！今将军外托服从之名，而内怀犹豫之计，事急而不断，祸至无日矣！'权曰：'苟如君言，刘豫州何不遂事之乎?’亮曰:‘田横,齐之壮士耳,犹守义不辱,况刘豫州王室之胄,英才盖世,众士慕仰,若水之归海,若事之不济,此乃天也,安能复为之下乎!’权勃然曰:‘吾不能举全吴之地,十万之众,受制于人。吾计决矣!非刘豫州莫可以当曹操者,然豫州新败之后,安能抗此难乎?’亮曰:‘豫州军虽败于长阪,今战士还者及关羽水军精甲万人,刘琦合江夏战士亦不下万人。曹操之众,远来疲弊,闻追豫州,轻骑一日一夜行三百余里,此所谓“强弩之末,势不能穿鲁缟”者也。故兵法忌之,曰“必蹶上将军”。且北方之人,不习水战;又荆州之民附操者,逼兵势耳,非心服也。今将军诚能命猛将统兵数万,与豫州协规同力,破操军必矣。操军破,必北还,如此则荆、吴之势强,鼎足之形成矣。成败之机,在于今日。’权大悦,即遣周瑜、程普、鲁肃等水军三万,随亮诣先主,并力拒曹公。”

十二月,曹操败于赤壁,荆州南郡以南入于孙权。

《后汉书》卷九《孝献帝纪》载:“曹操以舟师伐孙权,权将周瑜败之于乌林、赤壁。”

《三国志》卷四七《吴书·吴主传》载:“瑜、普为左右督,各领万人,与备俱进,遇于赤壁,大破曹公军。公烧其余船引退,士卒饥疫,死者大半。”卷五四《吴书·周瑜传》载:“时刘备为曹公所破,欲引南渡江,与鲁肃遇于当阳,遂共图计,因进住夏口,遣诸葛亮诣权。权遂遣瑜及程普等与备并力逆曹公,遇于赤壁。时曹公军众已有疾病,初一交战,公军败退,引次江北。瑜等在南岸。瑜部将黄盖曰:‘今寇众我寡,难与持久。然观操军船舰首尾相接，可烧而走也。’乃取蒙冲斗舰数十艘，实以薪草，膏油灌其中，裹以帷幕，上建牙旗，先书报曹公，欺以欲降。又豫备走舸，各系大船后，因引次俱前。曹公军吏士皆延颈观望，指言盖降。盖放诸船，同时发火。时风盛猛，悉延烧岸上营落。顷之，烟炎张天，人马烧溺死者甚众，军遂败退，还保南郡。”

《三国志》卷三二《蜀书·先主传》载：“先主遣诸葛亮自结于孙权，权遣周瑜、程普等水军数万，与先主并力，与曹公战于赤壁，大破之，焚其舟船。先主与吴军水陆并进，追到南郡，时又疾疫，北军多死，曹公引归。”裴注引《江表传》曰：“孙权遣鲁肃吊刘表二子，并令与备相结。肃未至而曹公已济汉津。肃故进前，与备相遇于当阳。因宣权旨，论天下事势，致殷勤之意。且问备曰：‘豫州今欲何至？’备曰：‘与苍梧太守吴巨有旧，欲往投之。’肃曰：‘孙讨虏聪明仁惠，敬贤礼士，江表英豪，咸归附之，已据有六郡，兵精粮多，足以立事。今为君计，莫若遣腹心使自结于东，崇连和之好，共济世业，而云欲投吴巨，巨是凡人，偏在远郡，行将为人所并，岂足托乎？’备大喜，进住鄂县，即遣诸葛亮随肃诣孙权，结同盟誓。”裴注引《江表传》又曰：“备从鲁肃计，进住鄂县之樊口。诸葛亮诣吴未还，备闻曹公军下，恐惧，日遣逻吏于水次候望权军。吏望见瑜船，驰往白备，备曰：‘何以知非青徐军邪？’吏对曰：‘以船知之。’备遣人慰劳之。瑜曰：‘有军任，不可得委署，傥能屈威，诚副其所望。’备谓关羽、张飞曰：‘彼欲致我，我今自结托于东而不往，非同盟之意也。’乃乘单舸往见瑜，问曰：‘今拒曹公，深为得计。战卒有几？’瑜曰：‘三万人。’备曰：‘恨少。’瑜曰：‘此自足用，豫州但观瑜破之。’备欲呼鲁肃等共会语，瑜曰：‘受命不得妄委署，若欲见子敬，可别过之。又孔明已俱来，不过三两日到也。’备虽深愧异瑜，而心未许之能必破北军也，故差池在后，将二千人与羽、飞俱，未肯系瑜，盖为进退之计也。”

按：赤壁之战是孙氏政权第一次与曹操交战。《三国志》卷二一《魏书·王粲传》载裴松之按语：“孙权自此以前，尚与中国和同，未尝交兵，何云‘驱权于江外’乎？”

十二月，孙权围攻合肥，周瑜与刘备在江陵击败曹操。

《三国志》卷一四《魏书·蒋济传》载：“建安十三年，孙权率众围合肥。时大军征荆州，遇疾疫，唯遣将军张喜单将千骑，过领汝南兵以解围，颇复疾疫。”卷一《魏书·武帝纪》载：“十二月，孙权为备攻合肥。公自江陵征备，至巴丘，遣张憙救合肥。权闻憙至，乃走。公至赤壁，与备战，不利。于是大疫，吏士多死者，乃引军还。”卷一五《魏书·刘馥传》载：“建安十三年卒。孙权率十万众攻围合肥城百余日，时天连雨，城欲崩，于是以苫蓑覆之，夜然脂照城外，视贼所作而为备，贼以破走。扬州士民益追思之，以为虽董安于之守晋阳，不能过也。及陂塘之利，至今为用。”卷四七《吴书·吴主传》载：“备、瑜等复追至南郡，曹公遂北还，留曹仁、徐晃于江陵，使乐进守襄阳。时甘宁在夷陵，为仁党所围，用吕蒙计，留凌统以拒仁，以其半救宁，军以胜反。权自率众围合肥，使张昭攻九江之当涂。昭兵不利，权攻城逾月不能下。曹公自荆州还，遣张喜将骑赴合肥。未至，权退。”裴注引孙盛《异同评》曰：“按《吴志》，刘备先破公军，然后权攻合肥，而此记云权先攻合肥，后有赤壁之事。二者不同，《吴志》为是。”

孔融（153—208）为曹操所杀。

按：《三国志》卷一二《魏书·崔琰传》载：“十三年，融对孙权使，有讪谤之言，坐弃市。”孔融被杀的直接原因或与孙权使臣的对答有关。有关孔融被杀的详细情况，参见刘跃进《秦汉文学编年史》。[①]

①参见刘跃进：《秦汉文学编年史》，商务印书馆2006年版，第644—645页。

汉献帝建安十四年(209)

孙权久围合肥不下而退。

《资治通鉴》卷六六“建安十四年”载:“孙权围合肥,久不下。权率轻骑欲身往突敌,长史张纮谏曰:‘夫兵者凶器,战者危事也。今麾下恃盛壮之气,忽强暴之虏,三军之众,莫不寒心。虽斩将搴旗,威震敌场,此乃偏将之任,非主将之宜也。愿抑贲、育之勇,怀霸王之计。’权乃止。曹操遣将军张喜将兵解围,久而未至。扬州别驾楚国蒋济密白刺史,伪得喜书,云步骑四万已到雩娄,遣主簿迎喜。三部使赍书语城中守将,一部得入城,二部为权兵所得。权信之,遽烧围走。”

《考异》曰:“《魏志·武纪》:‘十二月,权围合肥。’《刘馥传》云:‘攻围百余日。’《孙权传》云:‘逾月不能下。’由此言之,权退必在今年,明矣。”

七月,曹操从合肥攻吴未遂,曹丕、王粲分别作有《浮淮赋》。

《三国志》卷一《魏书·武帝纪》载:“十四年春三月,军至谯,作轻舟,治水军。秋七月,自涡入淮,出肥水,军合肥。……置扬州郡县长吏,开芍陂屯田。十二月,军还谯。”卷九

《魏书·夏侯渊传》载："十四年，以渊为行领军。太祖征孙权还，使渊督诸将击庐江叛者雷绪，绪破。"卷一四《魏书·蒋济传》载："（十三年）明年使于谯，太祖问济曰：'昔孤与袁本初对官渡，徙燕、白马民，民不得走，贼亦不敢钞。今欲徙淮南民，何如？'济对曰：'是时兵弱贼强，不徙必失之。自破袁绍，北拔柳城，南向江、汉，荆州交臂，威震天下，民无他志。然百姓怀土，实不乐徙，惧必不安。'太祖不从，而江、淮间十余万众，皆惊走吴。后济使诣邺，太祖迎见大笑曰：'本但欲使避贼，乃更驱尽之。'"

刘跃进《秦汉文学编年史》指出曹丕、王粲随军从征，俱作有《浮淮赋》。[①]又俞绍初辑校《建安七子集》之《建安七子年谱》说："七月，曹操引军自涡入淮。曹丕命粲同作《浮淮赋》。"[②]曹丕《浮淮赋序》称："建安十四年，王师自谯东征，大兴水运，泛舟万艘。时予从行，始入淮口，行泊东山，睹师徒，观旌帆，赫哉盛矣。虽孝武盛唐之狩，舳舻千里，殆不过也，乃作斯赋云。"王粲《浮淮赋》称："从王师以南征兮，浮淮水而遐逝。背涡浦之曲流兮，望马丘之高澨。泛洪橹于中潮兮，飞轻舟乎滨济。建众樯以成林兮，譬无山之树艺。于是迅风兴，涛波动，长濑潭浞，滂沛汹溶。钲鼓若雷。旌旄翳日。飞云天回，□□□□。苍鹰飘逸，递相竞轶。凌惊波以高骛，驰骇浪而赴质。加舟徒之巧极，美榜人之闲疾。白日未移，前驰已届。群师按

①参见刘跃进：《秦汉文学编年史》，商务印书馆2006年版，第649页。

②俞绍初辑校：《建安七子集》，中华书局2005年版，第429页。

部，左右就队。舳舻千里，名卒亿计。运兹威以赫怒，清海隅之蒂芥。济元勋于一举，垂休绩于来裔。”

周瑜击败曹仁，占据江陵。

《三国志》卷四七《吴书·吴主传》载：“十四年，瑜、仁相守岁余，所杀伤甚众，仁委城走。”

按：江陵是长江中游军事重镇，于本年为周瑜所占据，后于太康元年（280）被杜预攻占。

十二月，刘备借荆州暂居，孙权表刘备领荆州牧，刘备娶孙权妹为妻。

《建康实录》卷一《太祖上》载：“十四年，权居京口，刘备诣京口见权，求荆州。……（权）遥表汉以备为荆州牧，使治公安。”《三国志》卷三二《蜀书·先主传》载：“十二月乙巳朔，日食。是月，孙权以荆州借刘备。”裴注引《江表传》曰：“周瑜为南郡太守，分南岸地以给备。备别立营于油江口，改名为公安。刘表吏士见从北军，多叛来投备。备以瑜所给地少，不足以安民，复从权借荆州数郡。”同传载：“权稍畏之，进妹固好。先主至京见权，绸缪恩纪。”卷三七《蜀书·法正传》：“初，孙权以妹妻先主，妹才捷刚猛，有诸兄之风，侍婢百余人，皆亲执刀侍立，先主每入，衷心常凛凛。”

《资治通鉴》卷六六“建安十四年”条载：“周瑜攻曹仁岁余，所杀伤甚众，仁委城走。权以瑜领南郡太守，屯据江陵；程普领江夏太守，治沙羡；吕范领彭泽太守；吕蒙领寻阳令。刘备表权行车骑将军，领徐州牧。会刘琦卒，权以备领荆州牧，周瑜分南岸地以给备。备立营于油口，改名公安。权以妹妻备。妹才捷刚猛，有诸兄风，侍婢百余人，皆执刀侍立，备每入，心常凛凛。曹操密遣九江蒋幹往说周瑜。幹以才辨独步于江、淮之间，乃布衣葛巾，自托私行诣瑜。瑜出迎之，立谓幹曰：'子翼良苦，远涉江湖，为曹氏作说客邪？'因延幹，与周观营中，行视仓库、军资、器仗讫，还饮宴，示之侍者服饰珍玩之物。因谓幹曰：'丈夫处世，遇知己之主，外托君臣之义，内结骨肉之恩，言行计从，祸福共之，假使苏、张更生，能移其意乎？'幹但笑，终无所言。还白操，称瑜雅量高致，非言辞所能间也。"

刘备表孙权为行车骑将军，领徐州牧。

《三国志》卷四七《吴书·吴主传》载："刘备表权行车骑将军，领徐州牧。备领荆州牧，屯公安。"

吾粲为孙权主簿。

《三国志》卷五七《吴书·吾粲传》载："孙权为车骑将军，召为主簿。"

胡综被召回建业，与是仪、徐详共典军国密事。

《三国志》卷六二《吴书·胡综传》载："权为车骑将军，都京，召综还，为书部，与是仪、徐详俱典军国密事。"

本年，孙权迁都京口。

按：据上条孙权"都京"。又本年十二月"刘备诣京口见权"，京即京口，今江苏镇江。

孙权表步骘为茂才。

《三国志》卷五二《吴书·步骘传》裴注引《吴书》曰："权

为徐州牧，以骘为治中从事，举茂才。”

孙权与刘备图谋取蜀，刘备不从。

《三国志》卷三二《蜀书·先主传》载：“权遣使云欲共取蜀，或以为宜报听许，吴终不能越荆有蜀，蜀地可为已有。荆州主簿殷观进曰：‘若为吴先驱，进未能克蜀，退为吴所乘，即事去矣。今但可然赞其伐蜀，而自说新据诸郡，未可兴动，吴必不敢越我而独取蜀。如此进退之计，可以收吴、蜀之利。’”裴注引《献帝春秋》曰：“孙权欲与备共取蜀，遣使报备曰：‘米贼张鲁居王巴、汉，为曹操耳目，规图益州。刘璋不武，不能自守。若操得蜀，则荆州危矣。今欲先攻取璋，进讨张鲁，首尾相连，一统吴、楚，虽有十操，无所忧也。’备欲自图蜀，拒答不听，曰：‘益州民富强，土地险阻，刘璋虽弱，足以自守。张鲁虚伪，未必尽忠于操。今暴师于蜀、汉，转运于万里，欲使战克攻取，举不失利，此吴起不能定其规，孙武不能善其事也。曹操虽有无君之心，而有奉主之名，议者见操失利于赤壁，谓其力屈，无复远志也。今操三分天下已有其二，将欲饮马于沧海，观兵于吴会，何肯守此坐须老乎？今同盟无故自相攻伐，借枢于操，使敌承其隙，非长计也。’权不听，遣孙瑜率水军住夏口。备不听军过，谓瑜曰：‘汝欲取蜀，吾当被发入山，不失信于天下也。’使关羽屯江陵，张飞屯秭归，诸葛亮据南郡，备自住孱陵。权知备意，因召瑜还。”

汉献帝建安十五年(210)

步骘为吴交州刺史。

《三国志》卷五二《吴书·步骘传》载:“建安十五年,出领鄱阳太守。岁中,徙交州刺史、立武中郎将,领武射吏千人,便道南行。”卷四九《吴书·士燮传》载:“建安十五年,孙权遣步骘为交州史。骘到,燮率兄弟奉承节度。”《建康实录》卷一《太祖上》亦载:“十五年……以南中郎将步骘为交州刺史。骘到,杀刘表所置苍梧太守吴巨,以徇诸郡,表士燮交阯太守兼左将军,南土宾服,自此始也。”

按:郦道元《水经注》载:“建安十六年,吴遣临淮步骘为交州刺史,将武吏四百人之交州,道路不通。”此断年当误。

步骘斩刘表所置苍梧太守吴巨。

《三国志》卷五二《吴书·步骘传》载:“刘表所置苍梧太守吴巨阴怀异心,外附内违。骘降意怀诱,请与相见,因斩徇之,威声大震。”

士燮奉迎步骘,表为交阯太守、左将军。交州始入孙吴版图。

《三国志》卷四九《吴书·士燮传》载:“建安十五年,孙权遣步骘为交州刺史。骘到，燮率兄弟奉承节度。而吴巨怀异心，骘斩之。权加燮为左将军。”卷五二《吴书·步骘传》载：“士燮兄弟，相率供命，南土之宾，自此始也。”《资治通鉴》卷六六“建安十五年”载：“由是岭南始服属于权。”

薛综为五官中郎将。

《三国志》卷五三《吴书·薛综传》载：“少依族人避地交州，从刘熙学。士燮既附孙权，召综为五官中郎将。”

周瑜（175—210）诣京见孙权，还江陵道中病卒。

《三国志》卷五四《吴书·周瑜传》载：“（周）瑜还江陵，为行装，而道于巴丘病卒，时年三十六。”《建康实录》卷一《太祖上》载：“是岁，偏将军、南郡太守、都亭侯周瑜卒。”

《资治通鉴》卷六六“建安十五年”载：“周瑜诣京见权曰：‘今曹操新败，忧在腹心，未能与将军连兵相事也。乞与奋威俱进，取蜀而并张鲁，因留奋威固守其地，与马超结援，瑜还与将军据襄阳以蹙操，北方可图也。’权许之。奋威者，孙坚弟子奋威将军、丹阳太守瑜也。周瑜还江陵为行装，于道病困，与权笺曰：‘修短命矣，诚不足惜；但恨微志未展，不复奉教命耳。方今曹操在北，疆场未静；刘备寄寓，有似养虎。天下之事，未知终始，此朝士旰食之秋，至尊垂虑之日也。鲁肃忠烈，临事不苟，可以代瑜。傥所言可采，瑜死不朽矣！’卒于巴丘。权闻之哀恸，曰：‘公瑾有王佐之资，今忽短命，孤何赖哉！’自迎其丧于芜湖。瑜有一女、二男，权为长子登娶其女；以其男循为骑都尉，妻以女；胤为兴业都尉，妻以宗女。初，瑜见友于孙策，太夫人又使权以兄奉之。是时权位为将军，诸将、宾客为礼尚简，而瑜独先尽敬，便执臣节。程普颇以年长，数陵侮瑜，瑜折节下之，终不与校。普后自敬服而亲重之，乃告人曰：'与周公瑾交，若饮醇醪，不觉自醉。'"

周瑜精通音乐。

《三国志》卷五四《吴书·周瑜传》载："少精于音乐，虽三爵之后，其有阙误，瑜必知之，知之必顾，故时人谣曰：'曲有误，周郎顾。'"

鲁肃代周瑜领兵。

《三国志》卷五四《吴书·鲁肃传》载："周瑜病困，上疏曰：'当今天下，方有事役，是瑜乃心夙夜所忧，愿至尊先虑未然，然后康乐。今既与曹操为敌，刘备近在公安，边境密迩，百姓未附，宜得良将以镇抚之。鲁肃智略足任，乞以代瑜。瑜陨踣之日，所怀尽矣。'即拜肃奋武校尉，代瑜领兵。瑜士众四千余人，奉邑四县，皆属焉。"裴注引《江表传》曰："初瑜疾困，与权笺曰：'瑜以凡才，昔受讨逆殊特之遇，委以腹心，遂荷荣任，统御兵马，志执鞭弭，自效戎行。规定巴蜀，次取襄阳，凭赖威灵，谓若在握。至以不谨，道遇暴疾，昨自医疗，日加无损。人生有死，修短命矣，诚不足惜，但恨微志未展，不复奉教命耳。方今曹公在北，疆埸未静，刘备寄寓，有似养虎，天下之事，未知终始，此朝士旰食之秋，至尊垂虑之日也。鲁肃忠烈，临事不苟，可以代瑜。人之将死，其言也善，傥或可采，瑜死不朽矣。'"

鲁肃劝孙权以荆州借刘备。

《资治通鉴》卷六六“建安十五年”载：“权以鲁肃为奋武校尉，代瑜领兵，令程普领南郡太守。鲁肃劝权以荆州借刘备，与共拒曹操，权从之。”

分立鄱阳郡、汉昌郡。

《三国志》卷四七《吴书·吴主传》载：“十五年，分豫章为鄱阳郡；分长沙为汉昌郡。”

鲁肃为汉昌太守，治于陆口。

《三国志》卷四七《吴书·吴主传》载：“十五年……分长沙为汉昌郡，以鲁肃为太守，屯陆口。”

按：《吴书·鲁肃传》、《资治通鉴》卷六六均置鲁肃“拜汉昌太守、偏将军”于“代瑜领兵”之后。

周瑜卒，庞统送丧至吴，与陆绩、顾劭、全琮等清谈。

《三国志》卷三七《蜀书·庞统传》载：“吴将周瑜助先主取荆州，因领南郡太守。瑜卒，统送丧至吴，吴人多闻其名。及当西还，并会昌门，陆勣、顾劭、全琮皆往。统曰：‘陆子可谓驽马有逸足之力，顾子可谓驽牛能负重致远也。’谓全琮曰：‘卿好施慕名，有似汝南樊子昭。虽智力不多，亦一时之佳也。’勣、劭谓统曰：‘使天下太平，当与卿共料四海之士。’深与统相结而还。”裴注引张勃《吴录》曰：“或问统曰：‘如所目，陆子为胜乎？’统曰：‘驽马虽精，所致一人耳。驽牛一日行三百里，所致岂一人之重哉！’劭就统宿，语，因问：‘卿名知人，吾与卿孰愈？’统曰：‘陶冶世俗，甄综人物，吾不及卿；论帝王之秘策，揽倚伏之要最，吾似有一日之长。’劭安其言而亲之。”

《世说新语·品藻》载：“庞士元至吴，吴人并友之。见陆绩、顾劭、全琮，而为之目曰：‘陆子所谓驽马有逸足之用，顾子所谓驽牛可以负重致远。’或问：‘如所目，陆为胜邪？’曰：‘驽马虽精速，能致一人耳。驽牛一日行百里，所致岂一人哉？’吴人无以难。‘全子好声名，似汝南樊子昭。’”又载：“顾劭尝与庞士元宿语，问曰：‘闻子名知人，吾与足下孰愈？’曰：‘陶冶世俗，与时浮沉，吾不如子；论王霸之余策，览倚仗之要害，吾似有一日之长。’劭亦安其言。”

顾邵约于本年为豫章太守。

按：《三国志》卷四七《吴书·吴主传》载“十五年，分豫章为鄱阳郡”，又《步骘传》载“建安十五年，出领鄱阳太守”，顾邵很可能也领豫章太守。

刘洪（约135—210）约卒于此年。

《后汉书》卷九二《律历志》李贤注引《博物记》曰刘洪“笃信好学，观乎六艺群书意，以为天文数术，探赜索隐，钩深致远，遂专心锐思”。《袁山松书》载刘洪“善算，当世无偶，作《七曜术》。及在东观，与蔡邕共述《律历记》，考验天官。及造《乾象术》，十余年，考验日月，与象相应，皆传于世”。《隋书·经籍志》载：“梁有《乾象历》五卷，汉会稽都尉刘洪等注。”

《后汉书》卷九二《律历志》载刘洪于汉灵帝熹平三年（174）上《七曜术》。

汉献帝建安十六年(211)

孙权将治所从京口迁至秣陵。

《三国志》卷四七《吴书·吴主传》载:“十六年,权徙治秣陵。”卷五三《吴书·张纮传》裴注引《江表传》曰:“纮谓权曰:‘秣陵,楚武王所置,名为金陵。地势冈阜连石头,访问故老,云昔秦始皇东巡会稽经此县,望气者云金陵地形有王者都邑之气,故掘断连冈,改名秣陵。今处所具存,地有其气,天之所命,宜为都邑。’权善其议,未能从也。后刘备之东,宿于秣陵,周观地形,亦劝权都之。权曰:‘智者意同。’遂都焉。”裴注引《献帝春秋》云:“刘备至京,谓孙权曰:‘吴去此数百里,即有警急,赴救为难,将军无意屯京乎?’权曰:‘秣陵有小江百余里,可以安大船,吾方理水军,当移据之。’备曰:‘芜湖近濡须,亦佳也。’权曰:‘吾欲图徐州,宜近下也。’”《建康实录》卷一《太祖上》载:“十六年,权始自京口徙治秣陵。”

贺齐讨破宗贼郎稚,孙权祖道作乐舞象。

《三国志》卷六〇《吴书·贺齐传》载:“十六年,吴郡余杭民郎稚合宗起贼,复数千人,齐出讨之。即复破稚,表言分余杭为临水县。被命诣所在,及当还郡,权出祖道,作乐舞象。”

按：建安十六年，贺齐镇压了郎稚的叛乱，还郡时“权出祖道，作乐舞象”。祖道的目的是饮宴送行，同时祭祀路神以保平安。当时表演的乐舞，应该是孙权宫廷宴饮的音乐和舞蹈。

阮瑀作《为曹公作书与孙权》。

《文选》卷四二载：“离绝以来，于今三年，无一日而忘前好，亦犹姻媾之义，恩情已深，违异之恨，中间尚浅也。孤怀此心，君岂同哉?

每览古今所由改趣，因缘侵辱，或起瑕衅，心忿意危，用成大变。若韩信伤心于失楚，彭宠积望于无异，卢绾嫌畏于已隙，英布忧迫于情漏，此事之缘也。

孤与将军恩如骨肉，割授江南，不属本州，岂若淮阴捐旧之恨；抑遏刘馥，相厚益隆，宁放朱浮显露之奏；无匿张胜贷故之变，匪有阴构贲赫之告，固非燕王淮南之衅也。而忍绝王命，明弃硕交，实为佞人所构会也。夫似是之言，莫不动听；因形设象，易为变观。示之以祸难，激之以耻辱，大丈夫雄心，能无愤发。昔苏秦说韩，羞以牛后；韩王按剑，作色而怒；虽兵折地割，犹不为悔，人之情也。仁君年壮气盛，绪信所嬖，既惧患至，兼怀忿恨，不能复远度孤心，近虑事势，遂赍见薄之决计，秉翻然之成议。加刘备相扇扬，事结衅连，推而行之，想畅本心，不愿于此也。

孤之薄德，位高任重，幸蒙国朝将泰之运，荡平天下，怀集异类，喜得全功，长享其福。而姻亲坐离，厚援生隙，常恐海内多以相责，以为老夫苞藏祸心，阴有郑武取胡之诈，乃使仁君翻然自绝，以是忿忿，怀惭反侧，常思除弃小事，更申前好，二族俱荣，流祚后嗣，以明雅素。中诚之效，抱怀数年，未得散意。昔赤壁之役，遭离疫气，烧船自还，以避恶地，非周瑜水军所能抑挫也。江陵之守，物尽谷殚，无所复据，徙民还师，又非瑜之所能败也。荆土本非己分，我尽与君，冀取其余，非相侵肌肤，有所割损也。思计此变，无伤于孤，何必自遂于此，不复还之。高帝设爵以延田横，光武指河而誓朱鲔，君之负累，岂如二子？是以至情，愿闻德音。

往年在谯，新造舟船，取足自载，以至九江，贵欲观湖漅之形，定江滨之民耳。非有深入攻战之计，将恐议者大为己荣，自谓策得，长无西患。重以此故，未肯回情。然智者之虑，虑于未形；达者所规，规于未兆。是故子胥知姑苏之有麋鹿，辅果识智伯之为赵禽，穆生谢病，以免楚难，邹阳北游，不同吴祸。此四士者，岂圣人哉？徒通变思深，以微知著耳。以君之明，观孤术数，量君所据，相计土地，岂势少力乏，不能远举，割江之表，宴安而已哉？甚未然也。若恃水战，临江塞要，欲令王师终不得渡，亦未必也。夫水战千里，情巧万端，越为三军，吴曾不御，汉潜夏阳，魏豹不意，江河虽广，其长难卫也。

凡事有宜，不得尽言，将修书好，而张形势，更无以威胁重敌人。然有所恐，恐书无益。何则？往者军逼，而自引还，今日在远，而兴慰纳，辞逊意狭，谓其力尽，适以增骄，不足相动。但明效古，当自图之耳。昔淮南信左吴之策，汉隗嚣纳王元之言，彭宠受亲吏之计，三夫不寤，终为世笑。梁王不受诡胜，窦融斥逐张玄，二贤既觉，福亦随之。愿君少留意焉，若能内取子布，外击刘备，以效赤心，用复前好，则江表之任，长以相付，高位重爵，坦然可观。上令圣朝无东顾之劳，下令百姓保安全之祸，君享其荣，孤受其利，岂不决哉！若忽至诚，以处侥幸，婉彼二人，不忍加罪，所谓小人之仁，大仁之贼，大雅之人，不肯为此也。若怜子布，愿言俱存，亦能倾心去恨，顺君之情，更与从事，取其后善，但禽刘备，亦足为效。开设二者，审处一焉。

闻荆杨诸将，并得降者，皆言交州为君所执，豫章距命，不承执事，疫旱并行，人兵减损，各求进军，其言云云。孤闻此言，未以为悦。然道路既远，降者难信，幸人之灾，君子不为。且又百姓国家之有，加怀区区，乐欲崇和，庶几明德，来见昭副。不劳而定，于孤益贵，是故按兵守次，遣书致意。古者兵交，使在其中，愿仁君及孤，虚心回意，以应诗人补衮之叹，而慎《周易》牵复之义。濯鳞清流，飞翼天衢，良时在兹，勖之而已。”

张可礼《三曹年谱》说：“书中有‘离绝以来，于今三年……昔赤壁之役，烧舡自还，以避恶地’等句。赤壁之战于建安十三年，至本年为三年，知书当作于是年。”[1]

①张可礼：《三曹年谱》，齐鲁书社1983年版，第120页。

汉献帝建安十七年(212)

孙权城石头，改秣陵为建业，以为治所。

《三国志》卷四七《吴书·吴主传》载："十六年，权徙治秣陵。明年，城石头，改秣陵为建业。"《建康实录》卷一《太祖上》载："十七年，城楚金陵邑地，号石头，改秣陵为建业。"

何兹全《三国史》说："秣陵既改名建业，作了都邑，地位自然重要起来。城石头以备陆，作濡须以备水。陆有石头城，水有濡须坞，建业有了水陆屏障。"①

十月，曹操讨伐孙权。

《三国志》卷一《魏书·武帝纪》载："冬十月，公征孙权。"

王粲随曹操出征，至谯作《为荀彧与孙权檄》。

《为荀彧与孙权檄》曰："故使周曜、管容、李恕、张涉、陈光勋之徒，将帅战士，就渤海七八百里，阴习舟楫。四年之内，无日休解。今皆击棹若飞，回柁若环。"（《北堂书钞》卷一三七、一三八，此处参考俞绍初《建安七子集》）

俞绍初《建安七子集》附录四《建安七子年谱》载："粲《为荀彧与孙权檄》残文载本集，此檄盖即曹操表所称'宣示国

①何兹全：《三国史》，《何兹全文集》，中华书局2006年版，第2423页。

命，威怀丑虏’者，当作于荀彧来谯劳军之后。”①

孙权与曹操相拒于濡须口，吕蒙劝孙权夹水立坞，曹操不利而退。

《后汉书》卷七〇《荀彧传》李贤注引《吴录》曰：“孙权闻操来，夹水立坞，状如偃月，以相拒，月余乃退。”《三国志》卷五五《吴书·甘宁传》裴注引《江表传》曰：“曹公出濡须，号步骑四十万，临江饮马。权率众七万应之，使宁领三千人为前部督。权密敕宁，使夜入魏军。宁乃选手下健儿百余人，径诣曹公营下，使拔鹿角，逾垒入营，斩得数十级。北军惊骇鼓噪，举火如星，宁已还入营，作鼓吹，称万岁。因夜见权，权喜曰：‘足以惊骇老子否？聊以观卿胆耳。’即赐绢千疋，刀百口。权曰：‘孟德有张辽，孤有兴霸，足相敌也。’停住月余，北军便退。”《建康实录》卷一《太祖上》载：“是岁，初作濡须坞于江西，以拒曹操。时操以步兵号四十万，列营出濡须口，权以七万当之。使甘宁夜突入操营，斩数级而还，操军大骇，军中鼓噪。”《三国志》卷三二《蜀书·先主传》载：“明年，曹公征孙权，权呼先主自救。先主遣使告璋曰：‘曹公征吴，吴忧危急。孙氏与孤本为唇齿，又乐进在青泥与关羽相拒，今不往救羽，进必大克，转侵州界，其忧有甚于鲁。鲁自守之贼，不足虑也。’”卷五四《吴书·吕蒙传》载：“后从权拒曹公于濡须，数进奇计，又劝权夹水口立坞，所以备御甚精，曹公不能下而退。”裴注引《吴录》曰：“权欲作坞，诸将皆曰：‘上岸击贼，洗足入船，何用坞为？’

①俞绍初辑校：《建安七子集》，中华书局2005年版，第442页。

吕蒙曰：‘兵有利钝，战无百胜，如有邂逅，敌步骑蹙人，不暇及水，其得入船乎？’权曰：‘善。’遂作之。”

孙权因周泰有功而赐鼓吹乐。

《三国志》卷五五《吴书·周泰传》载：“权特为案行至濡须坞，因会诸将，大为酣乐，权自行酒到泰前，命泰解衣，权手自指其疮痕，问以所起。”裴注引《江表传》曰：孙权“使泰以兵马导从出，鸣鼓角作鼓吹”。

骆统出仕，试为乌程相。

《三国志》卷五七《吴书·骆统传》载：“孙权以将军领会稽太守，统年二十，试为乌程相，民户过万，咸叹其惠理。”

按：骆统生于193年，是年满20岁。

张纮作《临困授子靖留笺》。

《三国志》卷五三《吴书·张纮传》载：“临困，授子靖留笺曰：‘自古有国有家者，咸欲修德政以比隆盛世，至于其治，多不馨香。非无忠臣贤佐，暗于治体也，由主不胜其情，弗能用耳。夫人情惮难而趋易，好同而恶异，与治道相反。《传》曰“从善如登，从恶如崩”，言善之难也。人君承奕世之基，据自然之势，操八柄之威，甘易同之欢，无假取于人；而忠臣挟难进之术，吐逆耳之言，其不合也，不亦宜乎！离则有衅，巧辩缘间，眩于小忠，恋于恩爱，贤愚杂错，长幼失叙，其所由来，情乱之也。故明君悟之，求贤如饥渴，受谏而不厌，抑情损欲，以义割恩，上无偏谬之授，下无希冀之望。宜加三思，含垢藏疾，以成仁覆之大。’”

张纮（153—212）卒。

《三国志》卷五三《吴书·张纮传》载：“纮建计宜出都秣陵，权从之。令还吴迎家，道病卒。……时年六十卒。”又载：“纮著诗赋铭诔十余篇。”裴注引《吴书》曰：“纮入太学，事博士韩宗，治《京氏易》《欧阳尚书》，又于外黄从濮阳闿受《韩诗》及《礼记》《左氏春秋》。”

张纮卒年，《建康实录》卷二《太祖下》和《资治通鉴》卷七一都系于黄龙元年或太和三年（229）。

曹道衡《中古文学史料丛考》“张纮卒年、年岁”条载：“《吴志·张纮传》记纮建计宜出都秣陵，‘令还吴迎家，道病卒’，年六十。卢弼《三国志集解》云：‘权于建安十六年徙治秣陵，纮还吴迎家，道病卒，当卒于是年。《通鉴》编入魏太和三年，即吴黄龙元年，误也。《隋志》“后汉讨虏长史《张纮集》一卷”则其官止于孙权为讨虏将军之时，不及权称尊号之时也。《通鉴》因《孙权传》黄龙元年有迁都建业之文，遂误以为纮卒于是年也。’姚振宗《隋书经籍志考证》说同。按：《建康实录》卷二《太祖下》明记黄武八年（即黄龙元年，229）十一月，‘右长史张纮卒，遗令戒子孙无为不善’，又云‘帝都秣陵，辞还东迎家。道病卒。年六十一’。说同《通鉴》。许嵩撰《建康实录》，东吴史料，除陈寿书外，复有韦昭《吴书》《吴录》。其记孙权徙治、定都，即较陈寿为详明。如事在建安十六年（211），陈寿、许嵩皆当言‘迁治’而不当云‘出都’也。故纮之卒年当从许嵩说在黄武八年十一月，年六十一。《通鉴》记为太和三年（即黄武八年）九月，盖据权九月迁建业书之。至‘年六十一’，《吴志》或传抄中夺去‘一’字。《吴志·张纮传》于建安十四年记纮谏复征合肥后，至黄武八年二十年间，仅书‘建计宜出都秣陵’一事，且遍检《吴志》，所记张纮事迹，亦未见有建安十四年后事，不知何故。《建康实录》则记建安二十三年孙权亲乘马射虎，‘长史张纮执辔谏’一事。射虎事亦见陈寿书《吴主传》，未书张纮谏，《张昭传》又记权‘常乘马射虎，昭变色而谏’云云。然不论其为张昭、张纮，许嵩以张纮卒于建安十六年后，当属有据。”①

①曹道衡：《中古文学史料丛考》，《曹道衡文集》卷九，中州古籍出版社2018年版，第102—103页。

汉献帝建安十八年(213)

春，曹操与孙权战于濡须口，破孙权江西营。

《三国志》卷一《魏书·武帝纪》载："十八年春正月，进军濡须口，攻破权江西营，获权都督公孙阳，乃引军还。"卷一八《魏书·臧霸传》："从征孙权于濡须口，假节。攻权，为流矢所中，伤左足，力战不顾，太祖劳之曰：'将军被创深重，而猛气益奋，不当为国爱身乎？'"卷四七《吴书·吴主传》载："十八年正月，曹公攻濡须，权与相拒月余。曹公望权军，叹其齐肃，乃退。"裴注引《吴历》曰："曹公出濡须，作油船，夜渡洲上。权以水军围取，得三千余人，其没溺者亦数千人。权数挑战，公坚守不出。权乃自来，乘轻船，从濡须口入公军。诸将皆以为是挑战者，欲击之。公曰：'此必孙权欲身见吾军部伍也。'敕军中皆精严，弓弩不得妄发。权行五六里，回还作鼓吹。公见舟船器仗军伍整肃，喟然叹曰：'生子当如孙仲谋，刘景升儿子若豚犬耳！'权为笺与曹公，说：'春水方生，公宜速去。'别纸言：'足下不死，孤不得安。'曹公语诸将曰：'孙权不欺孤。'乃彻军还。"

江淮之间十余万户、四五十万人口渡江。

《三国志》卷四七《吴书·吴主传》载:“操恐沿江郡县为权所略,征令内移。民转相惊,自庐江、九江、蕲春、广陵户十余万皆东渡江,江西遂虚,合肥以南,唯有皖城。”

葛剑雄认为此次迁入江南的户口最多,有四五十万。[①]

孙权引军回还作鼓吹,则知孙吴政权已有乐府制度。

按:建安十八年(213),史书明确记载孙吴使用鼓吹的情况。《三国志》卷四七《吴书·吴主传》载“曹公望权军,叹其齐肃,乃退”句裴注引《吴历》曰:“权行五六里,回还作鼓吹。”孙权与曹操陈兵对抗,孙权引兵回还时奏鼓吹曲,本意是向“坚守不出”的曹操炫武挑衅,因为鼓吹乐是用于行军打仗凯旋后演奏。建安十七年,甘宁击退曹操还营时“作鼓吹,称万岁”(《三国志》卷五五《吴书·甘宁传》),鼓吹充当了军队的凯旋乐。有时在作战过程中也要演奏鼓吹,用来激励士气,甘宁曾在竭力殊死战斗时喝令演奏鼓吹以壮士气,谓:“宁引弓射敌,与统等死战。宁厉声问鼓吹何以不作,壮气毅然,权尤嘉之。”(《三国志》卷五五《吴书·甘宁传》)可知军队出征都有鼓吹乐队追随,那么孙吴应该有训练鼓吹的机构。

①参见葛剑雄:《中国移民史》第二卷,福建人民出版社1997年版,第281页。

汉献帝建安十九年(214)

五月，孙权进军庐江皖城，次月攻克。吕蒙功大，拜为庐江太守。

《三国志》卷四七《吴书·吴主传》载："十九年五月，权征皖城。闰月，克之，获庐江太守朱光及参军董和，男女数万口。"卷五四《吴书·鲁肃传》载："十九年，从权破皖城，转横江将军。"卷五四《吴书·吕蒙传》载："曹公遣朱光为庐江太守，屯皖，大开稻田，又令间人招诱鄱阳贼帅，使作内应。蒙曰：'皖田肥美，若一收孰，彼众必增，如是数岁，操态见矣，宜早除之。'乃具陈其状。于是权亲征皖，引见诸将，问以计策。蒙乃荐甘宁为升城督，督攻在前，蒙以精锐继之。侵晨进攻，蒙手执枹鼓，士卒皆腾踊自升，食时破之。"《资治通鉴》卷六七载："获朱光及男女数万口。既而张辽至夹石，闻城已拔，乃退。权拜吕蒙为庐江太守，还屯寻阳。"

按：孙权主动出征皖城，是因为曹操于皖城屯田。合肥与皖城有陆路相通，皖城与长江皖口有水路相通。曹操经营皖城，直接威胁孙吴的长江防线。

七月，曹操征孙权，战于合肥，十月退军。

《三国志》卷一《魏书·武帝纪》载“秋七月，公征孙权”，“冬十月……公自合肥还”。卷一〇《魏书·荀攸传》载：“攸从征孙权，道薨。”裴注引《魏书》曰：“时建安十九年，攸年五十八。计其年大彧六岁。”卷一九《魏书·曹植传》载：“十九年，徙封临菑侯。太祖征孙权，使植留守邺，戒之曰：‘吾昔为顿丘令，年二十三。思此时所行，无悔于今。今汝年亦二十三矣，可不勉与？’”

汉献帝建安二十年(215)

诸葛瑾使蜀求荆州诸郡。

《三国志》卷四七《吴书·吴主传》载:“是岁刘备定蜀。权以备已得益州,令诸葛瑾从求荆州诸郡。备不许,曰:‘吾方图凉州,凉州定,乃尽以荆州与吴耳。’权曰:‘此假而不反,而欲以虚辞引岁。’”

孙权求还荆州长沙、零陵、桂阳等南三郡,刘备不与,遂设法自取。

《三国志》卷三二《蜀书·先主传》载:“二十年,孙权以先主已得益州,使使报欲得荆州。先主言:‘须得凉州,当以荆州相与。’权忿之,乃遣吕蒙袭夺长沙、零陵、桂阳三郡。先主引兵五万下公安,令关羽入益阳。”卷四七《吴书·吴主传》载:“是岁刘备定蜀。权以备已得益州,令诸葛瑾从求荆州诸郡。……遂置南三郡长吏,关羽尽逐之。权大怒,乃遣吕蒙督鲜于丹、徐忠、孙规等兵二万取长沙、零陵、桂阳三郡,使鲁肃以万人屯巴丘以御关羽。权住陆口,为诸军节度。蒙到,二郡皆服,惟零陵太守郝普未下。会备到公安,使关羽将三万兵至益阳,权乃召蒙等使还助肃。蒙使人诱普,普降,尽得三郡将守,因引军还，与孙皎、潘璋并鲁肃兵并进，拒羽于益阳。”卷五四《吴书·鲁肃传》载：“备既定益州，权求长沙、零、桂，备不承旨，权遣吕蒙率众进取。备闻，自还公安，遣羽争三郡。肃住益阳，与羽相拒。肃邀羽相见，各驻兵马百步上，但请将军单刀俱会。肃因责数羽曰：‘国家区区本以土地借卿家者，卿家军败远来，无以为资故也。今已得益州，既无奉还之意，但求三郡，又不从命。’……备遂割湘水为界，于是罢军。”卷五四《吴书·吕蒙传》载：“是时刘备令关羽镇守，专有荆土，权命蒙西取长沙、零、桂三郡。蒙移书二郡，望风归服，惟零陵太守郝普城守不降。而备自蜀亲至公安，遣羽争三郡。权时住陆口，使鲁肃将万人屯益阳拒羽，而飞书召蒙，使舍零陵，急还助肃。……即日引军赴益阳。刘备请盟，权乃归普等，割湘水，以零陵还之。”卷六〇《吴书·吕岱传》载：“建安二十年，督孙茂等十将从取长沙三郡。又安成、攸、永新、茶陵四县吏共入阴山城，合众拒岱，岱攻围，即降，三郡克定。权留岱镇长沙。”

按：《吴主传》系此事于建安十九年，但据《先主传》《廖立传》《吕岱传》的明确记载，当是建安二十年。

诸葛瑾使蜀通好刘备。

《三国志》卷五二《吴书·诸葛瑾传》载：“建安二十年，权遣瑾使蜀通好刘备，与其弟亮俱公会相见，退无私面。”

按：据“通好”可知是荆州危机后的和解之行。

孙权与刘备瓜分荆州，孙权得长江中游军事要塞夏口（沔口）。

《三国志》卷三二《蜀书·先主传》载:“二十年……是岁,曹公定汉中,张鲁遁走巴西。先主闻之,与权连和,分荆州江夏、长沙、桂阳东属,南郡、零陵、武陵西属,引军还江州。”卷四七《吴书·吴主传》载:“未战,会曹公入汉中,备惧失益州,使使求和。权令诸葛瑾报,更寻盟好,遂分荆州长沙、江夏、桂阳以东属权,南郡、零陵、武陵以西属备。”《建康实录》卷一《太祖上》载:“二十年,权使诸葛瑾往诣备,求荆州,备不与。权征之,置南三郡,守使吕蒙讨定其民,蜀将关羽尽逐出之,权大怒,自上镇陆口,使汉昌太守鲁肃南讨。时曹操又入汉中,备惧操逼,遂遣使与吴求和,乃分荆州长沙、江夏、桂阳四郡属吴。”《三国志》卷四〇《蜀书·廖立传》载廖立说:“昔先帝不取汉中,走与吴人争南三郡,卒以三郡与吴人,徒劳役吏士,无益而还。”又载:“先主入蜀,诸葛亮镇荆土,孙权遣使通好于亮,因问士人皆谁相经纬者,亮答曰:‘庞统、廖立,楚之良才,当赞兴世业者也。’建安二十年,权遣吕蒙奄袭南三郡,立脱身走,自归先主。”

按:夏口或称沔口、鲁口,是汉水注入长江处,战略地位极其重要,从此为孙吴所控制。唐李吉甫《元和郡县图志》卷二七《江南道三·鄂州》称沔口:“三国争衡,为吴之要害,吴常以重兵镇之。”

八月,孙权围攻合肥,为魏将张辽、李典、乐进等所破。

《三国志》卷一《魏书·武帝纪》载:“八月,孙权围合肥,张辽、李典击破之。”卷一七《魏书·张辽传》载:“太祖既征孙权还，使辽与乐进、李典等将七千余人屯合肥。”卷一七《魏书·乐进传》载：“后从征孙权，假进节。太祖还，留进与张辽、李典屯合肥。”卷一七《魏书·张辽传》载：“太祖既征孙权还，使辽与乐进、李典等将七千余人屯合肥。太祖征张鲁，教与护军薛悌，署函边曰‘贼至乃发’。俄而权率十万众围合肥，乃共发教，教曰：‘若孙权至者，张、李将军出战；乐将军守护军，勿得与战。’诸将皆疑。辽曰：‘公远征在外，比救至，彼破我必矣。是以教指及其未合逆击之，折其盛势，以安众心，然后可守也。成败之机，在此一战，诸君何疑？’李典亦与辽同。于是辽夜募敢从之士，得八百人，椎牛飨将士，明日大战。平旦，辽被甲持戟，先登陷陈，杀数十人，斩二将，大呼自名，冲垒入，至权麾下。权大惊，众不知所为，走登高冢，以长戟自守。辽叱权下战，权不敢动，望见辽所将众少，乃聚围辽数重。辽左右麾围，直前急击，围开，辽将麾下数十人得出，余众号呼曰：‘将军弃我乎！’辽复还突围，拔出余众。权人马皆披靡，无敢当者。自旦战至日中，吴人夺气，还修守备，众心乃安，诸将咸服。权守合肥十余日，城不可拔，乃引退。辽率诸军追击，几复获权。太祖大壮辽，拜征东将军。建安二十一年，太祖复征孙权，到合肥，循行辽战处，叹息者良久。乃增辽兵，多留诸军，徙屯居巢。”又载：“（黄初）六年，帝追念辽、典在合肥之功，诏曰：‘合肥之役，辽、典以步卒八百，破贼十万，自古用兵，未之有也。使贼至今夺气，可谓国之爪牙矣。’”卷一八《魏书·李典传》载：“（李典）与张辽、乐进屯合肥，孙权率众围之，辽欲奉教出战。进、典、辽皆素不睦，辽恐其不从，典慨然曰：‘此国家大事，顾君计何如耳，吾可以私憾而忘公义乎！’乃率众与辽破走权。”卷五五《吴书·甘宁传》载：“建安二十年，从攻合肥，会疫疾，军旅皆已引出，唯车下虎士千余人，并吕蒙、蒋钦、凌统及宁，从权逍遥津北。张辽觇望知之，即将步骑奄至。宁引弓射敌，与统等死战。宁厉声问鼓吹何以不作，壮气毅然，权尤嘉之。”卷五五《吴书·潘璋传》载：“合肥之役，张辽奄至，诸将不备，陈武斗死，宋谦、徐盛皆披走，璋身次在后，便驰进，横马斩谦、盛兵走者二人，兵皆还战。权甚壮之，拜偏将军，遂领百校，屯半州。”

孙权为魏军所困，凌统助其突围，贺齐率军迎接，遂免于被俘。

《三国志》卷四七《吴书·吴主传》载裴注引《献帝春秋》曰：“张辽问吴降人：‘向有紫髯将军，长上短下，便马善射，是谁？’降人答曰：‘是孙会稽。’辽及乐进相遇，言不早知之，急追自得，举军叹恨。”《江表传》曰：“权乘骏马上津桥，桥南已见彻，丈余无版。谷利在马后，使权持鞍缓控，利于后著鞭，以助马势，遂得超度。权既得免，即拜利都亭侯。谷利者，本左右给使也，以谨直为亲近监，性忠果亮烈，言不苟且，权爱信之。”卷五五《吴书·凌统传》载：“从往合肥，为右部督。时权彻军，前部已发，魏将张辽等奄至津北。权使追还前兵，兵去已远，势不相及，统率亲近三百人陷围，扶扞权出。敌已毁桥，桥之属者两版，权策马驱驰，统复还战，左右尽死，身亦被创，所杀数十人，度权已免，乃还。桥败路绝，统被甲潜行。权既御船，见之惊喜。统痛亲近无反者，悲不自胜。权引袂拭之，谓曰：'公绩，亡者已矣，苟使卿在，何患无人？'"卷六〇《吴书·贺齐传》："二十年，从权征合肥。"裴注引《江表传》曰："权征合肥还，为张辽所掩袭于津北，几至危殆。齐时率三千兵在津南迎权。权既入大船，会诸将饮宴，齐下席涕泣而言曰：'至尊人主，常当持重。今日之事，几至祸败，群下震怖，若无天地，愿以此为终身诫。'权自前收其泪曰：'大惭！谨以克心，非但书诸绅也。'"

按：《吴主传》系此事于建安十九年，但据《武帝纪》《贺齐传》的明确记载，当是建安二十年。《资治通鉴》卷六七亦系于建安二十年。

蜀马良或于是年出使东吴。

《三国志》卷三九《蜀书·马良传》载："后遣使吴，良谓亮曰：'今衔国命，协穆二家，幸为良介于孙将军。'亮曰：'君试自为文。'良即为草曰：'寡君遣掾马良通聘继好，以绍昆吾、豕韦之勋。其人吉士，荆楚之令，鲜于造次之华，而有克终之美，愿降心存纳，以慰将命。'权敬待之。"

按：马良本传载"及先主入蜀，诸葛亮亦从后往，良留荆州……先主辟良为左将军掾"，接着记述马良出使东吴之事，继而又说"先主称尊号"。先主入蜀是在建安十九年（214），刘备称帝是黄初二年（222），而建安二十四年（219）蜀吴交恶，则马良出使应在214—219年，而以215年有明确出使记载，姑系于此。

蜀伊籍或于是年出使东吴。

《三国志》卷三八《蜀书·伊籍传》于"益州既定"后载："遣东使于吴，孙权闻其才辩，欲逆折以辞。籍适入拜，权曰：'劳事无道之君乎?'籍即对曰：'一拜一起，未足为劳。'籍之机捷，类皆如此，权甚异之。"

按：伊籍使吴在刘备入蜀之后，难以遽定年月，暂系于此。

顾邵约卒于本年。

按："建安十五年"条推测顾邵任豫章太守，又《吴书·顾邵传》说"在郡五年，卒官"，则可能卒于本年。

汉献帝建安二十一年(216)

十月，曹操讨伐孙权。

《三国志》卷四七《吴书·吴主传》载："二十一年冬，曹公次于居巢，遂攻濡须。"卷一《魏书·武帝纪》载该年："冬十月，治兵，遂征孙权，十一月到谯。"裴注引《魏书》曰："王亲执金鼓以令进退。"卷五《魏书·后妃传》裴注引《魏书》曰："二十一年，太祖东征，武宣皇后、文帝及明帝、东乡公主皆从，时后以病留邺。二十二年（217）九月，大军还。"卷一七《魏书·张辽传》载："建安二十一年，太祖复征孙权，到合肥，循行辽战处，叹息者良久。乃增辽兵，多留诸军，徙屯居巢。"卷九《魏书·夏侯惇传》载："二十一年，从征孙权还，使惇都督二十六军，留居巢。赐伎乐名倡，令曰：'魏绛以和戎之功，犹受金石之乐，况将军乎！'"卷一八《魏书·臧霸传》载："从讨孙权，先登，再入巢湖，攻居巢，破之。张辽之讨陈兰，霸别遣至皖，讨吴将韩当，使权不得救兰。当遣兵逆霸，霸与战于逢龙，当复遣兵邀霸于夹石，与战破之，还屯舒。权遣数万人乘船屯舒口，分兵救兰，闻霸军在舒，遁还。霸夜追之，比明，行百余里，邀贼前后击之。贼窘急，不得上船，赴水者甚众。由是贼不得救兰，辽遂破之。霸从讨孙权于濡须口，与张辽为前锋，行遇霖雨，大军先及，水遂长，贼船稍进，将士皆不安。辽欲去，霸止之曰：‘公明于利钝，宁肯捐吾等邪？’明日果有令。辽至，以语太祖。太祖善之，拜扬威将军，假节。后权乞降，太祖还，留霸与夏侯惇等屯居巢。”

陈琳作《檄吴将校部曲文》。

此作全文见《文选》卷四四。徐公持《建安七子诗文系年考证》系于本年。[①]俞绍初辑校《建安七子集》之《建安七子年谱》有所考证。[②]

王粲从曹操征吴，作《从军诗》。

《三国志》卷二一《魏书·王粲传》:“建安二十一年，从征吴。”《文选》卷二七王粲《从军诗》李善注称：“建安二十一年，粲从征吴，作此四篇。”即《凉风厉秋节》《从军征遐路》《朝发邺都桥》《悠悠涉荒路》等。

贺齐讨伐鄱阳尤突有功，拜安东将军，封山阴侯。

《三国志》卷六〇《吴书·贺齐传》载：“二十一年，鄱阳民尤突受曹公印绶，化民为贼，陵阳、始安、泾县皆与突相应。齐与陆逊讨破突，斩首数千，余党震服，丹杨三县皆降，料得精兵八千人。拜安东将军，封山阴侯，出镇江上，督扶州以上至皖。”

范平（216？—284？）生。

---

①参见徐公持：《建安七子诗文系年考证》，《文学遗产增刊》第十四辑，中华书局1982年版。

②参见俞绍初辑校：《建安七子集》，中华书局2005年版，第450—451页。

按：范平，字子安，吴郡钱塘人。《晋书》卷九一《范平传》载："其先铚侯馥，避王莽之乱适吴，因家焉。平研览坟素，遍该百氏，姚信、贺邵之徒皆从受业。吴时举茂才，累迁临海太守，政有异能。孙皓初，谢病还家，敦悦儒学。吴平，太康中，频征不起，年六十九卒。有诏追加谥号曰文贞先生，贺循勒碑纪其德行。三子：奭、咸、泉，并以儒学至大官。泉子蔚，关内侯。家世好学，有书七千余卷。远近来读者恒有百余人，蔚为办衣食。蔚子文才，亦幼知名。"范平大约卒于太康五年（284）稍后，卒时年六十九，应该生于216年左右，主要学术行迹在孙吴期间。范平不仅遍读经学和子学，而且是藏书家，经过两代的积累，到了范蔚，藏书已达七千余卷。

汉献帝建安二十二年(217)

二月，曹操进攻濡须口，孙权筑濡须城拒守。三月，曹操引军还。

《三国志》卷一《魏书·武帝纪》载:“二十二年春正月，王军居巢，二月，进军屯江西郝溪。权在濡须口筑城拒守，遂逼攻之，权退走。三月，王引军还，留夏侯惇、曹仁、张辽等屯居巢。”卷五《魏书·后妃传》裴注引《魏书》曰:“二十二年九月，大军还。”卷五四《吴书·吕蒙传》载:“后曹公又大出濡须，权以蒙为督，据前所立坞，置强弩万张于其上，以拒曹公。曹公前锋屯未就，蒙攻破之，曹公引退。”

《资治通鉴》卷六八载:“春，正月，魏王操军居巢，孙权保濡须，二月，操进攻之。”《考异》曰:“《孙权传》，曹公次居巢，攻濡须，并在去冬。今从《魏武纪》。”

按:本年正月、二月，孙权与曹操尚有战事，三月，孙权请降，曹操遂还军，九月，到达邺城。

孙权遣使徐详向曹操请降。

《三国志》卷四七《吴书·吴主传》载:“二十二年春，权令都尉徐详诣曹公请降，公报使修好，誓重结婚。”

按：《武帝纪》未言曹操引军还的原因，由《吴主传》知是孙权请降，至于曹操接受孙权投降的原因，很可能与军中的瘟疫流行有关。《三国志》卷二一《魏书·王粲传》载："建安二十一年，（王粲）从征吴。二十二年春，道病卒，时年四十一。"卷一五《魏书·司马朗传》载："建安二十二年，（司马朗）与夏侯惇、臧霸等征吴，到居巢，军士大疫。朗躬巡视，致医药。遇疾卒，时年四十七。"

凌统（189—217）卒，孙权使张承作铭诔。

《三国志》卷五五《吴书·凌统传》载："事毕当出，会病卒，时年四十九。权闻之，拊床起坐，哀不能自止，数日减膳，言及流涕，使张承为作铭诔。"《建康实录》卷一《太祖上》于本年说："统为人性好接物，亲贤爱士，轻财重义，有国士风。年二十九卒。权闻之惊起，哀不自胜，使张承作诔致祭。"

按：本传记凌统49岁卒，则生于169年，本传又说15岁为孙权拜为别部司马，而184年孙权方3岁，当以《建康实录》记凌统29岁卒为是。

骆统代凌统领兵。

《三国志》卷五七《吴书·骆统传》载：骆统"出为建忠中郎将，领武射吏三千人。及凌统死，复领其兵"。

鲁肃（172—217）卒。

《三国志》卷五四《吴书·鲁肃传》载："肃年四十六，建安二十二年卒。权为举哀，又临其葬。诸葛亮亦为发哀。"裴注引《吴书》曰："肃为人方严，寡于玩饰，内外节俭，不务俗好。治军整顿，禁令必行，虽在军陈，手不释卷。又善谈论，能属文辞，思度弘远，有过人之明。周瑜之后，肃为之冠。”

按：《建康实录》卷一《太祖上》载建安二十三年“秋，横江将军、益阳侯鲁肃卒”，误。

吕蒙代鲁肃领兵。

《三国志》卷五四《吴书·吕蒙传》载：“鲁肃卒，蒙西屯陆口，肃军人马万余尽以属蒙。”卷五三《吴书·严畯传》载孙权有意让严畯领兵，严畯固让不应，曰：“张昭进之于孙权，权以为骑都尉、从事中郎。及横江将军鲁肃卒，权以畯代肃，督兵万人，镇据陆口。众人咸为畯喜，畯前后固辞：‘朴素书生，不闲军事，非才而据，咎悔必至。’发言慷慨，至于流涕，权乃听焉。世嘉其能以实让。”

汉献帝建安二十三年(218)

孙权作《让孙皎书》。

《三国志》卷五一《吴书·孙皎传》载:“尝以小故与甘宁忿争,或以谏宁,宁曰:‘臣子一例,征虏虽公子,何可专行侮人邪!吾值明主,但当输效力命,以报所天,诚不能随俗屈曲矣。’权闻之,以书让皎曰:‘自吾与北方为敌,中间十年,初时相持年小,今者且三十矣。孔子言“三十而立”,非但谓五经也。授卿以精兵,委卿以大任,都护诸将于千里之外,欲使如楚任昭奚恤,扬威于北境,非徒相使逞私志而已。近闻卿与甘兴霸饮,因酒发作,侵陵其人,其人求属吕蒙督中。此人虽粗豪,有不如人意时,然其较略大丈夫也。吾亲之者,非私之也。我亲爱之,卿疏憎之;卿所为每与吾违,其可久乎?夫居敬而行简,可以临民;爱人多容,可以得众。二者尚不能知,安可董督在远,御寇济难乎?卿行长大,特受重任,上有远方瞻望之视,下有部曲朝夕从事,何可恣意有盛怒邪?人谁无过,贵其能改,宜追前愆,深自咎责。今故烦诸葛子瑜重宣吾意。临书摧怆,心悲泪下。’皎得书,上疏陈谢,遂与宁结厚。”

按:孙权与曹操始为敌是建安十三年,据“中间十年”,故系于本年。孙权生于182年，本年已37岁，而曰“今者且三十”，指孙皎近30岁。

汉献帝建安二十四年(219)

十月，关羽围攻曹仁于襄阳、樊城，孙权上书讨关羽，曹操从洛阳南征关羽。

《三国志》卷一《魏书·武帝纪》载：“冬十月，军还洛阳。孙权遣使上书，以讨关羽自效。王自洛阳南征羽，未至，晃攻羽，破之。羽走，仁围解。王军摩陂。”卷六〇《吴书·全琮传》载：“建安二十四年，刘备将关羽围樊、襄阳，琮上疏陈羽可讨之计，权时已与吕蒙阴议袭之，恐事泄，故寝琮表不答。及禽羽，权置酒公安，顾谓琮曰：‘君前陈此，孤虽不相答，今日之捷，抑亦君之功也。’于是封阳华亭侯。”卷一四《魏书·董昭传》载：“及关羽围曹仁于樊，孙权遣使辞以‘遣兵西上，欲掩取羽。江陵、公安累重，羽失二城，必自奔走，樊军之围，不救自解。乞密不漏，令羽有备’。太祖诘群臣，群臣咸言宜当密之。昭曰：‘军事尚权，期于合宜。宜应权以密，而内露之。羽闻权上，若还自护，围则速解，便获其利。可使两贼相对衔持，坐待其弊。秘而不露，使权得志，非计之上。又，围中将吏不知有救，计粮怖惧，傥有他意，为难不小。露之为便。且羽为人强梁，自恃二城守固，必不速退。’太祖曰：‘善。’即敕救将徐晃以权书射著围里及羽屯中，围里闻之，志气百倍。羽果犹豫。权军至，得其二城，羽乃破败。”卷一四《魏书·蒋济传》载：“关羽围樊、襄阳。太祖以汉帝在许，近贼，欲徙都。司马宣王及济说太祖曰：‘于禁等为水所没，非战攻之失，于国家大计未足有损。刘备、孙权，外亲内疏，关羽得志，权必不愿也。可遣人劝蹑其后，许割江南以封权，则樊围自解。’太祖如其言。权闻之，即引兵西袭公安、江陵。羽遂见禽。”

《晋书》卷一《宣帝纪》载：“及蜀将羽围曹仁于樊，于禁等七军皆没，修、方果降羽，而仁围甚急焉。是时汉帝都许昌，魏武以为近贼，欲徙河北。帝谏曰：‘禁等为水所没，非战守之所失，于国家大计未有所损，而便迁都，既示敌以弱，又淮沔之人大不安矣。孙权、刘备，外亲内疏，羽之得意，权所不愿也。可喻权所，令掎其后，则樊围自解。’魏武从之。权果遣将吕蒙西袭公安，拔之，羽遂为蒙所获。”

孙权称臣，并讽曹操代汉自立。

《三国志》卷一《魏书·武帝纪》裴注引《魏略》曰：“孙权上书称臣，称说天命。王以权书示外曰：‘是儿欲踞吾著炉火上邪！’侍中陈群、尚书桓阶奏曰：‘汉自安帝已来，政去公室，国统数绝，至于今者，唯有名号，尺土一民，皆非汉有，期运久已尽，历数久已终，非适今日也。是以桓、灵之间，诸明图纬者，皆言“汉行气尽，黄家当兴”。殿下应期，十分天下而有其九，以服事汉，群生注望，遐迩怨叹，是故孙权在远称臣，此天人之应，异气齐声。臣愚以为虞、夏不以谦辞，殷、周不吝诛放，畏天知命，无所与让也。’”卷一三《魏书·王朗传》裴注引《魏略》曰：“太祖请同会，啁朗曰：‘不能效君昔在会稽折粳米饭也。’朗仰而叹曰：‘宜适难值！’太祖问：‘云何？’朗曰：‘如朗昔者，未可折而折；如明公今日，可折而不折也。’太祖以孙权称臣遣贡诏朗，朗答曰：‘孙权前笺，自诡躬讨虏以补前愆，后疏称臣，以明无二。牙兽屈膝，言鸟告欢，明珠、南金，远珍必至。情见乎辞，效著乎功。三江五湖，为沼于魏，西吴东越，化为国民。鄢、郢既拔，荆门自开。席卷巴、蜀，形势已成。重休累庆，杂沓相随。承旨之日，抚掌击节。情之畜者，辞不能宣。’”

虞翻说吕蒙速据南郡城。

《三国志》卷五七《吴书·虞翻传》载：“吕蒙图取关羽，称疾还建业，以翻兼知医术，请以自随，亦欲因此令翻得释也。后蒙举军西上，南郡太守麋芳开城出降。蒙未据郡城而作乐沙上，翻谓蒙曰：‘今区区一心者麋将军也，城中之人岂可尽信，何不急入城持其管籥乎？’蒙即从之。时城中有伏计，赖翻谋不行。”

虞翻筮关羽当断头。

《三国志》卷五七《吴书·虞翻传》载：“关羽既败，权使翻筮之，得兑下坎上，节五爻变之临，翻曰：‘不出二日，必当断头。’果如翻言。权曰：‘卿不及伏羲，可与东方朔为比矣。’”

十一月，陆逊作《与关羽书》，使关羽麻痹，遂获蜀宜都郡。

《三国志》卷五八《吴书·陆逊传》载：“权乃召逊，拜偏将军、右部督代蒙。逊至陆口，书与羽曰：‘前承观衅而动，以律行师，小举大克，一何巍巍！敌国败绩，利在同盟，闻庆拊节，想遂席卷，共奖王纲。近以不敏，受任来西，延慕光尘，思禀良规。'又曰：'于禁等见获，遐迩欣叹，以为将军之勋足以长世，虽昔晋文城濮之师，淮阴拔赵之略，蔑以尚兹。闻徐晃等少骑驻旌，窥望麾葆。操猾虏也，忿不思难，恐潜增众，以逞其心。虽云师老，犹有骁悍。且战捷之后，常苦轻敌，古人杖术，军胜弥警，愿将军广为方计，以全独克。仆书生疏迟，忝所不堪，喜邻威德，乐自倾尽，虽未合策，犹可怀也。傥明注仰，有以察之。'羽览逊书，有谦下自托之意，意大安，无复所嫌。逊具启形状，陈其可禽之要。权乃潜军而上，使逊与吕蒙为前部，至即克公安、南郡。逊径进，领宜都太守，拜抚边将军，封华亭侯。备宜都太守樊友委郡走，诸城长吏及蛮夷君长皆降。逊请金银铜印，以假授初附。是岁建安二十四年十一月也。"

十一月，孙权擒杀关羽，占据荆州。

《后汉书》卷九《孝献帝纪》载："冬十一月，孙权取荆州。"《三国志》卷三二《蜀书·先主传》载："俄而孙权袭杀关羽，取荆州。"卷五四《吴书·吕蒙传》载："会权寻至，羽自知孤穷，乃走麦城，西至漳乡，众皆委羽而降。权使朱然、潘璋断其径路，即父子俱获，荆州遂定。"卷五五《吴书·潘璋传》载："权征关羽，璋与朱然断羽走道，到临沮，住夹石。璋部下司马马忠禽羽，并羽子平、都督赵累等。"卷五六《吴书·朱然传》载："建安二十四年，从讨关羽，别与潘璋到临沮禽羽，迁昭武将军，封西安乡侯。"

刘备之将麋芳、士仁、郝普、潘濬降吴。

《三国志》卷三六《蜀书·关羽传》载："司马宣王、蒋济以为关羽得志，孙权必不愿也。可遣人劝权蹑其后，许割江南以封权，则樊围自解。曹公从之。先是，权遣使为子索羽女，羽骂辱其使，不许婚，权大怒。又南郡太守麋芳在江陵，将军士仁屯公安，素皆嫌羽轻己。自羽之出军，芳、仁供给军资，不悉相救。羽言'还当治之'，芳、仁咸怀惧不安。于是权阴诱芳、仁，芳、仁使人迎权。而曹公遣徐晃救曹仁，羽不能克，引军退还。权已据江陵，尽虏羽士众妻子，羽军遂散。权遣将逆击羽，斩羽及子平于临沮。"裴注引《典略》曰："羽围樊，权遣使求助之，敕使莫速进，又遣主簿先致命于羽。羽忿其淹迟，又自已得于禁等，乃骂曰：'狢子敢尔，如使樊城拔，吾不能灭汝邪！'权闻之，知其轻己，伪手书以谢羽，许以自往。"杨戏《季汉辅臣赞》载："古之奔臣，礼有来逼，怨兴司官，不顾大德。靡有匡救，倍成奔北，自绝于人，作笑二国。赞麋芳、士仁、郝普、潘濬。麋芳字子方，东海人也，为南郡太守。士仁字君义，广阳人也，为将军，住公安，统属关羽；与羽有隙，叛迎孙权。郝普字子太，义阳人。先主自荆州入蜀，以普为零陵太守。为吴将吕蒙所谲，开城诣蒙。潘濬字承明，武陵人也。先主入蜀，以为荆州治中，典留州事，亦与关羽不穆。孙权袭羽，遂入吴。普至廷尉，濬至太常，封侯。"卷五四《吴书·吕蒙传》载："蒙至寻阳，尽伏其精兵䑺中，使白衣摇橹，作商贾人服，昼夜兼行，至羽所置江边屯候，尽收缚之，是故羽不闻知。遂到南郡，士仁、麋芳皆降。"

卷六一《吴书·潘濬传》载:“孙权杀关羽,并荆土,拜濬辅军中郎将,授以兵。”裴注引《江表传》曰:“权克荆州,将吏悉皆归附,而濬独称疾不见。权遣人以床就家舆致之,濬伏面著床席不起,涕泣交横,哀咽不能自胜。权慰劳与语,呼其字曰:‘承明,昔观丁父,鄀俘也,武王以为军帅;彭仲爽,申俘也,文王以为令尹。此二人,卿荆国之先贤也,初虽见囚,后皆擢用,为楚名臣。卿独不然,未肯降意,将以孤异古人之量邪?’使亲近以手巾拭其面,濬起下地拜谢。即以为治中,荆州诸军事一以谘之。”

虞翻为说降士仁,作《与士仁书》。

《三国志》卷五四《吴书·吕蒙传》裴注引《吴书》曰:“将军士仁在公安拒守,蒙令虞翻说之。翻至城门,谓守者曰:‘吾欲与汝将军语。’仁不肯相见。乃为书曰:‘明者防祸于未萌,智者图患于将来,知得知失,可与为人,知存知亡,足别吉凶。大军之行,斥候不及施,烽火不及举,此非天命,必有内应。将军不先见时,时至又不应之,独守萦带之城而不降,死战则毁宗灭祀,为天下讥笑。吕虎威欲径到南郡,断绝陆道,生路一塞,案其地形,将军为在箕舌上耳,奔走不得免,降则失义,窃为将军不安,幸熟思焉。’仁得书,流涕而降。翻谓蒙曰:‘此谲兵也,当将仁行,留兵备城。’遂将仁至南郡。南郡太守麋芳城守,蒙以仁示之,遂降。”

孙权分立固陵郡。

《三国志》卷五五《吴书·潘璋传》载:“权即分宜都巫、秭归二县为固陵郡，拜璋为太守、振威将军，封溧阳侯。”

固陵郡之废，陈健梅《孙吴政区地理研究》认为是黄武元年(222)，其曰：“据《潘璋传》，刘备出夷陵，潘璋与陆逊并力拒之。则黄武元年刘备东征，潘璋仍领固陵郡太守。猇亭之役后，潘璋拜襄阳太守，固陵郡盖废于此时，即黄武元年。”①

孙权以吕蒙擒获关羽有功，给赐鼓吹。

《三国志》卷五四《吴书·吕蒙传》裴注引《江表传》载：“乃增给步骑鼓吹，敕选虎威将军官属，并南郡、庐江二郡威仪。拜毕还营，兵马导从，前后鼓吹，光耀于路。”

吕蒙（178—219）卒。

《三国志》卷五四《吴书·吕蒙传》载：“封爵未下，会蒙疾发，权时在公安，迎置内殿，所以治护者万方，募封内有能愈蒙疾者，赐千金。时有针加，权为之惨戚，欲数见其颜色，又恐劳动，常穿壁瞻之，见小能下食则喜，顾左右言笑，不然则咄唶，夜不能寐。病中瘳，为下赦令，群臣毕贺。后更增笃，权自临视，命道士于星辰下为之请命。年四十二，遂卒于内殿。时权哀痛甚，为之降损。”《建康实录》卷一《太祖上》载：“是岁，南昌太守孱陵侯吕蒙卒。”

按：《建康实录》的“南昌太守”应为“南郡太守”。

朱然代吕蒙领兵。

《三国志》卷五六《吴书·朱然传》载：“虎威将军吕蒙病笃，权问曰：‘卿如不起，谁可代者？’蒙对曰：‘朱然胆守有余，

①陈健梅：《孙吴政区地理研究》，岳麓书社2008年版，第231页。

愚以为可任。’蒙卒，权假然节，镇江陵。”

陆逊为右护军、镇西将军，进封娄侯，州举茂才。

《三国志》卷五八《吴书·陆逊传》载：“前后斩获招纳，凡数万计。权以逊为右护军、镇西将军，进封娄侯。”裴注引《吴书》曰：“权嘉逊功德，欲殊显之，虽为上将军列侯，犹欲令历本州举命，乃使扬州牧吕范就辟别驾从事，举茂才。”

陆逊作《为荆州士人上疏》。

《三国志》卷五八《吴书·陆逊传》载：“时荆州士人新还，仕进或未得所，逊上疏曰：‘昔汉高受命，招延英异，光武中兴，群俊毕至，苟可以熙隆道教者，未必远近。今荆州始定，人物未达，臣愚惨惨，乞普加覆载抽拔之恩，令并获自进，然后四海延颈，思归大化。’权敬纳其言。”

孙权作《与陆逊论周瑜、鲁肃及吕蒙》。

《三国志》卷五四《吴书·吕蒙传》载：“公瑾雄烈，胆略兼人，遂破孟德，开拓荆州，邈焉难继，君今继之。公瑾昔要子敬来东，致达于孤，孤与宴语，便及大略帝王之业，此一快也。后孟德因获刘琮之势，张言方率数十万众水步俱下。孤普请诸将，咨问所宜，无适先对，至子布、文表，俱言宜遣使修檄迎之，子敬即驳言不可，劝孤急呼公瑾，付任以众，逆而击之，此二快也。且其决计策意，出张苏远矣；后虽劝吾借玄德地，是其一短，不足以损其二长也。周公不求备于一人，故孤忘其短而贵其长，常以比方邓禹也。又子明少时，孤谓不辞剧易，果敢有胆而已；及身长大，学问开益，筹略奇至，可以次于公瑾，但言议英发不及之耳。图取关羽，胜于子敬。子敬答孤书云：‘帝王之起，皆有驱除，羽不足忌。’此子敬内不能办，外为大言耳，孤亦恕之，不苟责也。然其作军屯营，不失令行禁止，部界无废负，路无拾遗，其法亦美也。”

十二月，孙权为骠骑将军，领荆州牧，封南昌侯，遣梁禹北上入贡。

《三国志》卷四七《吴书·吴主传》载：“曹公表权为骠骑将军，假节领荆州牧，封南昌侯。”《建康实录》卷一《太祖上》载：“汉天子以权为荆州牧，领车骑大将军，封南昌侯。权遣梁禹入贡于汉，以观曹操。”

按：《三国志》与《建康实录》载骠骑将军与车骑大将军不同，但据下条《阚泽传》，应为骠骑将军。又孙权于本年移驻公安。

阚泽为西曹掾。

《三国志》卷五三《吴书·阚泽传》载：“孙权为骠骑将军，辟补西曹掾。”

骆统迁偏将军。

《三国志》卷五七《吴书·骆统传》载：“以随陆逊破蜀军于宜都，迁偏将军。”

陆绩（188—219）卒于郁林，作《自知亡日辞》。

《三国志》卷五七《吴书·陆绩传》载：“陆绩字公纪，吴郡吴人也。父康，汉末为庐江太守。绩年六岁，于九江见袁术。术出橘，绩怀三枚，去，拜辞堕地，术谓曰：‘陆郎作宾客而怀橘乎?’绩跪答曰:‘欲归遗母。’术大奇之。孙策在吴,张昭、张纮、秦松为上宾,共论四海未泰,须当用武治而平之,绩年少末坐,遥大声言曰:‘昔管夷吾相齐桓公,九合诸侯,一匡天下,不用兵车。孔子曰:“远人不服,则修文德以来之。”今论者不务道德怀取之术,而惟尚武,绩虽童蒙,窃所未安也。’昭等异焉。绩容貌雄壮,博学多识,星历算数无不该览。虞翻旧齿名盛,庞统荆州令士,年亦差长,皆与绩友善。孙权统事,辟为奏曹掾,以直道见惮,出为郁林太守,加偏将军,给兵二千人。绩既有躄疾,又意在儒雅,非其志也。虽有军事,著述不废,作《浑天图》,注《易》释《玄》,皆传于世。豫自知亡日,乃为辞曰:‘有汉志士吴郡陆绩,幼敦《诗》《书》,长玩《礼》《易》,受命南征,遘疾遇厄,遭命不幸,呜呼悲隔!’又曰:‘从今已去,六十年之外,车同轨,书同文,恨不及见也。’年三十二卒。”

《隋书》卷三二《经籍志一》著录“《周易》十五卷,吴郁林太守陆绩注”,“《周易日月变例》六卷,虞翻、陆绩撰”,卷三四《经籍志三》著录“《扬子太玄经》十卷,陆绩、宋衷注”。

按:本传载“绩年六岁,于九江见袁术”,袁术奔九江为初平四年(193),陆绩享年三十二岁,故上推至中平五年(188)。

裴占荣《虞仲翔先生年谱》系陆绩生于189年卒于220年,说:“绩传虽载三十二卒,而年岁杳不可考,但载六岁怀橘之事,乃复考《袁术传》,计在九江共居五岁,始于癸酉,走于丁丑,兹故假定绩生年为中平六年,上下当无二年之差也。”[①]

①裴占荣:《虞仲翔先生年谱》,《国立北平图书馆馆刊》1933年第7卷1号。

汉献帝建安二十五年（延康元年，220）魏黄初元年

孙权斩关羽，传首于曹操，曹操以诸侯之礼葬之。

《三国志》卷一《魏书·武帝纪》载："二十五年春正月，至洛阳。权击斩羽，传其首。"卷三六《蜀书·关羽传》裴注引《吴历》曰："权送羽首于曹公，以诸侯礼葬其尸骸。"

益州刘璋、刘阐父子，雍闿投降孙权。

《三国志》卷三一《蜀书·刘璋传》载："孙权杀关羽，取荆州，以璋为益州牧，驻秭归。璋卒，南中豪率雍闿据益郡反，附于吴。权复以璋子阐为益州刺史，处交、益界首。丞相诸葛亮平南土，阐还吴，为御史中丞。"裴注引《吴书》曰："阐一名纬，为人恭恪，轻财爱义，有仁让之风，后疾终于家。"卷四三《蜀书·吕凯传》载："（雍）闿又降于吴，吴遥署闿为永昌太守。"卷四九《吴书·士燮传》载："（士）燮又诱导益州豪姓雍闿等，率郡人民使遥东附。"卷五二《吴书·步骘传》载："益州大姓雍闿等杀蜀所署太守正昂，与燮相闻，求欲内附。骘因承制遣使宣恩抚纳，由是加拜平戎将军，封广信侯。"

钟繇作《答太子书论孙权送关羽首级》。

《三国志》卷一三《魏书·钟繇传》裴注引《魏略》曰：“孙权称臣，斩送关羽。太子书报繇，繇答书曰：‘臣同郡故司空荀爽言：“人当道情，爱我者一何可爱！憎我者一何可憎！”顾念孙权，了更妩媚。’太子又书曰：‘得报，知喜南方。至于荀公之清谈，孙权之妩媚，执书嗢噱，不能离手。若权复黠，当折以汝南许劭月旦之评。权优游二国，俯仰荀、许，亦已足矣。’”

正月，魏王曹操至洛阳，卒。太子曹丕嗣位。

《后汉书》卷九《孝献帝纪》载：“二十五年春正月庚子，魏王曹操薨。子丕袭位。”

三月，改建安二十五年为延康元年。

《后汉书》卷九《孝献帝纪》载：“三月，改元延康。”《三国志》卷四七《吴书·吴主传》载：“二十五年春正月，曹公薨，太子丕代为丞相魏王，改年为延康。”

七月，孙权遣使奉献于魏王曹丕。

《三国志》卷二《魏书·文帝纪》载：“秋七月……孙权遣使贡献。”

吕范代步骘为交州刺史。

《三国志》卷五二《吴书·步骘传》载：“延康元年，权遣吕岱代骘。”卷六〇《吴书·吕岱传》亦载：“延康元年，代步骘为交州刺史。”

步骘北上长沙、益阳，平定诸郡叛乱。

《三国志》卷五二《吴书·步骘传》载：“延康元年，权遣吕岱代骘，骘将交州义士万人出长沙。会刘备东下，武陵蛮夷蠢动，权遂命骘上益阳。备既败绩，而零、桂诸郡犹相惊扰，处处阻兵，骘周旋征讨，皆平之。”

魏将梅敷遣张俭投降孙权。

《建康实录》卷一《太祖上》载：“秋，魏将梅敷使南阳长史张俭送款，以南阳阴、酂、筑阳、山都、中庐五县五千家归附，权纳之。”

十月乙卯，汉献帝刘协逊位。

《后汉书》卷九《孝献帝纪》载：“冬十月乙卯，皇帝逊位，魏王丕称天子。奉帝为山阳公。……魏青龙二年三月庚寅，山阳公薨。自逊位至薨，十有四年，年五十四，谥孝献皇帝。八月壬申，以汉天子礼仪葬于禅陵。”

按：是年三月以前为建安二十五年，十月以前为汉延康元年，十月以后为黄初元年。

十月，曹丕改延康元年为黄初元年。

《三国志》卷四七《吴书·吴主传》载：“冬，魏嗣王称尊号，改元为黄初。”《建康实录》卷一《太祖上》载：“明年冬十月，曹丕代汉称魏，号黄初元年，而权江东犹称建安。”

按：根据新出土的长沙走马楼吴简，有“建安二十六年”“建安二十七年”的年号，但罗新指出这些年号系追改，其实220—222年，孙吴“亦步亦趋地遵奉了北方的延康和黄初年号，直到黄初三年（222）十月。走马楼吴简中的建安纪年简，都是黄武以后追述前事时所写的，用延长建安年号的方法来遮掩孙吴遵奉曹魏法统的历史”[1]。罗新又进一步指出《鄂城汉三国六朝铜镜》中的吴人铜镜，并无建安二十五至二十七年的纪年，而是用过延康、黄初的年号。据此可见，建安二十六、二十七年的年号，完全是吴人对历史的追认，属于孙吴建立政权正统观念的产物。

孙权遣使称藩。

《三国志》卷二《魏书·文帝纪》裴注引《魏略》曰，孙权“故深绝蜀而专事魏”。卷一四《魏书·刘晔传》载：“诏问群臣令料刘备当为关羽出报吴不。众议咸云：‘蜀，小国耳，名将唯羽。羽死军破，国内忧惧，无缘复出。’晔独曰：‘蜀虽狭弱，而备之谋欲以威武自强，势必用众以示其有余。且关羽与备，义为君臣，恩犹父子；羽死不能为兴军报敌，于终始之分不足。’后备果出兵击吴。吴悉国应之，而遣使称藩。朝臣皆贺，独晔曰：‘吴绝在江、汉之表，无内臣之心久矣。陛下虽齐德有虞，然丑虏之性，未有所感。因难求臣，必难信也。彼必外迫内困，然后发此使耳，可因其穷，袭而取之。夫一日纵敌，数世之患，不可不察也。’备军败退，吴礼敬转废，帝欲兴众伐之，晔以为‘彼新得志，上下齐心，而阻带江湖，必难仓卒’。帝不听。”裴注引《傅子》曰：“孙权遣使求降，帝以问晔。晔对曰：‘权无故求降，必内有急。权前袭杀关羽，取荆州四郡，备怒，必大兴师伐之。外有强寇，众心不安，又恐中国承其衅而伐之，故委地求降，一以却中国之兵，二则假中国之援，以强其众而疑敌人。权善用

①罗新：《走马楼吴简中的建安纪年简问题》，《文物》2002年第10期。

兵，见策知变，其计必出于此。今天下三分，中国十有其八。吴、蜀各保一州，阻山依水，有急相救，此小国之利也。今还自相攻，天亡之也。宜大兴师，径渡江袭其内。蜀攻其外，我袭其内，吴之亡不出旬月矣。吴亡则蜀孤。若割吴半，蜀固不能久存，况蜀得其外，我得其内乎！’帝曰：‘人称臣降而伐之，疑天下欲来者心，必以为惧，其殆不可！孤何不且受吴降，而袭蜀之后乎?’对曰：‘蜀远吴近，又闻中国伐之，便还军，不能止也。今备已怒，故兴兵击吴，闻我伐吴，知吴必亡，必喜而进与我争割吴地，必不改计抑怒救吴，必然之势也。’帝不听，遂受吴降，即拜权为吴王。晔又进曰：‘不可。先帝征伐，天下兼其八，威震海内，陛下受禅即真，德合天地，声暨四远，此实然之势，非卑臣颂言也。权虽有雄才，故汉骠骑将军南昌侯耳，官轻势卑。士民有畏中国心，不可强迫与成所谋也。不得已受其降，可进其将军号，封十万户侯，不可即以为王也。夫王位，去天子一阶耳，其礼秩服御相乱也。彼直为侯，江南士民未有君臣之义也。我信其伪降，就封殖之，崇其位号，定其君臣，是为虎傅翼也。权既受王位，却蜀兵之后，外尽礼事中国，使其国内皆闻之，内为无礼以怒陛下。陛下赫然发怒，兴兵讨之，乃徐告其民曰：“我委身事中国，不爱珍货重宝，随时贡献，不敢失臣礼也，无故伐我，必欲残我国家，俘我民人子女以为僮隶仆妾。”吴民无缘不信其言也。信其言而感怒，上下同心，战加十倍矣。’又不从。遂即拜权为吴王。权将陆议大败刘备，杀其兵八万余人，备仅以身免。权外礼愈卑，而内行不顺，果如晔言。”

十一月，孙权受曹丕所赐轩县之乐，吴之“轩县之乐”或来源于此。

《三国志》卷四七《吴书·吴主传》载：“君化民以德，礼教兴行，是用锡君轩县之乐。”

按：《魏书》卷一〇九《乐志》说：“古礼，天子宫悬，诸侯轩悬，大夫判悬，士特悬。”《晋书》卷二二《乐志上》载：“汉自东京大乱，绝无金石之乐，乐章亡缺，不可复知。及魏武平荆州，获汉雅乐郎河南杜夔……使创定雅乐。时又有散骑侍郎邓静、尹商善训雅乐，歌师尹胡能歌宗庙郊祀之曲，舞师冯肃、服养晓知先代诸舞，夔悉总领之。远详经籍，近采故事，考会古乐，始设轩悬钟磬。”“轩悬之乐”是杜夔根据经籍记载和近代的先例，稽考古代音乐而创设的雅乐，用于宗庙祭祀，为诸侯所特享。所谓“轩悬钟磬”，“轩悬”，《初学记》卷一五载“（宫悬：四面如宫）去南面，余三面，其形如轩，亦曰曲悬”，即指钟磬悬挂在屋内东、西、北三面栏杆上。据此可知，“轩悬之乐”就是钟磬之乐，属金石打击乐器。曹操平荆州，是在建安十三年（208），时正以汉室名义制定雅乐，孙权不能不遵用，后再蒙曹丕给赐，则孙吴“轩悬之乐”应来自曹魏。

吴蜀再次交战。

《三国志》卷四七《吴书·吴主传》载：“是岁，刘备帅军来伐……权以陆逊为督，督朱然、潘璋等以拒之。”

按：《陆逊传》载：“黄武元年，刘备率大众来向西界，权命逊为大都督，假节，督朱然、潘璋……五万人拒之。”但《吴主传》说是建安二十五年，有所不同。

阚泽论曹丕。

《三国志》卷五三《吴书·阚泽传》裴注引《吴录》曰："初，魏文帝即位，权尝从容问群臣曰：'曹丕以盛年即位，恐孤不能及之，诸卿以为如何?'群臣未对，泽曰：'不及十年，丕其没矣，大王勿忧也。'权曰：'何以知之?'泽曰：'以字言之，不十为丕，此其数也。'文帝果七年而崩。"

按：此应系传闻，曹丕即位时，孙权尚未称王，不得称大王。

谢承为吴郡都督。

陆侃如《中古文学系年》系于黄初元年，说："《三国志·吴志》卷五《谢夫人传》：'吴主权谢夫人，会稽山阴人也。父煚，汉尚书郎、徐令。权母吴为权聘以为妃，爱幸有宠……弟承。'注：'煚子承撰《后汉书》，称煚幼以仁孝为行，明达有令才。煚弟贞，履蹈法度，笃学尚义，举孝廉，建昌长，卒官。'又引《会稽典录》：'承字伟平，博学洽闻。尝所知见，终身不忘。'梁章钜《三国志旁证》卷二十八：'《困学纪闻》云：谢承父煚为尚书郎，每读高祖及光武之后将相名臣策文通训，条在南宫，秘于省阁，惟台郎升复道，取急因得开览。'承生年无考，以一生行事推之，可能生于一九〇年左右。严可均《全三国文》卷六十六注：'为吴郡督邮。'不知在何时，今假定在拜五官郎中前五年左右，时承年约三十。"①

①陆侃如：《中古文学系年》，人民文学出版社1985年版，第438页。

魏黄初二年(221)
蜀章武元年

孙权自公安徙都于鄂，改鄂为武昌。

《三国志》卷四七《吴书·吴主传》载：“二年四月，刘备称帝于蜀。权自公安都鄂，改名武昌。”

《建康实录》卷一《太祖上》载建安二十七年：“夏四月，刘备称帝号于蜀，即黄初二年也。时权在公安，闻之，自公安下都鄂，改鄂为武昌。……秋八月，城武昌，下令诸将出入从兵仗以自防。”

按：《建康实录》误建安二十六年为二十七年，下文又有建安二十八年与黄武元年，殊多舛互。

吴置丹杨郡。

《建康实录》卷一《太祖上》载建安二十六年：“其年始置丹杨郡，自宛陵理于建业。”

五月，建业言甘露降。

《宋书》卷二八《符瑞志中》载：“吴孙权黄武前，建业言甘露降。”《建康实录》卷一《太祖上》载建安二十七年：“五月，甘露降于建业。”

按：《建康实录》有误，说见上，《宋书》说“黄武前”，兹定为本年。

七月，刘备称帝后不久亲自率军东下攻吴。

《三国志》卷四七《吴书·吴主传》载：“二年四月，刘备称帝于蜀。”卷三二《蜀书·先主传》载：“初，先主忿孙权之袭关羽，将东征。秋七月，遂帅诸军伐吴。孙权遣书请和，先主盛怒不许，吴将陆议、李异、刘阿等屯巫、秭归；将军吴班、冯习自巫攻破异等，军次秭归，武陵五溪蛮夷遣使请兵。”卷四七《吴书·吴主传》载：“是岁，刘备帅军来伐，至巫山、秭归，使使诱导武陵蛮夷，假与印传，许之封赏。于是诸县及五溪民皆反为蜀。权以陆逊为督，督朱然、潘璋等以拒之。”

诸葛瑾作《与刘备笺》。

《三国志》卷五二《吴书·诸葛瑾传》载：“刘备东伐吴，吴王求和，瑾与备笺曰：‘奄闻旗鼓来至白帝，或恐议臣以吴王侵取此州，危害关羽，怨深祸大，不宜答和，此用心于小，未留意于大者也。试为陛下论其轻重，及其大小。陛下若抑威损忿，暂省瑾言者，计可立决，不复咨之于群后也。陛下以关羽之亲何如先帝？荆州大小孰与海内？俱应仇疾，谁当先后？若审此数，易于反掌。’”

七月，孙权作《报陆逊表保明诸葛瑾事》。

《三国志》卷五二《吴书·诸葛瑾传》裴注引《江表传》载：“瑾之在南郡，人有密谗瑾者。此语颇流闻于外，陆逊表保明瑾无此，宜以散其意。权报曰：‘子瑜与孤从事积年，恩如骨肉，深相明究，其为人非道不行，非义不言。玄德昔遣孔明至吴，孤尝语子瑜曰：“卿与孔明同产，且弟随兄，于义为顺，何以不留孔明？孔明若留从卿者，孤当以书解玄德，意自随人耳。”子瑜答孤言：“弟亮以失身于人，委质定分，义无二心。弟之不留，犹瑾之不往也。”其言足贯神明。今岂当有此乎？孤前得妄语文疏，即封示子瑜，并手笔与子瑜，即得其报，论天下君臣大节一定之分。孤与子瑜，可谓神交，非外言所间也。知卿意至，辄封来表，以示子瑜，使知卿意。’”

钱基博《中国文学史》认为此文，“开诚布公，朗畅不如诸葛亮，而粗朴差似魏武帝；雕润恨少，骨气奇高矣”①。

八月，孙权遣使向魏称臣。

《三国志》卷二《魏书·文帝纪》载：“秋八月，孙权遣使奉章，并遣于禁等还。”卷一七《魏书·于禁传》载：“会孙权禽羽，获其众，禁复在吴。文帝践阼，权称藩，遣禁还。帝引见禁，须发皓白，形容憔悴，泣涕顿首。”卷五七《吴书·虞翻传》裴注引《吴书》曰：“后权与魏和，欲遣禁还归北，翻复谏曰：‘禁败数万众，身为降虏，又不能死。北习军政，得禁必不如所规。还之虽无所损，犹为放盗，不如斩以令三军，示为人臣有二心者。’权不听。群臣送禁，翻谓禁曰：‘卿勿谓吴无人，吾谋适不用耳。’禁虽为翻所恶，然犹盛叹翻，魏文帝常为翻设虚坐。”

十一月，魏遣使臣邢贞拜孙权为大将军，封吴王，加九锡。

①钱基博：《中国文学史》，华中师范大学出版社2011年版，第125页。

《三国志》卷二《魏书·文帝纪》载："丁巳，使太常邢贞持节拜权为大将军，封吴王，加九锡。"卷五二《吴书·张昭传》载："黄初二年，遣使者邢贞拜权为吴王。"卷四七《吴书·吴主传》载："盖圣王之法，以德设爵，以功制禄；劳大者禄厚，德盛者礼丰。故叔旦有夹辅之勋，太公有鹰扬之功，并启土宇，并受备物，所以表章元功，殊异贤哲也。近汉高祖受命之初，分裂膏腴以王八姓，斯则前世之懿事，后王之元龟也。朕以不德，承运革命，君临万国，秉统天机，思齐先代，坐而待旦。惟君天资忠亮，命世作佐，深睹历数，达见废兴，远遣行人，浮于潜汉。望风影附，抗疏称藩，兼纳纤絺南方之贡，普遣诸将来还本朝，忠肃内发，款诚外昭，信著金石，义盖山河，朕甚嘉焉。今封君为吴王，使使持节太常高平侯贞，授君玺绶策书、金虎符第一至第五、左竹使符第一至第十，以大将军使持节督交州，领荆州牧事，锡君青土，苴以白茅，对扬朕命，以尹东夏。其上故骠骑将军南昌侯印绶符策。今又加君九锡，其敬听后命。以君绥安东南，纲纪江外，民夷安业，无或携贰，是用锡君大辂、戎辂各一，玄牡二驷。君务财劝农，仓库盈积，是用锡君衮冕之服，赤舄副焉。君化民以德，礼教兴行，是用锡君轩县之乐。君宣导休风，怀柔百越，是用锡君朱户以居。君运其才谋，官方任贤，是用锡君纳陛以登。君忠勇并奋，清除奸慝，是用锡君虎贲之士百人。君振威陵迈，宣力荆南，枭灭凶丑，罪人斯得，是用锡君鈇钺各一。君文和于内，武信于外，是用锡君彤弓一、彤矢百、玈弓十、玈矢千。君以忠肃为基，恭俭为德，是用锡君秬鬯一卣，圭瓒副焉。钦哉！敬敷训典，以服朕命，以勖相我国家，永终尔显烈。”卷五五《吴书·徐盛传》载：“及权为魏称藩，魏使邢贞拜权为吴王。权出都亭候贞，贞有骄色，张昭既怒，而盛忿愤，顾谓同列曰：‘盛等不能奋身出命，为国家并许洛，吞巴蜀，而令吾君与贞盟，不亦辱乎！’因涕泣横流。贞闻之，谓其旅曰：‘江东将相如此，非久下人者也。’” 卷五二《吴书·张昭传》载：“贞入门，不下车。昭谓贞曰：‘夫礼无不敬，故法无不行。而君敢自尊大，岂以江南寡弱，无方寸之刃故乎！’贞即遽下车。”

孙邵为吴首任丞相。

《建康实录》卷一《太祖上》黄武四年载：“初置丞相，以阳美侯孙劭领之。”

张昭为绥远将军，封由拳侯。

《三国志》卷五二《吴书·张昭传》载黄初二年邢贞“拜昭为绥远将军，封由拳侯”。

山阳曹伟与吴王交书。

《资治通鉴》卷六九载：“山阳曹伟，素有才名，闻吴称藩，以白衣与吴王交书求赂，欲以交结京师，帝闻而诛之。”

吴使赵咨出使曹魏，有专对之才。

《三国志》卷四七《吴书·吴主传》载：“遣都尉赵咨使魏。魏帝问曰：‘吴王何等主也？’咨对曰：‘聪明仁智，雄略之主也。’帝问其状，咨曰：‘纳鲁肃于凡品，是其聪也；拔吕蒙于行陈，是其明也；获于禁而不害，是其仁也；取荆州而兵不血刃，是其智也；据三州虎视于天下，是其雄也；屈身于陛下，是其略也。’”裴注引《吴书》曰：“咨字德度，南阳人，博闻多识，应对辩捷，权为吴王，擢中大夫，使魏。魏文帝善之，嘲咨曰：‘吴王颇知学乎？’咨曰：‘吴王浮江万艘，带甲百万，任贤使能，志存经略，虽有余闲，博览书传历史，藉采奇异，不效诸生寻章摘句而已。’帝曰：‘吴可征不？’咨对曰：‘大国有征伐之兵，小国有备御之固。’又曰：‘吴难魏不？’咨曰：‘带甲百万，江、汉为池，何难之有？’又曰：‘吴如大夫者几人？’咨曰：‘聪明特达者八九十人，如臣之比，车载斗量，不可胜数。’咨频载使北，魏人敬异。权闻而嘉之，拜骑都尉。咨言曰：‘观北方终不能守盟，今日之计，朝廷承汉四百之际，应东南之运，宜改年号，正服色，以应天顺民。’权纳之。”

孙登被立为太子，选置师友，学习《汉书》。

《三国志》卷五九《吴书·孙登传》载：“岁，立登为太子，选置师傅，铨简秀士，以为宾友，于是诸葛恪、张休、顾谭、陈表等以选入，侍讲诗书，出从骑射。权欲登读《汉书》，习知近代之事，以张昭有师法，重烦劳之，乃令休从昭受读，还以授登。登待接寮属，略用布衣之礼，与恪、休、谭等或同舆而载，或共帐而寐。”

孙权以顾谭、诸葛恪、张休、陈表等为太子四友。

《三国志》卷五二《吴书·顾谭传》载：顾谭“弱冠与诸葛恪等为太子四友”。又卷六四《吴书·诸葛恪传》载：诸葛恪“弱冠拜骑都尉，与顾谭、张休等侍太子登讲论道艺，并为宾友”。卷五五《吴书·陈表传》载：“弟（陈）表，字文奥，（陈）武庶子也，少知名，与诸葛恪、顾谭、张休等并侍东宫，皆共亲友。”

按：诸葛恪时年19岁，顾谭时年17岁，可称弱冠。

程秉约于本年拜太子太傅。

《三国志》卷五三《吴书·程秉传》载：“权闻其名儒，以礼征，秉既到，拜太子太傅。”

按：孙权立太子孙登是在黄初二年，故系程秉拜太子太傅于本年。

吴沈珩出使魏国，有专对之才。

《三国志》卷四七《吴书·吴主传》载：“帝欲封权子登，权以登年幼，上书辞封，重遣西曹掾沈珩陈谢，并献方物。立登为王太子。”裴注引《吴书》曰：“珩字仲山，吴郡人，少综经艺，尤善《春秋》内、外传。权以珩有智谋，能专对，乃使至魏。魏文帝问曰：‘吴嫌魏东向乎？’珩曰：‘不嫌。’曰：‘何以？’曰：‘信恃旧盟，言归于好，是以不嫌。若魏渝盟，自有豫备。’又问：‘闻太子当来，宁然乎？’珩曰：‘臣在东朝，朝不坐，宴不与，若此之议，无所闻也。’文帝善之，乃引珩自近，谈语终日。珩随事响应，无所屈服。珩还言曰：‘臣密参侍中刘晔，数为贼设奸计，终不久悫。臣闻兵家旧论，不恃敌之不我犯，恃我之不可犯，今为朝廷虑之。且当省息他役，惟务农桑以广军资；修缮舟车，增作战具，令皆兼盈；抚养兵民，使各得其所；揽延英俊，奖励将士，则天下可图矣。’以奉使有称，封永安乡侯，官至少府。”

曹丕遣使至吴求珍玩之物。

《三国志》卷四七《吴书·吴主传》裴注引《江表传》曰：“是岁魏文帝遣使求雀头香、大贝、明珠、象牙、犀角、玳瑁、孔雀、翡翠、斗鸭、长鸣鸡。群臣奏曰：‘荆、扬二州，贡有常典，魏所求珍玩之物非礼也，宜勿与。’权曰：‘昔惠施尊齐为王，客难之曰：“公之学去尊，今王齐，何其倒也？”惠子曰：“有人于此，欲击其爱子之头，而石可以代之，子头所重而石所轻也，以轻代重，何为不可乎？”方有事于西北，江表元元，恃主为命，非我爱子邪？彼所求者，于我瓦石耳，孤何惜焉？彼在谅暗之中，而所求若此，宁可与言礼哉！’皆具以与之。”

张昭与孙邵、滕胤、郑礼等受孙权之命撰定吴朝仪。

《三国志》卷五二《吴书·张昭传》裴注引《吴录》曰：“昭与孙绍、滕胤、郑礼等采周、汉，撰定朝仪。”卷四七《吴书·吴主传》裴注引《文士传》曰：郑札“才学博达，权为骠骑将军，以札为从事中郎，与张昭、孙邵共定朝仪”。

按：《建康实录》卷二《太祖下》载张昭：“黄龙初，与孙邵、滕躭、郑礼等采周汉故事，定朝仪。”《建康实录》误，不当为黄龙初。

孙吴朝仪制度的建立，其主要负责人是孙邵、张昭、滕胤、郑礼。孙邵是孙吴首任丞相，张昭是经学家兼重臣，郑礼也以才学博通参与其中。另外，阚泽时为尚书，也参与了朝仪的制定。《三国志》卷五三《吴书·阚泽传》载曰：“泽以经传文多，难得尽用，乃斟酌诸家，刊约《礼》文及诸注说以授二宫，为制行出入及见宾仪。”

唐固为议郎。

《三国志》卷五三《吴书·阚泽传》载：“泽州里先辈丹杨唐固亦修身积学，称为儒者，著《国语》《公羊》《穀梁》传注，讲授常数十人。权为吴王，拜固议郎，自陆逊、张温、骆统等皆拜之。”

虞翻激怒孙权，幸得刘基救免。

《三国志》卷五七《吴书·虞翻传》载：“权既为吴王，欢宴之末，自起行酒，翻伏地阳醉，不持。权去，翻起坐。权于是大怒，手剑欲击之，侍坐者莫不惶遽，惟大农刘基起抱权谏曰：‘大王以三爵之后杀善士，虽翻有罪，天下孰知之？且大王以能容贤畜众，故海内望风，今一朝弃之，可乎？’权曰：‘曹孟德尚杀孔文举，孤于虞翻何有哉？’基曰：‘孟德轻害士人，天下非之。大王躬行德义，欲与尧、舜比隆，何得自喻于彼乎？’翻由是得免。权因敕左右，自今酒后言杀，皆不得杀。”

孙权黄武元年(222) 魏黄初三年 蜀章武二年

三月，鄱阳言黄龙见。

《宋书》卷二八《符瑞志中》:“吴孙权黄武元年三月，鄱阳言黄龙见。”

五月，孙权为荆州牧如故，魏设立郢州，十月复郢州为荆州。

《三国志》卷二《魏书·文帝纪》载:“五月，以荆、扬江表八郡为荆州，孙权领牧故也；荆州江北诸郡为郢州。”《资治通鉴》卷六九载:“五月，以江南八郡为荆州，江北诸郡为郢州。”胡三省注曰:“既以孙权为荆州牧，统江南八郡，故以江北诸郡置郢州。吴自立，则郢州废矣。”

按: 自此孙吴的疆域达到最大，也基本稳定。《文选》卷五三陆机《辨亡论》说“西屠庸益之郊，北裂淮汉之涘，东苞百越之地，南括群蛮之表”。

正月至闰六月，吴蜀交战，蜀败绩，史称“夷陵之战”。

《三国志》卷四七《吴书·吴主传》载:“黄武元年春正月，陆逊部将军宋谦等攻蜀五屯，皆破之，斩其将。三月，鄱阳言黄龙见。蜀军分据险地，前后五十余营，逊随轻重以兵应拒，自正月至闰月，大破之，临陈所斩及投兵降首数万人。刘备奔走，仅以身免。”卷三二《蜀书·先主传》载：“二年春正月，先主军还秭归，将军吴班、陈式水军屯夷陵，夹江东西岸。二月，先主自秭归率诸将进军，缘山截岭，于夷道猇亭驻营，自佷山通武陵，遣侍中马良安慰五溪蛮夷，咸相率响应。镇北将军黄权督江北诸军，与吴军相拒于夷陵道。夏六月，黄气见自秭归十余里中，广数十丈。后十余日，陆议大破先主军于猇亭，将军冯习、张南等皆没。先主自猇亭还秭归，收合离散兵，遂弃船舫，由步道还鱼复，改鱼复县曰永安。吴遣将军李异、刘阿等踵蹑先主军，屯驻南山。”卷二《魏书·文帝纪》载：“闰月，孙权破刘备于夷陵。初，帝闻备兵东下，与权交战，树栅连营七百余里，谓群臣曰：‘备不晓兵，岂有七百里营可以拒敌者乎！“苞原隰险阻而为军者为敌所禽”，此兵忌也。孙权上事今至矣。’后七日，破备书到。”卷五八《吴书·陆逊传》载：“黄武元年，刘备率大众来向西界，权命逊为大都督，假节，督朱然、潘璋、宋谦、韩当、徐盛、鲜于丹、孙桓等五万人拒之。备从巫峡、建平连围至夷陵界，立数十屯，以金锦爵赏诱动诸夷，使将军冯习为大督，张南为前部，辅匡、赵融、廖淳、傅肜等各为别督，先遣吴班将数千人于平地立营，欲以挑战。……备知其计不可，乃引伏兵八千，从谷中出。……乃敕各持一把茅，以火攻拔之。一尔势成，通率诸军同时俱攻，斩张南、冯习及胡王沙摩柯等首，破其四十余营。备将杜路、刘宁等穷逼请降。备升马鞍山，陈兵自绕。逊督促诸军四面蹙之，土崩瓦解，死者万数。备因夜遁，驿人自担，烧铙铠断后，仅得入白帝城。其舟船器械，水步军资，一时略尽，尸骸漂流，塞江而下。备大惭恚，曰：‘吾乃为逊所折辱，岂非天邪！’”卷五六《吴书·朱然传》载：“黄武元年，刘备举兵攻宜都，然督五千人与陆逊并力拒备。然别攻破备前锋，断其后道，备遂破走。拜征北将军，封永安侯。”卷三九《蜀书·马良传》载：“先主称尊号，以良为侍中。及东征吴，遣良入武陵招纳五溪蛮夷，蛮夷渠帅皆受印号，咸如意指。会先主败绩于夷陵，良亦遇害。”

《宋书》卷三四《五行志五》载：“蜀刘备章武二年，东伐。二月，自秭归进屯夷道。六月，秭归有黄气见，长十余里，广数十丈。后逾旬，备为陆逊所破。近黄祥也。”

陆逊作《上疏请缓攻刘备》。

《三国志》卷五八《吴书·陆逊传》载：“夷陵要害，国之关限，虽为易得，亦复易失。失之非徒损一郡之地，荆州可忧。今日争之，当令必谐。备干天常，不守窟穴，而敢自送。臣虽不材，凭奉威灵，以顺讨逆，破坏在近。寻备前后行军，多败少成，推此论之，不足为戚。臣初嫌之，水陆俱进，今反舍船就步，处处结营，察其布置，必无他变。伏愿至尊高枕，不以为念也。”

陆逊加拜辅国将军，领荆州牧，改封江陵侯。

《三国志》卷五八《吴书·陆逊传》载：“权大笑称善，加拜逊辅国将军，领荆州牧，即改封江陵侯。”

孙权击破刘备后，遣使聘魏，曹丕以素书所作《典论》及诗赋与权，并作《答吴王诏》。

《三国志》卷四七《吴书·吴主传》裴注引《吴历》曰："权以使聘魏，具上破备获印绶及首级、所得土地，并表将吏功勤宜加爵赏之意。文帝报使，致鼲子裘、明光铠、騑马，又以素书所作《典论》及诗赋与权。"裴注引《魏书》载曹丕诏答曰："老虏边窟，越险深入，旷日持久，内迫罢弊，外困智力，故见身于鸡头，分兵拟西陵，其计不过谓可转足前迹以摇动江东。根未著地，摧折其支，虽未刳备五藏，使身首分离，其所降诛，亦足使虏部众凶惧。昔吴汉先烧荆门，后发夷陵，而子阳无所逃其死；来歙始袭略阳，文叔喜之，而知隗嚣无所施其巧。今讨此虏，正似其事，将军勉建方略，务全独克。"

陈化时为郎中令使魏。

《三国志》卷四七《吴书·吴主传》裴注引《吴书》载："（陈化）为郎中令使魏，魏文帝因酒酣，嘲问曰：'吴、魏峙立，谁将平一海内者乎?'化对曰：'《易》称"帝出乎震"，加闻先哲知命，旧说紫盖黄旗，运在东南。'帝曰：'昔文王以西伯王天下，岂复在东乎?'化曰：'周之初基，太伯在东，是以文王能兴于西。'帝笑，无以难，心奇其辞。使毕当还，礼送甚厚。权以化奉命光国，拜犍为太守，置官属。顷之，迁太常，兼尚书令。"

按：陈化使魏的时间，据《吴书》称曹丕为魏文帝，则在曹丕称帝之后；又说"吴、魏峙立"，则孙权已为吴王。黄初年间，吴魏交聘的记载主要是在黄初二年和黄初三年九月前。曹丕问陈化吴魏“谁将平一海内”，而不考虑蜀国，则应该是吴打败蜀的时候，故系于本年。

“帝出乎震”“黄旗紫盖”的说法由来已久。“帝出乎震”来自《周易·说卦》，《汉书·五行志》说“震在东方”。《宋书》卷二七《符瑞志上》载汉世术士言：“黄旗紫盖，见于斗牛之间，江东有天子气。”后来孙皓大举出华里，亦是受此影响。

孙权数卑辞上书曹丕陈情，作《上魏王笺》。魏遣辛毗、桓阶至吴盟誓，孙权与魏使浩周立誓遣子孙登入质，作《与浩周书》。后又不肯遣子入质。

《三国志》卷四七《吴书·吴主传》载：“初，权外托事魏，而诚心不款。魏乃遣侍中辛毗、尚书桓阶往与盟誓，并征任子，权辞让不受。”裴注引《魏略》曰：“浩周字孔异，上党人。建安中仕为萧令，至徐州刺史。后领护于禁军，军没，为关羽所得。权袭羽，并得周，甚礼之。及文帝即王位，权乃遣周，为笺魏王曰：‘昔讨关羽，获于将军，即白先王，当发遣之。此乃奉款之心，不言而发。先王未深留意，而谓权中间复有异图，愚情惨惨，用未果决。遂值先王委离国祚，殿下承统，下情始通。公私契阔，未获备举，是令本誓未即昭显。梁寓传命，委曲周至，深知殿下以为意望。权之赤心，不敢有他，愿垂明恕，保权所执。谨遣浩周、东里衮，至情至实，皆周等所具。’又曰：‘权本性空薄，文武不昭，昔承父兄成军之绪，得为先王所见奖饰，遂因国恩，抚绥东土。而中间寡虑，庶事不明，畏威忘德，以取重戾。

先王恩仁，不忍遐弃，既释其宿罪，且开明信。虽致命虏廷，枭获关羽，功效浅薄，未报万一。事业未究，先王即世。殿下践阼，威仁流迈，私惧情愿未蒙昭察。梁寓来到，具知殿下不遂疏远，必欲抚录，追本先绪。权之得此，欣然踊跃，心开目明，不胜其庆。权世受宠遇，分义深笃，今日之事，永执一心，惟察慺慺，重垂含覆。’又曰：‘先王以权推诚已验，军当引还，故除合肥之守，著南北之信，令权长驱不复后顾。近得守将周泰、全琮等白事，过月六日，有马步七百，径到横江，又督将马和复将四百人进到居巢，琮等闻有兵马渡江，视之，为兵马所击，临时交锋，大相杀伤。卒得此问，情用恐惧。权实在远，不豫闻知，约敕无素，敢谢其罪。又闻张征东、朱横海今复还合肥，先王盟要，由来未久，且权自度未获罪衅，不审今者何以发起，牵军远次？事业未讫，甫当为国讨除贼备，重闻斯问，深使失图。凡远人所恃，在于明信，愿殿下克卒前分，开示坦然，使权誓命，得卒本规。凡所愿言，周等所当传也。’初，东里衮为于禁军司马，前与周俱没，又俱还到，有诏皆见之。帝问周等，周以为权必臣服，而东里衮谓其不可必服。帝悦周言，以为有以知之。是岁冬，魏王受汉禅，遣使以权为吴王，诏使周与使者俱往。周既致诏命，时与权私宴，谓权曰：‘陛下未信王遣子入侍也，周以阖门百口明之。’权因字谓周曰：‘浩孔异，卿乃以举家百口保我，我当何言邪？’遂流涕沾襟。及与周别，又指天为誓。周还之后，权不遣子而设辞，帝乃久留其使。到八月，权上书谢，又与周书曰：‘自道路开通，不忘修意。既新奉国命，加知起居，假归河北，故使情问不获果至。望想之劳，曷云其已。孤以空暗，分信不昭，中间招罪，以取弃绝，幸蒙国恩，复见赦宥，喜乎与君克卒本图。传不云乎，虽不能始，善终可也。’又曰：‘昔君之来，欲令遣子入侍，于时倾心欢以承命，徒以登年幼，欲假年岁之间耳。而赤情未蒙昭信，遂见讨责，常用惭怖。自顷国恩，复加开导，忘其前愆，取其后效，喜得因此寻竟本誓。前已有表具说遣子之意，想君假还，已知之也。’又曰：‘今子当入侍，而未有妃耦，昔君念之，以为可上连缀宗室若夏侯氏，虽中间自弃，常奉戢在心。当垂宿念，为之先后，使获攀龙附骥，永自固定。其为分惠，岂有量哉！如是欲遣孙长绪与小儿俱入，奉行礼聘，成之在君。’又曰：‘小儿年弱，加教训不足，念当与别，为之缅然，父子恩情，岂有已邪！又欲遣张子布追辅护之。孤性无余，凡所欲为，今尽宣露。惟恐赤心不先畅达，是以具为君说之，宜明所以。’于是诏曰：‘权前对浩周，自陈不敢自远，乐委质长为外臣，又前后辞旨，头尾击地，此鼠子自知不能保尔许地也。又今与周书，请以十二月遣子，复欲遣孙长绪、张子布随子俱来，彼二人皆权股肱心腹也。又欲为子于京师求妇，此权无异心之明效也。’帝既信权甘言，且谓周为得其真，而权但华伪，竟无遣子意。自是之后，帝既彰权罪，周亦见疏远，终身不用。”

曹丕欲东征孙权，王朗作《上疏谏曹丕东征》。

《三国志》卷一三《魏书·王朗传》载：“孙权欲遣子登入侍，不至。是时车驾徙许昌，大兴屯田，欲举军东征。朗上疏曰：‘昔南越守善，婴齐入侍，遂为冢嗣，还君其国。康居骄黠，情不副辞，都护奏议以为宜遣侍子，以黜无礼。且吴濞之祸，萌于子入，隗嚣之叛，亦不顾子。往者闻权有遣子之言而未至，今六军戒严，臣恐舆人未畅圣旨，当谓国家愠于登之逋留，是以为之兴师。设师行而登乃至，则为所动者至大，所致者至细，犹未足以为庆。设其傲狠，殊无入志，惧彼舆论之未畅者，并怀伊邑。臣愚以为宜敕别征诸将，各明奉禁令，以慎守所部。外曜烈威，内广耕稼，使泊然若山，澹然若渊，势不可动，计不可测。'是时，帝以成军遂行，权子不至，车驾临江而还。"

九月，魏兵分三路讨伐孙权。

《三国志》卷四七《吴书·吴主传》载："秋九月，魏乃命曹休、张辽、臧霸出洞口，曹仁出濡须，曹真、夏侯尚、张郃、徐晃围南郡。权遣吕范等督五军，以舟军拒休等，诸葛瑾、潘璋、杨粲救南郡，朱桓以濡须督拒仁。"卷五八《吴书·陆逊传》载："权以问逊，逊与朱然、骆统以为曹丕大合士众，外托助国讨备，内实有奸心，谨决计辄还。无几，魏军果出，三方受敌也。"卷二《魏书·文帝纪》裴注引《魏书》载："帝由是著《太宗论》……三年之中，以孙权不服，复颁《太宗论》于天下，明示不愿征伐也。"

十月，孙权改年黄武。

《三国志》卷四七《吴书·吴主传》载："时扬、越蛮夷多未平集，内难未弭，故权卑辞上书，求自改厉……文帝报曰……权遂改年，临江拒守。"

曹丕从许昌南征，吴将诸葛瑾等与魏上军大将军曹真、征南将军夏侯尚等共兴“江陵之役”。

《三国志》卷二《魏书·文帝纪》载：“是月（按：指十月），孙权复叛。复郢州为荆州。帝自许昌南征，诸军兵并进，权临江拒守。”卷九《魏书·夏侯尚传》载：“孙权虽称藩，尚益修攻讨之备，权后果有贰心。黄初三年，车驾幸宛，使尚率诸军与曹真共围江陵。权将诸葛瑾与尚军对江，瑾渡入江中渚，而分水军于江中。尚夜多持油船，将步骑万余人，于下流潜渡，攻瑾诸军，夹江烧其舟船，水陆并攻，破之。城未拔，会大疫，诏敕尚引诸军还。益封六百户，并前千九百户，假钺，进为牧。荆州残荒，外接蛮夷，而与吴阻汉水为境，旧民多居江南。”卷五五《吴书·潘璋传》载：“魏将夏侯尚等围南郡，分前部三万人作浮桥，渡百里洲上，诸葛瑾、杨粲并会兵赴救，未知所出，而魏兵日渡不绝。璋曰：‘魏势始盛，江水又浅，未可与战。’便将所领，到魏上流五十里，伐苇数百万束，缚作大筏，欲顺流放火，烧败浮桥。作筏适毕，伺水长当下，尚便引退。璋下备陆口。”卷九《魏书·曹真传》载：“黄初三年还京都，以真为上军大将军，都督中外诸军事，假节钺。与夏侯尚等征孙权，击牛渚屯，破之。转拜中军大将军，加给事中。”卷一〇《魏书·贾诩传》载：“文帝不纳。后兴江陵之役，士卒多死。”卷五六《吴书·朱然传》载：“魏遣曹真、夏侯尚、张郃等攻江陵，魏文帝自住宛，为其势援，连屯围城。权遣将军孙盛督万人备州上，立围坞，为然外救。郃渡兵攻盛，盛不能拒，即时却退，郃据州上围守，然中外断绝。权遣潘璋、杨粲等解围而围不解。时然城中兵多肿病，堪战者裁五千人。真等起土山，凿地道，立楼橹临城，弓矢雨注，将士皆失色，然晏如而无恐意，方厉吏士，伺间隙攻破两屯。魏攻围然凡六月日，未退。江陵令姚泰领兵备城北门，见外兵盛，城中人少，谷食欲尽，因与敌交通，谋为内应。垂发，事觉，然治戮泰。尚等不能克，乃彻攻退还。由是然名震于敌国，改封当阳侯。”

吴将吕范与魏征东大将军曹休、张辽、臧霸、王凌、蒋济、赵俨等战于洞浦，是为洞口之役，败绩。

《三国志》卷九《魏书·曹休传》载：“帝征孙权，以休为征东大将军，假黄钺，督张辽等及诸州郡二十余军，击权大将吕范等于洞浦，破之。”卷一七《魏书·张辽传》载：“孙权复叛，帝遣辽乘舟，与曹休至海陵，临江。权甚惮焉，敕诸将：‘张辽虽病，不可当也，慎之！’是岁，辽与诸将破权将吕范。”卷一八《魏书·臧霸传》载：“与曹休讨吴贼，破吕范于洞浦。”卷一五《魏书·贾逵传》载：“黄初中，与诸将并征吴，破吕范于洞浦。”卷五六《吴书·吕范传》载：“曹休、张辽、臧霸等来伐，范督徐盛、全琮、孙韶等，以舟师拒休等于洞口。”卷六〇《吴书·全琮传》载：“黄武元年，魏以舟军大出洞口，权使吕范督诸将拒之，军营相望。顷之，敌数千人出江中，琮击破之，枭其将军尹卢。”卷六〇《吴书·贺齐传》载：“黄武初，魏使曹休来伐，齐以道远后至，因住新市为拒。会洞口诸军遭风流溺，所亡中分，将士失色，赖齐未济，偏军独全，诸将倚以为势。”卷二三《魏书·赵俨传》载：“黄初三年，赐爵关内侯。孙权寇边，征东大将军曹休统五州军御之，征俨为军师。权众退，军还，封宜土亭侯，转为度支中郎将，迁尚书。”卷一四《魏书·董昭传》载：“三年，征东大将军曹休临江在洞浦口，自表：‘愿将锐卒虎步江南，因敌取资，事必克捷；若其无臣，不须为念。’帝恐休便渡江，驿马诏止。时昭侍侧，因曰：‘窃见陛下有忧色，独以休济江故乎？今者渡江，人情所难，就休有此志，势不独行，当须诸将。臧霸等既富且贵，无复他望，但欲终其天年，保守禄祚而已，何肯乘危自投死地，以求徼幸？苟霸等不进，休意自沮。臣恐陛下虽有敕渡之诏，犹必沉吟，未便从命也。’是后无几，暴风吹贼船，悉诣休等营下，斩首获生，贼遂进散。诏敕诸军促渡。军未时进，贼救船遂至。”

吾粲于洞口之役的大风中，救落水士兵百余人。

《三国志》卷四七《吴书·吴主传》载：“冬十一月，大风，（吕）范等兵溺死者数千，余军还江南。曹休使臧霸以轻船五百、敢死万人袭攻徐陵，烧攻城车，杀略数千人。将军全琮、徐盛追斩魏将尹卢，杀获数百。”卷五五《吴书·徐盛传》载：“曹休出洞口，盛与吕范、全琮渡江拒守。遭大风，船人多丧，盛收余兵，与休夹江。休使兵将就船攻盛，盛以少御多，敌不能克，各引军退。迁安东将军，封芜湖侯。”卷二八《魏书·王凌传》载：“文帝践阼，拜散骑常侍，出为兖州刺史，与张辽等至广陵讨孙权。临江，夜大风，吴将吕范等船漂至北岸。凌与诸将逆击，捕斩首虏，获舟船，有功，封宜城亭侯，加建武将军，转在青州。”卷五七《吴书·吾粲传》载：“黄武元年，与吕范、贺齐等俱以舟师拒魏将曹休于洞口。值天大风，诸船绠绁断绝，漂没著岸，为魏军所获，或覆没沈溺，其大船尚存者，水中生人皆攀缘号呼，他吏士恐船倾没，皆以戈矛撞击不受。橥与黄渊独令船人以承取之，左右以为船重必败，橥曰：‘船败，当俱死耳！人穷，奈何弃之。’橥、渊所活者百余人。”

魏大司马曹仁与吴将朱桓战于濡须。

《三国志》卷一四《魏书·蒋济传》载：“黄初三年，与大司马曹仁征吴，济别袭羡溪。仁欲攻濡须洲中，济曰：‘贼据西岸，列船上流，而兵入洲中，是为自内地狱，危亡之道也。’仁不从，果败。”卷九《魏书·曹仁传》载：“文帝遣使即拜仁大将军。又诏仁移屯临颍，迁大司马，复督诸军据乌江，还屯合肥。黄初四年薨，谥曰忠侯。”卷五六《吴书·朱桓传》载：“黄武元年，魏使大司马曹仁步骑数万向濡须，仁欲以兵袭取州上，伪先扬声，欲东攻羡溪。桓分兵将赴羡溪，既发，卒得仁进军拒濡须七十里问。桓遣使追还羡溪兵，兵未到而仁奄至。时桓手下及所部兵，在者五千人，诸将业业，各有惧心，桓喻之曰：‘凡两军交对，胜负在将，不在众寡。诸君闻曹仁用兵行师，孰与桓邪？兵法所以称客倍而主人半者，谓俱在平原，无城池之守，又谓士众勇怯齐等故耳。今人既非智勇，加其士卒甚怯，又千里步涉，人马罢困，桓与诸军，共据高城，南临大江，北背山陵，以逸待劳，为主制客，此百战百胜之势也。虽曹丕自来，尚不足忧，况仁等邪！’桓因偃旗鼓，外示虚弱，以诱致仁。仁果遣其子泰攻濡须城，分遣将军常雕督诸葛虔、王双等，乘油船别袭中洲。中洲者，部曲妻子所在也。仁自将万人留橐皋，复为泰等后拒。桓部兵将攻取油船，或别击雕等，桓等身自拒泰，烧营而退，遂枭雕，生虏双，送武昌，临陈斩溺，死者千余。权嘉桓功，封嘉兴侯，迁奋武将军，领彭城相。”

曹丕诏令退兵。

《三国志》卷二《魏书·文帝纪》裴注引《魏书》载丙午诏曰：“孙权残害民物，朕以寇不可长，故分命猛将三道并征。今征东诸军与权党吕范等水战，则斩首四万，获船万艘。大司马据守濡须，其所禽获亦以万数。中军、征南，攻围江陵，左将军张郃等舳舻直渡，击其南渚，贼赴水溺死者数千人，又为地道攻城，城中外雀鼠不得出入，此几上肉耳！而贼中疠气疾病，夹江涂地，恐相染污。昔周武伐殷，旋师孟津，汉祖征隗嚣，还军高平，皆知天时而度贼情也。且成汤解三面之网，天下归仁。今开江陵之围，以缓成死之禽。且休力役，罢省繇戍，畜养士民，咸使安息。”卷一四《魏书·刘放传》裴注引《孙资别传》载：“时吴人彭绮又举义江南，议者以为因此伐之，必有所克。帝问资，资曰：‘鄱阳宗人前后数有举义者，众弱谋浅，旋辄乖散。昔文皇帝尝密论贼形势，言洞浦杀万人，得船千万，数日间船人复会；江陵被围历月，权裁以千数百兵住东门，而其土地无崩解者。是有法禁，上下相奉持之明验也。以此推绮，惧未能为权腹心大疾也。’绮果寻败亡。”

按：曹丕诏令三路征吴，计有征东大将军曹休战于洞浦，大司马曹仁战于濡须，曹丕与曹真、夏侯尚战于江陵，其间互有胜负。

十一月，孙权称王于武昌，改年号为黄武元年。

《建康实录》卷一《太祖上》载："冬十一月，权就吴王位于武昌，大赦，改年号为黄武元年。"

十二月，吴与蜀通使复交，吴遣郑泉聘蜀，蜀遣宋玮报聘。

《三国志》卷三二《蜀书·先主传》载："秋八月，收兵还巫。司徒许靖卒。冬十月，诏丞相亮营南北郊于成都。孙权闻先主住白帝，甚惧，遣使请和。先主许之，遣太中大夫宗玮（按：当作'宋玮'）报命。"卷四五《蜀书·邓芝传》载："先主薨于永安。先是，吴王孙权请和，先主累遣宋玮、费祎等与相报答。丞相诸葛亮深虑权闻先主殂陨，恐有异计，未知所如。"卷四七《吴书·吴主传》载："十二月，权使太中大夫郑泉聘刘备于白帝，始复通也。"裴注引《吴书》曰："郑泉字文渊，陈郡人。博学有奇志，而性嗜酒，其闲居每曰：'愿得美酒满五百斛船，以四时甘脆置两头，反覆没饮之，惫即住而啖肴膳。酒有斗升减，随即益之，不亦快乎！'权以为郎中。尝与之言：'卿好于众中面谏，或失礼敬，宁畏龙鳞乎？'对曰：'臣闻君明臣直，今值朝廷上下无讳，实恃洪恩，不畏龙鳞。'后侍宴，权乃怖之，使提出付有司促治罪。泉临出屡顾，权呼还，笑曰：'卿言不畏龙鳞，何以临出而顾乎？'对曰：'实侍恩覆，知无死忧，至当出阁，感惟威灵，不能不顾耳。'使蜀，刘备问曰：'吴王何以不答吾书，得无以吾正名不宜乎？'泉曰：'曹操父子陵轹汉室，终夺其位。殿下既为宗室，有维城之责，不荷戈执殳为海内率先，而于是自名，未合天下之议，是以寡君未复书耳。’备甚惭恧。泉临卒，谓同类曰：‘必葬我陶家之侧，庶百岁之后化而成土，幸见取为酒壶，实获我心矣。’”卷五八《吴书·陆逊传》载：“备寻病亡，子禅袭位，诸葛亮秉政，与权连和。时事所宜，权辄令逊语亮，并刻权印，以置逊所。权每与禅、亮书，常过示逊，轻重可否，有所不安，便令改定，以印封行之。”

严畯出使蜀国，诸葛亮善之。

《三国志》卷五三《吴书·严畯传》曰：“权为吴王，及称尊号，畯尝为卫尉，使至蜀，蜀相诸葛亮深善之。”

吴改夷陵为西陵。

《三国志》卷四七《吴书·吴主传》载：“是岁，改夷陵为西陵。”

吕范为扬州牧。

《建康实录》卷一《太祖上》载：“是岁，改夷陵为西陵。诏扬州置牧，以丹杨太守吕范为扬州牧。”

按：孙吴于各州置牧，或始于此。

丹杨郡郡治从建业徙芜湖。

《建康实录》卷一《太祖上》载：“以东征将军高瑞领丹杨太守，复自建业徙治芜湖。”

陆逊为西陵都督。

按：史不载陆逊为西陵都督，黄龙元年（229），步骘代陆逊都督西陵，故严耕望谓“西陵都督始于陆逊，然《逊传》不言督，步骘继之”[①]。

骆统封新阳亭侯。

《三国志》卷五七《吴书·骆统传》载：“黄武初，曹仁攻濡须，使别将常雕等袭中洲，统与严圭共拒破之，封新阳亭侯，后为濡须督。数陈便宜，前后书数十上，所言皆善，文多故不悉载。”

诸葛恪为骑都尉。

《三国志》卷六四《吴书·诸葛恪传》载：“弱冠拜骑都尉，与顾谭、张休等侍太子登讲论道艺，并为宾友。”

骆统作《民户损耗上疏》。

《三国志》卷五七《吴书·骆统传》载：“是时征役繁数，重以疫疠，民户损耗，统上疏曰：‘臣闻君国者，以据疆土为强富，制威福为尊贵，曜德义为荣显，永世胤为丰祚。然财须民生，强赖民力，威恃民势，福由民殖，德俟民茂，义以民行，六者既备，然后应天受祚，保族宜邦。《书》曰：“众非后无能胥以宁，后非众无以辟四方。”推是言之，则民以君安，君以民济，不易之道也。今强敌未殄，海内未乂，三军有无已之役，江境有不释之备，征赋调数，由来积纪，加以殃疫死丧之灾，郡县荒虚，田畴芜旷，听闻属城，民户浸寡，又多残老，少有丁夫，闻此之日，心若焚燎。思寻所由，小民无知，既有安土重迁之性，且又前后出为兵者，生则困苦无有温饱，死则委弃骸骨不反，是以尤

①严耕望：《中国地方行政制度史：魏晋南北朝地方行政制度》（上），上海古籍出版社2007年版，第29页。

用恋本畏远，同之于死。每有征发，羸谨居家重累者先见输送。小有财货，倾居行赂，不顾穷尽。轻剽者则迸入险阻，党就群恶。百姓虚竭，嗷然愁扰，愁扰则不营业，不营业则致穷困，致穷困则不乐生，故口腹急，则奸心动而携叛多也。又闻民间，非居处小能自供，生产儿子，多不起养；屯田贫兵，亦多弃子。天则生之，而父母杀之，既惧干逆和气，感动阴阳。且惟殿下开基建国，乃无穷之业也，强邻大敌非造次所灭，疆埸常守非期月之戍，而兵民减耗，后生不育，非所以历远年，致成功也。夫国之有民，犹水之有舟，停则以安，扰则以危，愚而不可欺，弱而不可胜，是以圣王重焉，祸福由之，故与民消息，观时制政。方今长吏亲民之职，惟以办具为能，取过目前之急，少复以恩惠为治，副称殿下天覆之仁，勤恤之德者。官民政俗，日以凋弊，渐以陵迟，势不可久。夫治疾及其未笃，除患贵其未深，愿殿下少以万机余闲，留神思省，补复荒虚，深图远计，育残余之民，阜人财之用，参曜三光，等崇天地。臣统之大愿，足以死而不朽矣。’权感统言，深加意焉。”

按： 文中说孙权是“殿下”，则是黄武元年孙权称王后；又说“重以疫疠”，《三国志》卷九《魏书·夏侯尚传》载“黄初三年，车驾幸宛，使尚率诸军与曹真共围江陵。权将诸葛瑾与尚军对江，瑾渡入江中渚，而分水军于江中。尚夜多持油船，将步骑万余人，于下流潜渡，攻瑾诸军，夹江烧其舟船，水陆并攻，破之。城未拔，会大疫，诏敕尚引诸军还”，因此定为黄初三年，即黄武元年。

谢承约于本年前后著《后汉书》。

《三国志》卷五〇《吴书·妃嫔传》载："弟（谢）承拜五官郎中，稍迁长沙东部都尉、武陵太守，撰《后汉书》百余卷。"裴注引《会稽典录》曰："承字伟平，博学洽闻，尝所知见，终身不忘。子崇扬威将军，崇弟勖吴郡太守，并知名。"

按：谢承，字伟平，会稽山阴人。孙权谢夫人之弟。

支谦被孙权拜为博士，居东吴译经，从是年至吴建兴中，共出四十九经。

《高僧传》卷一《康僧会传》曰："时孙权已制江左，而佛教未行。先有优婆塞支谦，字恭明。一名越，本月支人，来游汉境。初汉桓灵之世，有支谶译出众经。有支亮字纪明，资学于谶，谦又受业于亮。博览经籍，莫不精究。世间伎艺，多所综习。遍学异书，通六国语。其为人细长黑瘦，眼多白而睛黄，时人为之语曰：'支郎眼中黄，形躯虽细是智囊。'汉献末乱，避地于吴。孙权闻其才慧，召见悦之，拜为博士，使辅导东宫，与韦曜诸人共尽匡益。但生自外域，故《吴志》不载。谦以大教虽行，而经多梵文，未尽翻译，已妙善方言，乃收集众本，译为汉语。从吴黄武元年至建兴中，所出《维摩》《大般泥洹》《法句》《瑞应本起》等四十九经，曲得圣义，辞旨文雅。又依《无量寿》《中本起》，制《菩提连句梵呗》三契，并注《了本生死经》等，皆行于世。"

《出三藏记集》卷一三《支谦传第六》曰："支谦字恭明，一名越，大月支人也。祖父法度以汉灵帝世率国人数百归化，拜率善中郎将。……十三学胡书，备通六国语。初，桓、灵世，支谶译出法典。宥支亮纪明资学于谶，谦又受业于亮。博览经籍，莫不究练。世间艺术，多所综习。其为人细长黑瘦，眼多白而睛黄。时人为之语曰：‘支郎眼中黄，形体虽细是智囊。’其本奉大法，精练经旨。献帝之末，汉室大乱，与乡人数十共奔于吴。……后吴主孙权闻其博学有才慧，即召见之，因问经中深隐之义，越应机释难，无疑不析。权大悦，拜为博士，使辅导东宫，甚加宠秩。越以大教虽行而经多胡文莫有解者，既善华戎之语，乃收集众本，译为汉言。从黄武元年至建兴中，所出《维摩诘》《大般泥洹》《法句》《瑞应本起》等二十七经，曲得圣义，辞旨文雅。又依《无量寿》《中本起经》，制《赞菩萨连句梵呗》三契，注《了本生死经》，皆行于世。后太子登位卒，遂隐于穹隆山，不交世务。从竺法兰道人更练五戒，凡所游从，皆沙门而已。后卒于山中，春秋六十。吴主孙亮与众僧书曰：‘支恭明不救所疾，其业履冲素，始终可高，为之恻怆，不能已已!’其为时所惜如此。”

《开元释教录》卷二载：“优婆塞支谦字恭明，一名越，大月支人也。祖父法度以汉灵帝世率国人数百归化。……十岁学汉书，十三学婆罗门书，并得精妙，兼通六国语音。初，桓、灵世，支谶译出法典。有支亮字纪明，资学于谶，谦又受业于亮。博览经籍，莫不明练。世间艺术，多所综习。其为人细长黑瘦，眼多白而睛黄，时人为之语曰：‘支郎眼中黄，形体虽细是智囊。’其本奉大法，精练经旨。献帝之末，汉室大乱，与乡人数十共奔于吴。……后吴主孙权闻其博学有才慧，即召见之。因问经中深隐之义，越应机释难，无疑不析。权大悦，拜为博士，使辅导东宫，甚加宠秩。越以大教虽行而经多梵文莫有解者，既善华戎之语，乃收集众本，译为吴言。从权黄武二年癸卯至亮建兴二年癸酉三十余载，译《大明度》等经八十八部。曲得圣义，辞旨文雅。又依《无量寿中本起经》，制《赞菩萨连句梵呗》三契，注《了本生死经》，皆行于世。后太子登位，遂隐于穹隘山，不交世务。从竺法兰道人更练五戒，凡所游从，皆沙门而已。后卒于山中，春秋六十。吴主孙亮与众僧书曰：'支恭明不救所疾，其业履冲素，始终可高，为之恻怆不能已。'其为时所惜如此。"

按：刘汝霖《汉晋学术编年》卷之六据"从黄武元年至建兴中"而系于黄武元年[1]，《开元释教录》卷二"从权黄武二年癸卯至亮建兴二年癸酉三十余载"，则始于黄武二年，未知孰是。

①参见刘汝霖：《汉晋学术编年》，华东师范大学出版社2010年版，第471—472页。

孙权黄武二年(223)　魏黄初四年
蜀建兴元年

正月，孙权改《四分历》为《乾象历》，推五德之运以为土德，以建寅为岁首。

《三国志》卷四七《吴书·吴主传》曰："改四分，用乾象历。"裴注引《江表传》曰："权推五德之运，以为土行用未祖辰腊。"《宋书》卷一二《律历志中》曰："刘氏在蜀，不见改历，当是仍用汉《四分法》。吴中书令阚泽受刘洪《乾象法》于东莱徐岳字公河。故孙氏用《乾象历》，至于吴亡。"《建康实录》卷一《太祖上》载："黄武二年春正月，城江夏武昌宫。改《四分》用《乾象历》。自以土行代汉，建寅为岁首。"

按：颁布历法是不同朝代追求正朔的重要举措。秦代汉初使用《颛顼历》，汉武帝改用《太初历》，东汉章帝时改用《四分历》。三国时期曹魏的历法情况是，曹丕称帝后本想用《黄初历》，未定而崩；明帝作《太和历》，景初元年用杨伟的《景初历》；晋朝建立后，仍用《景初历》，改名为《泰始历》。《景初历》提出计算交食亏起方位角和食分的方法，在日食的推算和预报科学化道路上迈出了重要的一步。

孙吴建国后，于黄武二年正月，改《四分历》而用《乾象历》。《乾象历》创始于东汉末年的刘洪。东汉的《四分历》于章帝元和二年（85）颁布实施，对西汉的《太初历》进行了改革。《后汉书》卷九二《律历志中》载：“四分历本起图谶，最得其正。”南朝宋历法家何承天说：“历数之术，若心所不达，虽复通人前识，无救其为弊也。是以多历年岁，未能有定。《四分》于天，出三百年而盈一日，积代不悟，徒云建历之本，必先立元，假言谶纬，遂开治乱。此之为蔽，亦已甚矣。刘歆《三统法》尤复疏阔，方于《四分》，六千余年又益一日。扬雄心惑其说，采为《太玄》，班固谓之最密，著于《汉志》。司彪因曰：‘自太初元年始用《三统历》，施行百有余年。曾不忆刘歆之生，不逮太初，二三君子为历，几乎不知而妄言者欤。’光和中，谷城门候刘洪始悟《四分》于天疏阔，更以五百八十九为纪法，百四十五为斗分，造《乾象法》，又制《迟疾历》以步月行，方于《太初》《四分》，转精密矣。”（《宋书》卷一二《律历志中》）孙吴学者阚泽学习刘洪《乾象历》，《宋书》卷一二《律历志中》载：“吴中书令阚泽受刘洪《乾象法》于东莱徐岳字公河。故孙氏用《乾象历》，至于吴亡。”阚泽还对《乾象法》进行注解，《三国志》卷五三《吴书·阚泽传》载“著《乾象历注》以正时日”，使《乾象历》更加精确。

在五德之运上，汉武帝以前与秦同为水德，汉武帝改为土德，东汉又改用火德，孙吴先是沿用土德，土德尚黄，故有黄武、黄龙（后来改为木德，尚青）。曹丕也以土德自命，故年号称黄初。刘备是汉室后裔，故仍火德，尚赤。

三月，吴将朱桓于濡须口击退曹仁。

《三国志》卷四七《吴书·吴主传》曰：“三月，曹仁遣将军常雕等，以兵五千，乘油船，晨渡濡须中州。仁子泰因引军急攻朱桓，桓兵拒之，遣将军严圭等击破雕等。是月，魏军皆退。”《建康实录》卷一《太祖上》载：“三月，魏军尽退，疆界宁息。”

四月，孙邵、陆逊等上表劝孙权称尊号，孙权作《辞群臣劝即尊号》。

《三国志》卷四七《吴书·吴主传》曰：“夏四月，权群臣劝即尊号，权不许。”裴注引《江表传》曰：“权辞让曰：‘汉家堙替，不能存救，亦何心而竞乎？’群臣称天命符瑞，固重以请。权未之许，而谓将相曰：‘往年孤以玄德方向西鄙，故先命陆逊选众以待之。闻北部分，欲以助孤，孤内嫌其有挟，若不受其拜，是相折辱而趣其速发，便当与西俱至，二处受敌，于孤为剧，故自抑按，就其封王。低屈之趣，诸君似未之尽，今故以此相解耳。’”

《建康实录》卷一《太祖上》载：“夏四月，丞相孙劭、大将军陆逊率群臣上表，称天命符瑞，劝王即帝位，王再让未许，谓群臣曰：‘汉家堙替，不能存救，亦何竞焉？’”

四月，刘备卒于白帝，孙权遣冯熙吊丧。

《三国志》卷四七《吴书·吴主传》曰：“刘备薨于白帝。”裴注引《吴书》曰：“权遣立信都尉冯熙聘于蜀，吊备丧也。熙字子柔，颍川人，冯异之后也。权之为车骑，熙历东曹掾，使蜀还，为中大夫。”

五月，曲阿言甘露降。

《三国志》卷四七《吴书·吴主传》载：“五月，曲阿言甘露降。”《宋书》卷二八《符瑞志中》载：“黄武二年五月，曲阿言甘露降。”《建康实录》卷一《太祖上》载：“五月，甘露降曲阿。”

六月，贺齐获魏蕲春太守晋宗。

《三国志》卷六〇《吴书·贺齐传》：“初，晋宗为戏口将，以众叛如魏，还为蕲春太守，图袭安乐，取其保质。权以为耻忿，因军初罢，六月盛夏，出其不意，诏齐督麋芳、鲜于丹等袭蕲春，遂生虏宗。”

十一月，蜀诸葛亮遣邓芝聘吴，吴蜀修好。此前，吴遣宋玮、费祎等报聘，又遣张温报聘。

《三国志》卷三三《蜀书·后主传》载：“遣尚书郎邓芝固好于吴，吴王孙权与蜀和亲使聘，是岁通好。”卷四七《吴书·吴主传》曰：“冬十一月，蜀使中郎将邓芝来聘。”裴注引《吴历》曰：“蜀致马二百匹，锦千端，及方物。自是之后，聘使往来以为常。吴亦致方土所出，以答其厚意焉。”卷三五《蜀书·诸葛亮传》载：“南中诸郡，并皆叛乱，亮以新遭大丧，故未便加兵，且遣使聘吴，因结和亲，遂为与国。”卷四五《蜀书·邓芝传》载：“先主薨于永安。先是，吴王孙权请和，先主累遣宋玮、费祎等与相报答。丞相诸葛亮深虑权闻先主殂陨，恐有异计，未知所如。芝见亮曰：‘今主上幼弱，初在位，宜遣大使重申吴好。’

亮答之曰：‘吾思之久矣，未得其人耳，今日始得之。’芝问其人为谁？亮曰：‘即使君也。’乃遣芝修好于权。权果狐疑，不时见芝，芝乃自表请见权曰：‘臣今来亦欲为吴，非但为蜀也。’权乃见之，语芝曰：‘孤诚愿与蜀和亲，然恐蜀主幼弱，国小势逼，为魏所乘，不自保全，以此犹豫耳。’芝对曰：‘吴、蜀二国四州之地，大王命世之英，诸葛亮亦一时之杰也。蜀有重险之固，吴有三江之阻，合此二长，共为唇齿，进可并兼天下，退可鼎足而立，此理之自然也。大王今若委质于魏，魏必上望大王之入朝，下求太子之内侍，若不从命，则奉辞伐叛，蜀必顺流见可而进，如此，江南之地非复大王之有也。’权默然良久曰：‘君言是也。’遂自绝魏，与蜀连和，遣张温报聘于蜀。”卷四一《蜀书·张裔传》载：“会先主薨，诸葛亮遣邓芝使吴，亮令芝言次可从权请裔。裔自至吴数年，流徙伏匿，权未之知也，故许芝遣裔。裔临发，权乃引见，问裔曰：‘蜀卓氏寡女，亡奔司马相如，贵土风俗何以乃尔乎？’裔对曰：‘愚以卓氏之寡女，犹贤于买臣之妻。’权又谓裔曰：‘君还，必用事西朝，终不作田父于闾里也，将何以报我？’裔对曰：‘裔负罪而归，将委命有司。若蒙徼幸得全首领，五十八已前父母之年也，自此已后大王之赐也。’权言笑欢悦，有器裔之色。裔出阁，深悔不能阳愚，即便就船，倍道兼行。权果追之，裔已入永安界数十里，追者不能及。”《建康实录》卷一《太祖上》载：“冬十一月，蜀使邓芝以马二百匹、锦千端来聘。自是之后，聘使来往为常，各致方物，奖其厚意。”

孙权黄武三年(224)　魏黄初五年　蜀建兴二年

夏，吴遣张温聘于蜀，殷礼随行。张温作《至蜀诣阙拜章》。

《三国志》卷四七《吴书·吴主传》载："三年夏，遣辅义中郎将张温聘于蜀。"卷五七《吴书·张温传》载："时年三十二，以辅义中郎将使蜀。权谓温曰：'卿不宜远出，恐诸葛孔明不知吾所以与曹氏通意，故屈卿行。若山越都除，便欲大构于丕。行人之义，受命不受辞也。'温对曰：'臣入无腹心之规，出无专对之用，惧无张老延誉之功，又无子产陈事之效。然诸葛亮达见计数，必知神虑屈申之宜，加受朝廷天覆之惠，推亮之心，必无疑贰。'温至蜀，诣阙拜章曰：'昔高宗以谅暗昌殷祚于再兴，成王以幼冲隆周德于太平，功冒溥天，声贯罔极。今陛下以聪明之姿，等契往古，总百揆于良佐，参列精之炳耀，遐迩望风，莫不欣赖。吴国勤任旅力，清澄江浒，愿与有道平一宇内，委心协规，有如河水，军事凶烦，使役乏少，是以忍鄙倍之羞，使下臣温通致情好。陛下敦崇礼义，未便耻忽。臣自远境，及即近郊，频蒙劳来，恩诏辄加，以荣自惧，悚怛若惊。谨奉所赍函书一封。'蜀甚贵其才。"卷五二《吴书·顾邵传》裴注引（殷）礼子基作《通语》曰："礼字德嗣，弱不好弄，潜识过人。少为郡吏，年十九，守吴县丞。孙权为王，召除郎中。后与张温俱使蜀，诸葛亮甚称叹之。稍迁至零陵太守，卒官。"

张温与蜀秦宓答问。

《三国志》卷三八《蜀书·秦宓传》载："吴遣使张温来聘，百官皆往饯焉。众人皆集而宓未往，亮累遣使促之，温曰：'彼何人也？'亮曰：'益州学士也。'及至，温问曰：'君学乎？'宓曰：'五尺童子皆学，何必小人！'温复问曰：'天有头乎？'宓曰：'有之。'温曰：'在何方也？'宓曰：'在西方。《诗》曰："乃眷西顾。"以此推之，头在西方。'温曰：'天有耳乎？'宓曰：'天处高而听卑，《诗》云："鹤鸣于九皋，声闻于天。"若其无耳，何以听之？'温曰：'天有足乎？'宓曰：'有。《诗》云："天步艰难，之子不犹。"若其无足，何以步之？'温曰：'天有姓乎？'宓曰：'有。'温曰：'何姓？'宓曰：'姓刘。'温曰：'何以知之？'答曰：'天子姓刘，故以此知之。'温曰：'日生于东乎？'宓曰：'虽生于东而没于西。'答问如响，应声而出，于是温大敬服。"

蜀遣邓芝聘于吴，重结盟好。

《三国志》卷四五《蜀书·邓芝传》载："遂自绝魏，与蜀连和，遣张温报聘于蜀。蜀复令芝重往，权谓芝曰：'若天下太平，二主分治，不亦乐乎！'芝对曰：'夫天无二日，土无二王，如并魏之后，大王未深识天命者也，君各茂其德，臣各尽其忠，将提枹鼓，则战争方始耳。'权大笑曰：'君之诚款，乃当尔邪！'权与亮书曰：'丁厷掞张，阴化不尽；和合二国，唯有邓芝。'"卷四七《吴书·吴主传》裴注引《吴录》曰："是岁蜀主又遣邓芝来聘，重结盟好。权谓芝曰：'山民作乱，江边守兵多彻，虑曹丕乘空弄态，而反求和。议者以为内有不暇，幸来求和，于我有利，宜当与通，以自辨定。恐西州不能明孤赤心，用致嫌疑。孤土地边外，间隙万端，而长江巨海，皆当防守。丕观衅而动，惟不见便，宁得忘此，复有他图。'"

吴冯熙使魏，死于魏。

《三国志》卷四七《吴书·吴主传》裴注引《吴书》载："后使于魏，文帝问曰：'吴王若欲修宿好，宜当厉兵江关，县旍巴蜀，而闻复遣修好，必有变故。'熙曰：'臣闻西使直报问，且以观衅，非有谋也。'又曰：'闻吴国比年灾旱，人物凋损，以大夫之明，观之何如？'熙对曰：'吴王体量聪明，善于任使，赋政施役，每事必咨，教养宾旅，亲贤爱士，赏不择怨仇，而罚必加有罪，臣下皆感恩怀德，惟忠与义。带甲百万，谷帛如山，稻田沃野，民无饥岁，所谓金城汤池，强富之国也。以臣观之，轻重之分，未可量也。'帝不悦，以陈群与熙同郡，使群诱之，啗以重利。熙不为回。送至摩陂，欲困苦之。后又召还，未至，熙惧见迫不从，必危身辱命，乃引刀自刺。御者觉之，不得死。权闻之，垂涕曰：'此与苏武何异？'竟死于魏。"

按：冯熙于去年封中大夫，又曹丕说吴蜀"复遣修好"，结合上述吴蜀交聘事实，冯熙使魏当在本年。

吴魏绝交。八月，曹丕出发征吴，九月，至广陵观江，不战而还。

《三国志》卷四七《吴书·吴主传》载黄初三年，“然犹与魏文帝相往来，至后年乃绝”。卷五《魏书·后妃传》载：“五年，帝东征。”卷二《魏书·文帝纪》载：“八月，为水军，亲御龙舟，循蔡、颍，浮淮，幸寿春。……九月，遂至广陵，赦青、徐二州，改易诸将守。冬十月乙卯，太白昼见。行还许昌宫。”卷四七《吴书·吴主传》载：“九月，魏文帝出广陵，望大江，曰‘彼有人焉，未可图也。’乃还。”卷五五《吴书·徐盛传》载：“后魏文帝大出，有渡江之志，盛建计从建业筑围，作薄落，围上设假楼，江中浮船。诸将以为无益，盛不听，固立之。文帝到广陵，望围愕然，弥漫数百里，而江水盛长，便引军退。诸将乃伏。”卷二三《魏书·赵俨传》载：“从征吴，到广陵，复留为征东军师。”卷一四《魏书·刘晔传》载：“五年，幸广陵泗口，命荆、扬州诸军并进。会群臣，问：‘权当自来不？’咸曰：‘陛下亲征，权恐怖，必举国而应。又不敢以大众委之臣下，必自将而来。’晔曰：‘彼谓陛下欲以万乘之重牵己，而超越江湖者在于别将，必勒兵待事，未有进退也。’大驾停住积日，权果不至，帝乃旋师。云：‘卿策之是也。当念为吾灭二贼，不可但知其情而已。’”《晋书》卷一《宣帝纪》载：“五年，天子南巡，观兵吴疆。”

十一月，太白昼见。

《宋书》卷二三《天文志一》载：“（黄初）五年十一月辛卯，太白又昼见。……是时孙权受魏爵号，而称兵距守。”

陆瑁作《与暨艳书》，劝说暨艳选举宜忘过记功。

《三国志》卷五七《吴书·陆瑁传》载："尚书暨艳盛明臧否，差断三署，颇扬人暗昧之失，以显其谪。瑁与书曰：'夫圣人嘉善矜愚，忘过记功，以成美化。加今王业始建，将一大统，此乃汉高弃瑕录用之时也，若令善恶异流，贵汝颍月旦之评，诚可以厉俗明教，然恐未易行也。宜远模仲尼之泛爱，中则郭泰之弘济，近有益于大道也。'艳不能行，卒以致败。"

朱据劝暨艳宜以功覆过，弃瑕取用。

《三国志》卷五七《吴书·朱据传》载："是时选曹尚书暨艳，疾贪污在位，欲沙汰之。据以为天下未定，宜以功覆过，弃瑕取用，举清厉浊，足以沮劝，若一时贬黜，惧有后咎。艳不听，卒败。"

暨艳坐检核三署郎官事，与选曹郎徐彪自杀。

此事的原委参见田余庆《暨艳案及相关问题——再论孙吴政权的江东化》。①

孙权作《斥张温令》。

《三国志》卷五七《吴书·张温传》载："权幽之有司，下令曰：'昔令召张温，虚己待之，既至显授，有过旧臣，何图凶丑，专挟异心。昔暨艳父兄，附于恶逆，寡人无忌，故进而任之，欲观艳何如。察其中间，形态果见。而温与之结连死生，艳所进退，皆温所为头角，更相表里，共为腹背，非温之党，即就疵瑕，为之生论。又前任温董督三郡，指㧑吏客及残余兵，时恐有

①参见田余庆：《秦汉魏晋史探微》（重订本），中华书局2011年版，第298－329页。

事，欲令速归，故授棨戟，奖以威柄。乃便到豫章，表讨宿恶，寡人信受其言，特以绕帐、帐下、解烦兵五千人付之。后闻曹丕自出淮、泗，故豫敕温有急便出，而温悉内诸将，布于深山，被命不至。赖丕自退，不然，已往岂可深计。又殷礼者，本占候召，而温先后乞将到蜀，扇扬异国，为之谭论。又礼之还，当亲本职，而令守尚书户曹郎，如此署置，在温而已。又温语贾原，当荐卿作御史，语蒋康，当用卿代贾原，专衒贾国恩，为己形势。揆其奸心，无所不为。不忍暴于市朝，今斥还本郡，以给厮吏。呜呼温也，免罪为幸！’”

张温作《自理》。

《太平御览》卷八九九作“《自表》”，曰：“昔百里奚贤，秦穆公欲干之。穆公好牛，奚因赁官以养牛。蹄上，垂肉三寸。公使禽息行牛，息入言之，公不信，怒。息复言之，公又怒。吏曰：‘再怒其主，罪当刖，使守门。’公出，禽息跪而请之曰：‘夫养牛者，愿君勿忘也。’公乃问百里奚，奚曰：“臣之长非养牛者也，乃养民也。”公视牛，察之，则贤人也，遂与同车而出，谢禽息。息曰：‘所以不世者，君未知客也，今已知之矣。’乃触门而死。”

按：《艺文类聚》卷九四作“《自理》”。

骆统作《表理张温》。

《三国志》卷五七《吴书·张温传》载，将军骆统表理温曰：“伏惟殿下，天生明德，神启圣心，招髦秀于四方，置俊乂于宫朝。多士既受普笃之恩，张温又蒙最隆之施。而温自招罪谴，孤负荣遇，念其如此，诚可悲疚。然臣周旋之间，为国观听，深知其状，故密陈其理。温实心无他情，事无逆迹，但年纪尚少，镇重尚浅，而戴赫烈之宠，体卓伟之才，亢臧否之谭，效褒贬之议。于是务势者妒其宠，争名者嫉其才，玄默者非其谭，瑕衅者讳其议，此臣下所当详辨，明朝所当究察也。昔贾谊，至忠之臣也；汉文，大明之君也。然而绛、灌一言，贾谊远退。何者？疾之者深，谮之者巧也。然而误闻天下，失彰于后世，故孔子曰'为君难，为臣不易'也。温虽智非从横，武非虓虎，然其弘雅之素，英秀之德，文章之采，论议之辨，卓跞冠群，炜晔曜世，世人未有及之者也。故论温才即可惜，言罪则可恕。若忍威烈以赦盛德，宥贤才以敦大业，固明朝之休光，四方之丽观也。国家之于暨艳，不内之忌族，犹等之平民，是故先见用于朱治，次见举于众人，中见任于明朝，亦见交于温也。君臣之义，义之最重；朋友之交，交之最轻者也。国家不嫌于艳为最重之义，是以温亦不嫌与艳为最轻之交也。时世宠之于上，温窃亲之于下也。夫宿恶之民，放逸山险，则为劲寇，将置平土，则为健兵，故温念在欲取宿恶，以除劲寇之害，而增健兵之锐也。但自错落，功不副言。然计其送兵，以比许晏，数之多少，温不减之，用之强羸，温不下之，至于迟速，温不后之。故得及秋冬之月，赴有警之期，不敢忘恩而遗力也。温之到蜀，共誉殷礼，虽臣无境外之交，亦有可原也。境外之交，谓无君命而私相从，非国事而阴相闻者也；若以命行，既修君好，因叙己情，亦使臣之道也。故孔子使邻国，则有私觌之礼；季子聘诸夏，亦有燕谭之义也。古人有言，欲知其君，观其所使，见其下之明明，知其上之赫赫。温若誉礼，能使彼叹之，诚所以昭我臣之多良，明使之得其人，显国美于异境，扬君命于他邦。是以晋赵文子之盟于宋也，称随会于屈建；楚王孙圉之使于晋也，誉左史于赵鞅。亦向他国之辅，而叹本邦之臣，经传美之以光国，而不讥之以外交也。王靖内不忧时，外不趋事，温弹之不私，推之不假，于是与靖遂为大怨，此其尽节之明验也。靖兵众之势，干任之用，皆胜于贾原、蒋康，温尚不容私以安于靖，岂敢卖恩以协原、康邪？又原在职不勤，当事不堪，温数对以丑色，弹以急声；若其诚欲卖恩作乱，则亦不必贪原也。凡此数者，校之于事既不合，参之于众亦不验。臣窃念人君虽有圣哲之姿，非常之智，然以一人之身，御兆民之众，从层宫之内，瞰四国之外，照群下之情，求万机之理，犹未易周也，固当听察群下之言，以广聪明之烈。今者人非温既殷勤，臣是温又契阔，辞则俱巧，意则俱至，各自言欲为国，谁其言欲为私，仓卒之间，犹难即别。然以殿下之聪睿，察讲论之曲直，若潜神留思，纤粗研核，情何嫌而不宣，事何昧而不昭哉？温非亲臣，臣非爱温者也。昔之君子，皆抑私忿，以增君明。彼独行之于前，臣耻废之于后，故遂发宿怀于今日，纳愚言于圣听，实尽心于明朝，非有念于温身也。”

维祇难、竺律炎译出《阿差末》等经二部。

《开元释教录》卷二载沙门维祇难“与同伴竺律炎发自西域，因到江左。以孙权黄武三年甲辰，于武昌郡共竺律炎出《阿差末》等经二部”。

维祇难、竺律炎译出《法句经》。

《高僧传》卷一《译经上》载：维祇难“以吴黄武三年，与同伴竺律炎来至武昌，赍《昙钵经》梵本。《昙钵》者，即《法句经》也。时吴士共请出经，难既未善方音，乃共其伴律炎译为汉文。炎亦未善汉言，颇有不尽，志存义本，辞句朴质”。僧祐《出三藏记集》卷二《新集撰出经律论录》载：“《法句经》二卷。右一部，凡二卷。魏文帝时，天竺沙门维祇难以吴主孙权黄武三年赍胡本，武昌竺将炎共支谦译出。”

孙权黄武四年(225)　魏黄初六年 蜀建兴三年

三月辛未，魏曹丕开始东征孙吴。

《三国志》卷二《魏书·文帝纪》载：“辛未，帝为舟师东征。”裴注引《魏略》载文帝诏曰：“……吾欲去江数里，筑宫室，往来其中，见贼可击之形，便出奇兵击之；若或未可，则当舒六军以游猎，飨赐军士。”

丞相孙邵（163—225）卒，顾雍为丞相，陈化为太常。

《三国志》卷四七《吴书·吴主传》载：“四年夏五月，丞相孙邵卒。六月，以太常顾雍为丞相。”裴注引《吴书》曰：“以尚书令陈化为太常。”裴注引《吴录》曰：“邵字长绪，北海人，长八尺。为孔融功曹，融称曰‘廊庙才也’。从刘繇于江东。及权统事，数陈便宜，以为应纳贡聘，权即从之。拜庐江太守，迁车骑长史。黄武初为丞相，威远将军，封阳羡侯。张温、暨艳奏其事，邵辞位请罪，权释令复职，年六十三卒。”裴注引《志林》曰：“吴之创基，邵为首相，史无其传，窃常怪之。尝问刘声叔。声叔，博物君子也，云：‘推其名位，自应立传。项竣、丁孚时已有注记，此云与张惠恕不能。后韦氏作史，盖惠恕之党，故不见书。’”《建康实录》卷一《太祖上》载：“（黄武）四年夏五月，丞相孙劭薨，谥曰肃。劭字长绪，北海人，身长八尺。初为北海相孔融功曹，融以为廊庙之才。汉末随刘繇过江归国，累拜车骑长史，为吴首相，封阳羡侯。”

洪饴孙《三国职官表》载“建安二十五年，权为吴王，置奉常。黄武四年，改为太常。可考者十三人”，即顾雍、陈化、张弥、潘濬、顾谭、傅常、滕胤、全尚、濮阳兴、姚信、周处、张夔、徐整等。

六月，皖口言有木连理。

《三国志》卷四七《吴书·吴主传》载六月：“皖口言木连理。”《宋书》卷二九《符瑞志下》载：“吴孙权黄武四年六月，皖口言有木连理。”《建康实录》卷一《太祖上》载：“秋七月，皖口言木连理。又地连震。”

按：《建康实录》所言时间与《三国志》《宋书》不同。

江东连续地震，以为孙权不臣之应。

《三国志》卷四七《吴书·吴主传》载：“是岁地连震。”《宋书》卷三四《五行志五》载：“吴孙权黄武四年，江东地连震。是时权受魏爵命，为大将军、吴王，改元专制，不修臣迹。京房《易传》曰：‘臣事虽正，专必震。’董仲舒、刘向并云‘臣下强盛，将动而为害’之应也。”

八月，魏曹丕自谯循涡入淮，十月至广陵临江观兵，还。

《三国志》卷二《魏书·文帝纪》载：“八月，帝遂以舟师自谯循涡入淮，从陆道幸徐。九月，筑东巡台。冬十月，行幸广陵故城，临江观兵，戎卒十余万，旌旗数百里。是岁大寒，水道冰，舟不得入江，乃引还。”卷五《魏书·后妃传》载：“六年，帝东征吴，至广陵。”《宋书》卷三〇《五行志一》载：黄初六年“又八月，天子自将以舟师征吴，戎卒十余万，连旍数百里，临江观兵”。《三国志》卷一二《魏书·鲍勋传》载：“六年秋，帝欲征吴，群臣大议，勋面谏曰：‘王师屡征而未有所克者，盖以吴、蜀唇齿相依，凭阻山水，有难拔之势故也。往年龙舟飘荡，隔在南岸，圣躬蹈危，臣下破胆。此时宗庙几至倾覆，为百世之戒。今又劳兵袭远，日费千金，中国虚耗，令黠虏玩威，臣窃以为不可。’帝益忿之，左迁勋为治书执法。帝从寿春还，屯陈留郡界。”卷四七《吴书·吴主传》裴注引《吴录》曰：“是冬，魏文帝至广陵，临江观兵，兵有十余万，旌旗弥数百里，有渡江之志。权严设固守。时大寒冰，舟不得入江。帝见波涛汹涌，叹曰：‘嗟乎！固天所以隔南北也！’遂归。孙韶又遣将高寿等率敢死之士五百人于径路夜要之，帝大惊，寿等获副车羽盖以还。”《晋书》卷一《宣帝纪》载：“六年，天子复大兴舟师征吴，复命帝居守，内镇百姓，外供军资。临行，诏曰：‘吾深以后事为念，故以委卿。曹参虽有战功，而萧何为重。使吾无西顾之忧，不亦可乎！’天子自广陵还洛阳，诏帝曰：‘吾东，抚军当总西事；吾西，抚军当总东事。’于是帝留镇许昌。”

按：曹丕于黄初三年、五年、六年三次征吴，均无收获。

蜀费祎受诸葛亮命出使东吴，诸葛恪与费祎有戏答，作《磨赋》《答费祎》。

《三国志》卷四四《蜀书·费祎传》载："亮以初从南归，以祎为昭信校尉使吴。孙权性既滑稽，嘲啁无方，诸葛恪、羊衜等才博果辩，论难锋至，祎辞顺义笃，据理以答，终不能屈。权甚器之，谓祎曰：'君天下淑德，必当股肱蜀朝，恐不能数来也。'"裴注引《祎别传》曰："孙权每别酌好酒以饮祎，视其已醉，然后问以国事，并论当世之务，辞难累至。祎辄辞以醉，退而撰次所问，事事条答，无所遗失。"又曰："权乃以手中常所执宝刀赠之，祎答曰：'臣以不才，何以堪明命？然刀所以讨不庭、禁暴乱者也，但愿大王勉建功业，同奖汉室，臣虽暗弱，终不负东顾。'"

《三国志》卷三九《蜀书·董允传》裴注引《襄阳记》曰："董恢字休绪，襄阳人。入蜀，以宣信中郎副费祎使吴。孙权尝大醉问祎曰：'杨仪、魏延，牧竖小人也。虽尝有鸣吠之益于时务，然既已任之，势不得轻，若一朝无诸葛亮，必为祸乱矣。诸君愦愦，曾不知防虑于此，岂所谓贻厥孙谋乎？'祎愕然四顾视，不能即答。恢目祎曰：'可速言仪、延之不协起于私忿耳，而无黥、韩难御之心也。今方扫除强贼，混一区夏，功以才成，业由才广，若舍此不任，防其后患，是犹备有风波而逆废舟楫，非长计也。'权大笑乐。诸葛亮闻之，以为知言。还未满三日，辟为丞相府属，迁巴郡太守。"

《三国志》卷五三《吴书·薛综传》裴注引《江表传》曰："费祎聘于吴，陛见，公卿侍臣皆在坐。酒酣，祎与诸葛恪相对嘲难，言及吴、蜀。祎问曰：'蜀字云何？'恪曰：'有水者浊，无水者蜀。横目苟身，虫入其腹。’祎复问：‘吴字云何?’恪曰：‘无口者天，有口者吴，下临沧海，天子帝都。’”

《三国志》卷六四《吴书·诸葛恪传》裴注引诸葛恪《别传》曰：“权尝飨蜀使费祎，先逆敕群臣：‘使至，伏食勿起。’祎至，权为辍食，而群下不起。祎啁之曰：‘凤皇来翔，骐驎吐哺，驴骡无知，伏食如故。’恪答曰：‘爰植梧桐，以待凤皇，有何燕雀，自称来翔？何不弹射，使还故乡！’祎停食饼，索笔作《麦赋》，恪亦请笔作《磨赋》，咸称善焉。”

按：魏黄初六年（225）诸葛亮南征，定南中四郡。则费祎出使孙吴，当在此年或稍后。又《三国志》卷三九《蜀书·陈震传》载：“建兴三年，入拜尚书，迁尚书令，奉命使吴。”陈震很可能与费祎同行使吴。

谢承约是年为吴五官郎中。

陆侃如《中古文学系年》系于黄初六年，曰：“《三国志·吴志》卷五《谢夫人传》：‘后权纳姑孙徐氏，欲令谢下之，谢不肯，由是失志，早卒。后十余年，弟承拜五官郎中。’此事年月史无明文，但也可以大略推定。同卷《徐夫人传》：‘权为讨虏将军在吴，聘以为妃，使母养子登。后权迁移，以夫人妒忌，废处吴。积十余年，权为吴王。’据卷十四《孙登传》，登以赤乌四年（正始二年）卒，年三十三，上推当生于建安十四年（二〇九至二四一年）。权聘徐必在十四年登生之后，十六年徙治秣陵之前，谢因徐失志而卒必在十五年左右。承拜官在其姊卒后十余年，如以十五年计，则当在黄初六年左右。”[①]王德华《中国学术编年·三国两晋卷》亦从陆说系于本年。[②]

程秉守太常。

《三国志》卷五三《吴书·程秉传》载：“黄武四年，权为太子登娉周瑜女，秉守太常，迎妃于吴，权亲幸秉船，深见优礼。既还，秉从容进说登曰：‘婚姻人伦之始，王教之基，是以圣王重之，所以率先众庶，风化天下，故《诗》美《关雎》，以为称首。愿太子尊礼教于闺房，存《周南》之所咏，则道化隆于上，颂声作于下矣。’登笑曰：‘将顺其美，匡救其恶，诚所赖于傅君也。’”

唐固（155？—225）为尚书仆射，卒。

《三国志》卷五三《吴书·阚泽传》载：“黄武四年为尚书仆射，卒。”裴注引《吴录》曰：“固字子正，卒时年七十余矣。”《隋书·经籍志》著录“《春秋穀梁传》十三卷，吴仆射唐固注”，“《春秋外传国语》二十一卷，唐固注”。姚振宗《三国艺文志》载有唐固《春秋公羊传注》。

按：黄武四年卒时已七十有余，以71—79岁计，则生于汉桓帝前期的147—155年。

---

①陆侃如：《中古文学系年》，人民文学出版社1985年版，第465页。

②参见王德华撰：《中国学术编年·三国两晋卷》，华东师范大学出版社2013年版，第225页。

孙权黄武五年(226)　魏黄初七年　蜀建兴四年

七月，苍梧言凤凰见。

《三国志》卷四七《吴书·吴主传》载：“秋七月……苍梧言凤皇见。”《宋书》卷二八《符瑞志中》载：“吴孙权黄武五年七月，苍梧言凤皇见。”

薛综作《凤颂》。

《艺文类聚》卷九九载：“猗欤石磬，金声玉振。先王搏拊，以正五音。百兽翔感，仪凤舞麟。在昔尧舜，斯磬乃臻。宗庙致敬，乃肯来顾。赞扬圣德，上下受祚。”

按：薛综生前，吴国有凤凰之瑞共两次，第一次是本年，第二次是黄龙元年。本年的凤凰见于苍梧，与黄龙元年的夏口、武昌不同（黄龙的出现促成了孙权的改元，是至为重要的祥瑞，薛综若作《凤颂》则不容不作《黄龙颂》，但未闻薛综有《黄龙颂》）。苍梧是舜帝崩殂之所，《史记》卷一《五帝本纪》说舜“南巡狩，崩于苍梧之野，葬于江南九疑”。薛综《凤颂》采用了《尚书·舜典》舜命夔典乐而夔曰“击石拊石，百兽率舞”的典故，肯定了舜帝的乐教。据此，《凤颂》作于黄武五年无疑。

八月，孙权攻魏江夏郡、襄阳郡不胜。

《三国志》卷四七《吴书·吴主传》载：“秋七月，权闻魏文帝崩，征江夏，围石阳，不克而还。”卷三《魏书·明帝纪》载：“八月，孙权攻江夏郡，太守文聘坚守。朝议欲发兵救之，帝曰：‘权习水战，所以敢下船陆攻者，几掩不备也。今已与聘相持，夫攻守势倍，终不敢久也。’先时遣治书侍御史荀禹慰劳边方，禹到，于江夏发所经县兵及所从步骑千人乘山举火，权退走。”卷一八《魏书·文聘传》载：“孙权以五万众自围聘于石阳，甚急，聘坚守不动，权住二十余日乃解去。聘追击破之。”裴注引《魏略》曰：“孙权尝自将数万众卒至。时大雨，城栅崩坏，人民散在田野，未及补治。聘闻权到，不知所施，乃思惟莫若潜默可以疑之。乃敕城中人使不得见，又自卧舍中不起。权果疑之，语其部党曰：‘北方以此人忠臣也，故委之以此郡，今我至而不动，此不有密图，必当有外救。’遂不敢攻而去。”《宋书》卷二三《天文志一》载：“（黄初）七年五月，文帝崩。八月，吴遂围江夏，寇襄阳，魏江夏太守文聘固守得全。大将军司马懿救襄阳，斩吴将张霸。”《三国志》卷三《魏书·明帝纪》载：“吴将诸葛瑾、张霸等寇襄阳，抚军大将军司马宣王讨破之，斩霸，征东大将军曹休又破其别将于寻阳。论功行赏各有差。”

按：本年八月，吴魏共有三次战事，一是江夏之役，孙权为魏江夏太守文聘所战败；二是襄阳之役，诸葛瑾、张霸为魏将司马懿所战败，张霸战死；三是寻阳战役，吴将为曹休所破。

十月，孙权作《报陆逊》。

《三国志》卷四七《吴书·吴主传》载："冬十月，陆逊陈便宜，劝以施德缓刑，宽赋息调。又云：'忠谠之言，不能极陈，求容小臣，数以利闻。'权报曰：'夫法令之设，欲以遏恶防邪，儆戒未然也，焉得不有刑罚以威小人乎？此为先令后诛，不欲使有犯者耳。君以为太重者，孤亦何利其然，但不得已而为之耳。今承来意，当重谘谋，务从其可。且近臣有尽规之谏，亲戚有补察之箴，所以匡君正主明忠信也。《书》载"予违汝弼，汝无面从"，孤岂不乐忠言以自裨补邪？而云"不敢极陈"，何得为忠谠哉？若小臣之中，有可纳用者，宁得以人废言而不采择乎？但谄媚取容，虽暗亦所明识也。至于发调者，徒以天下未定，事以众济。若徒守江东，修崇宽政，兵自足用，复用多为？顾坐自守可陋耳。若不豫调，恐临时未可便用也。又孤与君分义特异，荣戚实同，来表云不敢随众容身苟免，此实甘心所望于君也。'"

孙权又作《别咨诸葛瑾》。

《三国志》卷五二《吴书·诸葛瑾传》载："近得伯言表，以为'曹丕已死，毒乱之民，当望旌瓦解，而更静然。闻皆选用忠良，宽刑罚，布恩惠，薄赋省役，以悦民心，其患更深于操时'。孤以为不然。操之所行，其惟杀伐小为过差，及离间人骨肉，以为酷耳。至于御将，自古少有。丕之于操，万不及也。今叡之不如丕，犹丕不如操也。其所以务崇小惠，必以其父新死，自度衰微，恐困苦之民一朝崩沮，故强屈曲以求民心，欲以自安住耳，宁是兴隆之渐邪！闻任陈长文、曹子丹辈，或文人诸生，或宗室戚臣，宁能御雄才虎将以制天下乎？夫威柄不专，则其事乖错，如昔张耳、陈馀，非不敦睦，至于秉势，自还相贼，乃事理使然也。又长文之徒，昔所以能守善者，以操笮其头，畏操威严，故竭心尽意，不敢为非耳。逮丕继业，年已长大，承操之后，以恩情加之，用能感义。今叡幼弱，随人东西，此曹等辈，必当因此弄巧行态，阿党比周，各助所附。如此之日，奸谗并起，更相陷怼，转成嫌贰。一尔已往，群下争利，主幼不御，其为败也焉得久乎？所以知其然者，自古至今，安有四五人把持刑柄，而不离刺转相蹄啮者也！强当陵弱，弱当求援，此乱亡之道也。子瑜，卿但侧耳听之，伯言常长于计校，恐此一事小短也。"

按：察孙权引陆逊上表内容，当作于《报陆逊》同时。

吴立孙坚庙于长沙。

《三国志》卷二八《魏书·诸葛诞传》裴注引《世语》曰："黄初末，吴人发长沙王吴芮冢，以其砖于临湘为孙坚立庙。芮容貌如生，衣服不朽。后豫发者见吴纲曰：'君何类长沙王吴芮，但微短耳。'纲瞿然曰：'是先祖也，君何由见之？'见者言所由，纲曰：'更葬否？'答曰：'即更葬矣。'自芮之卒年至冢发，四百余年，纲，芮之十六世孙矣。"《宋书》卷一六《礼志三》载："孙权不立七庙，以父坚尝为长沙太守，长沙临湘县立坚庙而已。权既不亲祠，直是依后汉奉南顿故事，使太守祠也。坚庙又见尊曰始祖庙，而不在京师。又以民人所发吴芮冢材为屋，未之前闻也。于建邺立兄长沙桓王策庙于朱爵桥南。权疾，太子所祷，即策庙也。"

按：孙权称帝后，因富春孙氏属于"孤微发迹"，故孙权不立七庙，仅在长沙立孙坚庙，由太守祭祀，孙权不亲祭祀。据《诸葛诞传》孙坚庙应建于黄初末（226年左右），故系于本年。

吴置东安郡，治富春，以全琮为东安太守讨伐山越。

《三国志》卷四七《吴书·吴主传》载："分三郡恶地十县置东安郡，以全琮为太守，平讨山越。"裴注引《吴录》曰："郡治富春也。"卷六〇《吴书·全琮传》载："是时丹杨、吴、会山民复为寇贼，攻没属县，权分三郡险地为东安郡，琮领太守。"

交阯太守士燮（137—226）卒。

《三国志》卷四九《吴书·士燮传》载："燮在郡四十余岁，黄武五年，年九十卒。"

按：士燮，字威彦，苍梧广信人。祖上已于王莽之时来到交州。《三国志》卷四九《吴书·士燮传》载"少游学京师，事颍川刘子奇，治《左氏春秋》"，又载"燮耽玩《春秋》，为之注解"。士燮任交阯太守四十余年，爱接士人，"体气宽厚，谦虚下士，中国士人，多往依避难"，使交阯成为岭南的学术中心。士燮盘踞交阯几十年，却没有选择割据，而是接受孙权派遣的步骘来接任交阯太守。士燮寿长九十，历东汉至孙吴，以学问著于世。《隋书·经籍志》著录"《春秋经》十一卷，吴卫将军士燮注"。士燮治郡有方，又不废治学，袁徽致信荀彧说士燮"官事小阕，辄玩习书传，《春秋左氏传》尤简练精微，吾数以咨问传中诸疑，皆有师说，意思甚密"，则有《左传》之学，见载于姚振宗《三国艺文志》"士燮《春秋左氏经注》十三卷"。袁徽又说"《尚书》兼通古今，大义详备。闻京师古今之学，是非忿争，今欲条《左氏》《尚书》长义上之”，则也是博览古今《尚书》的学者。另外士燮尚有《交州人物志》。《隋书·经籍志》载：“梁有《士燮集》五卷，亡。”

陈时代士燮领交阯太守。

《三国志》卷四九《吴书·士燮传》载：“又遣陈时代燮为交阯太守。”卷六〇《吴书·吕岱传》载：“交阯太守士燮卒，权以燮子徽为安远将军，领九真太守，以校尉陈时代燮。”

吴分交州南海、苍梧、郁林、高凉四郡立广州，吕岱为广州刺史、戴良为交州刺史。不久，广州、交州又合为交州。

《三国志》卷四七《吴书·吴主传》载：“是岁，分交州置广州，俄复旧。”卷六〇《吴书·吕岱传》载：“于是除广州，复为交州如故。”卷四九《吴书·士燮传》载：“权以交阯县远，乃分合浦以北为广州，吕岱为刺史，交阯以南为交州，戴良为刺史。”卷六〇《吴书·吕岱传》载：“岱表分海南三郡为交州，以将军戴良为刺史，海东四郡为广州，岱自为刺史。”

孙权以士燮子士徽领九真太守，士徽不承命，吕岱诛杀士徽兄弟六人。

《三国志》卷六〇《吴书·吕岱传》载：“遣（戴）良与（陈）时南入，而徽不承命，举兵戍海口以拒良等。岱于是上疏请讨徽罪，督兵三千人晨夜浮海。或谓岱曰：‘徽藉累世之恩，为一州所附，未易轻也。’岱曰：‘今徽虽怀逆计，未虞吾之卒至，若我潜军轻举，掩其无备，破之必也。稽留不速，使得生心，婴城固守，七郡百蛮，云合响应，虽有智者，谁能图之？’

遂行，过合浦，与良俱进。徽闻岱至，果大震怖，不知所出，即率兄弟六人肉袒迎岱。岱皆斩送其首。”

薛综从吕岱讨伐，为合浦、交阯太守。

《三国志》卷五三《吴书·薛综传》载：“除合浦、交阯太守。时交土始开，刺史吕岱率师讨伐，综与俱行，越海南征，及到九真。事毕还都，守谒者仆射。”

陆侃如《中古文学系年》系于黄初七年，说：“据卷十五《吕岱传》，岱于延康元年代步骘为交州刺史，似乎综为太守亦在此时。可是据卷四《士燮传》，燮于董卓乱前已为交趾太守，不久其弟壹亦为合浦太守。燮于黄武五年（黄初七年）卒，燮子徽自署太守。岱诛徽等，又进讨九真。今假定综为太守在燮卒后，故系于本年。”[①]

按：吕岱杀士徽兄弟六人，士壹的合浦太守正好由薛综补充，则在本年无疑。

太史令吴范（？—226）卒。

《三国志》卷六三《吴书·吴范传》载：“（吴范）以治历数知风气闻于郡中。举有道，诣京都，世乱不行。会孙权起于东南，范委身服事，每有灾祥，辄推数言状，其术多效，遂以显名……终皆如言。其占验明审如此。权以范为骑都尉，领太史令，数从访问，欲知其决。”陆机《辨亡论》说：“术数则吴范、赵达以机祥协德。”

按：吴范，字文则，会稽上虞人。孙权任命吴范为太史令，

①陆侃如：《中古文学系年》，人民文学出版社1985年版，第468页。

主要管理天文、星象、历法、占卜等工作。根据后人的辑佚，吴范的著作有《黄帝四神历》，当属于历法。

大秦商人秦论来到交阯。

王德华《中国学术编年·三国两晋卷》说："《梁书》卷五四《诸夷传》载：'孙权黄武五年，有大秦贾人字秦论来到交趾，交趾太守吴邈遣送诣权。权问方土谣俗，论具以事对。时诸葛恪讨丹阳，获黝、歙短人，论见之曰："大秦希见此人。"权以男女各十人，差吏会稽刘咸送论，咸于道物故，论乃径还本国。'许永璋认为秦论直到237年或者稍后才回国，详见其《秦人秦论来华若干问题探讨》，载《北大史学》第4辑。"①

交州刺史吕岱遣中郎康泰、宣化从事朱应出使扶南（今柬埔寨）、林邑（今越南南方）、堂明。归国后，朱应著《扶南异物志》，康泰著《吴时外国传》。

王德华《中国学术编年·三国两晋卷》说："《梁书》卷五四《诸夷传》曰：'吴孙权时，遣宣化从事朱应、中郎康泰通焉。其所经及传闻，则有百数十国，因立记传。'又曰：'其时吴遣中郎康泰使扶南，及见陈、宋等，具问天竺土俗。云……'《三国志》卷六〇《吴书·吕岱传》曰：'吕岱字定公，广陵海陵人也，为郡县吏，避乱南渡……岱既定交州，复进讨九真，斩获以万数。又遣从事南宣国化，暨徼外扶南、林邑、堂明诸王，各遣使、奉贡。权嘉其功，进拜镇南将军。'冯承钧《中国南洋交通史》

①王德华撰：《中国学术编年·三国两晋卷》，华东师范大学出版社2013年版，第25页。

据以考订朱应、康泰出使为吕岱所派，时间应在226至231年间。《隋书》卷三三《经籍志二》著录《扶南异物志》1卷，朱应撰。康泰《吴时外国传》散见于《水经注》、《艺文类聚》、《梁书》《通典》、《太平御览》中，是研究中国和南海诸国早期经济文化交流的重要文献。二书应是二人回国后所撰。关于朱应、康泰出使时间及二人著述情况有不同看法，参许永璋《朱应、康泰南海诸国之行考论》（载《史学月刊》2004年12期）一文。”[1]

①王德华撰：《中国学术编年·三国两晋卷》，华东师范大学出版社2013年版，第25页。

孙权黄武六年（227） 魏太和元年 蜀建兴五年

正月，韩当子韩综降魏。

《三国志》卷四七《吴书·吴主传》载黄武六年闰月“韩当子综以其众降魏”。卷五五《吴书·程普传》载：“综淫乱不轨。权虽以父故不问，综内怀惧，载父丧，将母家属部曲男女数千人奔魏。魏以为将军，封广阳侯。”《建康实录》卷一《太祖上》载：“六年春正月，韩当子综以众叛归魏。”《资治通鉴》卷七〇载：“是岁，吴昭武将军韩当卒，其子综淫乱不轨，惧得罪，闰月，将其家属、部曲来奔。”

春，胡综、周鲂生获彭绮。

《资治通鉴》卷七〇载：“春，吴解烦督胡综、番阳太守周鲂击彭绮，生获之。”《三国志》卷一四《魏书·孙资传》裴注引《资别传》载：“时吴人彭绮又举义江南，议者以为因此伐之，必有所克。帝问资，资曰：‘鄱阳宗人前后数有举义者，众弱谋浅，旋辄乖散。昔文皇帝尝密论贼形势，言洞浦杀万人，得船千万，数日间船人复会；江陵被围历月，权裁以千数百兵住东门，而其土地无崩解者。是有法禁，上下相奉持之明验也。以此推绮，惧未能为权腹心大疾也。’绮果寻败亡。”

孙权自攻石阳。

《三国志》卷五六《吴书·朱然传》载：“六年，权自率众攻石阳，及至旋师，潘璋断后。夜出错乱，敌追击璋，璋不能禁。然即还住拒敌，使前船得引极远，徐乃后发。”

韦昭约于本年为丞相掾。

陆侃如《中古文学系年》系于太和元年，说：“昭生年无考，当在建安初（二〇〇年左右）。何时为丞相掾，亦不易断定。黄武初，孙邵是首任丞相，四年卒，顾雍继任。今假定为掾在为西安令前五年左右，时昭年龄当在二十五与三十之间。”[①]

①陆侃如：《中古文学系年》，人民文学出版社1985年版，第477页。

孙权黄武七年(228)　魏太和二年
蜀建兴六年

三月，罢东安郡。

《三国志》卷四七《吴书·吴主传》载：春三月，“罢东安郡”。

按：黄武五年，孙权置东安郡，本意是讨伐山越，此年罢郡，或是山越已平。本年八月，全琮参与攻破曹休之战，则全琮亦在罢东安郡时卸任东安太守。

孙虑被封建昌侯。

《三国志》卷五九《吴书·孙虑传》载：“黄武七年，封建昌侯。”

五月至九月，吴魏石亭之战。鄱阳太守周鲂诈降引诱曹休，吴将陆逊与魏将曹休战于庐江郡皖县的石亭和夹石。曹休大败，因此痈发背死。

《三国志》卷四七《吴书·吴主传》载：“夏五月，鄱阳太守周鲂伪叛，诱魏将曹休。秋八月，权至皖口，使将军陆逊督诸将大破休于石亭。”卷六〇《吴书·周鲂传》载：“被命密求山中旧族名帅与北敌所闻知者，令谲挑魏大司马扬州牧曹休。鲂答：

‘恐民帅小丑不足仗任，事或漏泄，不能致休，乞遣新人赍笺七条以诱休……’休果信鲂，帅步骑十万，辎重满道，径来入皖。鲂亦合众，随陆逊横截休，休幅裂瓦解，斩获万计。”卷五八《吴书·陆逊传》载：“七年，权使鄱阳太守周鲂谲魏大司马曹休。休果举众入皖，乃召逊假黄钺，为大都督，逆休。休既觉知，耻见欺诱，自恃兵马精多，遂交战。逊自为中部，令朱桓、全琮为左右翼，三道俱近，果冲休伏兵，因驱走之，追亡逐北，径至夹石，斩获万余，牛马骡驴车乘万辆，军资器械略尽。休还，疽发背死。”卷六〇《吴书·全琮传》载：“七年，权到皖，使琮与辅国将军陆逊击曹休，破之于石亭。”卷五六《吴书·朱桓传》载：“黄武七年，鄱阳太守周鲂谲诱魏大司马曹休，休将步骑十万至皖城以迎鲂。时陆逊为元帅，全琮与桓为左右督，各督三万人击休。休知见欺，当引军还，自负众盛，邀于一战。”

《三国志》卷三《魏书·明帝纪》载：“秋九月，曹休率诸军至皖，与吴将陆议战于石亭，败绩。”卷二八《魏书·王凌传》载：“后从曹休征吴，与贼遇于夹石，休军失利，凌力战决围，休得免难。”卷二三《魏书·赵俨传》载：“从大司马曹休征吴于夹石，礼谏以为不可深入，不从而败。”卷一四《魏书·蒋济传》载：“大司马曹休帅军向皖，济表以为‘深入虏地，与权精兵对，而朱然等在上流，乘休后，臣未见其利也’。军至皖，吴出兵安陆，济又上疏曰：‘今贼示形于西，必欲并兵图东，宜急诏诸军往救之。’会休军已败，尽弃器仗辎重退还。吴欲塞夹石，遇救兵至，是以官军得不没。”卷九《魏书·曹休传》载：“太和二年，帝为二道征吴，遣司马宣王从汉水下，休督诸军向寻阳。贼将伪降，休深入，战不利，退还宿石亭。军夜惊，士卒乱，弃甲兵辎重甚多。休上书谢罪，帝遣屯骑校尉杨暨慰谕，礼赐益隆。休因此痈发背薨，谥曰壮侯。”卷一五《魏书·贾逵传》载：“太和二年，帝使逵督前将军满宠、东莞太守胡质等四军，从西阳直向东关，曹休从皖，司马宣王从江陵。逵至五将山，休更表贼有请降者，求深入应之。诏宣王驻军，逵东与休合进。逵度贼无东关之备，必并军于皖；休深入与贼战，必败。乃部署诸将，水陆并进，行二百里，得生贼，言休战败，权遣兵断夹石。诸将不知所出，或欲待后军。逵曰：‘休兵败于外，路绝于内，进不能战，退不得还，安危之机，不及终日。贼以军无后继，故至此；今疾进，出其不意，此所谓先人以夺其心也，贼见吾兵必走。若待后军，贼已断险，兵虽多何益！’乃兼道进军，多设旗鼓为疑兵，贼见逵军，遂退。逵据夹石，以兵粮给休，休军乃振。初，逵与休不善。黄初中，文帝欲假逵节，休曰：‘逵性刚，素侮易诸将，不可为督。’帝乃止。及夹石之败，微逵，休军几无救也。”

《三国志》卷二二《魏书·卫臻传》载：“亮又出斜谷。征南上：‘朱然等军已过荆城。’臻曰：‘然，吴之骁将，必下从权，且为势以缀征南耳。’权果召然入居巢，进攻合肥。帝欲自东征，臻曰：‘权外示应亮，内实观望。且合肥城固，不足为虑。车驾可无亲征，以省六军之费。’帝到寻阳而权竟退。”

《三国志》卷二六《魏书·满宠传》载：“（太和）三年春，降人称吴大严，扬声欲诣江北猎，孙权欲自出。宠度其必袭西阳而为之备，权闻之，退还。秋，使曹休从庐江南入合肥，令宠向夏口。宠上疏曰：'曹休虽明果而希用兵，今所从道，背湖旁江，易进难退，此兵之洼地也。若入无强口，宜深为之备。'宠表未报，休遂深入。贼果从无强口断夹石，要休还路。休战不利，退走。会朱灵等从后来断道，与贼相遇。贼惊走，休军乃得还。是岁休薨。"

按：本年的吴魏石亭之战，起因于太和二年五月，孙权使鄱阳太守周鲂诈降。孙权令周鲂诈降，何以为曹休所相信呢？因为前一年韩综、翟丹、张婴、王崇等吴将携众降魏，如《三国志》卷四七《吴书·吴主传》载"韩当子综以其众降魏"，又如卷九《魏书·曹休传》载"吴将审德屯皖，休击破之，斩德首，吴将韩综、翟丹等前后率众诣休降"，另外还有卷一五《魏书·贾逵传》载"吴将张婴、王崇率众降"，可见周鲂投降并非新鲜的事情，所以得到曹休的信任。

吴魏石亭之战的脉络如下：曹休中计后，率领十万军队直接进入皖县。孙权也到了皖县的皖口督战，任命陆逊为大都督。陆逊自为中部，令朱桓、全琮为左右翼，先是在石亭大败曹休。夹石在石亭之北，是曹休北撤的路线。孙权预先派人截断夹石，陆逊"追亡逐北"，又在夹石"斩获万余，牛马骡驴车乘万辆"。曹休因有预先占据夹石的贾逵军队和粮食的补给，才得以返回，但不久痈发背死。

当时明帝派三路军攻吴，一是曹休入皖，二是司马懿向江陵方向，三是贾逵等从西阳往东关方向。

周鲂作《诱曹休笺七条》。

《三国志》卷六〇《吴书·周鲂传》载："其一曰：'鲂以千载徼幸，得备州民，远隔江川，敬恪未显，瞻望云景，天实为之。精诚微薄，名位不昭，虽怀焦渴，曷缘见明？狐死首丘，人情恋本，而逼所制，奉觐礼违。每独矫首西顾，未尝不寤寐劳叹，展转反侧也。今因隙穴之际，得陈宿昔之志，非神启之，岂能致此！不胜翘企，万里托命。谨遣亲人董岑、邵南等托叛奉笺。时事变故，列于别纸，惟明公君侯垂日月之光，照远民之趣，永令归命者有所戴赖。'其二曰：'鲂远在边隅，江汜分绝，恩泽教化，未蒙抚及，而于山谷之间，遥陈所怀，惧以大义，未见信纳。夫物有感激，计因变生，古今同揆。鲂仕东典郡，始愿已获，铭心立报，永矣无贰。岂图顷者中被横谴，祸在漏刻，危于投卵，进有离合去就之宜，退有诬罔枉死之咎，虽志行轻微，存没一节，顾非其所，能不怅然！敢缘古人，因知所归，拳拳输情，陈露肝膈。乞降春天之润，哀拯其急，不复猜疑，绝其委命。事之宣泄，受罪不测，一则伤慈损计，二则杜绝向化者心，惟明使君远览前世，矜而愍之，留神所质，速赐秘报。鲂当候望举动，俟须向应。'其三曰：'鲂所代故太守广陵王靖，往者亦以郡民为变，以见谴责，靖勤自陈释，而终不解，因立密计，欲北归命，不幸事露，诛及婴孩。鲂既目见靖事，且观东主一所非薄，婳不复厚，虽或暂舍，终见翦除。今又令鲂领郡者，是欲责后效。必杀鲂之趣也。虽尚视息，忧惕焦灼，未知躯命，竟在何时。人居世间，犹白驹过隙，而常抱危怖，其可言乎！惟当陈愚，重自披尽，惧以卑贱，未能采纳。愿明使君少垂详察，忖度其言。今此郡民，虽外名降首，而故在山草，看伺空隙，欲复为乱，为乱之日，鲂命讫矣。东主顷者潜部分诸将，图欲北进。吕范、孙韶等入淮，全琮、朱桓趋合肥，诸葛瑾、步骘、朱然到襄阳，陆议、潘璋等讨梅敷。东主中营自掩石阳，别遣从弟孙奂治安陆城，修立邸阁，辇赀运粮，以为军储，又命诸葛亮进指关西，江边诸将无复在者，才留三千所兵守武昌耳。若明使君以万兵从皖南首江渚，鲂便从此率厉吏民，以为内应。此方诸郡，前后举事，垂成而败者，由无外援使其然耳；若北军临境，传檄属城，思咏之民，谁不企踵？愿明使君上观天时，下察人事，中参蓍龟，则足昭往言之不虚也。'其四曰：'所遣董岑、邵南少长家门，亲之信之，有如儿子，是以特令赍笺，托叛为辞，目语心计，不宣唇齿，骨肉至亲，无有知者。又已敕之，到州当言往降，欲北叛来者得传之也。鲂建此计，任之于天，若其济也，则有生全之福；邂逅泄漏，则受夷灭之祸。常中夜仰天，告誓星辰。精诚之微，岂能上感，然事急孤穷，惟天是诉耳。遣使之日，载生载死，形存气亡，魄爽恍惚。私恐使君未深保明，岑、南二人可留其一，以为后信。一赍教还，教还故当言悔叛还首。东主有常科，悔叛还者，皆自原罪。如是彼此俱塞，永无端原。县命西望，涕笔俱下。'其五曰：'鄱阳之民，实多愚劲，帅之赴役，未即应人，倡之为变，闻声响抃。今虽降首，盘节未解，山栖草藏，乱心犹存，而今东主图兴大众，举国悉出，江边空旷，屯坞虚损，惟有诸刺奸耳。若因是际而骚动此民，一旦可得便会，然要恃外援，表里机互，不尔以往，无所成也。今使君若从皖道进住江上，鲂当从南对岸历口为应。若未径到江岸，可住百里上，令此间民知北军在彼，即自善也。此间民非苦饥寒而甘兵寇，苦于征讨，乐得北属，但穷困举事，不时见应，寻受其祸耳。如使石阳及青、徐诸军首尾相衔，牵缀往兵，使不得速退者，则善之善也。鲂生在江、淮，长于时事，见其便利，百举百捷，时不再来，敢布腹心。’其六曰：‘东主致恨前者不拔石阳，今此后举，大合新兵，并使潘濬发夷民，人数甚多，闻豫设科条，当以新羸兵置前，好兵在后，攻城之日，云欲以羸兵填堑，使即时破，虽未能然，是事大趣也。私恐石阳城小，不能久留往兵，明使君速垂救济，诚宜疾密。王靖之变，其鉴不远。今鲂归命，非复在天，正在明使君耳。若见救以往，则功可必成，如见救不时，则与靖等同祸。前彭绮时，闻旌麾在逢龙，此郡民大小欢喜，并思立效。若留一月日间，事当大成，恨去电速，东得增众专力讨绮，绮始败耳。愿使君深察此言。’其七曰：‘今举大事，自非爵号无以劝之，乞请将军、侯印各五十纽，郎将印百纽，校尉、都尉印各二百纽，得以假授诸魁帅，奖厉其志，并乞请幢麾数十，以为表帜，使山兵吏民，目瞻见之，知去就之分已决，承引所救画定。又彼此降叛，日月有人，阔狭之间，辄得闻知。今之大事，事宜神密，若省鲂笺，乞加隐秘。伏知智度有常，防虑必深，鲂怀忧震灼，启事蒸仍，乞未罪怪。’”

周鲂作《密表呈诱曹休笺草》。

《三国志》卷六〇《吴书·周鲂传》载：“方北有逋寇，固阻河洛，久稽王诛，自擅朔土，臣曾不能吐奇举善，上以光赞洪化，下以输展万一，忧心如捣，假寐忘寝。圣朝天覆，含臣无效，猥发优命，敕臣以前诱致贼休，恨不如计。令于郡界求山谷魁帅为北贼所闻知者，令与北通。臣伏思惟，喜怖交集，窃恐此人不可卒得，假使得之，惧不可信，不如令臣谲休，于计为便。此臣得以经年之冀愿，逢值千载之一会，辄自督竭，竭尽顽蔽，撰立笺草以诳诱休者，如别纸。臣知无古人单复之术，加卒奉大略，伀蒙狼狈，惧以轻愚，忝负特施，豫怀忧灼。臣闻唐尧先天而天弗违，博询刍荛，以成盛勋。朝廷神谟，欲必致休于步度之中，灵赞圣规，休必自送，使六军囊括，虏无孑遗，威风电迈，天下幸甚。谨拜表以闻，并呈笺草，惧于浅局，追用悚息。”

骆统（193—228）卒。

《三国志》卷五七《吴书·骆统传》载：“年三十六，黄武七年卒。”

按：严可均《全吴文》收有《表理张温》《民户损耗上疏》。《隋书·经籍志》载有：“《吴偏将军骆统集》十卷，梁有录一卷。”

吕范（?—228)迁大司马，卒。

《三国志》卷五六《吴书·吕范传》载：“黄武七年，范迁大司马，印绶未下，疾卒。权素服举哀，遣使者追赠印绶。”

按：洪饴孙《三国职官表》说吴大司马：“黄武七年初置，赤乌九年分置左右，建兴中复旧。”

吴改合浦为珠官郡。

《三国志》卷四七《吴书·吴主传》载："是岁，改合浦为珠官郡。"

王朗（？—228）卒。

王蕃（228—266）生。

孙权黄龙元年(229)　魏太和三年　蜀建兴七年

四月，祥瑞屡见，吴王孙权于南郊即皇帝位，改元黄龙。

《三国志》卷四七《吴书·吴主传》载：“黄龙元年春，公卿百司皆劝权正尊号。夏四月，夏口、武昌并言黄龙、凤凰见。丙申，南郊即皇帝位，是日大赦，改年。追尊父破虏将军坚为武烈皇帝，母吴氏为武烈皇后，兄讨逆将军策为长沙桓王。吴王太子登为皇太子。将吏皆进爵加赏。”卷六二《吴书·胡综传》载：“黄武八年夏，黄龙见夏口，于是权称尊号，因瑞改元。”《宋书》卷二八《符瑞志中》载：“吴孙权黄龙元年四月，夏口、武昌并言黄龙见；权因此改元。”

孙权南郊祭天，作《告天文》。

《宋书》卷一六《礼志三》载：“孙权初称尊号于武昌，祭南郊告天。”

《三国志》卷四七《吴书·吴主传》裴注引《吴录》载孙权《告天文》曰：“皇帝臣权敢用玄牡昭告于皇皇后帝：汉享国二十有四世，历年四百三十有四，行气数终，禄祚运尽，普天弛绝，率土分崩。孽臣曹丕遂夺神器，丕子叡继世作慝，淫名乱制。权生于东南，遭值期运，承乾秉戎，志在平世，奉辞行罚，举足为民。群臣将相，州郡百城，执事之人，咸以为天意已去于汉，汉氏已绝祀于天，皇帝位虚，郊祀无主。休征嘉瑞，前后杂沓，历数在躬，不得不受。权畏天命，不敢不从，谨择元日，登坛燎祭，即皇帝位。惟尔有神飨之，左右有吴，永终天禄。”

按：孙权在武昌称帝时，已有祭天的仪式。孙权《告天文》称汉“历年四百三十有四”，从西汉开始的公元前206年，经过434年，正是孙权即位称帝的黄龙元年（229)。《三国志》卷六三《吴书·赵达传》裴注引《吴书》曰：“初，权即尊号，令达算作天子之后，当复几年？达曰：‘高祖建元十二年，陛下陪之。’权大喜，左右称万岁。果如达言。”据此可知，孙权认为高祖在位是前206—前195年。

“权生于东南”与当时流行的“紫盖黄旗，运在东南”的谶语相合。

孙登为皇太子，以贤俊为宾友，东宫号为多士。

《三国志》卷五九《吴书·孙登传》载：“黄龙元年，权称尊号，立为皇太子，以恪为左辅，休右弼，谭为辅正，表为翼正都尉，是为四友，而谢景、范慎、刁玄、羊衜等皆为宾客，于是东宫号为多士。”

胡综作《太子宾友目》，羊衜作《私改胡综〈太子宾友目〉》。

《三国志》卷五九《吴书·孙登传》裴注引《江表传》载：“登使侍中胡综作宾友目曰：‘英才卓越，超逾伦匹，则诸葛恪。精识时机，达幽究微，则顾谭。凝辨宏达，言能释结，则谢景。

究学甄微，游夏同科，则范慎。’衜乃私驳综曰：‘元逊才而疏，子嘿精而狠，叔发辨而浮，孝敬深而狭。’所言皆有指趣。而衜卒以此言见咎，不为恪等所亲。后四人皆败，吴人谓衜之言有征。位至桂阳太守，卒。”

按：胡综于本年任侍中，其《太子宾友目》是孙吴前期人物品评的代表。《太子宾友目》是胡综应太子孙登要求所作，主旨是评议太子宾友，也许是因为溢美过当，羊衜进行了反驳。羊衜的话虽然在后来得到了验证，但却因开罪诸葛恪等人而遭到疏远。孙登对这些士人也表达了看法，他临终上书孙权评议道："诸葛恪才略博达，器任佐时。张休、顾谭、谢景，皆通敏有识断，入宜委腹心，出可为爪牙。范慎、华融矫矫壮节，有国士之风。羊衜辩捷，有专对之材。刁玄优弘，志履道真。裴钦博记，翰采足用。蒋脩、虞翻，志节分明。凡此诸臣，或宜廊庙，或任将帅，皆练时事，明习法令，守信固义，有不可夺之志。"（《三国志》卷五九《吴书·孙登传》）

张俨作《请立太子师傅表》。

《艺文类聚》卷一六载："昔贾谊为汉文帝陈周成王为太子，以周公为太傅，召公为太保，吕望为太师。又立三少，皆上大夫，使与太子居处，左右前后，皆正人也，明礼义以导习之，故能光熙文武，兴隆周室。伏惟陛下，命世应期，顺乾作主，皇太子以天然之姿，为国上嗣。朝廷以四海未定，国家多事，师傅之官，阙而未备。臣愚以为高祖初基，天下造创，引张良叔孙通，出为师保，入与朝政，宜博采周汉，依旧仪，用将相名臣，辅弼太子，于是以熙赞洪业，增辉日月，实为光大也。”

按：据“皇太子”知作于本年。

孙权命胡综作《黄龙大牙赋》。

《三国志》卷六二《吴书·胡综传》曰：“又作黄龙大牙，常在中军，诸军进退，视其所向，命综作赋曰……”《宋书》卷二八《符瑞志中》载：“吴孙权黄龙元年四月，夏口、武昌并言黄龙见；权因此改元。作黄龙牙，常在军中，进退视其所向，命胡综为赋。”

胡综《黄龙大牙赋》云：“乾坤肇立，三才是生。狼孤垂象，实惟兵精。圣人观法，是效是营。始作器械，爰求厥成。黄农创代，拓定皇基，上顺天心，下息民灾。高辛诛共，舜征有苗。启有甘师，汤有鸣条。周之牧野，汉之垓下。靡不由兵，克定厥绪。明明大吴，实天生德。神武是经，惟皇之极。乃自在昔，黄、虞是祖。越历五代，继世在下。应期受命，发迹南土。将恢大繇，革我区夏。乃律天时，制为神军。取象太一，五将三门。疾则如电，迟则如云。进止有度，约而不烦。四灵既布，黄龙处中。周制日月，实曰太常。桀然特立，六军所望。仙人在上，鉴观四方。神实使之，为国休祥。军欲转向，黄龙先移。金鼓不鸣，寂然变施。暗谟若神，可谓秘奇。在昔周室，赤乌衔书。今也大吴，黄龙吐符。合契河洛，动与道俱。天赞人和，佥曰惟休。”

按：黄龙大牙，常在中军，是诸军进退的标志。秦始皇推五德之运，以为周是火德，故说“赤乌衔书”，吴称土德，故说

“黄龙吐符”。所谓书、符，即丹书和符箓。

五月，吴遣使往辽东。

《三国志》卷四七《吴书·吴主传》载：“五月，使校尉张刚、管笃之辽东。”

六月，蜀闻孙权称帝，遣陈震等使吴祝贺，孙权与陈震中分天下，并命胡综作《中分天下盟文》。

《三国志》卷六二《吴书·胡综传》曰：“蜀闻权践阼，遣使重申前好。综为盟文，文义甚美，语在权传。”卷三五《蜀书·诸葛亮传》裴注引《汉晋春秋》曰：“是岁，孙权称尊号，其群臣以并尊二帝来告。议者咸以为交之无益，而名体弗顺，宜显明正义，绝其盟好。亮曰：‘权有僭逆之心久矣，国家所以略其衅情者，求掎角之援也。今若加显绝，雠我必深，便当移兵东戍，与之角力，须并其土，乃议中原。彼贤才尚多，将相缉穆，未可一朝定也。顿兵相持，坐而须老，使北贼得计，非算之上者。昔孝文卑辞匈奴，先帝优与吴盟，皆应权通变，弘思远益，非匹夫之为忿者也。今议者咸以权利在鼎足，不能并力，且志望以满，无上岸之情，推此，皆似是而非也。何者？其智力不侔，故限江自保；权之不能越江，犹魏贼之不能渡汉，非力有余而利不取也。若大军致讨，彼高当分裂其地以为后规，下当略民广境，示武于内，非端坐者也。若就其不动而睦于我，我之北伐，无东顾之忧，河南之众不得尽西，此之为利，亦已深矣。权僭之罪，未宜明也。’乃遣卫尉陈震庆权正号。”卷四七《吴书·吴主传》载：“六月，蜀遣卫尉陈震庆权践位。权乃参分天下，豫、青、徐、幽属吴，兖、冀、并、凉属蜀。其司州之土，以函谷关为界，造为盟曰……”卷三三《蜀书·后主传》载：“（建兴）七年春……是岁，孙权称帝，与蜀约盟，共交分天下。”卷三九《蜀书·陈震传》载：“七年，孙权称尊号，以震为卫尉，贺权践阼，诸葛亮与兄瑾书曰：‘孝起忠纯之性，老而益笃，及其赞述东西，欢乐和合，有可贵者。’震入吴界，移关候曰：‘东之与西，驿使往来，冠盖相望，申盟初好，日新其事。东尊应保圣祚，告燎受符，剖判土宇，天下响应，各有所归。于此时也，以同心讨贼，则何寇不灭哉！西朝君臣，引领欣赖。震以不才，得充下使，奉聘叙好，践界踊跃，入则如归。献子适鲁，犯其山讳，《春秋》讥之。望必启告，使行人睦焉。即日张旍诰众，各自约誓。顺流漂疾，国典异制，惧或有违，幸必斟诲，示其所宜。’震到武昌，孙权与震升坛歃盟，交分天下：以徐、豫、幽、青属吴，并、凉、冀、兖属蜀，其司州之土，以函谷关为界。震还，封城阳亭侯。”

胡综作《中分天下盟文》。

《三国志》卷四七《吴书·吴主传》载胡综《中分天下盟文》曰：“天降丧乱，皇纲失叙，逆臣乘衅，劫夺国柄，始于董卓，终于曹操，穷凶极恶，以覆四海，至令九州幅裂，普天无统，民神痛怨，靡所戾止。及操子丕，桀逆遗丑，荐作奸回，偷取天位，而叡幺麽，寻丕凶迹，阻兵盗土，未伏厥诛。昔共工乱象而高辛行师，三苗干度而虞舜征焉。今日灭叡，禽其徒党，非汉与吴，将复谁任？夫讨恶翦暴，必声其罪，宜先分制，夺其土地，使士民之心，各知所归。是以《春秋》晋侯伐卫，先分其田以畀宋人，斯其义也。且古建大事，必先盟誓，故《周礼》有司盟之官，《尚书》有告誓之文，汉之与吴，虽信由中，然分土裂境，宜有盟约。诸葛丞相德威远著，翼戴本国，典戎在外，信感阴阳，诚动天地，重复结盟，广诚约誓，使东西士民咸共闻知。故立坛杀牲，昭告神明，再歃加书，副之天府。天高听下，灵威棐谌，司慎司盟，群神群祀，莫不临之。自今日汉、吴既盟之后，戮力一心，同讨魏贼，救危恤患，分灾共庆，好恶齐之，无或携贰。若有害汉，则吴伐之；若有害吴，则汉伐之。各守分土，无相侵犯。传之后叶，克终若始。凡百之约，皆如载书。信言不艳，实居于好。有渝此盟，创祸先乱，违贰不协，慆慢天命，明神上帝是讨是督，山川百神是纠是殛，俾坠其师，无克祚国。于尔大神，其明鉴之！"

钱基博《中国文学史》认为此文"辞气铿訇，点窜《左氏》，而颇雅练，得班蔡之意；不如建安七子之蹈厉发扬也"[①]。

九月，吴的首都由武昌迁往建业。

《三国志》卷四七《吴书·吴主传》载："秋九月，权迁都建业。"卷五七《吴书·朱据传》载："黄龙元年，权迁都建业。"

按：孙权复都建业，应与曹丕黄初五、六年率师观江广陵，给孙吴江东腹地造成的压力有关。

十月，孙权至建业，居太初宫。

《建康实录》卷二《太祖下》载："冬十月至自武昌，城建业

①钱基博：《中国文学史》，华中师范大学出版社2011年版，第127页。

太初宫居之。宫即长沙桓王故府也，因以不改。今在县东北三里。晋建康宫城西南，今运渎东曲折内池，即太初宫西门外。池，吴宣明太子所创，为西苑。初，吴以建康宫地为苑，其建业都城周二十里一十九步。”

胡综、徐详为侍中。

《三国志》卷六二《吴书·胡综传》载：“权下都建业，详、综并为侍中，进封乡侯，兼左右领军。”

胡综负责吴国诏诰册命及邻国答书，与是仪、徐详共典机密。

胡综，《建安实录》卷二《太祖下》载：“综，字纬则，汝南固始人也。少孤，将母避乱江东。年十四，为孙策门下客，好学攻文。黄龙初，蜀使修好，帝令综作盟文，文义宛美。自黄龙后，诏诰册命，邻国答书，皆综所为。与是仪、徐祥同典机密。”又是仪，《建安实录》卷二《太祖下》载：“北海营陵人。本姓氏，少仕郡，郡相孔融谓曰：‘氏字民无上，可改为是。’乃从焉。后避地随刘繇过江。太祖典事，征用之，专典机要。”

胡综作《伪为吴质作降文三条》。

《三国志》卷六二《吴书·胡综传》载：“时魏降人或云魏都督河北振威将军吴质，颇见猜疑，综乃伪为质作降文三条：其一曰：‘天纲弛绝，四海分崩，群生憔悴，士人播越，兵寇所加，邑无居民，风尘烟火，往往而处，自三代以来，大乱之极，未有若今时者也。臣质志薄，处时无方，系于土壤，不能翻飞，遂为曹氏执事戎役，远处河朔，天衢隔绝，虽望风慕义，思托大命，愧无因缘，得展其志。每往来者，窃听风化，伏知陛下齐德乾坤，同明日月，神武之姿，受之自然，敷演皇极，流化万里，自江以南，户受覆焘。英雄俊杰，上达之士，莫不心歌腹咏，乐在归附者也。今年六月末，奉闻吉日，龙兴践阼，恢弘大繇，整理天纲，将使遗民，睹见定主。昔武王伐殷，殷民倒戈；高祖诛项，四面楚歌。方之今日，未足以喻。臣质不胜昊天至愿，谨遣所亲同郡黄定恭行奉表，及托降叛，间关求达，其欲所陈，载列于左。'其二曰：'昔伊尹去夏入商，陈平委楚归汉，书功竹帛，遗名后世，世主不谓之背诞者，以为知天命也。臣昔为曹氏所见交接，外托君臣，内如骨肉，恩义绸缪，有合无离，遂受偏方之任，总河北之军。当此之时，志望高大，永与曹氏同死俱生，惟恐功之不建，事之不成耳。及曹氏之亡，后嗣继立，幼冲统政，谗言弥兴。同侪者以势相害，异趣者得间其言，而臣受性简略，素不下人，视彼数子，意实迫之，此亦臣之过也。遂为邪议所见构会，招致猜疑，诬臣欲叛。虽识真者保明其心，世乱谗胜，余嫌犹在，常惧一旦横受无辜，忧心孔疚，如履冰炭。昔乐毅为燕昭王立功于齐，惠王即位，疑夺其任，遂去燕之赵，休烈不亏。彼岂欲二三其德，盖畏功名不建，而惧祸之将及也。昔遣魏郡周光以贾贩为名，托叛南诣，宣达密计。时以仓卒，未敢便有章表，使光口传而已。以为天下大归可见，天意所在，非吴复谁？此方之民，思为臣妾，延颈举踵，惟恐兵来之迟耳。若使圣恩少加信纳，当以河北承望王师，款心赤实，天日是鉴。而光去经年，不闻咳唾，未审此意竟得达不？瞻望长叹，日月以几，鲁望高子，何足以喻！又臣今日见待稍薄，苍蝇之声，绵绵不绝，必受此祸，迟速事耳。臣私度陛下未垂明慰者，必以臣质贯穿仁义之道，不行若此之事，谓光所传，多虚少实，或谓此中有他消息，不知臣质构谗见疑，恐受大害也。且臣质若有罪之日，自当奔赴鼎镬，束身待罪，此盖人臣之宜也。今日无罪，横见谮毁，将有商鞅、白起之祸。寻惟事势，去亦宜也。死而弗义，不去何为！乐毅之出，吴起之走，君子伤其不遇，未有非之者也。愿陛下推古况今，不疑怪于臣质也。又念人臣获罪，当如伍员奉己自效，不当徼幸因事为利。然今与古，厥势不同，南北悠远，江湖隔绝，自不举事，何得济免！是以忘志士之节，而思立功之义也。且臣质又以曹氏之嗣，非天命所在，政弱刑乱，柄夺于臣，诸将专威于外，各自为政，莫或同心，士卒衰耗，帑藏空虚，纲纪毁废，上下并昏，想前后数得降叛，具闻此问。兼弱攻昧，宜应天时，此实陛下进取之秋，是以区区敢献其计。今若内兵淮、泗，据有下邳，荆、扬二州，闻声响应，臣从河北席卷而南，形势一连，根牙永固。关西之兵系于所卫，青、徐二州不敢彻守，许、洛余兵众不满万，谁能来东与陛下争者？此诚千载一会之期，可不深思而熟计乎！及臣所在，既自多马，加以羌胡常以三四月中美草时，驱马来出，隐度今者，可得三千余匹。陛下出军，当投此时，多将骑士来就马耳。此皆先定所一二知。凡两军不能相究虚实，今此间实羸，易可克定，陛下举动，应者必多。上定洪业，使普天一统，下令臣质建非常之功，此乃天也。若不见纳，此亦天也。愿陛下思之，不复多陈。’其三曰：‘昔许子远舍袁就曹，规画计较，应见纳受，遂破袁军，以定曹业。向使曹氏不信子远，怀疑犹豫，不决于心，则今天下袁氏有也。愿陛下思之。间闻界上将阎浮、赵楫欲归大化，唱和不速，以取破亡。今臣款款，远授其命，若复怀疑，不时举动，令臣孤绝，受此厚祸，即恐天下雄夫烈士欲立功者，不敢复托命陛下矣。愿陛下思之。皇天后土，实闻其言。'此文既流行，而质已入为侍中矣。"

孙权有《与严畯论鲁肃比邓禹、吕范比吴汉》。

《三国志》卷五六《吴书·吕范传》裴注引《江表传》曰："初，权移都建业，大会将相文武，时谓严畯曰：'孤昔叹鲁子敬比邓禹，吕子衡方吴汉，闻卿诸人未平此论，今定云何？'畯退席曰：'臣未解指趣，谓肃、范受饶，褒叹过实。'权曰：'昔邓仲华初见光武，光武时受更始使，抚河北，行大司马事耳，未有帝王志也。禹劝之以复汉业，是禹开初议之端矣。子敬英爽有殊略，孤始与一语，便及大计，与禹相似，故比之。吕子衡忠笃亮直，性虽好奢，然以忧公为先，不足为损，避袁术自归于兄，兄作大将，别领部曲，故忧兄事，乞为都督，办护修整，加之恪勤，与吴汉相类，故方之。皆有指趣，非孤私之也。'畯乃服。"

孙权不修郊祀礼。

《宋书》卷一六《礼志三》载：孙权迁都建业后，"自以居非中土，不复修设"。卷一四《礼志一》载："孙权始都武昌及建业，不立郊兆。"

按：中土，亦称土中，《尚书·召诰》《周礼·地官·大司徒》皆指洛邑[①]，即东汉首都洛阳。诸葛亮攻打祁山，魏明帝欲亲征，钟毓谏称“车驾宜镇守中土，以为四方威势之援”（《三国志》卷一三《魏书·钟毓传》），亦是以洛阳为中土。

张昭以年老多病辞官。

《三国志》卷五二《吴书·张昭传》曰：“权既称尊号，昭以老病，上还官位及所统领。更拜辅吴将军，班亚三司，改封娄侯，食邑万户。在里宅无事，乃著《春秋左氏传解》及《论语注》。权尝问卫尉严畯：‘宁念小时所闻书不？’畯因诵《孝经》‘仲尼居’。昭曰：‘严畯鄙生，臣请为陛下诵之。’乃诵‘君子之事上’，咸以昭为知所诵。年八十一。嘉禾五年（236）卒。”《建康实录》载张昭“在宅无事，尝著《春秋左氏传解》及《论语》《孝经》注”。《三国志》卷三九《蜀书·刘巴传》裴注引《零陵先贤传》载：“辅吴将军张昭尝对孙权论巴褊阨，不当拒张飞太甚。权曰：‘若令子初随世沉浮，容悦玄德，交非其人，何足称为高士乎？’”

陆逊为上大将军、右都护。

《三国志》卷五八《吴书·陆逊传》载：“黄龙元年，拜上大将军、右都护。”

洪饴孙《三国职官表》载：“黄龙元年初置上大将军，又置大将军，后皆并设。”

陆逊辅太子，掌荆州及豫章、鄱阳、庐陵三郡事。

①参见潘明娟：《地中、土中、天下之中概念的演变与认同：基于西周洛邑都城选址实践的考察》，《中国史研究》2021年第1期。

《三国志》卷四七《吴书·吴主传》载："秋九月，权迁都建业，因故府不改馆，征上大将军陆逊辅太子登，掌武昌留事。"卷五八《吴书·陆逊传》载："是岁，权东巡建业，留太子、皇子及尚书九官，征逊辅太子，并掌荆州及豫章三郡事，董督军国。"卷五九《吴书·孙登传》载："权迁都建业，征上大将军陆逊辅登镇武昌，领宫府留事。"

《资治通鉴》卷七一胡三省注："吴于大将军之上复置上大将军。三郡，豫章、鄱阳、庐陵也。在郡本属扬州，而地接荆州，又有山越，易相扇动，故使逊兼掌之。"

陆逊劝孙虑勤览经典。

《三国志》卷五八《吴书·陆逊传》载："时建昌侯虑于堂前作斗鸭栏，颇施小巧，逊正色曰：'君侯宜勤览经典以自新益，用此何为？'虑即时毁彻之。"

陆逊作《陈政事疏》。

《三国志》卷五八《吴书·陆逊传》载："臣以为科法严峻，下犯者多。顷年以来，将吏罹罪，虽不慎可责，然天下未一，当图进取，小宜恩贷，以安下情。且世务日兴，良能为先，自非奸秽入身，难忍之过，乞复显用，展其力效。此乃圣王忘过记功，以成王业。昔汉高舍陈平之愆，用其奇略，终建勋祚，功垂千载。夫峻法严刑，非帝王之隆业；有罚无恕，非怀远之弘规也。"

陆逊论礼先刑后。

《三国志》卷五八《吴书·陆逊传》载："南阳谢景善刘廙先刑后礼之论，逊呵景曰：'礼之长于刑久矣，廙以细辩而诡先圣之教，皆非也。君今侍东宫，宜遵仁义以彰德音，若彼之谈，不须讲也。’”

诸葛瑾为大将军。

《三国志》卷五二《吴书·诸葛瑾传》载：“权称尊号，拜大将军、左都护，领豫州牧。”

刘基为光禄勋。

《三国志》卷五二《吴书·刘繇传》载刘繇子刘基，“权称尊号，改为光禄勋，分平尚书事”。

潘濬为少府。

《三国志》卷六一《吴书·潘濬传》载：“权称尊号，拜为少府，进封刘阳侯，迁太常。”

步骘为骠骑将军，领冀州牧，西陵都督，与太子孙登论贤人君子，孙登有《与步骘书》，步骘有《上疏奖劝太子登》。

《三国志》卷五二《吴书·步骘传》载：“权称尊号，拜骠骑将军，领冀州牧。是岁，都督西陵，代陆逊抚二境，顷以冀州在蜀分，解牧职。时权太子登驻武昌，爱人好善，与骘书曰：‘夫贤人君子，所以兴隆大化，佐理时务者也。受性暗蔽，不达道数，虽实区区欲尽心于明德，归分于君子，至于远近士人，先后之宜，犹或缅焉，未之能详。《传》曰：“爱之能勿劳乎？忠焉能勿诲乎？”斯其义也，岂非所望于君子哉！’骘于是条于时事业在荆州界者，诸葛瑾、陆逊、朱然、程普、潘濬、裴玄、夏侯承、卫旌、李肃、周条、石幹十一人，甄别行状，因上疏奖劝曰：‘臣闻人君不亲小事，百官有司各任其职。故舜命九贤，则无所用心，弹五弦之琴，咏南风之诗，不下堂庙而天下治也。齐桓用管仲，被发载车，齐国既治，又致匡合。近汉高祖揽三杰以兴帝业，西楚失雄俊以丧成功。汲黯在朝，淮南寝谋；郅都守边，匈奴窜迹。故贤人所在，折冲万里，信国家之利器，崇替之所由也。方今王化未被于汉北，河、洛之滨尚有僭逆之丑，诚揽英雄拔俊任贤之时也。愿明太子重以经意，则天下幸甚。'"

《资治通鉴》卷七一胡三省注："吴保江南，凡边要之地皆置督，独西陵置都督，以国之西门统摄要重也。"

阚泽为尚书。

《三国志》卷五三《吴书·阚泽传》载："及（孙权）称尊号，以泽为尚书。"

蜀承认吴交州政权。

《三国志》卷四三《蜀书·李恢传》载："建兴七年，以交州属吴，解恢刺史。"

按：交州一直为吴控制，李恢应是遥领，解职李恢，就是同意了吴对交州的统治。

虞翻因性疏直被孙权徙于交州，作《上书吴主权》。

《三国志》卷五七《吴书·虞翻传》载："权与张昭论及神仙，翻指昭曰：'彼皆死人，而语神仙，世岂有仙人也？'权积怒非一，遂徙翻交州。虽处罪放，而讲学不倦，门徒常数百人。"

《三国志》卷五二《吴书·诸葛瑾传》载："虞翻以狂直流徙，惟瑾屡为之说。翻与所亲书曰：'诸葛敦仁，则天活物，比蒙清论，有以保分。恶积罪深，见忌殷重，虽有祁老之救，德无羊舌，解释难冀也。’”

虞翻《上书吴主权》曰：“陛下膺明圣之德，体舜禹之孝，历运当期，顺天济物，奉承策命。臣独抃舞，罪弃两绝，拜贺无阶，仰瞻宸极，且喜且悲。臣伏自刻省，命轻雀鼠，性輶毫厘，罪恶莫大，不容于诛，昊天罔极，全宥九载，退当念戮，频受生活，复偷视息。臣年耳顺，思咎忧愤，形容枯悴，发白齿落，虽未能死，自悼终没，不见宫阙百官之富，不睹皇舆金轩之饰，仰观巍巍众民之谣，傍听钟鼓侃然之乐，永陨海隅，弃骸绝域，不胜悲慕，逸豫大庆，悦以忘罪。”

按：《三国志》卷五七《吴书·虞翻传》裴注引《（虞）翻别传》曰：“权即尊号，翻因上书曰……”，则知作于本年。

孙权黄龙二年(230)　魏太和四年　蜀建兴八年

春，孙权诏立都讲祭酒。

《三国志》卷四七《吴书·孙权传》载：“（黄龙二年春）诏立都讲祭酒，以教学诸子。”《建康实录》卷二《太祖下》载：“二年春正月，诏立国学，置都讲祭酒。”

柳诒徵《南朝太学考》说：“南朝之国学，肇自孙吴。”①

都讲，余嘉锡《晋辟雍碑考证》总结史书的记载说：“盖博士讲经，初不持本，故每讲一书，辄择高材生一人，使之执书讽诵，然后为之讲解。一章既毕，都讲更质所疑，反复辩难，以晓四座，使众所未了，俱已释然，则不至是非蜂起矣。”②程元敏《尚书学史》认为孙权设立的都讲祭酒“仅为宗室子弟设教”，属于面向宗室的国子学。③

孙权称帝时，或已设置博士官。

按：孙权时期的博士官，不大为人所知，但确实存在，如支

---

①柳诒徵：《南朝太学考》，《史学杂志》1929年第5期。

②余嘉锡：《余嘉锡论学杂著》，中华书局2007年版，第162页。

③参见程元敏：《尚书学史》，华东师范大学出版社2013年版，第882页。

谦（越）即被孙权拜为博士。《开元释教录》卷二载支谦“十岁学汉书，十三学婆罗门书，并得精妙，兼通六国语音”，《高僧传》也说支谦“博览经籍，莫不精究。世间伎艺，多所综习。遍学异书，通六国语”。孙权闻支谦博学有才慧，召见之并问经中深隐之义：“越应机释难，无疑不析。权大悦，拜为博士，使辅导东宫，甚加宠秩。”（《开元释教录》卷二）可见至迟在孙权称帝后，已经创立了太学，并且有博士官。

二月，吴将卫温、诸葛直率兵浮海求夷洲（今台湾）、亶洲。

《三国志》卷四七《吴书·吴主传》载：“遣将军卫温、诸葛直将甲士万人浮海求夷洲及亶洲。亶洲在海中，长老传言秦始皇帝遣方士徐福将童男童女数千人入海，求蓬莱神山及仙药，止此洲不还。世相承有数万家，其上人民，时有至会稽货布，会稽东县人海行，亦有遭风流移至亶洲者。所在绝远，卒不可得至，但得夷洲数千人还。”《后汉书》卷八五《东夷列传》载：“会稽海外有东鳀人，分为二十余国。又有夷洲及澶洲。传言秦始皇遣方士徐福将童男女数千人入海，求蓬莱神仙不得，徐福畏诛不敢还，遂止此洲，世世相承，有数万家。人民时至会稽市。会稽东冶县人有入海行遭风，流移至澶洲者。所在绝远，不可往来。”李贤注引沈莹《临海水土志》曰：“夷洲在临海东南，去郡二千里。土地无霜雪，草木不死。四面是山溪。人皆髡发穿耳，女人不穿耳。土地饶沃，既生五谷，又多鱼肉。有犬，尾短如麇尾状。此夷舅姑子妇卧息共一大床，略不相避。地有铜铁，唯用鹿格为矛以战斗，摩砺青石以作矢镞。取生鱼肉杂贮大瓦器中，以盐卤之，历月所日，乃啖食之，以为上肴也。”

《建康实录》卷二《太祖下》载：“二月，使将军卫温、诸葛直下海求亶、夷二洲，得夷洲数千人而还。”《资治通鉴》卷七一载：“春，吴主使将军卫温、诸葛直将甲士万人，浮海求夷洲、亶洲，欲俘其民以益众。”

按：孙权遣军浮海至夷洲、亶洲，《三国志》认为是以求仙药，《资治通鉴》认为是增加人口，当以后者为是。

陆逊作《请勿取夷州及朱崖疏》。

《三国志》卷五八《吴书·陆逊传》载：“权欲遣偏师取夷州及朱崖，皆以谘逊，逊上疏曰：‘臣愚以为四海未定，当须民力，以济时务。今兵兴历年，见众损减，陛下忧劳圣虑，忘寝与食，将远规夷州，以定大事，臣反覆思惟，未见其利，万里袭取，风波难测，民易水土，必致疾疫，今驱见众，经涉不毛，欲益更损，欲利反害。又珠崖绝险，民犹禽兽，得其民不足济事，无其兵不足亏众。今江东见众，自足图事，但当畜力而后动耳。昔桓王创基，兵不一旅，而开大业。陛下承运，拓定江表。臣闻治乱讨逆，须兵为威，农桑衣食，民之本业，而干戈未戢，民有饥寒。臣愚以为宜育养士民，宽其租赋，众克在和，义以劝勇，则河渭可平，九有一统矣。’权遂征夷州，得不补失。”

冬，孙权攻合肥城，不胜。

《三国志》卷二六《魏书·满宠传》载：“（太和）四年，拜宠征东将军。其冬，孙权扬声欲至合肥，宠表召兖、豫诸军，皆集。贼寻退还，被诏罢兵。宠以为今贼大举而还，非本意也，此必欲伪退以罢吾兵，而倒还乘虚，掩不备也，表不罢兵。后十余日，权果更来，到合肥城，不克而还。”

孙权于濡须筑东兴堤。

《三国志》卷六四《吴书·诸葛恪传》载：“初，权黄龙元年迁都建业，二年筑东兴堤。”裴注引《汉晋春秋》曰：“初，孙权筑东兴堤以遏巢湖。后征淮南，坏不复修。”

按： 孙权筑东兴堤截断濡须水道，促使巢湖水位上升并淹没北方的道路和军事据点，这是防守的有力举措。

魏将隐蕃诈降吴。

《三国志》卷六二《吴书·胡综传》载：“二年，青州人隐蕃归吴，上书曰：‘臣闻纣为无道，微子先出；高祖宽明，陈平先入。臣年二十二，委弃封域，归命有道，赖蒙天灵，得自全致。臣至止有日，而主者同之降人，未见精别，使臣微言妙旨，不得上达。于邑三叹，曷惟其已。谨诣阙拜章，乞蒙引见。’权即召入。蕃谢答问，及陈时务，甚有辞观。综时侍坐，权问何如，综对曰：‘蕃上书，大语有似东方朔，巧捷诡辩有似祢衡，而才皆不及。’权又问可堪何官，综对曰：‘未可以治民，且试以都辇小职。’权以蕃盛论刑狱，用为廷尉监。左将军朱据、廷尉郝普称蕃有王佐之才，普尤与之亲善，常怨叹其屈。后蕃谋叛，事觉伏诛，普见责自杀。据禁止，历时乃解。拜综偏将军，兼左执法，领辞讼。”裴注引《吴录》曰：“蕃有口才，魏明帝使诈叛如吴，令求作廷尉职，重案大臣以离间之。既为廷尉监，众人以据、普与蕃亲善，常车马云集，宾客盈堂。及至事觉，蕃亡走，捕得，考问党与，蕃无所言。吴主使将入，谓曰：‘何乃以肌肉为人受毒乎？’蕃曰：‘孙君，丈夫图事，岂有无伴！烈士死，不足相牵耳。’遂闭口而死。”又引《吴历》曰：“权问普：‘卿前盛称蕃，又为之怨望朝廷，使蕃反叛，皆卿之由。’”

竺律炎译《摩登伽》等经四部。

《开元释教录》卷二载：“沙门竺律炎，印度人也。解行清厉，内外博通。与维祇难同游吴境。维祇卒后，以孙权黄龙二年庚戌，于杨都译《摩登伽》等经四部。其名群录不同，或云将炎，或云持炎，或云律炎，未详孰是，故备列之。”

张温（193—230）卒。

《隋书·经籍志》载：“《三史略》二十九卷，吴太子太傅张温撰。”又载：“《吴辅义中郎将张温集》六卷。”

孙权黄龙三年(231)　魏太和五年 蜀建兴九年

春，卫温、诸葛直以违诏无功诛。

《三国志》卷四七《吴书·吴主传》载："卫温、诸葛直皆以违诏无功，下狱诛。"《资治通鉴》卷七二载："卫温、诸葛直军行经岁，士卒疾疫死者什八九，亶洲绝远，卒不可得至，得夷洲数千人还。温、直坐无功，诛。"

二月，潘濬、吕岱讨定武陵蛮夷。

《三国志》卷四七《吴书·吴主传》载："三年春二月，遣太常潘濬率众五万讨武陵蛮夷。"卷六〇《吴书·吕岱传》载："会武陵蛮夷蠢动，岱与太常潘濬共讨定之。"

五月，建业野蚕茧大如卵。

《三国志》卷四七《吴书·吴主传》载："夏，有野蚕成茧，大如卵。"《宋书》卷二九《符瑞志下》：载"吴孙权黄龙三年夏，野蚕茧大如卵。"

按：《建康实录》卷二《太祖下》载"三年夏五月，建业有野蚕为茧，大如鸟卵"，可知该祥瑞的时间和地点。

夏，由拳野稻自生，改由拳县为禾兴县。

《三国志》卷四七《吴书·吴主传》载：“由拳野稻自生，改为禾兴县。”《宋书》卷二九《符瑞志下》载：“吴孙权黄龙三年，由拳野稻生，改由拳为禾兴。”

十月，会稽南始平言嘉禾生，十二月，改明年为嘉禾元年。

《三国志》卷四七《吴书·吴主传》载：“（冬十月）会稽南始平言嘉禾生。十二月丁卯，大赦，改明年元也。”《宋书》卷二九《符瑞志下》载：“吴孙权黄龙三年十月，会稽南始平言嘉禾生。”

吕岱从交州召还。

《三国志》卷六〇《吴书·吕岱传》载：“黄龙三年，以南土清定，召岱还屯长沙沤口。”

按：《资治通鉴》卷七一系此事于太和四年（230）。

薛综作《上疏请选交州刺史》。

《三国志》卷五三《吴书·薛综传》载：“吕岱从交州召出，综惧继岱者非其人，上疏曰：‘昔帝舜南巡，卒于苍梧。秦置桂林、南海、象郡，然则四国之内属也，有自来矣。赵佗起番禺，怀服百越之君，珠官之南是也。汉武帝诛吕嘉，开九郡，设交阯刺史以镇监之。山川长远，习俗不齐，言语同异，重译乃通，民如禽兽，长幼无别，椎结徒跣，贯头左衽，长吏之设，虽有若无。自斯以来，颇徙中国罪人杂居其间，稍使学书，粗知言语，使驿往来，观见礼化。及后锡光为交阯，任延为九真太守，乃教其耕犁，使之冠履；为设媒官，始知聘娶；建立学校，导之经义。由此已降，四百余年，颇有似类。自臣昔客始至之时，珠崖除州县嫁娶，皆须八月引户，人民集会之时，男女自相可适，乃为夫妻，父母不能止。交阯糜泠、九真都庞二县，皆兄死弟妻其嫂，世以此为俗，长吏恣听，不能禁制。日南郡男女倮体，不以为羞。由此言之，可谓虫豸，有靦面目耳。然而土广人众，阻险毒害，易以为乱，难使从治。县官羁縻，示令威服，田户之租赋，裁取供办，贵致远珍名珠、香药、象牙、犀角、玳瑁、珊瑚、琉璃、鹦鹉、翡翠、孔雀、奇物充备宝玩，不必仰其赋入，以益中国也。然在九甸之外，长吏之选，类不精核。汉时法宽，多自放恣，故数反违法。珠崖之废，起于长吏睹其好发，髡取为髲。及臣所见，南海黄盖为日南太守，下车以供设不丰，挝杀主簿，仍见驱逐。九真太守儋萌为妻父周京作主人，并请大吏，酒酣作乐，功曹番歆起舞属京，京不肯起，歆犹迫强，萌忿杖歆，亡于郡内。歆弟苗帅众攻府，毒矢射萌，萌至物故。交阯太守士燮遣兵致讨，卒不能克。又故刺史会稽朱符，多以乡人虞褒、刘彦之徒分作长吏，侵虐百姓，强赋于民，黄鱼一枚收稻一斛，百姓怨叛，山贼并出，攻州突郡。符走入海，流离丧亡。次得南阳张津，与荆州牧刘表为隙，兵弱敌强，岁岁兴军，诸将厌患，去留自在。津小检摄，威武不足，为所陵侮，遂至杀没。后得零陵赖恭，先辈仁谨，不晓时事。表又遣长沙吴巨为苍梧太守。巨武夫轻悍，不为恭所服，辄相怨恨，逐出恭，求步骘。是时津故将夷廖、钱博之徒尚多，骘以次鉏治，纲纪适定，会仍召出。吕岱既至，有士氏之变。越军南征，平讨之日，改置长吏，章明王纲，威加万里，大小承风。由此言之，绥边抚裔，实有其人。牧伯之任，既宜清能，荒流之表，祸福尤甚。今日交州虽名粗定，尚有高凉宿贼；其南海、苍梧、郁林、珠官四郡界未绥，依作寇盗，专为亡叛逋逃之薮。若岱不复南，新刺史宜得精密，检摄八郡，方略智计，能稍稍以渐治高凉者，假其威宠，借之形势，责其成效，庶几可补复。如但中人，近守常法，无奇数异术者，则群恶日滋，久远成害。故国之安危，在于所任，不可不察也。窃惧朝廷忽轻其选，故敢竭愚情，以广圣思。’”

仆射存作《请授孙虑为镇军大将军疏》，孙权同意孙虑为镇军大将军，治半州。

《三国志》卷五九《吴书·孙虑传》载：“尚书仆射存上疏曰：‘帝王之兴，莫不褒崇至亲，以光群后，故鲁卫于周，宠冠诸侯，高帝五王，封列于汉，所以藩屏本朝，为国镇卫。建昌侯虑禀性聪敏，才兼文武，于古典制，宜正名号。陛下谦光，未肯如旧，群寮大小，咸用于邑。方今奸寇恣睢，金鼓未弭，腹心爪牙，惟亲与贤。辄与丞相雍等议，咸以虑宜为镇军大将军，授任偏方，以光大业。’权乃许之，于是假节开府，治半州。”

按：尚书仆射存，史失其姓，故作仆射存。半州是镇军大将军孙虑治所，位于今江西九江。

薛综为孙虑镇军长史，时在半州。

《三国志》卷五三《吴书·薛综传》载：“黄龙三年，建昌侯虑为镇军大将军，屯半州，以综为长史，外掌众事，内授书籍。”

孙权作《诏孙虑假节开府治半州》。

《三国志》卷五九《吴书·孙虑传》裴注引《吴书》载孙权

诏书曰："期运扰乱，凶邪肆虐，威罚有序，干戈不戢。以虑气志休懿，武略夙昭，必能为国佐定大业，故授以上将之位，显以殊特之荣，宠以兵马之势，委以偏方之任。外欲威振敌虏，厌难万里，内欲镇抚远近，慰恤将士，诚虑建功立事竭命之秋也。虑其内修文德，外经武训，持盈若冲，则满而不溢。敬慎乃心，无忝所受。"

按：严可均《全三国文》系于黄武七年三月，误。

吴将孙布诈降魏将王凌，满宠以为有诈，王凌遣兵往迎，被孙布夜袭。

《三国志》卷四七《吴书·吴主传》载："中郎将孙布诈降以诱魏将王凌，凌以军迎布。冬十月，权以大兵潜伏于阜陵俟之，凌觉而走。"卷二六《魏书·满宠传》载："其明年，吴将孙布遣人诣扬州求降，辞云：'道远不能自致，乞兵见迎。'刺史王凌腾布书，请兵马迎之。宠以为必诈，不与兵，而为凌作报书曰：'知识邪正，欲避祸就顺，去暴归道，甚相嘉尚。今欲遣兵相迎，然计兵少则不足相卫，多则事必远闻。且先密计以成本志，临时节度其宜。'宠会被书当入朝，敕留府长史：'若凌欲往迎，勿与兵也。'凌于后索兵不得，乃单遣一督将步骑七百人往迎之。布夜掩击，督将迸走，死伤过半。"

十二月，华歆（157—232）卒。

《三国志》卷三《魏书·明帝纪》载：十二月，"戊午，太尉华歆薨"。《宋书》卷二三《天文志一》载："十二月，太尉华歆薨。"

按：华歆卒于魏太和六年十二月戊午，查《中华通历》，正是232年1月24日。

孙权嘉禾元年(232) 魏太和六年 蜀建兴十年

顾雍等奏宜修改郊庙社稷，孙权以建康非土中而拒绝郊祀。

《三国志》卷四七《吴书·吴主传》裴注引《江表传》曰："是冬，群臣以权未郊祀，奏议曰：'顷者嘉瑞屡臻，远国慕义，天意人事，前后备集，宜修郊祀，以承天意。'权曰：'郊祀当于土中，今非其所，于何施此?'重奏曰：'普天之下，莫非王土；王者以天下为家。昔周文、武郊于酆、镐，非必土中。'权曰：'武王伐纣，即阼于镐京，而郊其所也。文王未为天子，立郊于酆，见何经典?'复书曰：'伏见《汉书·郊祀志》，匡衡奏徙甘泉河东，郊于长安，言文王郊于酆。'权曰：'文王性谦让，处诸侯之位，明未郊也。经传无明文，匡衡俗儒意说，非典籍正义，不可用也。'"

《建康实录》卷二《太祖下》载："春，丞相顾雍奏宜修郊庙社稷，以承天意。诏答未许。"

二月，孙虑（213—232）卒。

《三国志》卷五九《吴书·孙虑传》载："年二十，嘉禾元年卒。无子，国除。"《建康实录》卷二《太祖下》载："二月，皇子建昌侯虑薨。”

三月，吴遣周贺、裴潜浮海至辽东招降公孙渊。

《三国志》卷四七《吴书·吴主传》载：“三月，遣将军周贺、校尉裴潜乘海之辽东。”卷一四《魏书·刘放传》载：“太和末，吴遣将周贺浮海诣辽东，招诱公孙渊。”

六月，太子孙登从武昌归建业。

《建康实录》卷二《太祖下》载：“夏六月，皇太子登归自武昌，留省侍。以太子少傅、都乡侯是仪为侍中。”《三国志》卷五九《吴书·孙登传》载：“权迁都建业，征上大将军陆逊辅登镇武昌，领宫府留事。登或射猎，当由径道，常远避良田，不践苗稼，至所顿息，又择空间之地，其不欲烦民如此。尝乘马出，有弹丸过，左右求之。有一人操弹佩丸，咸以为是，辞对不服，从者欲捶之，登不听，使求过丸，比之非类，乃见释。又失盛水金马盂，觉得其主，左右所为，不忍致罚，呼责数之，长遣归家，敕亲近勿言。后弟虑卒，权为之降损，登昼夜兼行，到赖乡，自闻，即时召见。见权悲泣，因谏曰：‘虑寝疾不起，此乃命也。方今朔土未一，四海喁喁，天戴陛下，而以下流之念，减损大官殽馔，过于礼制，臣窃忧惶。’权纳其言，为之加膳。住十余日，欲遣西还，深自陈乞，以久离定省，子道有阙，又陈陆逊忠勤，无所顾忧，权遂留焉。”

十月，公孙渊称藩于吴，献貂马，孙权遣使封公孙渊为燕王。

《三国志》卷四七《吴书·吴主传》载：“冬十月，魏辽东太守公孙渊遣校尉宿舒、阆中令孙综称藩于权，并献貂马。权大悦，加渊爵位。”卷五二《吴书·张昭传》载：“权以公孙渊称藩，遣张弥、许晏至辽东拜渊为燕王，昭谏曰：‘渊背魏惧讨，远来求援，非本志也。若渊改图，欲自明于魏，两使不反，不亦取笑于天下乎?’权与相反覆，昭意弥切。权不能堪，案刀而怒曰：‘吴国士人入宫则拜孤，出宫则拜君，孤之敬君，亦为至矣，而数于众中折孤，孤尝恐失计。’昭熟视权曰：‘臣虽知言不用，每竭愚忠者，诚以太后临崩，呼老臣于床下，遗诏顾命之言故在耳。’因涕泣横流。权掷刀致地，与昭对泣。然卒遣弥、晏往。”《建康实录》卷二《太祖下》载：“冬十月，魏辽东太守公孙渊叛魏，使校尉宿舒、阆中令孙综来奉表称藩请援，并献方物。帝进公卿议，辅吴将军张昭及丞相顾雍等率大臣切谏：‘渊反覆难信，兼崄路遥远，愿勿纳之。’帝不信，遣太常张弥，执金吾许晏，将军周贺、贺达，校尉裴潜将兵一万，浮海应接，并赍珍宝、九锡备物，封渊为燕王，领幽、青二州十七郡诸军事。”

虞翻认为不应遣使辽东求马。

《三国志》卷五七《吴书·虞翻传》裴注引《吴书》曰：“虽在徙弃，心不忘国，常忧五溪宜讨，以辽东海绝，听人使来属，尚不足取，今去人财以求马，既非国利，又恐无获。欲谏不敢，作表以示吕岱，岱不报。为爱憎所白，复徙苍梧猛陵。”

薛综入守贼曹尚书，迁尚书仆射。

《三国志》卷五三《吴书·薛综传》载：“虑卒，入守贼曹尚书，迁尚书仆射。”卷四七《吴书·吴主传》载：“嘉禾元年春正月，建昌侯虑卒。”卷五九《吴书·孙虑传》载：“虑以皇子之尊，富于春秋，远近嫌其不能留意。及至临事，遵奉法度，敬纳师友，过于众望。年二十，嘉禾元年卒。无子，国除。”孙虑卒于嘉禾元年后，薛综为贼曹尚书。

按：据《三国志》卷四七《吴书·吴主传》载：嘉禾二年十二月，“权大怒，欲自征渊，尚书仆射薛综等切谏乃止”。则薛综由尚书迁尚书仆射在嘉和元年至二年间。

陆瑁拜议郎、选曹尚书。

《三国志》卷五七《吴书·陆瑁传》载：“嘉禾元年，公车征瑁，拜议郎、选曹尚书。”

韦昭约于本年从丞相掾除西安令。

陆侃如《中古文学系年》系于太和六年，说：“《三国志·吴志》卷二十《韦曜传》：‘从丞相掾除西安令。’年月无考，今假定在为尚书郎前五年左右。曜，本名昭。”①

陆逊引兵进攻庐江，不久遁还。

《三国志》卷二六《魏书·满宠传》载：“明年，吴将陆逊向庐江，论者以为宜速赴之。宠曰：‘庐江虽小，将劲兵精，守则经时。又贼舍船二百里来，后尾空县，尚欲诱致，今宜听其遂进，但恐走不可及耳。’整军趋杨宜口。贼闻大兵东下，即夜遁。时权岁有来计。”

①陆侃如：《中古文学系年》，人民文学出版社1985年版，第497页。

孙权嘉禾二年(233)　魏青龙元年蜀建兴十一年

三月，孙权遣使张弥、许晏等将兵万人封公孙渊为燕王。十二月，公孙渊斩张弥、许晏等首献魏明帝，受封魏大司马、乐浪公。

《三国志》卷四七《吴书·孙权传》载："三月，遣（宿）舒、（孙）综还，使太常张弥、执金吾许晏、将军贺达等将兵万人，金宝珍货，九锡备物，乘海授渊。举朝大臣，自丞相（顾）雍已下皆谏，以为渊未可信，而宠待太厚，但可遣吏兵数百护送舒、综，权终不听。渊果斩弥等，送其首于魏，没其兵资。"《宋书》卷二三《天文志一》："（太和六年）明年，孙权遣张弥等将兵万人，锡授公孙渊为燕王。渊斩弥等，虏其众。"《三国志》卷八《魏书·公孙渊传》载："太和二年，渊胁夺恭位。明帝即位，拜渊扬烈将军、辽东太守。渊遣使南通孙权，往来赂遗。权遣使张弥、许晏等赍金玉珍宝，立渊为燕王。渊亦恐权远不可恃，且贪货物，诱致其使，悉斩送弥、晏等首。"裴注引《魏略》载公孙渊上表明帝曰："伪使者张弥、许晏与中郎将万泰、校尉裴潜将吏兵四百余人，赍文书命服什物，下到臣郡。泰、潜别赍致遗货物，欲因市马。军将贺达、虞咨领余众在船所。臣本欲须凉节乃取弥等，而弥等人兵众多，见臣不便承受吴命，意有猜疑。惧其先作，变态妄生，即进兵围取，斩弥、晏、泰、潜等首级。……谨遣西曹掾公孙珩奉送贼权所假臣节、印绶、符策、九锡、什物，及弥等伪节、印绶、首级。”卷二一《魏书·刘劭传》载：“时闻公孙渊受孙权燕王之号，议者欲留渊计吏，遣兵讨之，劭以为：‘昔袁尚兄弟归渊父康，康斩送其首，是渊先世之效忠也。又所闻虚实，未可审知。古者要荒未服，修德而不征，重劳民也。宜加宽贷，使有以自新。’后渊果斩送权使张弥等首。”卷三《魏书·明帝纪》载：“十二月，公孙渊斩送孙权所遣使张弥、许晏首，以渊为大司马乐浪公。”

孙权作《封公孙渊为燕王诏》。

《三国志》卷四七《吴书·吴主传》裴注引《江表传》载孙权诏称：“故魏使持节车骑将军辽东太守平乐侯：天地失序，皇极不建，元恶大憝，作害于民，海内分崩，群生堙灭，虽周余黎民，靡有孑遗，方之今日，乱有甚焉。朕受历数，君临万国，夙夜战战，念在弭难，若涉渊水，罔知攸济。是以把旄仗钺，翦除凶虐，自东徂西，靡遑宁处，苟力所及，民无灾害。虽贼虏遗种，未伏辜诛，犹系囚枯木，待时而毙。惟将军天姿特达，兼包文武，观时睹变，审于去就，逾越险阻，显致赤心，肇建大计，为天下先，元勋巨绩，侔于古人。虽昔窦融背弃陇右，卒占河西，以定光武，休名美实，岂复是过？钦嘉雅尚，朕实欣之。自古圣帝明王，建化垂统，以爵褒德，以禄报功；功大者禄厚，德盛者礼崇。故周公有夹辅之劳，太师有鹰扬之功，并启土宇，兼受备物。今将军规万年之计，建不世之略，绝僭逆之虏，顺天人之肃，济成洪业，功无与比，齐鲁之事，奚足言哉！《诗》不云乎：'无言不雠，无德不报。'今以幽、青二州十七郡百七十县，封君为燕王，使持节守太常张弥授君玺绶策书、金虎符第一至第五、竹使符第一至第十。锡君玄土，苴以白茅，爰契尔龟，用锡冢社。方有戎事，典统兵马，以大将军曲盖麾幢，督幽州、青州牧辽东太守如故。今加君九锡，其敬听后命。以君三世相承，保绥一方，宁集四郡，训及异俗，民夷安业，无或携贰，是用锡君大辂、戎辂、玄牡二驷。君务在劝农，啬人成功，仓库盈积，官民俱丰，是用锡君衮冕之服，赤舄副焉。君正化以德，敬下以礼，敦义崇谦，内外咸和，是用锡君轩县之乐。君宣导休风，怀保边远，远人回面，莫不影附，是用锡君朱户以居。君运其才略，官方任贤，显直错枉，群善必举，是用锡君虎贲之士百人。君戎马整齐，威震遐方，纠虔天刑，彰厥有罪，是用锡君鈇钺各一。君文和于内，武信于外，禽讨逆节，折冲掩难，是用锡君彤弓一、彤矢百、玈弓十、玈矢千。君忠勤有效，温恭为德，明允笃诚，感于朕心，是用锡君秬鬯一卣，珪瓒副焉。钦哉！敬兹训典，寅亮天工，相我国家，永终尔休。"

孙权赐公孙渊轩县之乐。

《三国志》卷四七《吴书·吴主传》裴注引《江表传》载孙权诏称："君正化以德，敬下以礼，敦义崇谦，内外咸和，是用锡君轩县之乐。"

陆逊作《乞息亲征公孙渊疏》。

《三国志》卷五八《吴书·陆逊传》载："及公孙渊背盟，权欲往征，逊上疏曰：'渊凭险恃固，拘留大使，名马不献，实可雠忿。蛮夷猾夏，未染王化，鸟窜荒裔，拒逆王师，至令陛下爰赫斯怒，欲劳万乘泛轻越海，不虑其危而涉不测。方今天下云扰，群雄虎争，英豪踊跃，张声大视。陛下以神武之姿，诞膺期运，破操乌林，败备西陵，禽羽荆州，斯三虏者当世雄杰，皆摧其锋。圣化所绥，万里草偃，方荡平华夏，总一大猷。今不忍小忿，而发雷霆之怒，违垂堂之戒，轻万乘之重，此臣之所惑也。臣闻志行万里者，不中道而辍足；图四海者，匪怀细以害大。强寇在境，荒服未庭，陛下乘桴远征，必致窥窬，戚至而忧，悔之无及。若使大事时捷，则渊不讨自服；今乃远惜辽东众之与马，奈何独欲捐江东万安之本业而不惜乎？乞息六师，以威大虏，早定中夏，垂耀将来。'权用纳焉。"

薛综作《上疏谏亲征公孙渊》。

《三国志》卷五三《吴书·薛综传》载："时公孙渊降而复叛，权盛怒，欲自亲征。综上疏谏曰：'夫帝王者，万国之元首，天下之所系命也。是以居则重门击柝以戒不虞，行则清道案节以养威严，盖所以存万安之福，镇四海之心。昔孔子疾时，托乘桴浮海之语，季由斯喜，拒以无所取才。汉元帝欲御楼船，薛广德请刎颈以血染车。何则？水火之险至危，非帝王所宜涉也。谚曰："千金之子，坐不垂堂。"况万乘之尊乎？今辽东戎貊小国，无城池之固，备御之术，器械铢钝，犬羊无政，往必禽克，诚如明诏。然其方土寒确，谷稼不殖，民习鞍马，转徙无常。卒闻大军之至，自度不敌，鸟惊兽骇，长驱奔窜，一人匹马，不可得见，虽获空地，守之无益，此不可一也。加又洪流滉瀁，有成山之难，海行无常，风波难免，倏忽之间，人船异势。虽有尧舜之德，智无所施，贲育之勇，力不得设，此不可二也。加以郁雾冥其上，咸水蒸其下，善生流肿，转相洿染，凡行海者，稀无斯患，此不可三也。天生神圣，显以符瑞，当乘平丧乱，康此民物；嘉祥日集，海内垂定，逆虏凶虐，灭亡在近。中国一平，辽东自毙，但当拱手以待耳。今乃违必然之图，寻至危之阻，忽九州之固，肆一朝之忿，既非社稷之重计，又开辟以来所未尝有，斯诚群僚所以倾身侧息，食不甘味，寝不安席者也。惟陛下抑雷霆之威，忍赫斯之怒，遵乘桥之安，远履冰之险，则臣子赖祉，天下幸甚。'时群臣多谏，权遂不行。"

陆瑁作《谏亲征公孙渊疏》。

《三国志》卷五七《吴书·陆瑁传》载："孙权忿公孙渊之巧诈反覆，欲亲征之，瑁上疏谏曰：'臣闻圣王之御远夷，羁縻而已，不常保有，故古者制地，谓之荒服，言慌惚无常，不可保也。今渊东夷小丑，屏在海隅，虽托人面，与禽兽无异。国家所为不爱货宝远以加之者，非嘉其德义也，诚欲诱纳愚弄，以规其马耳。渊之骄黠，恃远负命，此乃荒貊常态，岂足深怪？昔汉诸帝亦尝锐意以事外夷，驰使散货，充满西域，虽时有恭从，然其使人见害，财货并没，不可胜数。今陛下不忍悁悁之忿，欲越巨海，身践其土，群臣愚议，窃谓不安。何者？北寇与国，壤地连接，苟有间隙，应机而至。夫所以越海求马，曲意于渊者，为赴目前之急，除腹心之疾也，而更弃本追末，捐近治远，忿以改规，激以动众，斯乃猾虏所愿闻，非大吴之至计也。又兵家之术，以功役相疲，劳逸相待，得失之间，所觉辄多。且沓渚去渊，道里尚远，今到其岸，兵势三分，使强者进取，次当守船，又次运粮，行人虽多，难得悉用；加以单步负粮，经远深入，贼地多马，邀截无常。若渊狙诈，与北未绝，动众之日，唇齿相济。若实孑然无所凭赖，其畏怖远迸，或难卒灭。使天诛稽于朔野，山虏承间而起，恐非万安之长虑也。’权未许。”

陆瑁作《重上疏谏孙权欲亲征公孙渊》。

《三国志》卷五七《吴书·陆瑁传》载：“瑁重上疏曰：‘夫兵革者，固前代所以诛暴乱，威四夷也，然其役皆在奸雄已除，天下无事，从容庙堂之上，以余议议之耳。至于中夏鼎沸，九域槃互之时，率须深根固本，爱力惜费，务自休养，以待邻敌之阙，未有正于此时，舍近治远，以疲军旅者也。昔尉佗叛逆，僭号称帝，于时天下乂安，百姓殷阜，带甲之数，粮食之积，可谓多矣，然汉文犹以远征不易，重兴师旅，告喻而已。今凶桀未殄，疆埸犹警，虽蚩尤、鬼方之乱，故当以缓急差之，未宜以渊为先。愿陛下抑威任计，暂宁六师，潜神嘿规，以为后图，天下幸甚。’权再览瑁书，嘉其词理端切，遂不行。”

孙权用兵合肥新城，全琮用兵六安，皆不胜。

《三国志》卷四七《吴书·吴主传》载：“是岁，权向合肥新城，遣将军全琮征六安，皆不克还。”《宋书》卷二三《天文志一》载:“(太和六年)明年,权有辽东之败。权又自向合肥新城,遣全琮征六安,皆不克而还。”卷二六《魏书·满宠传》载:“青龙元年,宠上疏曰:‘合肥城南临江湖,北远寿春,贼攻围之,得据水为势;官兵救之,当先破贼大辈,然后围乃得解。贼往甚易,而兵往救之甚难,宜移城内之兵,其西三十里,有奇险可依,更立城以固守,此为引贼平地而掎其归路,于计为便。’护军将军蒋济议,以为:‘既示天下以弱,且望贼烟火而坏城,此为未攻而自拔。一至于此,劫略无限,必以淮北为守。’帝未许。宠重表曰:‘《孙子》言:“兵者,诡道也。故能而示之以弱不能,骄之以利,示之以慑。此为形实不必相应也。”又曰:“善动敌者形之。”今贼未至而移城却内,此所谓形而诱之也。引贼远水,择利而动,举得于外,则福生于内矣。’尚书赵咨以宠策为长,诏遂报听。其年,权自出,欲围新城,以其远水,积二十日不敢下船。宠谓诸将曰:‘权得吾移城,必于其众中有自大之言,今大举来欲要一切之功,虽不敢至,必当上岸耀兵以示有余。’乃潜遣步骑六千,伏肥城隐处以待之。权果上岸耀兵,宠伏军卒起击之,斩首数百,或有赴水死者。明年,权自将号十万,至合肥新城。宠驰往赴,募壮士数十人,折松为炬,灌以麻油,从上风放火,烧贼攻具,射杀权弟子孙泰。贼于是引退。”

孙权嘉禾三年(234)　魏青龙二年 蜀建兴十二年

五月，吴蜀联合攻魏，共分三路。

《三国志》卷一四《魏书·刘放传》载："青龙初，孙权与诸葛亮连和，欲俱出为寇。边候得权书，放乃改易其辞，往往换其本文而傅合之，与征东将军满宠，若欲归化，封以示亮。亮腾与吴大将步骘等，骘等以见权。权惧亮自疑，深自解说。"卷五六《吴书·朱然传》载："嘉禾三年，权与蜀克期大举，权自向新城，然与全琮各受斧钺，为左右督。会吏士疾病，故未攻而退。"《宋书》卷二三《天文志一》："（太和六年）又明年……孙权遣陆议、诸葛瑾等屯江夏口，孙韶、张承等向广陵淮阳，权以大众围新城以应亮。于是帝自东征，权及诸将乃退。"又载："（青龙二年）孙权寇合肥，又遣陆议、孙韶等入淮、沔，帝亲东征。"

按：三路分别为，西路是江夏，由陆逊、诸葛瑾领兵；东路在广陵淮阳，由孙韶、张承领兵；中路在合肥新城，由孙权领兵。

七月，魏曹叡率水师亲征。孙权攻合肥新城，魏将张颖等拒守力战，孙权退兵。八月，曹叡返回许昌。

《三国志》卷五《魏书·后妃传》载青龙二年“夏，吴贼寇扬州，以（甄）像为伏波将军，持节监诸将东征”。卷三《魏书·明帝纪》载：“五月，太白昼见。孙权入居巢湖口，向合肥新城，又遣将陆议、孙韶各将万余人入淮、沔。六月，征东将军满宠进军拒之。宠欲拔新城守，致贼寿春，帝不听，曰：‘昔汉光武遣兵县据略阳，终以破隗嚣，先帝东置合肥，南守襄阳，西固祁山，贼来辄破于三城之下者，地有所必争也。纵权攻新城，必不能拔。敕诸将坚守，吾将自往征之。比至，恐权走也。’秋七月壬寅，帝亲御龙舟东征，权攻新城，将军张颖等拒守力战。帝军未至数百里，权遁走，议、韶等亦退。群臣以为大将军方与诸葛亮相持未解，车驾可西幸长安。帝曰：‘权走，亮胆破，大将军以制之，吾无忧矣。’遂进军幸寿春，录诸将功，封赏各有差。八月己未，大曜兵，飨六军，遣使者持节犒劳合肥、寿春诸军。辛巳，行还许昌宫。”卷二一《魏书·刘劭传》载：“青龙中，吴围合肥，时东方吏士皆分休，征东将军满宠表请中军兵，并召休将士，须集击之。劭议以为‘贼众新至，心专气锐。宠以少人自战其地，若便进击，不必能制。宠求待兵，未有所失也。以为可先遣步兵五千，精骑三千，军前发，扬声进道，震曜形势。骑到合肥，疏其行队，多其旌鼓，曜兵城下，引出贼后，拟其归路，要其粮道。贼闻大军来，骑断其后，必震怖遁走，不战自破贼矣’。帝从之。兵比至合肥，贼果退还。”卷二六《魏书·田豫传》载：“后孙权号十万众攻新城，征东将军满宠欲率诸军救之。豫曰：‘贼悉众大举，非徒投射小利，欲质新城以致大军耳。宜听使攻城，挫其锐气，不当与争锋也。城不可拔，众必罢怠；罢怠然后击之，可大克也。若贼见计，必不攻城，势将自走。若便进兵，适入其计。又大军相向，当使难知，不当使自画也。’豫辄上状，天子从之。会贼遁走。后吴复来寇，豫往拒之，贼即退。诸军夜惊，云：‘贼复来！’豫卧不起，令众‘敢动者斩’。有顷，竟无贼。”卷五一《吴书·孙匡传》载孙泰：“嘉禾三年，从权围新城，中流矢死。”

八月，诸葛恪拜为抚越将军、丹杨太守，受赐鼓吹。

《三国志》卷四七《吴书·吴主传》载：“秋八月，以诸葛恪为丹杨太守，讨山越。”卷五五《吴书·陈表传》载：“嘉禾三年，诸葛恪领丹杨太守，讨平山越，以表领新安都尉，与恪参势。”卷六四《吴书·诸葛恪传》载：“恪以丹杨山险，民多果劲，虽前发兵，徒得外县平民而已，其余深远，莫能禽尽，屡自求乞为官出之，三年可得甲士四万。众议咸以丹杨地势险阻，与吴郡、会稽、新都、鄱阳四郡邻接，周旋数千里，山谷万重，其幽邃民人，未尝入城邑，对长吏，皆仗兵野逸，白首于林莽。逋亡宿恶，咸共逃窜。山出铜铁，自铸甲兵。俗好武习战，高尚气力，其升山赴险，抵突丛棘，若鱼之走渊，猿狖之腾木也。时观间隙，出为寇盗，每致兵征伐，寻其窟藏。其战则蜂至，败则鸟窜，自前世以来，不能羁也。皆以为难。恪父瑾闻之，亦以事终不逮，叹曰：‘恪不大兴吾家，将大赤吾族也。’恪盛陈其必捷。权拜恪抚越将军，领丹杨太守，授棨戟武骑三百。拜毕，命恪备威仪，作鼓吹，导引归家，时年三十二。”

薛综作《祝祖文》《再祝祖文》及《移诸葛恪等劳军》。

《三国志》卷六四《吴书·诸葛恪传》载薛综《移诸葛恪等劳军》曰："山越恃阻，不宾历世，缓则首鼠，急则狼顾。皇帝赫然，命将西征，神策内授，武师外震。兵不染锷，甲不沾汗。元恶既枭，种党归义，荡涤山薮，献戎十万。野无遗寇，邑罔残奸。既埽凶慝，又充军用。藜莠稂莠，化为善草。魑魅魍魉，更成虎士。虽实国家威灵之所加，亦信元帅临履之所致也。虽《诗》美执讯，《易》嘉折首，周之方、召，汉之卫、霍，岂足以谈？功轶古人，勋超前世。主上欢然，遥用叹息。感《四牡》之遗典，思饮至之旧章。故遣中台近官，迎致犒赐，以旌茂功，以慰劬劳。"

陆侃如《中古文学系年》系于青龙二年，说："《三国志·吴志》卷八《薛综传》：'正月乙未，权敕综祝祖不得用常文，综承诏，卒造文义，信辞粲烂。权曰："复为两头，使满三也。"综复再祝，辞令皆新，众咸称善。'此事叙于谏征公孙渊后，未载年份。嘉禾二年正月无乙未，三年正月十日却是乙未，即青龙二年。"又说："又卷十九《诸葛恪传》：'恪以丹阳山险……屡自求乞为官……时年三十二……权嘉其功，遗尚书仆射薛综劳军。综先移恪等曰……'恪以嘉平五年被害，时年五十一（见本传注引《吴录》），则三十二当在青龙二年。"[①]

九月，霜降伤谷。

《宋书》卷三三《五行志四》载："吴孙权嘉禾三年九月朔，

①陆侃如：《中古文学系年》，人民文学出版社1985年版，第506页。

陨霜伤谷。按刘向说：'诛罚不由君出，在臣下之象也。'是时校事吕壹专作威福，与汉元帝时石显用事陨霜同应。班固书九月二日，陈寿言朔，皆明未可以伤谷也。壹后亦伏诛。京房《易传》曰：'兴兵妄诛，兹谓亡法。厥灾霜，夏杀五谷，冬杀麦。诛不原情，兹谓不仁。其霜夏先大雷风，冬先雨，乃陨霜，有芒角。贤圣遭害，其霜附木不下地。佞人依刑，兹谓私贼。其霜在草根土隙间。不教而诛，兹谓虐。其霜反在草下。'"《建康实录》卷二《太祖下》载："九月朔旦，陨霜伤谷，诛不由君上之应也。时典校事吕壹专威福，帝任之，群臣无敢言。"

十一月，潘濬平毕武陵蛮夷还武昌。

《三国志》卷四七《吴书·吴主传》载："冬十一月，太常潘濬平武陵蛮夷，事毕，还武昌。"《资治通鉴》卷七二载："吴潘濬讨武陵蛮，数年，斩获数万。自是群蛮衰弱，一方宁静。十一月，濬还武昌。"

按： 潘濬于黄龙三年（231）春二月，讨武陵蛮夷，至本年十一月平定，历时三年半。

孙奂（195—234）卒，生前爱乐儒生。

《三国志》卷五一《吴书·孙皎传》载："奂亦爱乐儒生，复命部曲子弟就业，后仕进朝廷者数十人。年四十，嘉禾三年卒。"

吴是仪出使蜀国。

《三国志》卷六二《吴书·是仪传》载："蜀相诸葛亮卒，权垂心西州，遣仪使蜀申固盟好。奉使称意，后拜尚书仆射。"

蜀宗预出使吴国，与孙权有回答。

《三国志》卷四五《蜀书·宗预传》载："及亮卒，吴虑魏或承衰取蜀，增巴丘守兵万人，一欲以为救援，二欲以事分割也。蜀闻之，亦益永安之守，以防非常。预将命使吴，孙权问预曰：'东之与西，譬犹一家，而闻西更增白帝之守，何也？'预对曰：'臣以为东益巴丘之戍，西增白帝之守，皆事势宜然，俱不足以相问也。'权大笑，嘉其抗直，甚爱待之，见敬亚于邓芝、费祎。"

按：《三国志》卷五二《吴书·张昭传》载："后蜀使来，称蜀德美，而群臣莫拒，权叹曰：'使张公在坐，彼不折则废，安复自夸乎？'"察张昭嘉禾二年"称疾不朝"，至嘉禾五年去世，能够明确的吴蜀交聘有本年，因此姑将此事系于本年。

蜀张奉出使吴国，与薛综有回答。薛综因有《嘲蜀使张奉》。

《三国志》卷五三《吴书·薛综传》载："事毕还都，守谒者仆射。西使张奉于权前列尚书阚泽姓名以嘲泽，泽不能答。综下行酒，因劝酒曰：'蜀者何也？有犬为独，无犬为蜀，横目苟身，虫入其腹。'奉曰：'不当复列君吴邪？'综应声曰：'无口为天，有口为吴，君临万邦，天子之都。'于是众坐喜笑，而奉无以对。其枢机敏捷，皆此类也。"

按：阚泽黄龙元年（229）为尚书，嘉禾中为中书令，薛综嘉禾元年（232）还都为谒者仆射，而嘉禾中明确记载吴蜀有交聘的即此次，故系于本年。

汉献帝刘协（181—234）薨。

《三国志》卷三《魏书·明帝纪》载："三月庚寅，山阳公薨，帝素服发哀，遣使持节典护丧事。……追谥山阳公为汉孝献皇帝，葬以汉礼。”

诸葛亮（181—234）卒。

孙权嘉禾四年(235)　魏青龙三年 蜀建兴十三年

七月，雨雹陨霜。

《三国志》卷四七《吴书·吴主传》载：“秋七月，有雹。”《宋书》卷三三《五行志四》载：“嘉禾四年七月，雨雹，又陨霜。案刘向说‘雹者阴胁阳’。是时吕壹作威用事，诋毁重臣，排陷无辜。自太子登以下，咸患毒之，而壹反获封侯宠异。与《春秋》公子遂专任，雨雹同应也。汉安帝信谗，多杀无辜，亦雨雹。董仲舒曰‘凡雹皆为有所胁，行专一之政’故也。”

七月，魏国使臣以马求珠玑、翡翠、玳瑁。

《三国志》卷四七《吴书·吴主传》载：“魏使以马求易珠玑、翡翠、玳瑁，权曰：‘此皆孤所不用而可得马，何苦而不听其交易?’”《建康实录》卷二《太祖下》载：“四年秋七月，魏使以马二百匹求易珠玑、翡翠，帝曰：‘此朕不用之物，乃与交易。’”

八月，雨雹陨霜。

《建康实录》卷二《太祖下》载：“八月，雨雹，又陨霜。雹者，阴之胁阳，佞臣小人专任之应。”

谢承约于是年为武陵太守。

陆侃如《中古文学系年》系于青龙三年说："《三国志·吴志》卷五《谢夫人传》：'稍迁……武陵太守。'年月无考，今假定在迁长沙东部都尉后五年左右。此时他年已逾五十，以后事迹无考，卒年可假定二四〇年左右。"[①]

刘汝霖《汉晋学术编年》系于黄初四年（223），其考证曰："按《吴志·谢夫人传》：'爱幸有宠。后权纳姑孙徐氏，欲令谢下之，谢不肯，由是失志，早卒。后十余年，弟承拜五官郎中。'《徐夫人传》：'权为讨虏将军，在吴，聘以为妃……后权迁移，以夫人妒忌，废处吴。'考孙权为破虏将军在建安五年，徙建业在建安十六年，徐之废在此年，则谢之卒当远在其前。去此当在二十年上下。武陵本属蜀，自胜蜀后，始归吴，则谢承之为武陵太守，至早不得过此年。姑志之于此，以俟考。"[②]

庐陵、会稽、南海三郡乱起，孙权诏吕岱讨伐，作《吕岱平贼诏》。

《三国志》卷四七《吴书·吴主传》载："庐陵贼李桓、罗厉等为乱。"卷六〇《吴书·吕岱传》载："四年，庐陵贼李桓、路合，会稽东冶贼随春，南海贼罗厉等一时并起。权复诏岱督刘纂、唐咨等分部讨击，春即时首降，岱拜春偏将军，使领其众，遂为列将，桓、厉等皆见斩获，传首诣都。权诏岱曰：'厉负险作乱，自致枭首；桓凶狡反覆，已降复叛。前后讨伐，历年不

①陆侃如：《中古文学系年》，人民文学出版社1985年版，第513页。

②刘汝霖：《汉晋学术编年》，华东师范大学出版社2010年版，第476页。

禽，非君规略，谁能枭之？忠武之节，于是益著。元恶既除，大小震慑，其余细类，扫地族矣。自今已去，国家永无南顾之虞，三郡晏然，无怵惕之惊，又得恶民以供赋役，重用叹息。赏不逾月，国之常典，制度所宜，君其裁之。'"

按：《吴主传》作嘉禾三年（234），误。《资治通鉴》卷七〇载黄初六年唐咨入吴，曰："利成郡兵蔡方等反，杀太守徐质，推郡人唐咨为主，诏屯骑校尉任福等讨平之。咨自海道亡入吴，吴人以为将军。"

孙权嘉禾五年(236)　魏青龙四年 蜀建兴十四年

三月，武昌降甘露。

《三国志》卷四七《吴书·吴主传》载："二月，武昌言甘露降于礼宾殿。"《宋书》卷二八《符瑞志中》载："吴孙权嘉禾五年三月，武昌言甘露降于礼宾殿。"

按：《三国志》与《宋书》有二、三月之异，未详孰是，《建康实录》卷二《太祖下》系于三月，兹从之。

夏，大旱。

《建康实录》卷二《太祖下》载："夏，旱，自去冬不雨至于五月。"

七月，张昭（156—236）卒。

《三国志》卷四七《吴书·吴主传》载："辅吴将军张昭卒。"卷五二《吴书·张昭传》载："年八十一，嘉禾五年卒。遗令幅巾素棺，敛以时服。"又载："（张）昭字子布，彭城人。少好学，善隶书。从白侯子安受《左氏春秋》，博览众书，与琅邪赵昱、东海王朗俱发名友善。弱冠察孝廉，不就，与朗共论旧君讳事，州里才士陈琳等皆称善之。"《建康实录》卷二《太祖下》

载："秋七月，辅吴将军、娄侯张昭薨，遗令幅巾素棺，敛以时服，帝素服临吊，祭以太牢，谥文成侯。"

按：张昭著作，《隋书·经籍志》不载，姚振宗《三国艺文志》列有《春秋左氏传解》《论语注》，应是来自本传记载。

七月，高句骊王宫斩杀孙权使臣。

《三国志》卷三《魏书·明帝纪》载："秋七月，高句骊王宫斩送孙权使胡卫等首，诣幽州。"又载："初，权遣使浮海与高句骊通，欲袭辽东。"

按：嘉禾二年（233），张弥、许晏使辽，公孙渊将其属官秦旦、张群、杜德、黄疆等置于玄菟郡。秦旦、黄疆到高句骊，称有赐给句骊王宫，为公孙渊所夺。宫大喜，派人随秦旦迎张群、杜德，俱遣送还吴，并拜表称臣。嘉禾四年（235），孙权遣使臣拜宫为单于，宫受魏幽州刺史命，准备拘捕吴使，吴使"缚得三十余人质之"，宫谢罪并上马数百匹。本年又杀吴使。

十月，彗星见于东方。

《三国志》卷四七《吴书·吴主传》载："冬十月，彗星见于东方。"

孙权北伐魏，陆逊、诸葛瑾攻襄阳。

《三国志》卷五八《吴书·陆逊传》载："嘉禾五年，权北征，使逊与诸葛瑾攻襄阳。……（逊）乃密与瑾立计，令瑾督舟船，逊悉上兵马，以向襄阳城。敌素惮逊，遽还赴城。瑾便引船出，逊徐整部伍，张拓声势，步趋船，敌不敢干。军到白围，托言住猎，潜遣将军周峻、张梁等击江夏新市、安陆、石阳。石阳市盛，峻等奄至，人皆捐物入城。城门噎不得关，敌乃自斫杀己民，然后得阖。斩首获生，凡千余人。”

阚泽约于本年或稍前为中书令。

《三国志》卷五三《吴书·阚泽传》载：“嘉禾中，为中书令，加侍中。”《晋书》卷一七《律历志中》载：“吴中书令阚泽受刘洪《乾象法》于东莱徐岳，又加解注。”

按：明年阚泽已为中书令，教孙和书艺，姑置于此。

孙权嘉禾六年(237)　魏景初元年
蜀建兴十五年

孙权诏令群臣议丧礼，顾雍、顾谭、胡综皆有讨论。孙权有《诏议奔丧》，顾谭、胡综皆有《议奔丧》。

《三国志》卷四七《吴书·吴主传》载："六年春正月，诏曰：'夫三年之丧，天下之达制，人情之极痛也；贤者割哀以从礼，不肖者勉而致之。世治道泰，上下无事，君子不夺人情，故三年不逮孝子之门。至于有事，则杀礼以从宜，要绖而处事。故圣人制法，有礼无时则不行。遭丧不奔非古也，盖随时之宜，以义断恩也。前故设科，长吏在官，当须交代，而故犯之，虽随纠坐，犹已废旷。方事之殷，国家多难，凡在官司，宜各尽节，先公后私，而不恭承，甚非谓也。中外群僚，其更平议，务令得中，详为节度。'顾谭议以为'奔丧立科，轻则不足以禁孝子之情，重则本非应死之罪，虽严刑益设，违夺必少。若偶有犯者，加其刑则恩所不忍，有减则法废不行。愚以为长吏在远，苟不告语，势不得知。比选代之间，若有传者，必加大辟，则长吏无废职之负，孝子无犯重之刑'。将军胡综议以为'丧纪之礼，虽有典制，苟无其时，所不得行。方今戎事军国异容，而长吏遭丧，知有科禁，公敢干突，苟念闻忧不奔之耻，不计为臣犯禁之罪，此由科防本轻所致。忠节在国，孝道立家，出身为臣，焉得兼之？故为忠臣不得为孝子。宜定科文，示以大辟，若故违犯，有罪无赦。以杀止杀，行之一人，其后必绝’。丞相雍奏从大辟。其后吴令孟宗丧母奔赴，已而自拘于武昌以听刑。陆逊陈其素行，因为之请，权乃减宗一等，后不得以为比，因此遂绝。”

五月，江东地震。

《宋书》卷三四《五行志五》载：“吴孙权嘉禾六年五月，江东地震。”

七月，公孙渊自立为燕王，称绍汉元年。魏人将伐，公孙渊与吴通使。

《宋书》卷二三《天文志一》载：“景初元年七月，公孙渊叛。”《三国志》卷三《魏书·明帝纪》载：“渊自（毋丘）俭还，遂自立为燕王，置百官，称绍汉元年。”卷八《魏书·公孙渊传》裴注引《汉晋春秋》：“公孙渊自立，称绍汉元年。闻魏人将讨，复称臣于吴，乞兵北伐以自救。吴人欲戮其使，羊衜曰：‘不可，是肆匹夫之怒而捐霸王之计也。不如因而厚之，遣奇兵潜往以要其成。若魏伐渊不克，而我军远赴，是恩结遐夷，义盖万里；若兵连不解，首尾离隔，则我虏其傍郡，驱略而归，亦足以致天之罚，报雪曩事矣。’权曰：‘善。’乃勒兵大出。谓渊使曰：‘请俟后问，当从简书，必与弟同休戚，共存亡，虽陨于中原，吾所甘心也。’又曰：‘司马懿所向无前，深为弟忧也。’”卷一四《魏书·蒋济传》裴注引《汉晋春秋》曰：“公孙渊闻魏将来讨，复称臣于孙权，乞兵自救。帝问济：‘孙权其救辽东乎？’济曰：‘彼知官备以固，利不可得，深入则非力所能，浅入则劳而无获；权虽子弟在危，犹将不动，况异域之人，兼以往者之辱乎！今所以外扬此声者，谲其行人疑于我，我之不克，冀折后事已耳。然沓渚之间，去渊尚远，若大军相持，事不速决，则权之浅规，或能轻兵掩袭，未可测也。’”

九月，孙权遣朱然围攻江夏郡，被魏胡质击退。

《三国志》卷三《魏书·明帝纪》载：“秋七月丁卯，司徒陈矫薨。孙权遣将朱然等二万人围江夏郡，荆州刺史胡质等击之，然退走。”《宋书》卷二三《天文志一》载：“（景初元年）九月，吴将朱然围江夏，荆州刺史胡质击走之。”《三国志》卷五六《吴书·朱然传》载：“赤乌五年，征柤中。魏将蒲忠、胡质各将数千人，忠要遮险隘，图断然后，质为忠继援。时然所督兵将先四出，闻问不暇收合，便将帐下见兵八百人逆掩。忠战不利，质等皆退。”

孙盛《异同评》说：“按魏《少帝纪》及《孙权传》，是岁并无事，当是陈寿误以吴嘉禾六年为赤乌五年耳。”

十月，孙权遣全琮攻六安，不胜。

《三国志》卷四七《吴书·吴主传》载：“冬十月，遣卫将军全琮袭六安，不克。”

《资治通鉴》卷七三载：“庐江主薄吕习密使人请兵于吴，欲开门为内应。吴主使卫将军全琮督前将军朱桓等赴之，既至，事露，吴军还。”

诸葛恪平定山越。

《三国志》卷四七《吴书·吴主传》载："诸葛恪平山越事毕，北屯庐江。"卷六四《吴书·诸葛恪传》载："恪到府，乃移书四郡属城长吏，令各保其疆界，明立部伍，其从化平民，悉令屯居。乃分内诸将，罗兵幽阻，但缮藩篱，不与交锋，候其谷稼将熟，辄纵兵芟刈，使无遗种。旧谷既尽，新田不收，平民屯居，略无所入，于是山民饥穷，渐出降首。恪乃复敕下曰：'山民去恶从化，皆当抚慰，徙出外县，不得嫌疑，有所执拘。'臼阳长胡伉得降民周遗，遗旧恶民，困迫暂出，内图叛逆，伉缚送诸府。恪以伉违教，遂斩以徇，以状表上。民闻伉坐执人被戮，知官惟欲出之而已，于是老幼相携而出，岁期，人数皆如本规。恪自领万人，余分给诸将。"

按：诸葛恪于嘉禾三年（234）八月讨伐山越，至本年平定，历时三年左右。

阚泽教孙和书艺。

《三国志》卷五九《吴书·孙和传》载："年十四，为置宫卫，使中书令阚泽教以书艺。好学下士，甚见称述。"

韦昭约是年为尚书郎。

陆侃如《中古文学系年》系于景初元年说："《三国志·吴志》卷二十《韦曜传》：'还为尚书郎。'年月无考，假定在为中庶子前五年左右。"①

十二月，建康有赤乌之瑞。

①陆侃如：《中古文学系年》，人民文学出版社1985年版，第520页。

《建康实录》卷二《太祖下》载，嘉禾六年“冬十二月，赤乌群集前殿。大赦。改明年为赤乌元年”。

按：据此知赤乌祥瑞是在嘉禾六年冬十二月，而《宋书》卷二九《符瑞志下》载“吴孙权赤乌元年，有赤乌集于殿前”，这是犯了想当然的错误，详见赤乌元年辨析。

孙权赤乌元年(238)　魏景初二年
蜀延熙元年

正月，司马懿攻灭公孙渊。

《宋书》卷二三《天文志一》载："景初元年七月，公孙渊叛。二年正月，遣司马懿讨之。"又载："是时公孙渊自立为燕王，署置百官，发兵距守，遣司马懿讨灭之。"

七月，吕岱平定庐陵贼。

《三国志》卷四七《吴书·吴主传》载："夏，吕岱讨庐陵贼，毕，还陆口。"

八月，武昌有麒麟见，议改元，遂改赤乌。

《三国志》卷四七《吴书·吴主传》载："秋八月，武昌言麒麟见。有司奏言麒麟者太平之应，宜改年号。诏曰：'间者赤乌集于殿前，朕所亲见，若神灵以为嘉祥者，改年宜以赤乌为元。'群臣奏曰：'昔武王伐纣，有赤乌之祥，君臣观之，遂有天下，圣人书策载述最详者，以为近事既嘉，亲见又明也。'于是改年。"《宋书》卷二九《符瑞志下》载："吴孙权赤乌元年八月，武昌言麒麟见。又白麟见建业。"《建康实录》卷二《太祖下》载："八月，麒麟见武昌。"

按： 武昌八月有麒麟之瑞，群臣议改年号，孙权以为此前有赤乌之瑞，决定改元赤乌。赤乌祥瑞是在嘉禾六年冬十二月。赤乌改元是在238年八月之后，本年改元之前，应称嘉禾七年。嘉禾七年确实存在，道安《大十二门经序第九》载：“《经后记》云：‘嘉禾七年，在建邺周司隶舍写。’”[1]可以作为旁证的是，《三国志》卷四七《吴书·吴主传》载：黄龙元年“夏四月，夏口、武昌并言黄龙、凤凰见。丙申，南郊即皇帝位。是日大赦，改年”。则知黄龙改元是在四月，而本年四月之前应该为黄武八年。卷六二《吴书·胡综传》所载“黄武八年夏，黄龙见夏口，于是权称尊号，因瑞改元”足资证明，后来史官将改年前事件亦归入黄龙元年。

孙权君臣为何重视赤乌之瑞，据《史记》卷四《周本纪》载“武王渡河，有火自上复于下，至于王屋，流为乌，其色赤”，《宋书》卷二九《符瑞志下》载“赤乌，周武王时衔谷至，兵不血刃而殷服”，是希望敌国不战而臣服。吴国的赤乌之瑞，是嘉禾六年（237）十二月，而麒麟之瑞，是赤乌元年（238）八月。薛综《赤乌颂》《麟颂》的创作动机，应与群臣奏改年号有关，则创作于赤乌元年（238）。

薛综作《麟颂》。

《艺文类聚》卷九八、《初学记》卷二九载其颂文曰：“懿哉麒麟，惟兽之伯。政平觌景，否则戢足。德以卫身，不布牙角。屏营唐日，帝尧保禄。委体大吴，以昭遐福。天祚圣帝，享兹

① （梁）僧祐撰：《出三藏记集》卷六，中华书局1995年版，第254页。

万国。”

按：吴国有麒麟之瑞，仅见本年，故系薛综《麟颂》于此。

薛综作《赤乌颂》。

《初学记》卷三〇、《太平御览》卷九二〇载其颂文曰：“赫赫赤乌，惟日之精。朱羽丹质，希代而生。”

按：吴国有赤乌之瑞，虽在去年，但引起重视，是在本年，故系薛综《赤乌颂》于此。

孙权作《诏责诸葛瑾、步骘、朱然、吕岱等》。

《三国志》卷四七《吴书·吴主传》载文曰：“袁礼还，云与子瑜、子山、义封、定公相见，并以时事当有所先后，各自以不掌民事，不肯便有所陈，悉推之伯言、承明。伯言、承明见礼，泣涕恳恻，辞旨辛苦，至乃怀执危怖，有不自安之心。闻此怅然，深自刻怪。何者？夫惟圣人能无过行，明者能自见耳。人之举措，何能悉中，独当己有以伤拒众意，忽不自觉，故诸君有嫌难耳；不尔，何缘乃至于此乎？自孤兴军五十年，所役赋凡百皆出于民。天下未定，孽类犹存，士民勤苦，诚所贯知。然劳百姓，事不得已耳。与诸君从事，自少至长，发有二色，以谓表里足以明露，公私分计，足用相保。尽言直谏，所望诸君；拾遗补阙，孤亦望之。昔卫武公年过志壮，勤求辅弼，每独叹责。且布衣韦带，相与交结，分成好合，尚污垢不异。今日诸君与孤从事，虽君臣义存，犹谓骨肉不复是过。荣福喜戚，相与共之。忠不匿情，智无遗计，事统是非，诸君岂得从容而已哉！同船济水，将谁与易？齐桓诸侯之霸者耳，有善管子未尝不叹，有过未尝不谏，谏而不得，终谏不止。今孤自省无桓公之德，而诸君谏诤未出于口，仍执嫌难。以此言之，孤于齐桓良优，未知诸君于管子何如耳？久不相见，因事当笑。共定大业，整齐天下，当复有谁？凡百事要所当损益，乐闻异计，匡所不逮。”

孙权作《追赠步皇后策命》。

《三国志》卷五〇《吴书·妃嫔传》载：“惟赤乌元年闰月戊子，皇帝曰：呜呼皇后，惟后佐命，共承天地。虔恭夙夜，与朕均劳。内教修整，礼义不愆。宽容慈惠，有淑懿之德。民臣县望，远近归心。朕以世难未夷，大统未一，缘后雅志，每怀谦损。是以于时未授名号，亦必谓后降年有永，永与朕躬对扬天休。不寤奄忽，大命近止。朕恨本意不早昭显，伤后殂逝，不终天禄。愍悼之至，痛于厥心。今使使持节丞相醴陵侯雍，奉策授号，配食先后。魂而有灵，嘉其宠荣。呜呼哀哉！”

朱桓（177—238）卒。

《三国志》卷五六《吴书·朱桓传》载：“年六十二，赤乌元年卒。”

建邺周司隶请人写《大十二门经》。

《大十二门经序》载：“嘉禾七年在建邺周司隶舍写，缄在箧匮，向二百年矣。”

孙权赤乌二年(239)　魏景初三年 蜀延熙二年

正月，地震，以吕壹专政之应。

《宋书》卷三四《五行志五》载：“赤乌二年正月，地又再震。是时吕壹专政，步骘上疏曰：‘伏闻校事，吹毛求瑕，趣欲陷人，成其威福，无罪无辜，横受重刑，虽有大臣，不见信任。如此，天地焉得无变。故嘉禾六年、赤乌二年，地连震动，臣下专政之应也。冀所以警悟人主，可不深思其意哉！’壹后卒败。”

按：《建康实录》《资治通鉴》系吕壹被诛事于赤乌元年（238）。

潘濬每进见，皆陈吕壹奸险。

《三国志》卷六一《吴书·潘濬传》载：“时校事吕壹操弄威柄，奏按丞相顾雍、左将军朱据等，皆见禁止。黄门侍郎谢厷语次问壹：‘顾公事何如？’壹答：‘不能佳。’厷又问：‘若此公免退，谁当代之？’壹未答厷。厷曰：‘得无潘太常得之乎？’壹良久曰：‘君语近之也。’厷谓曰：‘潘太常常切齿于君，但道远无因耳。今日代顾公，恐明日便击君矣。’壹大惧，遂解散雍事。濬求朝，诣建业，欲尽辞极谏。至，闻太子登已数言之而不见从，濬乃大请百寮，欲因会手刃杀壹，以身当之，为国除患。壹密闻知，称疾不行。濬每进见，无不陈壹之奸险也。由此壹宠渐衰，后遂诛戮。权引咎责躬，因诮让大臣，语在权传。”

步骘作《上疏论典校》四篇。

《三国志》卷五二《吴书·步骘传》载：“后中书吕壹典校文书，多所纠举，骘上疏曰……（孙）权亦觉悟，遂诛吕壹。”

步骘曰：“伏闻诸典校擿抉细微，吹毛求瑕，重案深诬，辄欲陷人以成威福；无罪无辜，横受大刑，是以使民跼天蹐地，谁不战栗？昔之狱官，惟贤是任，故皋陶作士，吕侯赎刑，张、于廷尉，民无冤枉，休泰之祚，实由此兴。今之小臣，动与古异，狱以贿成，轻忽人命，归咎于上，为国速怨。夫一人吁嗟，王道为亏，甚可仇疾。明德慎罚，哲人惟刑，书传所美。自今蔽狱，都下则宜谘顾雍，武昌则陆逊、潘濬，平心专意，务在得情，骘党神明，受罪何恨？”

又曰：“天子父天母地，故宫室百官，动法列宿。若施政令，钦顺时节，官得其人，则阴阳和平，七曜循度。至于今日，官寮多阙，虽有大臣，复不信任，如此天地焉得无变？故频年枯旱，亢阳之应也。又嘉禾六年五月十四日，赤乌二年正月一日及二十七日，地皆震动。地阴类，臣之象，阴气盛故动，臣下专政之故也。夫天地见异，所以警悟人主，可不深思其意哉！”

又曰：“丞相顾雍、上大将军陆逊、太常潘濬，忧深责重，志在谒诚，夙夜兢兢，寝食不宁，念欲安国利民，建久长之计，可谓心膂股肱，社稷之臣矣。宜各委任，不使他官监其所司，责其成效，课其负殿。此三臣者，思虑不到则已，岂敢专擅威福欺负所天乎?”

又曰：“县赏以显善，设刑以威奸，任贤而使能，审明于法术，则何功而不成，何事而不辨，何听而不闻，何视而不睹哉?若今郡守百里，皆各得其人，共相经纬，如是，庶政岂不康哉?窃闻诸县并有备吏，吏多民烦，俗以之弊。但小人因缘衔命，不务奉公而作威福，无益视听，更为民害，愚以为可一切罢省。”

王德华《中国学术编年·三国两晋卷》“吴赤乌元年”说：“步骘所论共有四篇，其中一篇言及‘赤乌二年正月一日及二十七日，地皆震动’，故其所论三篇应作于吕壹被诛前，一篇著于明年。”[①]

吕壹典校文书，严刑峻法，诋毁大臣，孙权遂诛之。

《三国志》卷四七《吴书·吴主传》载：“初，权信任校事吕壹，壹性苛惨，用法深刻。太子登数谏，权不纳，大臣由是莫敢言。后壹奸罪发露伏诛，权引咎责躬，乃使中书郎袁礼告谢诸大将，因问时事所当损益。”卷五二《吴书·顾雍传》载：“久之，吕壹、秦博为中书，典校诸官府及州郡文书。壹等因此渐作威福，遂造作榷酤障管之利，举罪纠奸，纤介必闻，重以深案丑诬，毁短大臣，排陷无辜，雍等皆见举白，用被谴让。后壹奸罪发露，收系廷尉。雍往断狱，壹以囚见，雍和颜色，问其辞状，临出，又谓壹曰：‘君意得无欲有所道?’壹叩头无言。时尚书郎

①王德华撰：《中国学术编年·三国两晋卷》，华东师范大学出版社2013年版，第61—62页。

怀叙面詈辱壹，雍责叙曰：'官有正法，何至于此！'"卷五八《吴书·陆逊传》载："时中书典校吕壹，窃弄权柄，擅作威福，逊与太常潘濬同心忧之，言至流涕。后权诛壹，深以自责，语在权传。"

按：《建康实录》卷二《太祖下》、《资治通鉴》卷七四都系于赤乌元年（238）七月。

高敏《曹魏与孙吴的"校事官"考略》认为孙吴校事官的设置有可能始于孙权称吴王以后的黄武年间，而吕壹专权是在黄武四年（225）之后，至嘉禾年间达到顶峰。校事主要负责监察各级官吏及所有军队吏民，直接受最高统治者节制。吕壹最大的危害是迫害北方流寓集团的政治代表步骘、诸葛瑾、潘濬、是仪等，同时还陷害江东的陆逊、顾雍、朱据等，影响了孙氏与江东和侨寓两个集团的关系。[①]

阚泽认为不宜加吕壹焚裂刑。

《三国志》卷五三《吴书·阚泽传》载："初，以吕壹奸罪发闻，有司穷治，奏以大辟，或以为宜加焚裂，用彰元恶。权以访泽，泽曰：'盛明之世，不宜复有此刑。'权从之。又诸官司有所患疾，欲增重科防，以检御臣下，泽每曰'宜依礼、律'，其和而有正，皆此类也。"

三月，零陵言甘露降。

《三国志》卷四七《吴书·吴主传》载三月："零陵言甘露降。"《宋书》卷二八《符瑞志中》载："吴孙权赤乌二年三月，

①参见高敏：《曹魏与孙吴的"校事官"考略》，《史学月刊》1994年第2期。

零陵言甘露降。”

三月，吴遣将羊衜、郑胄、孙怡等由海道救公孙渊，击魏辽东守将。

《三国志》卷四七《吴书·吴主传》载：“三月，遣使者羊衜、郑胄、将军孙怡之辽东，击魏守将张持、高虑等，虏得男女。”裴注引《文士传》载，郑胄“后拜宣信校尉，往救公孙渊，已为魏所破，还迁执金吾”。《资治通鉴》卷七四载：“夏，四月，吴督军使者羊衜击辽东守将，俘人民而去。”胡三省注曰：“督军使者，汉官也，魏黄初二年，罢督军官，而吴犹仍汉制。”

潘濬（？—239）卒。

《三国志》卷六一《吴书·潘濬传》载：“赤乌二年，濬卒。”《资治通鉴》卷七四载：“冬，十月，吴太常潘濬卒。吴主以镇南将军吕岱代濬，与陆逊共领荆州文书。岱时年已八十，体素精勤，躬亲王事，与逊同心协规，有善相让，南士称之。”

十月，廖式、廖潜兄弟杀临贺太守，攻击零陵、桂阳。

《三国志》卷四七《吴书·吴主传》载：“冬十月，将军蒋秘南讨夷贼。秘所领都督廖式杀临贺太守严纲等，自称平南将军，与弟潜共攻零陵、桂阳，及摇动交州、苍梧、郁林诸郡，众数万人。遣将军吕岱、唐咨讨之，岁余皆破。”卷六〇《吴书·吕岱传》载：“顷之，廖式作乱，攻围城邑，零陵、苍梧、郁林诸郡骚扰，岱自表辄行，星夜兼路。权遣使追拜岱交州牧，及遣诸将唐咨等骆驿相继，攻讨一年破之，斩式及遣诸所伪署临贺太守费杨等，并其支党，郡县悉平，复还武昌。”

诸葛瑾、步骘作《连名上疏请为周胤复爵》。

《三国志》卷五四《吴书·周瑜传》载："赤乌二年，诸葛瑾、步骘连名上疏曰：'故将军周瑜子胤，昔蒙粉饰，受封为将，不能养之以福，思立功效，至纵情欲，招速罪辟。臣窃以瑜昔见宠任，入作心膂，出为爪牙，衔命出征，身当矢石，尽节用命，视死如归，故能摧曹操于乌林，走曹仁于郢都，扬国威德，华夏是震，蠢尔蛮荆，莫不宾服，虽周之方叔，汉之信、布，诚无以尚也。夫折冲扞难之臣，自古帝王莫不贵重，故汉高帝封爵之誓曰"使黄河如带，太山如砺，国以永存，爰及苗裔"；申以丹书，重以盟诅，藏于宗庙，传于无穷，欲使功臣之后，世世相踵，非徒子孙，乃关苗裔，报德明功，勤勤恳恳，如此之至，欲以劝戒后人，用命之臣，死而无悔也。况于瑜身没未久，而其子胤降为匹夫，益可悼伤。窃惟陛下钦明稽古，隆于兴继，为胤归诉，乞匄余罪，还兵复爵，使失旦之鸡，复得一鸣，抱罪之臣，展其后效。'"

孙权作《答诸葛瑾等》。

《三国志》卷五四《吴书·周瑜传》载权答曰："腹心旧勋，与孤协事，公瑾有之，诚所不忘。昔胤年少，初无功劳，横受精兵，爵以侯将，盖念公瑾以及于胤也。而胤恃此，酗淫自恣，前后告喻，曾无悛改。孤于公瑾，义犹二君，乐胤成就，岂有已哉？迫胤罪恶，未宜便还，且欲苦之，使自知耳。今二君勤勤援引汉高河山之誓，孤用恧然。虽德非其畴，犹欲庶几，事亦如尔，故未顺旨。以公瑾之子，而二君在中间，苟使能改，亦何患乎!”

陆瑁(？—239)卒。

《三国志》卷五七《吴书·陆瑁传》载:“赤乌二年,瑁卒。”

芜湖城隍祠建立,是现知最早的城隍庙。

按:《辞海》称最早的城隍,见于记载的是芜湖城隍,建于三国吴赤乌二年(239)。这种说法或来自宋赵与时的《宾退录》,其中卷八载:“芜湖城隍祠,建于吴赤乌二年。”

孙权赤乌三年(240) 魏正始元年 蜀延熙三年

薛综为选曹尚书，固让顾谭。

《三国志》卷五三《吴书·薛综传》载：“赤乌三年，徙选曹尚书。”卷五二《吴书·顾谭传》载：“薛综为选曹尚书，固让谭曰：‘谭心精体密，贯道达微，才照人物，德允众望，诚非愚臣所可越先。’后遂代综。”

吕岱年八十，张承作《与吕岱书》。

《三国志》卷六〇《吴书·吕岱传》载：“（吕岱）时年已八十，然体素精勤，躬亲王事。奋威将军张承与岱书曰：‘昔旦奭翼同，《二南》作歌，今则足下与陆子也。忠勤相先，劳谦相让，功以权成，化与道合，君子叹其德，小人悦其美。加以文书鞅掌，宾客终日，罢不舍事，劳不言倦。又知上马辄自超乘，不由跨蹑，如此足下过廉颇也。何其事事决也。《周易》有之，礼言恭，德言盛，足下何有尽此美耶！’”

胡综作《请立诸王表》。

《艺文类聚》卷五一载吴胡综《请立诸王表》曰：“受命之主，系天而王，建化垂统，为一代制。虽礼有损益，事有质文，至于崇建懿亲，列土封爵，内蕃国朝，外镇天下，古今同契，其揆一也。周室之兴，宠秩子第，姬姓之国，五十有五，诸王子受国者渐多。光武中兴，四海扰攘，众诸制度未遍，而九子受国，明章即位，男则封王，女为公主。故《诗》曰：'既受帝祉，施于子孙。'陛下践阼以来，十有二载，皇后无号，公主无邑，臣下叹息，远近失望，是以屡献愚怀，依据典礼，庶请具陈，足寤圣心，深辞固拒，不蒙进纳，恐天下有识之士，将谓吴臣暗于礼制，不知陛下谦以失之也。加今仰夏，盛德在上，大吴之庆，于是乎始，开国建号，吉莫大焉。唯陛下割谦谦之德，副兆民之望，留臣佑许，天下幸甚。"

按：孙权黄龙元年（229）称尊号，据"十有二载"，当作于本年。但赤乌五年（242），孙权群臣有立皇后、封诸王之议，似应作于该年，未敢遽定。

冬，吴饥。

《资治通鉴》卷七四载："冬，吴饥。"《建康实录》卷二《太祖下》载："冬十一月，诏开仓赈给贫民。"

孙权赤乌四年(241)　魏正始二年
蜀延熙四年

正月，大雪。

《三国志》卷四七《吴书·吴主传》载：“四年春正月，大雪，平地深三尺，鸟兽死者大半。”《宋书》卷三三《五行志四》载：“吴孙权赤乌四年正月，大雪，平地深三尺，鸟兽死者太半。是年夏，全琮等四将军攻略淮南、襄阳，战死者千余人。其后权以谗邪，数责让陆议，议愤恚致卒。与汉景、武大雪同事也。”

零陵太守殷礼作《上言宜大举伐魏》。

《三国志》卷四七《吴书·吴主传》裴注引《汉晋春秋》曰：“零陵太守殷礼言于权曰：‘今天弃曹氏，丧诛累见，虎争之际而幼童莅事。陛下身自御戎，取乱侮亡，宜涤荆、扬之地，举强羸之数，使强者执戟，羸者转运，西命益州军于陇右，授诸葛瑾、朱然大众，指事襄阳陆逊、朱桓别征寿春，大驾入淮阳，历青、徐。襄阳、寿春困于受敌，长安以西务对蜀军，许、洛之众势必分离；掎角瓦解，民必内应，将帅对向，或失便宜；一军败绩，则三军离心，便当秣马脂车，陵蹈城邑，乘胜逐北，以定华夏。若不悉军动众，循前轻举，则不足大用，易于屡退。民疲威消，时往力竭，非出兵之策也。’权弗能用之。”

四月，吴分四路主动攻魏：一路是诸葛恪攻六安，为司马懿所败；一路是全琮攻淮南，与王凌战于芍陂，败绩；一路是朱然攻樊城，司马懿救樊，吴军遁走；一路是诸葛瑾、步骘攻柤中。

《三国志》卷四七《吴书·吴主传》载：“夏四月，遣卫将军全琮略淮南，决芍陂，烧安城邸阁，收其人民。威北将军诸葛恪攻六安。琮与魏将王凌战于芍陂，中郎将秦晃等十余人战死。车骑将军朱然围樊，大将军诸葛瑾取柤中。五月，太子登卒。是月，魏太傅司马宣王救樊。六月，军还。闰月，大将军瑾卒。秋八月，陆逊城邾。”卷五六《吴书·朱异传》载：“赤乌四年，随朱然攻魏樊城，建计破其外围，还拜偏将军。”《宋书》卷二三《天文志一》载：“正始二年五月，吴将朱然围樊城，司马懿率众距之。”又载：“（正始）二年五月，吴将全琮寇芍陂，朱然围樊城，诸葛瑾入沮中。吴太子登卒。六月，司马懿讨诸葛恪于皖，恪焚积聚，弃城走。”《三国志》卷二三《魏书·孙礼传》载：“吴大将全琮帅数万众来侵寇，时州兵休使，在者无几。礼躬勒卫兵御之，战于芍陂，自旦及暮，将士死伤过半。礼犯蹈白刃，马被数创，手秉枹鼓，奋不顾身，贼众乃退。”卷二八《魏书·王凌传》载：“正始初，为征东将军，假节都督扬州诸军事。二年，吴大将全琮数万众寇芍陂，凌率诸军逆讨，与贼争塘，力战连日，贼退走。”卷四《魏书·齐王芳纪》载：“夏五月，吴将朱然等围襄阳之樊城，太傅司马宣王率众拒之。六月辛丑，退。”裴注引干宝《晋纪》曰：“吴将全琮寇芍陂，朱然、孙伦五万人围樊城，诸葛瑾、步骘寇柤中；琮已破走而樊围急。宣王曰：‘柤中民夷十万，隔在水南，流离无主，樊城被攻，历月不解，此危事也，请自讨之。’议者咸言：‘贼远围樊城不可拔，挫于坚城之下，有自破之势，宜长策以御之。’宣王曰：‘军志有之：将能而御之，此为縻军；不能而任之，此为覆军。今疆埸骚动，民心疑惑，是社稷之大忧也。’六月，督诸军南征，车驾送津阳城门外。宣王以南方暑湿，不宜持久，使轻骑挑之，然不敢动。于是乃令诸军休息洗沐，简精锐，募先登，申号令，示必攻之势。然等闻之，乃夜遁。追至三州口，大杀获。”

《晋书》卷一《宣帝纪》载：“二年夏五月，吴将全琮寇芍陂，朱然、孙伦围樊城，诸葛瑾、步骘掠柤中，帝请自讨之。议者咸言，贼远来围樊，不可卒拔。挫于坚城之下，有自破之势，宜长策以御之。帝曰：‘边城受敌而安坐庙堂，疆埸骚动，众心疑惑，是社稷之大忧也。’六月，乃督诸军南征，车驾送出津阳门。帝以南方暑湿，不宜持久，使轻骑挑之，然不敢动。于是休战士，简精锐，募先登，申号令，示必攻之势。吴军夜遁走，追至三州口，斩获万余人，收其舟船军资而还。”

魏沐并流名吴国。

《三国志》卷二三《魏书·常林传》载：“时吴使朱然、诸葛瑾攻围樊城，遣船兵于岘山东斫材，牂牁人兵作食，有先熟者呼后熟者，言：‘共食来。’后熟者答言：‘不也。’呼者曰：‘汝欲作沐德信邪？’其名流布，播于异域如此。”

五月，太子孙登（209—241）卒，谥宣明太子。

《三国志》卷四七《吴书·吴主传》载："五月，太子登卒。"卷五九《吴书·孙登传》载："立凡二十一年，年三十三卒。……是岁，赤乌四年也。"《建康实录》卷二《太祖下》载："五月，皇太子登薨。帝闻惊惋，哀不自胜。诏曰：'国丧明嫡，百姓何福。'下有司谥为宣明太子。"

孙登作《临终上疏》。

《三国志》卷五九《吴书·孙登传》载："临终，上疏曰：'臣以无状，婴抱笃疾，自省微劣，惧卒陨毙。臣不自惜，念当委离供养，埋胔后土，长不复奉望宫省，朝觐日月，生无益于国，死贻陛下重戚，以此为哽结耳。臣闻死生有命，长短自天，周晋、颜回有上智之才，而尚夭折，况臣愚陋，年过其寿，生为国嗣，没享荣祚，于臣已多，亦何悲恨哉！方今大事未定，逋寇未讨，万国喁喁，系命陛下，危者望安，乱者仰治。愿陛下弃忘臣身，割下流之恩，修黄老之术，笃养神光，加羞珍膳，广开神明之虑，以定无穷之业，则率土幸赖，臣死无恨也。皇子和仁孝聪哲，德行清茂，宜早建置，以系民望。诸葛恪才略博达，器任佐时。张休、顾谭、谢景，皆通敏有识断，入宜委腹心，出可为爪牙。范慎、华融矫矫壮节，有国士之风。羊衜辩捷，有专对之材。刁玄优弘，志履道真。裴钦博记，翰采足用。蒋脩、虞翻，志节分明。凡此诸臣，或宜廊庙，或任将帅，皆练时事，明习法令，守信固义，有不可夺之志。此皆陛下日月所照，选置臣官，得与从事，备知情素，敢以陈闻。臣重惟当今方外多虞，师旅未休，当厉六军，以图进取。军以人为众，众以财为宝，窃闻郡县颇有荒残，民物凋弊，奸乱萌生，是以法令繁滋，刑辟重切。臣闻为政听民，律令与时推移，诚宜与将相大臣详择时宜，博采众议，宽刑轻赋，均息力役，以顺民望。陆逊忠勤于时，出身忧国，謇謇在公，有匪躬之节。诸葛瑾、步骘、朱然、全琮、朱据、吕岱、吾粲、阚泽、严畯、张承、孙怡忠于为国，通达治体。可令陈上便宜，蠲除苛烦，爱养士马，抚循百姓。五年之外，十年之内，远者归复，近者尽力，兵不血刃，而大事可定也。臣闻“鸟之将死其鸣也哀，人之将死其言也善”，故子囊临终，遗言戒时，君子以为忠，岂况臣登，其能已乎？愿陛下留意听采，臣虽死之日，犹生之年也。’”

谢景曾为孙登太子宾客，从豫章来赴丧。

《三国志》卷五九《吴书·孙登传》载：“谢景时为豫章太守，不胜哀情，弃官奔赴，拜表自劾。权曰：‘君与太子从事，异于他吏。’使中使慰劳，听复本职，发遣还郡。”

闰六月，诸葛瑾（174—241）卒。

《三国志》卷四七《吴书·吴主传》载：“闰月，大将军瑾卒。”卷五二《吴书·诸葛瑾传》载：“赤乌四年，年六十八卒，遗命令素棺敛以时服，事从省约。”卷五二《吴书·张昭传》载裴松之案：“（张）承与诸葛瑾同以赤乌中卒，计承年小瑾四岁耳。”

虞翻（172—241）卒。

《三国志》卷五七《吴书·虞翻传》载：“权积怒非一，遂徙翻交州。虽处罪放，而讲学不倦，门徒常数百人。又为《老子》

《论语》《国语》训注，皆传于世。”裴注引《翻别传》曰：“翻放弃南方，云：‘自恨疏节，骨体不媚，犯上获罪，当长没海隅。生无可与语，死以青蝇为吊客，使天下一人知己者，足以不恨。’以典籍自慰，依《易》设象，以占吉凶。又以宋氏解玄颇有缪错，更为立法，并著《明杨》《释宋》以理其滞。”裴注引《江表传》曰：“后孙权遣将士至辽东，于海中遭风，多所没失。权悔之，乃令曰：‘昔赵简子称诸君之唯唯，不如周舍之谔谔。虞翻亮直，善于尽言，国之周舍也。前使翻在此，此役不成。’促下问交州，翻若尚存者，给其人船，发遣还都。若以亡者，送丧还本郡，使儿子仕宦。会翻已终，年七十，乃归葬旧墓。妻子得还。”

《隋书·经籍志》著录虞翻的著作有“《周易》九卷，吴侍御史虞翻注”，“《周易日月变例》六卷，虞翻、陆绩撰”，“《春秋外传国语》二十一卷，虞翻注”，“《论语》十卷，虞翻注”，“《扬子太玄经》十四卷，虞翻注”，“《老子》二卷，虞翻注”，“《周易集林律历》一卷，虞翻撰”，“《易律历》一卷，虞翻撰”，“《后汉侍御史虞翻集》二卷，梁三卷，录一卷”。另外虞翻尚有《川渎记》。

按：虞翻的卒年，一般据孙权辽东事而系于嘉禾三年（233）。但裴占荣《虞仲翔先生年谱》认为虞翻卒于赤乌四年（241），主要依据大略是：（一）权即尊号时有耳顺一语，则当时60岁；（二）虞翻子虞汜生于南海，16岁父卒还故里，虞翻被贬是221年，至嘉禾三年仅13年；（三）《孙登传》载孙登临终上疏说“蒋脩、虞翻，志节分明”[①]，时在赤乌四年。笔者就孙登《临终上疏》所涉及的人物一一稽核，发现孙登去世前俱存，则虞翻不容不存，故系于本年更加妥当。

虞翻与《周易参同契》关系密切。

按：魏伯阳《周易参同契》是第一部系统论述丹法的著作，被称为“万古丹经王”。虞翻与《周易参同契》关系密切。学者指出有三个理由可以确证：一是虞翻注解过《周易参同契》，因为陆德明《经典释文》“易字下曰：‘虞翻注《参同契》云，字从日下月’”。二是《道藏》托名阴长生注本在注“委时去害”一段时说“虞翻以为委边着鬼，是魏字”，亦可为东汉大儒虞翻曾注《周易参同契》之例证。三是《神仙传》提及魏伯阳有虞姓弟子。[②]

《周易参同契》在汉末孙吴时期的江南流传有序。

按：汉末孙吴时期《周易参同契》的流传脉络，后蜀彭晓《周易参同契分章通真义序》说魏伯阳“不知师授谁氏，得《古文龙虎经》，尽获妙旨，乃约《周易》，撰《参同契》三篇。又云未尽纤微，复作《补塞遗脱》一篇，继演丹经之玄奥。所述多以寓言借事，隐显异文。密示青州徐从事，徐乃隐名而注之。至后汉孝、桓帝时，公复传授与同郡淳于叔通，遂行于世”。彭晓认为魏伯阳撰《周易参同契》，先示徐从事，并由其作注，又传授与淳于叔通，但陶弘景《真诰》卷一二说“《易参同契》云：

①参见裴占荣：《虞仲翔先生年谱》，《国立北平图书馆馆刊》1933年第7卷1号。

②参见章伟文整理：《周易参同契·前言》，中华书局2014年版。

‘桓帝时上虞淳于叔通，受术于青州徐从事’”，则认为淳于叔通直接受业于徐从事，很可能是淳于叔通先从魏伯阳学，再从徐从事学。徐从事在汉末影响极大，弟子众多，葛玄受太极真人徐来勒《道德经》，托名东汉阴长生《周易参同契注序》说“盖闻《参同契》者，昔是古《龙虎上经》，本徐真人。徐真人，青州从事，北海人也。后因越上虞人魏伯阳，造《五相类》以解前篇，遂改为《参同契》”，知徐真人与徐从事为一人，则葛玄的炼丹术也应该有徐从事的影响。故谓以炼丹术为中心内容的金丹道发源于汉末的江南地区。

金丹道发源于汉末孙吴的江南地区。

按：外丹的起源与江南的关系密切。著名道士左慈应该是最早从事炼丹术的道士。东晋许迈给王羲之的书信说“自山阴南至临安，多有金堂玉室，仙人芝草，左元放之徒，汉末诸得道者皆在焉”（《晋书》卷八〇《许迈传》），《搜神记》说葛玄“从左元放受九丹液仙经，与客对食”（《艺文类聚》卷七八），葛洪《抱朴子》也说“昔左元放于天柱山中精思，而神人授之金丹仙经”，那么晋人已普遍地认为左慈在江南期间已经有炼丹的举动。葛洪《神仙传》载：“魏伯阳者，吴人也。本高门之子，而性好道术，不肯仕宦，闲居养性，时人莫知之……伯阳作《参同契》《五行相类》，凡三卷，其说似解《周易》，其实假借爻象以论作丹之意，而儒者不知神仙之事，反作阴阳注之，殊失其大旨也。” 魏伯阳是会稽上虞人，借《周易》爻象论述炼丹修仙的方法撰成的《周易参同契》是第一部系统论述丹法的著作，被称为

“万古丹经王”。

魏将邓艾开广漕渠，便利魏军救援东南。

《三国志》卷二八《魏书·邓艾传》载：“正始二年，乃开广漕渠，每东南有事，大军兴众，泛舟而下，达于江、淮，资食有储而无水害，艾所建也。”

阚泽为孙权论佛教。

《广弘明集·归正篇》载：“（赤乌四年）下敕问尚书令阚泽曰：‘汉明已来凡有几年，佛教入汉既久，何缘始至江东？’泽曰：‘自汉明永平十年，佛法初来，至今赤乌四年，则一百七十年矣。初永平十四年，五岳道士与摩滕角力之时，道士不如。南岳道士褚善信、费叔才等在会自憾而死，门徒弟子归葬南岳，不预出家，无人流布。后遭汉政陵迟，兵戎不息，经今多载，始得兴行。’又曰：‘孔丘、李老，得与佛比对不？’泽曰：‘臣闻鲁孔君者，英才诞秀，圣德不群，世号素王，制述经典，训奖周道，教化来叶，师儒之风，泽润今古。亦有逸民，知许成子、原阳子、庄子、老子等百家子书，皆修身自玩，放畅山谷，纵佚其心，学归澹泊，事乖人伦，长幼之节，亦非安俗化民之风。至汉景帝以黄子、老子义体尤深，改子为经，始立道学。敕令朝野，悉讽诵之。若以孔老二教比方佛法，远则远矣。所以然者，孔老二教，法天制用，不敢违天；诸佛设教，天法奉行，不敢违佛。以此言之，实非比对。’吴主大悦，以泽为太子太傅。”

孙权赤乌五年(242)　魏正始三年　蜀延熙五年

正月，孙和被立为太子，阚泽为太子太傅，薛综为太子少傅，张纯为太子辅义都尉。

《三国志》卷四七《吴书·吴主传》载："五年春正月，立子和为太子，大赦，改禾兴为嘉兴。"卷五九《吴书·孙和传》载："赤乌五年，立为太子，时年十九。阚泽为太傅，薛综为少傅，而蔡颖、张纯、封俌、严维等皆从容侍从。"裴注引《吴书》曰："和少岐嶷有智意，故权尤爱幸，常在左右，衣服礼秩雕玩珍异之赐，诸子莫得比焉。好文学，善骑射，承师涉学，精识聪敏，尊敬师傅，爱好人物。颖等每朝见进贺，和常降意，欢以待之。讲校经义，综察是非，及访谘朝臣，考绩行能，以知优劣，各有条贯。"裴注引《吴录》曰："（张）纯少厉操行，学博才秀，切问捷对，容止可观。拜郎中，补广德令，治有异绩，擢为太子辅义都尉。"

钟离牧为太子辅义都尉。

《三国志》卷六〇《吴书·钟离牧传》载："赤乌五年，从郎中补太子辅义都尉，迁南海太守。"

三月，海盐县言见黄龙。

《三国志》卷四七《吴书·吴主传》载："三月，海盐县言黄龙见。"《宋书》卷二八《符瑞志中》载："吴孙权赤乌五年三月，海盐县言黄龙见县井中二。"

七月，吴将聂友、陆凯讨珠崖、儋耳。

《三国志》卷四七《吴书·吴主传》载："秋七月，遣将军聂友、校尉陆凯以兵三万讨珠崖、儋耳。"

《资治通鉴》卷七四胡三省注："儋耳、珠崖，汉武帝开以为郡，属交趾，元帝以后弃之。"清吴增僅撰、杨守敬补正《三国郡县表附考证》载"朱崖郡"说："前汉旧郡，《晋志》吴赤乌五年复立，疑治徐闻。"

九月，陆凯为儋耳太守。

《三国志》卷六一《吴书·陆凯传》载："赤乌中，除儋耳太守，讨朱崖，斩获有功，迁为建武校尉。"《建康实录》卷二《太祖下》载："九月，遣将军陆凯讨定朱崖、儋耳郡。"

吴大疫。

《三国志》卷四七《吴书·吴主传》载："是岁大疫。"《宋书》卷三四《五行志五》载："吴孙权赤乌五年，大疫。"

吴有旱灾。

《建康实录》卷二《太祖下》载："夏四月，旱，诏禁献御，减太官膳。"

八月，孙霸立为鲁王。

《三国志》卷四七《吴书·吴主传》载："有司又奏立后及诸

王。八月，立子霸为鲁王。”

是仪为鲁王傅，上疏谏二宫宜有降杀，作《领鲁王傅上疏》。

《三国志》卷六二《吴书·是仪传》载：“南、鲁二宫初立，仪以本职领鲁王傅。仪嫌二宫相近切，乃上疏曰：‘臣窃以鲁王天挺懿德，兼资文武，当今之宜，宜镇四方，为国藩辅。宣扬德美，广耀威灵，乃国家之良规，海内所瞻望。但臣言辞鄙野，不能究尽其意。愚以二宫宜有降杀，正上下之序，明教化之本。’书三四上。为傅尽忠，动辄规谏；事上勤，与人恭。”

吴国开始了八年的“二宫之争”。

《三国志》卷五九《吴书·孙和传》裴注引殷基《通语》曰：“初权既立和为太子，而封霸为鲁王，初拜犹同宫室，礼秩未分。群公之议，以为太子、国王上下有序，礼秩宜异，于是分宫别僚，而隙端开矣。自侍御宾客造为二端，仇党疑贰，滋延大臣。丞相陆逊、大将军诸葛恪、太常顾谭、骠骑将军朱据、会稽太守滕胤、大都督施绩、尚书丁密等奉礼而行，宗事太子。骠骑将军步骘、镇南将军吕岱、大司马全琮、左将军吕据、中书令孙弘等附鲁王，中外官僚将军大臣举国中分。”

按：孙霸与太子孙和的不睦应从此年开始，一直延续到赤乌十三年（250），最终太子被废、鲁王霸赐死。太子一派有陆逊、诸葛恪、顾谭、朱据、滕胤、施绩、丁密等，鲁王一派有步骘、吕岱、全琮、吕据、孙弘等。

薛综为太子少傅，仍典选举，上《让太子少傅表》。

《三国志》卷五三《吴书·薛综传》曰：“五年，为太子少傅，领选职如故。”裴注引《吴书》曰：“后权赐综紫绶囊，综陈让紫色非所宜服，权曰：‘太子年少，涉道日浅，君当博之以文，约之以礼，茅土之封，非君而谁？’是时综以名儒居师傅之位，仍兼选举，甚为优重。”《北堂书钞》卷六五载薛综说：“先王之建立太子，必择九德之师，六行之傅。”

阚泽为太子太傅，领中书如故。整理礼书并制定礼仪，著《乾象历注》。

《三国志》卷五三《吴书·阚泽传》载：“赤乌五年，拜太子太傅，领中书如故。泽以经传文多，难得尽用，乃斟酌诸家，刊约《礼》文及诸注说以授二宫，为制行出入及见宾仪，又著《乾象历注》以正时日。每朝廷大议，经典所疑，辄谘访之。以儒学勤劳，封都乡侯。性谦恭笃慎，宫府小吏，呼召对问，皆为抗礼。人有非短，口未尝及，容貌似不足者，然所闻少穷。权尝问：‘书传篇赋，何者为美？’泽欲讽喻以明治乱，因对贾谊《过秦论》最善，权览读焉。”

韦昭约是年迁太子中庶子。

《三国志》卷六五《吴书·韦曜传》曰：“韦曜字弘嗣，吴郡云阳人也。少好学，能属文，从丞相掾，除西安令，还为尚书郎，迁太子中庶子。”

刘汝霖《汉晋学术编年》[①]、陆侃如《中古文学系年》[②]均系韦昭为太子中庶子于本年。

①参见刘汝霖：《汉晋学术编年》，华东师范大学出版社2010年版，第509页。

②参见陆侃如：《中古文学系年》，人民文学出版社1985年版，第535页。

韦昭作《博弈论》。

《三国志》卷五九《吴书·孙和传》载："（孙和）常言当世士人宜讲修术学，校习射御，以周世务，而但交游博弈以妨事业，非进取之谓。后群寮侍宴，言及博弈，以为妨事费日而无益于用，劳精损思而终无所成，非所以进德修业，积累功绪者也。且志士爱日惜力，君子慕其大者，高山景行，耻非其次。夫以天地长久，而人居其间，有白驹过隙之喻，年齿一暮，荣华不再。凡所患者，在于人情所不能绝，诚能绝无益之欲以奉德义之涂，弃不急之务以修功业之基，其于名行，岂不善哉？夫人情犹不能无嬉娱，嬉娱之好，亦在于饮宴琴书射御之间，何必博弈，然后为欢。乃命侍坐者八人，各著论以矫之。于是中庶子韦曜退而论奏，和以示宾客。时蔡颖好弈，直事在署者颇斅焉，故以此讽之。"

《三国志》卷六五《吴书·韦昭传》载："迁太子中庶子。时蔡颖亦在东宫，性好博弈，太子和以为无益，命曜论之。其辞曰：'盖闻君子耻当年而功不立，疾没世而名不称，故曰学如不及，犹恐失之。是以古之志士，悼年齿之流迈而惧名称之不立也，故勉精厉操，晨兴夜寐，不遑宁息，经之以岁月，累之以日力，若宁越之勤，董生之笃，渐渍德义之渊，栖迟道艺之域。且以西伯之圣，姬公之才，犹有日昃待旦之劳，故能隆兴周道，垂名亿载，况在臣庶，而可以已乎？历观古今立功名之士，皆有累积殊异之迹，劳身苦体，契阔勤思，平居不堕其业，穷困不易其素，是以卜式立志于耕牧，而黄霸受道于囹圄，终有荣显之福，以成不朽之名。故山甫勤于夙夜，而吴汉不离公门，岂有游惰哉?

‘今世之人多不务经术，好玩博弈，废事弃业，忘寝与食，穷日尽明，继以脂烛。当其临局交争，雌雄未决，专精锐意，心劳体倦，人事旷而不修，宾旅阙而不接，虽有太牢之馔，韶夏之乐，不暇存也。至或赌及衣物，徙棋易行，廉耻之意弛，而忿戾之色发，然其所志不出一枰之上，所务不过方罫之间，胜敌无封爵之赏，获地无兼土之实，技非六艺，用非经国；立身者不阶其术，征选者不由其道。求之于战陈，则非孙、吴之伦也；考之于道艺，则非孔氏之门也；以变诈为务，则非忠信之事也；以劫杀为名，则非仁者之意也；而空妨日废业，终无补益。是何异设木而击之，置石而投之哉！且君子之居室也勤身以致养，其在朝也竭命以纳忠，临事且犹旰食，而何博弈之足耽？夫然，故孝友之行立，贞纯之名彰也。

‘方今大吴受命，海内未平，圣朝乾乾，务在得人，勇略之士则受熊虎之任，儒雅之徒则处龙凤之署，百行兼苞，文武并骛，博选良才，旌简髦俊，设程试之科，垂金爵之赏，诚千载之嘉会，百世之良遇也。当世之士，宜勉思至道，爱功惜力，以佐明时，使名书史籍，勋在盟府，乃君子之上务，当今之先急也。

‘夫一木之枰孰与方国之封？枯棋三百孰与万人之将？衮龙之服，金石之乐，足以兼棋局而贸博弈矣。假令世士移博弈之力而用之于诗书，是有颜、闵之志也；用之于智计，是有良、平之思也；用之于资货，是有猗顿之富也；用之于射御，是有将帅之备也。如此则功名立而鄙贱远矣。’”

陆侃如《中古文学系年》说：“（孙）和于赤乌五年正月立为太子，十三年八月废，即正始三年至嘉平二年。是文应著于是间。”[①]

钱基博《中国文学史》说：“其文渐即于俳偶，气疏而不茂，辞俪而未壮，奕奕清畅，未能如胡综之气往轹古，词来切今也。”[②]

傅刚说：“排比对仗并用，极具排山倒海之气势，虽不免批评过当之嫌，然而使人惟觉其虎虎有生气，具有建安文学以气胜的余韵。”[③]

韦昭或于本年始作《国语解》。

按：韦昭《国语解叙》云：“建安、黄武之间，故侍御史会稽虞君、尚书仆射丹阳唐君皆英才硕儒，洽闻之士也，采摭所见，因贾为主而损益之。”韦昭既言“故侍御史会稽虞君”，则虞翻已去世，虞翻卒于赤乌四年，则不早于241年。又方韬《韦昭〈国语解〉文献考释》注意到，韦昭注“御儿，越北鄙，在今嘉兴”，据《吴主传》“（赤乌）五年春正月，立子和为太子，大赦，改禾兴为嘉兴”，则知嘉兴是赤乌五年设置，因此作者说

①陆侃如：《中古文学系年》，人民文学出版社1985年版，第535页。

②钱基博：《中国文学史》，华中师范大学出版社2011年版，第129页。

③《中国古代文学史》编写组编：《中国古代文学史》上册，高等教育出版社2018年版，第265页。

"韦注有嘉兴县，则此注作年或当在赤乌五年正月后"①。其论可从。

严畯（164—242）卒。

《三国志》卷五三《吴书·严畯传》裴注引《吴书》曰："畯时年七十八，二子凯、爽。凯官至升平少府。"

严畯是孙吴的重要学者，擅长《诗》《书》《三礼》《说文》，著有《孝经传》《潮水论》，与裴玄、张承有《论管仲、季路》。

《三国志》卷五三《吴书·严畯传》载："严畯字曼才，彭城人也。少耽学，善《诗》《书》《三礼》，又好《说文》。避乱江东，与诸葛瑾、步骘齐名友善。性质直纯厚，其于人物，忠告善道，志存补益。"又载："畯著《孝经传》《潮水论》，又与裴玄、张承论管仲、季路，皆传于世。"

裴玄、裴钦父子俱能文，有《齐桓、晋文、夷、惠四人优劣论》。

《三国志》卷五三《吴书·严畯传》载："玄字彦黄，下邳人也，亦有学行，官至太中大夫。问子钦齐桓、晋文、夷、惠四人优劣，钦答所见，与玄相反覆，各有文理。钦与太子登游处，登称其翰采。"

《隋书·经籍志》载："《裴氏新言》五卷，吴大鸿胪裴玄撰。"

孙皓（242—284）生。

①方韬：《韦昭〈国语解〉文献考释》，《中国典籍与文化》2021年第2期。

孙权赤乌六年(243)　魏正始四年蜀延熙六年

正月，新都言白虎见。

《宋书》卷二八《符瑞志中》载：“吴孙权赤乌六年正月，新都言白虎见。”《建康实录》卷二《太祖下》载：“六年春，驺虞见新都。”

薛综作《驺虞颂》。

《艺文类聚》卷九九载：“婉婉白虎，优仁是崇。饥不侵暴，困不改容。敛威扬德，恺悌之风。圣德极盛，驺虞乃彰。”

按：薛综生前，吴国有白虎之瑞，仅见本年，故系薛综《驺虞颂》于此。

春，薛综（？—243）卒。

《三国志》卷五八《吴书·薛综传》载：“六年春，卒。凡所著诗、赋、难论数万言，名曰《私载》。又定《五宗图述》《二京解》，皆传于世。”《隋书·经籍志》载“《太子少傅薛综集》三卷，录一卷”，“薛综注张衡《二京赋》二卷”。

姚振宗《三国艺文志》载有《五宗图》一卷，后汉郑玄撰，吴薛综述。

诸葛恪袭六安。

《资治通鉴》卷七四载："吴诸葛恪袭六安，掩其人民而去。"

十一月，诸葛恪为避司马懿征讨而改屯柴桑。

《宋书》卷二三《天文志一》载："（正始四年十一月）是月，司马懿讨诸葛恪，恪弃城走。"《晋书》卷一《宣帝纪》载："四年秋九月，帝督诸军击诸葛恪，车驾送出津阳门。军次于舒，恪焚烧积聚，弃城而遁。"

《资治通鉴》卷七四载："吴诸葛恪远遣谍人观相径要，欲图寿春。太傅懿将兵入舒，欲以攻恪，吴主徙恪屯于柴桑。"清万斯同《三国大事年表》载："六年正月，诸葛恪侵六安，破魏将谢顺营，司马懿入舒，恪自皖迁于柴桑。"

按：诸葛恪放弃皖城，退居柴桑，概因"皖城以北的皖水航道受潜山阻碍，至其终点后需要改为陆行绕过大别山脉东麓继续北进……曹魏大军若从寿春、合肥经这条道路南下，中间有一段路程无法利用水运，兵员和给养的投送不甚便利"[①]，因此既不利于魏国击吴，又不利于吴国图魏。

十一月，顾雍（168—243）卒。

《三国志》卷五二《吴书·顾雍传》载："雍为相十九年，年七十六，赤乌六年卒。"

按：《建康实录》卷二《太祖下》载"冬十一月，丞相顾雍薨，时年七十六。是月，太子太傅、都乡侯阚泽薨"，知顾雍卒

---

①宋杰：《孙吴的江防部署与作战方略》，氏著《三国兵争要地与攻守战略研究》，中华书局2020年版，第1005—1006页。

于十一月。

十一月，阚泽（？—243）卒。

《三国志》卷五三《吴书·阚泽传》载：“六年冬卒，权痛惜感悼，食不进者数日。”裴注引《吴录》曰：“虞翻称泽曰：‘阚生矫杰，盖蜀之扬雄。’又曰：‘阚子儒术德行，亦今之仲舒也。’”

《隋书·经籍志》载：“《乾象历》三卷，吴太子太傅阚泽撰。”

按：据上条《建康实录》所载，知阚泽卒于十一月。

十二月，扶南献乐人，吴宫廷有异域俗乐。

《三国志》卷四七《吴书·吴主传》载：“扶南王范旃遣使献乐人及方物。”《建康实录》卷二《太祖下》载：“十二月，扶南国献乐人。”

按：黄武五年（226），交州刺史吕岱遣康泰、朱应出使扶南，朱应著《扶南异物志》。

陆逊作《议缓兴利改作》。

《三国志》卷五八《吴书·陆逊传》载：“时谢渊、谢厷等各陈便宜，欲兴利改作，以事下逊。逊议曰：‘国以民为本。强由民力，财由民出。夫民殷国弱、民瘠国强者，未之有也。故为国者，得民则治，失之则乱，若不受利，而令尽用立效，亦为难也。是以《诗》叹“宜民宜人，受禄于天”。乞垂圣恩，宁济百姓，数年之间，国用少丰，然后更图。’”

胡综（183—243）卒。

《三国志》卷六二《吴书·胡综传》载：“赤乌六年卒，子冲嗣。”又载：“凡自权统事，诸文诰策命，邻国书符，略皆综之所造也。”《隋书·经籍志》载：“《吴侍中胡综集》二卷，梁有录一卷。”

孙亮（243—260）生。

《老子河上公章句》已经在孙吴流传。

按：薛综《二京解》已经引用《老子河上公章句》。《文选》卷三《东京赋》“却走马以粪车”句，薛综注：“《老子》曰：‘天下无道，戎马生于郊。天下有道，却走马以粪。’河上公曰：‘粪者，粪田也。兵甲不用，却走马以务农田。然今言粪车者，言马不用而车不败，故曰粪车也。’”这是判定《老子河上公章句》作年的重要材料。王卡《老子道德经河上公章句》说：“薛综卒于吴赤乌六年（243年）春，如果《文选》卷三的薛注引文可靠，就更证明《河上公章句》的问世在三国以前。”[①]与薛综同时的葛玄对《老子河上公章句》也有精深的研究。葛玄《老子道德经序诀》说：“河上公者，莫知其姓名也。汉孝文皇帝时结草为庵于河之滨，常读《老子道德经》。文帝好老子之言，诏命诸王公大臣州牧二千石朝直众官，皆令诵之。……河上公即授素书《老子道德经章句》二卷，谓帝曰：‘熟研此，则所疑自解。’”

①王卡点校：《老子道德经河上公章句·前言》，中华书局1993年版，第2页。

孙权赤乌七年(244)　魏正始五年 蜀延熙七年

正月，孙权作《诏陆逊代顾雍为丞相》。陆逊为丞相，仍任荆州牧、右都护、领武昌事。

《三国志》卷四七《吴书·吴主传》载：“七年春正月，以上大将军陆逊为丞相。”卷五八《吴书·陆逊传》载：“赤乌七年，代顾雍为丞相，诏曰：‘朕以不德，应期践运，王涂未一，奸宄充路，夙夜战惧，不遑鉴寐。惟君天资聪睿，明德显融，统任上将，匡国弭难。夫有超世之功者，必应光大之宠；怀文武之才者，必荷社稷之重。昔伊尹隆汤，吕尚翼周，内外之任，君实兼之。今以君为丞相，使使持节守太常傅常授印绶。君其茂昭明德，修乃懿绩，敬服王命，绥靖四方。於乎！总司三事，以训群寮，可不敬与，君其勖之！其州牧都护领武昌事如故。’”

顾谭为太常、平尚书事。

《三国志》卷五二《吴书·顾谭传》载：“祖父雍卒数月，拜太常，代雍平尚书事。”

秋，宛陵言嘉禾生。

《三国志》卷四七《吴书·吴主传》载：“秋，宛陵言嘉禾生。”《宋书》卷二八《符瑞志中》载“孙权赤乌七年秋，宛陵言嘉禾生”。

张承（178—244）卒。

《三国志》卷五二《吴书·张昭传》载：“承字仲嗣，少以才学知名，与诸葛瑾、步骘、严畯相友善。权为骠骑将军，辟西曹掾，出为长沙西部都尉。讨平山寇，得精兵万五千人。后为濡须都督、奋威将军，封都乡侯，领部曲五千人。承为人壮毅忠谠，能甄识人物，拔彭城蔡款、南阳谢景于孤微童幼，后并为国士，款至卫尉，景豫章太守。又诸葛恪年少时，众人奇其英才，承言终败诸葛氏者元逊也。勤于长进，笃于物类，凡在庶几之流，无不造门。年六十七，赤乌七年卒，谥曰定侯。”

孙权与群臣论吴蜀关系，步骘、朱然等作《上疏请备蜀》，孙权作《答步骘朱然等疏请备蜀》。

《三国志》卷四七《吴书·吴主传》载：“是岁，步骘、朱然等各上疏云：‘自蜀还者，咸言欲背盟与魏交通，多作舟船，缮治城郭。又蒋琬守汉中，闻司马懿南向，不出兵乘虚以犄角之，反委汉中，还近成都。事已彰灼，无所复疑，宜为之备。’权揆其不然，曰：‘吾待蜀不薄，聘享盟誓，无所负之，何以致此？又司马懿前来入舒，旬日便退，蜀在万里，何知缓急而便出兵乎？昔魏欲入汉川，此间始严，亦未举动，会闻魏还而止，蜀宁可复以此有疑邪？又人家治国，舟船城郭，何得不护？今此间治军，宁复欲以御蜀邪？人言苦不可信，朕为诸君破家保之。’蜀竟自无谋，如权所筭。”

葛玄（164—244）卒，著有《老子序决》《老子道德经节解》。

《搜神记》载："葛玄，字孝先，从左元放受《九丹金液仙经》，未及合作，常服饵术。尤长于治病，鬼魅皆见形，或遣或杀。能绝谷，连年不饥；能积薪烈火而坐其上，薪尽而衣冠不灼。饮酒一斛，便入深泉涧中卧，酒解乃出，身不濡湿。玄备览五经，又好谈论。好事少年数十人，从玄游学。尝船行，见器中藏书札符数十枚，因问：'此符之验，能为何事？可得见否？'玄曰：'符亦何所为乎？'"

《隋书·经籍志》载"《老子序决》一卷，葛仙公撰"。《宋史·艺文志》载"葛玄《老子道德经节解》二卷"。

按：葛玄，字孝先，句容人。葛玄师从左慈，应该是在左慈到江东茅山之后。葛玄擅长治病、驱鬼和符箓，掌握了道教的法术。葛玄的学生多达数十人，成为江南道教的发扬者。葛洪的老师郑隐正是葛玄的学生之一。孙权也是葛玄的学生，两者关系密切，《抱朴子》载："葛仙公每饮酒醉，常入门前陂中，竟日乃出。会从吴主到列州，还大风，仙公舡没，吴主谓其已死。须臾从水上来，衣履不湿，而有酒色，云昨为伍子胥召，设酒不能便归，以淹留也。"谭嗣先《太极葛仙公传》载："是时，吴主爱赏仙异，尤敬惮仙公，欲加荣位，仙公不听，求去不得，以客礼待之，常共游宴。"则可知孙权与葛玄过从甚密。

葛玄所撰《道德经序》（《太平御览》作《五千文序》）当在正始之前，这是孙吴现存的老学资料，反映了孙吴早期的老学情况。

“葛氏道”形成于孙吴时期。

按：葛洪《抱朴子内篇·金丹》说：“昔左元放于天柱山中精思，而神人授之《金丹仙经》。会汉末乱，不遑合作，而避地来渡江东，志欲投名山以修斯道。余从祖仙公又从元放受之。凡受《太清丹经》三卷及《九鼎丹经》一卷、《金丹经》一卷。余师郑君（隐）者，则余从祖仙公之弟子也，又于从祖受之，而家贫无用买药。余亲事之，洒扫积久，乃于马迹山中立坛盟受之，并诸口诀诀之不书者。江东先无此书，书出于左元放，元放以授余从祖，从祖以授郑君，郑君以授余，故他道士了无知者也。”《晋书》卷七二《葛洪传》亦载葛洪从祖葛玄，吴时学道得仙，号曰葛仙公，以其炼丹秘术授弟子郑隐。《晋书》晚出，所据材料应来自《抱朴子》，则早期金丹派的传授系统是：左慈—葛玄—郑隐—葛洪。始祖是避地江东的左慈，中坚是葛玄、葛洪祖孙，日本学者福井康顺称之为“葛氏道”。“葛氏道”属于南方兴起的道教，是以崇尚金丹为主的独特派系，溯其源流，最主要的形成阶段是孙吴时期。

孙权赤乌八年(245)　魏正始六年 蜀延熙八年

太子孙和母亲王夫人与全公主有隙，导致二宫之争加剧。

《三国志》卷五九《吴书·孙和传》载：“是后王夫人与全公主有隙。权尝寝疾，和祠祭于庙，和妃叔父张休居近庙，邀和过所居。全公主使人觇视，因言太子不在庙中，专就妃家计议；又言王夫人见上寝疾，有喜色。权由是发怒，夫人忧死，而和宠稍损，惧于废黜。鲁王霸觊觎滋甚，陆逊、吾粲、顾谭等数陈适庶之义，理不可夺，全寄、杨竺为鲁王霸支党，谮诉日兴。”

《资治通鉴》卷七四将二宫之争的事迹系于本年。

陆逊因二宫之争事与全琮、全寄父子有隙。

《三国志》卷五八《吴书·陆逊传》载：“先是，二宫并阙，中外职司，多遣子弟给侍。全琮报逊，逊以为子弟苟有才，不忧不用，不宜私出以要荣利；若其不佳，终为取祸。且闻二宫势敌，必有彼此，此古人之厚忌也。琮子寄，果阿附鲁王，轻为交构。逊书与琮曰：‘卿不师日磾，而宿留阿寄，终为足下门户致祸矣。’琮既不纳，更以致隙。”

按：全公主是全琮之妻。

陆逊知孙权有意废和立霸，作《疏请安太子》劝谏孙权。

《三国志》卷六一《吴书·陆胤传》裴注引《吴录》曰：“太子自惧黜废，而鲁王觊觎益甚。权时见杨竺，辟左右而论霸之才，竺深述霸有文武英姿，宜为嫡嗣，于是权乃许立焉。有给使伏于床下，具闻之，以告太子。胤当至武昌，往辞太子。太子不见，而微服至其车上，与共密议，欲令陆逊表谏。既而逊有表极谏，权疑竺泄之，竺辞不服。权使竺出寻其由，竺白顷惟胤西行，必其所道。又遣问逊何由知之，逊言胤所述。召胤考问，胤为太子隐曰：‘杨竺向臣道之。’遂共为狱。竺不胜痛毒，服是所道。初权疑竺泄之，及服，以为果然，乃斩竺。”卷五八《吴书·陆逊传》载：“及太子有不安之议，逊上疏陈：‘太子正统，宜有盘石之固，鲁王藩臣，当使宠秩有差，彼此得所，上下获安。谨叩头流血以闻。’书三四上，及求诣都，欲口论适庶之分，以匡得失。”

陆胤下狱。

《三国志》卷六一《吴书·陆胤传》载：“会全寄、杨竺等阿附鲁王霸，与和分争，阴相谮构，胤坐收下狱，楚毒备至，终无他辞。”

顾谭作《上疏安太子》。

《三国志》卷五二《吴书·顾谭传》载：“是时鲁王霸有盛宠，与太子和齐衡，谭上疏曰：‘臣闻有国有家者，必明嫡庶之端，异尊卑之礼，使高下有差，阶级逾邈，如此则骨肉之恩生，觊觎之望绝。昔贾谊陈治安之计，论诸侯之势，以为势重，虽亲必有逆节之累；势轻，虽疏必有保全之祚。故淮南亲弟，不终飨国，失之于势重也；吴芮疏臣，传祚长沙，得之于势轻也。昔汉文帝使慎夫人与皇后同席，袁盎退夫人之座，帝有怒色。及盎辨上下之仪，陈人彘之戒，帝既悦怿，夫人亦悟。今臣所陈，非有所偏，诚欲以安太子而便鲁王也。’由是霸与谭有隙。”

顾谭为全琮、全寄父子构陷，徙交州。

《三国志》卷五二《吴书·顾谭传》载：“时长公主婿卫将军全琮子寄为霸宾客，寄素倾邪，谭所不纳。先是，谭弟承与张休俱北征寿春，全琮时为大都督，与魏将王凌战于芍陂，军不利，魏兵乘胜陷没五营将秦晃军，休、承奋击之。遂驻魏师。时琮群子绪、端亦并为将，因敌既住，乃进击之，凌军用退。时论功行赏，以为驻敌之功大，退敌之功小，休、承并为杂号将军，绪、端偏裨而已。寄父子益恨，共构会谭。谭坐徙交州。”裴注引《吴录》曰：“全琮父子屡言芍陂之役为典军陈恂诈增张休、顾承之功，而休、承与恂通情。休坐系狱，权为谭故，沉吟不决，欲令谭谢而释之。及大会，以问谭，谭不谢，而曰：‘陛下，谗言其兴乎！’”裴注引《江表传》曰：“有司奏谭诬罔大不敬，罪应大辟。权以雍故，不致法，皆徙之。”

顾承、张休俱徙交州。

《三国志》卷五二《吴书·顾承传》载：“数年，与兄谭、张休等俱徙交州。”

按：参见上条。张休为孙和妃叔父。

姚信遭流徙。

《三国志》卷五八《吴书·陆逊传》载："逊外生顾谭、顾承、姚信，并以亲附太子，枉见流徙。"

羊衜作《上疏请勿绝二宫宾客》。

《三国志》卷五九《吴书·孙霸传》载："顷之，和、霸不穆之声闻于权耳，权禁断往来，假以精学。督军使者羊衜上疏曰：'臣闻古之有天下者，皆先显别适庶，封建子弟，所以尊重祖宗，为国藩表也。二宫拜授，海内称宜，斯乃大吴兴隆之基。顷闻二宫并绝宾客，远近悚然，大小失望。窃从下风，听采众论，咸谓二宫智达英茂，自正名建号，于今三年，德行内著，美称外昭，西北二隅，久所服闻。谓陛下当副顺遐迩所以归德，勤命二宫宾延四远，使异国闻声，思为臣妾。今既未垂意于此，而发明诏，省夺备卫，抑绝宾客，使四方礼敬不复得通，虽实陛下敦尚古义，欲令二宫专志于学，不复顾虑观听小宜，期于温故博物而已，然非臣下倾企喁喁之至愿也。或谓二宫不遵典式，此臣所以寝息不宁。就如所嫌，犹宜补察，密加斟酌，不使远近得容异言。臣惧积疑成谤，久将宣流，而西北二隅，去国不远，异同之语，易以闻达。闻达之日，声论当兴，将谓二宫有不顺之愆，不审陛下何以解之？若无以解异国，则亦无以释境内。境内守疑，异国兴谤，非所以育巍巍、镇社稷也。愿陛下早发优诏，使二宫周旋礼命如初，则天清地晏，万国幸甚矣。'"

王德华《中国学术编年·三国两晋卷》系于赤乌八年，说："吴太子孙和与弟鲁王霸有隙，并各有宾客，孙权令二宫并绝宾客，羊衜上疏切谏。文见《三国志》卷五九《吴志·孙霸传》。

文中言及‘咸谓二宫智达英茂，自正名建号，于今三年’，太子孙和于赤乌五年立为太子，故系于是年。”[①]

诸葛恪作《与丞相陆逊书》。

《三国志》卷六四《吴书·诸葛恪传》载：“赤乌中，魏司马宣王谋欲攻恪，权方发兵应之，望气者以为不利，于是徙恪屯于柴桑。与丞相陆逊书曰：‘杨敬叔传述清论，以为方今人物凋尽，守德业者不能复几，宜相左右，更为辅车，上熙国事，下相珍惜。又疾世俗好相谤毁，使已成之器，中有损累；将进之徒，意不欢笑。闻此喟然，诚独击节。愚以为君子不求备于一人，自孔氏门徒大数三千，其见异者七十二人，至于子张、子路、子贡等七十之徒，亚圣之德，然犹各有所短，师辟由喭，赐不受命，岂况下此而无所阙？且仲尼不以数子之不备而引以为友，不以人所短弃其所长也。加以当今取士，宜宽于往古，何者？时务从横，而善人单少，国家职司，常苦不充。苟令性不邪恶，志在陈力，便可奖就，骋其所任。若于小小宜适，私行不足，皆宜阔略，不足缕责。且士诚不可纤论苛克，苛克则彼贤圣犹将不全，况其出入者邪？故曰以道望人则难，以人望人则易，贤愚可知。自汉末以来，中国士大夫如许子将辈，所以更相谤讪，或至于祸，原其本起，非为大仇，惟坐克己不能尽如礼，而责人专以正义。夫己不如礼，则人不服。责人以正义，则人不堪。内不服其行，外不堪其责，则不得不相怨。相怨一生，则小人得容其间。得容其

①王德华撰：《中国学术编年·三国两晋卷》，华东师范大学出版社2013年版，第77页。

间，则三至之言，浸润之谮，纷错交至，虽使至明至亲者处之，犹难以自定，况已为隙，且未能明者乎？是故张、陈至于血刃，萧、朱不终其好，本由于此而已。夫不舍小过，纤微相责，久乃至于家户为怨，一国无复全行之士也。’恪知逊以此嫌己，故遂广其理而赞其旨也。”

陆逊（183—245）卒。

《三国志》卷四七《吴书·吴主传》载：“八年春二月，丞相陆逊卒。”卷五八《吴书·陆逊传》载：“权累遣中使责让逊，逊愤恚致卒，时年六十三，家无余财。”

张休（205—245）卒。

《三国志》卷五二《吴书·张昭传》载：“休字叔嗣，弱冠与诸葛恪、顾谭等俱为太子登僚友，以《汉书》授登。……中书令孙弘佞伪险诐，休素所忿，弘因是谮诉，下诏书赐休死，时年四十一。”裴注引《吴书》曰：“休进授，指摘文义，分别事物，并有章条。每升堂宴饮，酒酣乐作，登辄降意与同欢乐。休为人解达，登甚爱之，常在左右。”

按：张休与诸葛恪、顾谭等并为太子孙登僚友，据史载，不仅给太子传授《汉书》，又与孙登讨论道艺。姚振宗《三国艺文志》载有张休的《汉书章条》。

吾粲（？—245）卒。

《三国志》卷五八《吴书·陆逊传》载：“太子太傅吾粲坐数与逊交书，下狱死。”

陆抗为建武校尉。

《三国志》卷五八《吴书·陆抗传》载："逊卒时，年二十，拜建武校尉，领逊众五千人，送葬东还，诣都谢恩。"

诸葛恪为大将军，驻武昌，领荆州事。

《三国志》卷六四《吴书·诸葛恪传》载："会逊卒，恪迁大将军，假节，驻武昌，代逊领荆州事。"

孙权分武昌为左、右两部，诸葛恪督左部，吕岱督右部。

《三国志》卷六〇《吴书·吕岱传》载："及陆逊卒，诸葛恪代逊，权乃分武昌为两部，岱督右部，自武昌上至蒲圻。"

五月，雷震宫门柱，电击南津大桥桓楹，茶陵县洪水。

《三国志》卷四七《吴书·吴主传》载："夏，雷霆犯宫门柱，又击南津大桥楹。茶陵县鸿水溢出，流漂居民二百余家。"《宋书》卷三三《五行志四》"雷震"载："吴孙权赤乌八年夏，震宫门柱；又击南津大桥桓楹。"又载："吴孙权赤乌八年夏，茶陵县鸿水溢出，流漂二百余家。"《建康实录》卷二《太祖下》载："夏五月，震宫门及南津大桥。茶陵县洪水溢出，漂损二百余家。"

七月，吴将马茂谋叛降魏，事泄被诛。

《资治通鉴》卷七四载："秋，七月，吴将军马茂谋杀吴主及大臣以应魏，事泄，并党与皆族诛。"胡三省注引《吴历》曰："茂本魏淮南钟离长，叛降吴。"

孙权赤乌九年(246)　魏正始七年 蜀延熙九年

二月，朱然攻入魏柤中。

《三国志》卷四七《吴书·吴主传》载：“九年春二月，车骑将军朱然征魏柤中，斩获千余。”卷五六《吴书·朱然传》载：“九年，复征柤中，魏将李兴等闻然深入，率步骑六千断然后道，然夜出逆之，军以胜反。先是，归义马茂怀奸，觉诛，权深忿之。然临行上疏曰：‘马茂小子，敢负恩养。臣今奉天威，事蒙克捷，欲令所获，震耀远近，方舟塞江，使足可观，以解上下之忿。惟陛下识臣先言，责臣后效。’权时抑表不出。然既献捷，群臣上贺，权乃举酒作乐，而出然表曰：‘此家前初有表，孤以为难必，今果如其言，可谓明于见事也。’遣使拜然为左大司马、右军师。”卷四《魏书·齐王芳纪》裴注引习凿齿《汉晋春秋》曰：“是年，吴将朱然入柤中，斩获数千；柤中民吏万余家渡沔。司马宣王谓曹爽曰：‘若便令还，必复致寇，宜权留之。’爽曰：‘今不修守沔南，留民沔北，非长策也。’宣王曰：‘不然。凡物置之安地则安，危地则危，故兵书曰，成败，形也，安危，势也，形势御众之要，不可不审。设令贼二万人断沔水，三万人与沔南诸军相持，万人陆钞祖中，君将何以救之？’爽不听，卒令还。然后袭破之。袁淮言于爽曰：‘吴楚之民脆弱寡能，英才大贤不出其土，比技量力，不足与中国相抗，然自上世以来常为中国患者，盖以江汉为池，舟楫为用，利则陆钞，不利则入水，攻之道远，中国之长技无所用之也。孙权自十数年以来，大畋江北，缮治甲兵，精其守御，数出盗窃，敢远其水，陆次平土，此中国所愿闻也。夫用兵者，贵以饱待饥，以逸击劳，师不欲久，行不欲远，守少则固，力专则强。当今宜捐淮、汉以南，退却避之。若贼能入居中央，来侵边境，则随其所短，中国之长技得用矣。若不敢来，则边境得安，无钞盗之忧矣。使我国富兵强，政修民一，陵其国不足为远矣。今襄阳孤在汉南，贼循汉而上，则断而不通，一战而胜，则不攻而自服，故置之无益于国，亡之不足为辱。自江夏已东，淮南诸郡，三后已来，其所亡几何，以近贼疆界易钞掠之故哉!若徙之淮北，远绝其间，则民人安乐，何鸣吠之惊乎？’遂不徙。”《晋书》卷一《宣帝纪》载：“七年春正月，吴寇柤中，夷夏万余家避寇北渡沔。帝以沔南近贼，若百姓奔还，必复致寇，宜权留之。……爽不从，卒令还南。贼果袭破柤中，所失万计。”

四月，武昌言甘露降。

《三国志》卷四七《吴书·吴主传》载：“夏四月，武昌言甘露降。”《宋书》卷二八《符瑞志中》载：“赤乌九年四月，武昌言甘露降。”

九月，步骘为丞相，朱然为左大司马，全琮为右大司马，吕岱为上大将军，诸葛恪为大将军。

《三国志》卷四七《吴书·吴主传》载："秋九月，以骠骑将军步骘为丞相，车骑将军朱然为左大司马，卫将军全琮为右大司马，镇南将军吕岱为上大将军，威北将军诸葛恪为大将军。"卷五二《吴书·步骘传》载："赤乌九年，代陆逊为丞相，犹诲育门生，手不释书，被服居处有如儒生。然门内妻妾服饰奢绮，颇以此见讥。"卷六〇《吴书·全琮传》载："赤乌九年，迁右大司马、左军师。"

按：据洪饴孙《三国职官表》，赤乌九年大司马始分左右，参见"黄武七年"条。又吴上大将军，除黄龙元年陆逊外，仅见吕岱。

朱据为骠骑将军。

《三国志》卷五七《吴书·朱据传》载："赤乌九年，迁骠骑将军。"

陆抗为立节中郎将。

《三国志》卷五八《吴书·陆抗传》载："赤乌九年，迁立节中郎将，与诸葛恪换屯柴桑。"

顾谭（205—246）卒，于交阯时作《新言》。

《三国志》卷五二《吴书·顾谭传》载："谭坐徙交州，幽而发愤，著《新言》二十篇，其《知难篇》，盖以自悼伤也。见流二年，年四十二，卒于交阯。"

《隋书·经籍志》子部儒家类著录《顾子新语》十二卷。

孙权赤乌十年(247)　魏正始八年 蜀延熙十年

正月，全琮（？—247）卒。

《三国志》卷四七《吴书·吴主传》载："十年春正月，右大司马全琮卒。"《资治通鉴》卷七五载："（正始八年）春，正月，吴全琮卒。"

按：《三国志》卷六〇《吴书·全琮传》载全琮为"十二年卒"，《建康实录》卷二《太祖下》载赤乌十二年"冬，右大司马全琮卒"，与此不同。

五月，步骘（？—247）卒。

《三国志》卷四七《吴书·吴主传》载："夏五月，丞相步骘卒。"卷五二《吴书·步骘传》载："十年卒，子协嗣，统骘所领，加抚军将军。"

按：《建康实录》卷二《太祖下》载：赤乌十一年，"秋，丞相、冀州牧、番禺侯步骘薨"。

康僧会由交阯至建业。

梁释慧皎《高僧传》卷一载："康僧会，其先康居人，世居天竺，其父因商贾移于交趾。会年十余岁，二亲并终。至孝服毕，出家，励行甚峻。为人弘雅有识量，笃至好学。明解三藏，博览六经，天文图纬，多所综涉。辩于枢机，颇属文翰。”又载：“时吴地初染大法，风化未全。僧会欲使道振江左，兴立图寺，乃杖锡东游，以吴赤乌十年初达建业。营立茅茨，设像行道。”

按：梁僧祐《出三藏记集》所载同。

孙权建建初寺，为江南第一寺。

梁释慧皎《高僧传》卷一载：“时吴国以初见沙门，睹形未及其道，疑为矫异。有司奏曰：‘有胡人入境，自称沙门，容服非恒，事应检察。’权曰：‘昔汉明帝梦神号称为佛，彼之所事岂非其遗风耶?’即召会诘问，有何灵验。会曰：‘如来迁迹，忽逾千载，遗骨舍利，神曜无方。昔阿育王起塔，乃八万四千。夫塔寺之兴，以表遗化也。’权以为夸诞，乃谓会曰：‘若能得舍利，当为造塔，如其虚妄，国有常刑。’会请期七日，乃谓其属曰：‘法之兴废，在此一举。今不至诚，后将何及。’乃共洁斋静室，以铜瓶加几，烧香礼请。七日期毕，寂然无应，求申二七，亦复如之。权曰：‘此寔欺诳。’将欲加罪。会更请三七，权又特听。会谓法属曰：‘宣尼有言曰：“文王既没，文不在兹乎。”法灵应降，而吾等无感，何假王宪。当以誓死为期耳。’三七日暮，犹无所见，莫不震惧。既入五更，忽闻瓶中鎗然有声，会自往视，果获舍利。明旦呈权，举朝集观，五色光炎，照耀瓶上。权自手执瓶，泻于铜盘，舍利所冲，盘即破碎。权大肃然，惊起而曰：‘希有之瑞也。’会进而言曰：‘舍利威神，岂直光相而已，乃劫烧之火不能焚，金刚之杵不能碎。’权命令试之。会更誓曰：‘法云方被，苍生仰泽，愿更垂神迹，以广示威灵。’乃置舍利于铁砧礁上，使力者击之，于是砧礁俱陷，舍利无损。权大叹服，即为建，以始有佛寺，故号建初寺。因名其地为佛陀里。由是江左大法遂兴。”

按：梁僧祐《出三藏记集》所载同。

孙权改太子南宫为太初宫。

《建康实录》卷二《太祖下》载：“十年春，适南宫，改为太初宫。诏移武昌材瓦，有司奏武昌宫作已二十八年，恐不堪用，请别更置。帝曰：‘大禹以卑宫为美，今军事未已，所在多赋，妨损农业。且建康宫乃朕从京来作府舍耳，材柱率细，年月久远，尝恐朽坏。今武昌材木自在，且用缮之。’”

孙权赤乌十一年(248)　魏正始九年 蜀延熙十一年

二月，地震，白虹贯日，孙权发诏自咎。

《三国志》卷四七《吴书·吴主传》载："二月，地仍震。"《宋书》卷三四《五行志五》载："吴孙权赤乌十一年二月，江东地仍震。是时权听谗，寻黜朱据，废太子。"又载："吴孙权赤乌十一年二月，白虹贯日，时地又频震。权发诏，深戒惧天眚。"

《三国志·吴主传》裴注引《江表传》载孙权诏曰："朕以寡德，过奉先祀，莅事不聪，获谴灵祇，夙夜祗戒，若不终日。群僚其各厉精，思朕过失，勿有所讳。"

三月，太初宫建成。

《建康实录》卷二《太祖下》载："三月，太初宫成，周回五百丈，正殿曰神龙，南面开五门：正中曰公事门，东曰升贤门、左掖门，西曰明阳门、右掖门，正东曰苍龙门，正西曰白虎门，正北曰玄武门。起临海等殿。"

四月，冰雹，以为太子位危之应。

《三国志》卷四七《吴书·吴主传》载："夏四月，雨雹。"《宋书》卷三三《五行志四》载："赤乌十一年四月，雨雹。是时权听谗，将危太子。其后朱据、屈晃以迕意黜辱，陈象以忠谏族诛，而太子终废。此有德遭险，诛罚过深之应也。”《建康实录》卷二《太祖下》载：“夏四月，雨雹，此有德遭险，诛伐过深之应也。”

朱据、屈晃等诣阙为孙和求情。

《三国志》卷五九《吴书·孙和传》载：“后遂幽闭和。于是骠骑将军朱据、尚书仆射屈晃率诸将吏泥头自缚，连日诣阙请和。权登白爵观见，甚恶之，敕据、晃等无事忩忩。权欲废和立亮，无难督陈正、五营督陈象上书，称引晋献公杀申生，立奚齐，晋国扰乱，又据、晃固谏不止。权大怒，族诛正、象，据、晃牵入殿，杖一百。”

按： 上条四月冰雹，“其后朱据、屈晃以迕意黜辱”，明年四月，朱据为丞相，而《孙和传》说朱据是骠骑将军，则应在赤乌十一年四月至十二年四月间，姑系于本年。

四月，云阳言黄龙见。

《三国志》卷四七《吴书·吴主传》载：“夏四月，雨雹，云阳言黄龙见。”《宋书》卷二八《符瑞志中》载：“赤乌十一年，云阳言黄龙见。黄龙二又见武陵吴寿，光色炫耀。”

五月，鄱阳言白虎仁，孙权发诏自勉，作《黄龙见白虎仁诏》。

《三国志》卷四七《吴书·吴主传》载：“五月，鄱阳言白虎仁。诏曰：‘古者圣王积行累善，修身行道，以有天下，故符瑞应之，所以表德也。朕以不明，何以臻兹？《书》云：“虽休勿休。”公卿百司，其勉修所职，以匡不逮。’”《宋书》卷二八《符瑞志中》载：“赤乌十一年五月，鄱阳言白虎仁。”

陆胤为交州刺史。

《三国志》卷六一《吴书·陆胤传》载：“赤乌十一年，交阯九真夷贼攻没城邑，交部骚动。以胤为交州刺史、安南校尉。胤入南界，喻以恩信，务崇招纳，高凉渠帅黄吴等支党三千余家皆出降。引军而南，重宣至诚，遗以财币。贼帅百余人，民五万余家，深幽不羁，莫不稽颡，交域清泰。就加安南将军。复讨苍梧建陵贼，破之，前后出兵八千余人，以充军用。”

孙权赤乌十二年(249)　魏正始十年（嘉平元年）　蜀延熙十二年

三月，朱然（182—249）卒。

《三国志》卷四七《吴书·吴主传》载：“十二年春三月，左大司马朱然卒。”卷五六《吴书·朱然传》载：“诸葛瑾子融、步骘子协，虽各袭任，权特复使然总为大督。又陆逊亦卒，功臣名将存者惟然，莫与比隆。寝疾二年，后渐增笃，权昼为减膳，夜为不寐，中使医药口食之物，相望于道。然每遣使表疾病消息，权辄召见，口自问讯，入赐酒食，出送布帛。自创业功臣疾病，权意之所钟，吕蒙、凌统最重，然其次矣。年六十八，赤乌十二年卒，权素服举哀，为之感恸。”

四月，有两乌衔鹊堕东馆，以为二宫党争之应。

《三国志》卷四七《吴书·吴主传》载：“四月，有两乌衔鹊堕东馆。”《宋书》卷三二《五行志三》载：“吴孙权赤乌十二年四月，有两乌衔鹊堕东馆。权使领丞相朱据燎鹊以祭。案刘歆说，此羽虫之孽，又黑祥也。视不明，听不聪之罚也。是时权意溢德衰，信谗好杀，二子将危，将相俱殆。睹妖不悟，加之以燎，昧道之甚者也。明年，太子和废，鲁王霸赐死，朱据左迁，陆议忧卒，是其应也。东馆，典教之府；鹊堕东馆，又天意乎！”

按：陆逊卒于赤乌八年（245），说“陆议忧卒”，误。又《建康实录》卷二《太祖下》作“东观”，不作“东馆”。

四月，朱据为丞相。

《三国志》卷四七《吴书·吴主传》载四月：“丙寅，骠骑将军朱据领丞相，燎鹊以祭。”

六月，平湖、鄮县出宝鼎。

《三国志》卷四七《吴书·吴主传》裴注引《吴录》曰：“六月戊戌，宝鼎出临平湖。”《宋书》卷二九《符瑞志下》载：“吴孙权赤乌十二年六月戊戌，宝鼎出临平湖。又出东部鄮县。”

八月，白鸠见章安。

《三国志》卷四七《吴书·吴主传》裴注引《吴录》曰：“八月癸丑，白鸠见于章安。”《宋书》卷二九《符瑞志下》载：“吴孙权赤乌十二年八月癸丑，白鸠见章安。”

孙权赤乌十三年(250)　魏嘉平二年
蜀延熙十三年

五月，荧惑入南斗，七月，犯魁第二星。

《三国志》卷四七《吴书·吴主传》载："十三年夏五月，日至，荧惑入南斗，秋七月，犯魁第二星而东。"

五月，魏王昶攻吴。

《三国志》卷四《魏书·齐王芳纪》载："乙未，征南将军王昶渡江，掩攻吴，破之。"

八月，丹杨、句容、故鄣、宁国洪水，是孙权死、孙吴亡之征，亦是孙权不修郊庙山川之礼之应。

《三国志》卷四七《吴书·吴主传》载："八月，丹杨、句容及故鄣、宁国诸山崩，鸿水溢。"《宋书》卷三四《五行志五》载："吴孙权赤乌十三年八月，丹阳、句容及故鄣、宁国诸山崩，鸿水溢。按刘向说，'山，阳，郡也；水，阴，民也。天戒若曰，君道崩坏，百姓将失其所也'。与《春秋》梁山崩，汉齐、楚众山发水同事也。'夫三代命祀，祭不越望，吉凶祸福，不是过也。'吴虽帝，其实列国，灾发丹阳，其天意矣。国主山川，山崩川竭，亡之征也。后二年而权薨，薨二十六年而吴亡。"《宋书》卷三三《五行志四》载："吴孙权赤乌八年夏，茶陵县鸿水溢出，流漂二百余家；十三年秋，丹阳故鄣等县又鸿水溢。案权称帝三十年，竟不于建业创七庙，但有父坚一庙，远在长沙，而郊禋礼阙。嘉禾初，群臣奏宜效祀，又弗许。末年虽一南郊，而北郊遂无闻焉。且三江、五湖、衡、霍、会稽，皆吴、楚之望，亦不见秩，反礼罗阳妖神，以求福助。天意若曰，权简宗庙，不祷祠，废祭祀，示此罚，欲其感悟也。"

朱据在二宫构争中拥护太子，左迁新都郡丞。

《三国志》卷五七《吴书·朱据传》载："遭二宫构争，据拥护太子，言则恳至，义形于色，守之以死，遂左迁新都郡丞。"裴注引殷基《通语》载据争曰："臣闻太子国之本根，雅性仁孝，天下归心，今卒责之，将有一朝之虑。昔晋献用骊姬而申生不存，汉武信江充而戾太子冤死。臣窃惧太子不堪其忧，虽立思子之宫，无所复及矣。"

八月，孙权废太子和为庶人，杀鲁王霸及其党羽，二宫之争落幕。

《三国志》卷四七《吴书·吴主传》载："（八月）废太子和，处故鄣。鲁王霸赐死。"卷六〇《吴书·全琮传》裴注引《江表传》载："（全琮）次子寄，坐阿党鲁王霸赐死。"卷四八《吴书·孙亮传》载："赤乌十三年，和废，权遂立亮为太子。"卷五九《吴书·孙霸传》载："时全寄、吴安、孙奇、杨竺等阴共附霸，图危太子。谮毁既行，太子以败，霸亦赐死。流竺尸于江，兄穆以数谏戒竺，得免大辟，犹徙南州。霸赐死后，又诛寄、安、奇等，咸以党霸构和故也。”

韦昭为黄门侍郎。

《三国志》卷六五《吴书·韦昭传》载：“（孙）和废后，为黄门侍郎。”

十月，魏将文钦诈降，朱异、吕据迎文钦，文钦不敢进。

《三国志》卷四七《吴书·吴主传》载：“冬十月，魏将文钦伪叛以诱朱异，权遣吕据就异以迎钦。异等持重，钦不敢进。”卷五六《吴书·朱异传》载：“十三年，文钦诈降，密书与异，欲令自迎。异表呈钦书，因陈其伪，不可便迎。权诏曰：‘方今北土未一，钦云欲归命，宜且迎之。若嫌其有谲者，但当设计网以罗之，盛重兵以防之耳。’乃遣吕据督二万人，与异并力，至北界，钦果不降。”

十一月，孙权立子孙亮为太子。

《三国志》卷四七《吴书·吴主传》载：“十一月，立子亮为太子。”卷五〇《吴书·妃嫔传》载：“赤乌十三年，亮立为太子。”

十一月，吴遣军淹北道。

《建康实录》卷二《太祖下》载：“是月，遣军十万，作堂邑涂塘以淹北道。”《资治通鉴》卷七五胡三省注：“淹北道以绝魏兵之窥建业，吴主老矣，良将多死，为自保之规摹而已。”

十二月，魏将王昶攻江陵，王基攻西陵，州泰攻巫、秭归、房陵，王昶在江陵战胜吴将施绩。

《三国志》卷四七《吴书·吴主传》载：“十二月，魏大将军王昶围南郡，荆州刺史王基攻西陵，遣将军戴烈、陆凯往拒之，皆引还。”裴注引庾阐《扬都赋注》曰：“烽火以炬置孤山头，皆缘江相望，或百里，或五十、三十里，寇至则举以相告，一夕可行万里。孙权时合暮举火于西陵，鼓三竟，达吴郡南沙。”卷二七《魏书·王昶传》载“（嘉平）二年，昶奏：‘孙权流放良臣，嫡庶分争，可乘衅而制吴、蜀；白帝、夷陵之间，黔、巫、秭归、房陵皆在江北，民夷与新城郡接，可袭取也。’乃遣新城太守州泰袭巫、秭归、房陵，荆州刺史王基诣夷陵，昶诣江陵，两岸引竹絙为桥，渡水击之。贼奔南岸，凿七道并来攻。于是昶使积弩同时俱发，贼大将施绩夜遁入江陵城，追斩数百级。昶欲引致平地与合战，乃先遣五军案大道发还，使贼望见以喜之，以所获铠马甲首，驰环城以怒之，设伏兵以待之。绩果追军，与战，克之。绩遁走，斩其将钟离茂、许旻，收其甲首旗鼓珍宝器仗，振旅而还。”卷五六《吴书·朱然传》载：“魏征南将军王昶率众攻江陵城，不克而退。绩与奋威将军诸葛融书曰：‘昶远来疲困，马无所食，力屈而走，此天助也。今追之力少，可引兵相继，吾欲破之于前，足下乘之于后，岂一人之功哉，宜同断金之义。’融答许绩。绩便引兵及昶于纪南，纪南去城三十里，绩先战胜而融不进，绩后失利。权深嘉绩，盛责怒融，融兄大将军恪贵重，故融得不废。初绩与恪、融不平，及此事变，为隙益甚。”

按：黄武元年，吴改西陵，魏仍称夷陵，太康元年，复改西陵为夷陵。

十二月，孙权听神人言预改明年为太元元年。

《建康实录》卷二《太祖下》载："十二月，有神人授书，告改年、立后，帝大赦，改明年为太元元年。"

朱据（194—250）卒。

《三国志》卷五七《吴书·朱据传》载："中书令孙弘谮润据，因权寝疾，弘为昭书追赐死，时年五十七。"

张纯（？—250）卒。

《三国志》卷五九《吴书·孙和传》载裴注引《吴书》曰："张纯亦尽言极谏，权幽之，遂弃市。"

陆景（250—280）生。

孙权赤乌十四年（太元元年，251）魏嘉平三年 蜀延熙十四年

正月，魏将王基、州泰分别战胜吴人。

《三国志》卷四《魏书·齐王芳纪》载："三年春正月，荆州刺史王基、新城太守州泰攻吴，破之，降者数千口。二月，置南郡之夷陵县以居降附。"

五月，改元太元。

《三国志》卷四七《吴书·吴主传》载："太元元年夏五月，立皇后潘氏，大赦，改年。"

五月，孙权礼遇罗阳妖神。

《三国志》卷四七《吴书·吴主传》载："初临海罗阳县有神，自称王表。周旋民间，语言饮食，与人无异，然不见其形。又有一婢，名纺绩。是月，遣中书郎李崇赍辅国将军、罗阳王印绶迎表。表随崇俱出，与崇及所在郡守令长谈论，崇等无以易。所历山川，辄遣婢与其神相闻。秋七月，崇与表至，权于苍龙门外为立第舍，数使近臣赍酒食往。表说水旱小事，往往有验。"

按：次年孙权病笃，《三国志》卷四七《吴书·吴主传》载"诸将吏数诣王表请福，表亡去"。

赤乌二年（239），析永宁县置罗阳县，属会稽郡；太平二年（252），析会稽郡东部置临海郡，罗阳县属临海郡；宝鼎三年（268），罗阳县改名安阳县。

八月，江海涌溢。

《三国志》卷四七《吴书·吴主传》载：“秋八月朔，大风，江海涌溢，平地深八尺，吴高陵松柏斯拔，郡城南门飞落。”《宋书》卷三四《五行志五》载：“吴孙权太元元年八月朔，大风，江海涌溢，平地水深八尺，拔高陵树二株，石碑蹉动，吴城两门飞落。按华覈对，役繁赋重，区瞀不睿之罚也。明年，权薨。”

陆抗自柴桑至建业治病，孙权涕泣与别。

《资治通鉴》卷七五载：“吴立节中郎将陆抗屯柴桑，诣建业治病。病差，当还，吴主涕泣与别，谓曰：‘吾前听用谗言，与汝父大义不笃，以此负汝；前后所问，一焚灭之，莫令人见也。’”

十一月，孙权祭高陵。

《建康实录》卷二《太祖下》载：“冬十一月，幸曲阿，祭高陵。大赦。”

十一月，孙权南郊祭天，终孙权世无北郊祭地。

《三国志》卷四七《吴书·吴主传》载：“冬十一月，大赦。权祭南郊还，寝疾。”

按：《宋书》卷一四《礼志一》亦载“至末年太元元年十一月，祭南郊，其地今秣陵县南十余里郊中是也”，太元元年已见孙权南郊的记载，这是目前已知的第二次南郊祭天，第一次是黄龙元年（229）在武昌南郊祭天。据何承天“末年虽一南郊，而遂无北郊之礼”（《宋书》卷一六《礼志三》），则终孙权之世，都无北郊祭地之礼。沈约据环济《吴纪》“权思崇严父配天之义，追上父坚尊号为吴始祖”指出“如此说，则权末年所郊，坚配天也，权卒后，三嗣主终吴世不郊祀，则权不享配帝之礼矣”（《宋书》卷一六《礼志三》）。

孙权欲召回孙和，全公主、孙峻、孙弘谏止。

《资治通鉴》卷七五载：“是时，吴主颇寤太子和之无罪，冬，十一月，吴主祀南郊还，得风疾，欲召和还；全公主及侍中孙峻、中书令孙弘固争之，乃止。”

十二月，诸葛恪为太子太傅，孙弘为太子少傅，滕胤为太常，受诏辅佐太子。

《三国志》卷四七《吴书·吴主传》载：“十二月，驿征大将军（诸葛）恪，拜为太子太傅。”卷四八《吴书·孙亮传》载：“冬，权寝疾，征大将军诸葛恪为太子太傅，会稽太守滕胤为太常，并受诏辅太子。”卷六四《吴书·诸葛恪传》载：“久之，权不豫，而太子少，乃征恪以大将军领太子太傅，中书令孙弘领少傅。”卷六四《吴书·滕胤传》载：“太元元年，权寝疾，诣都，留为太常，与诸葛恪等俱受遗诏辅政。”《资治通鉴》卷七五载：“吴主以太子亮幼少，议所付托，孙峻荐大将军诸葛恪可付大事。吴主嫌恪刚很自用，峻曰：‘当今朝臣之才，无及恪者。’乃召恪于武昌。恪将行，上大将军吕岱戒之曰：‘世方多难，子每事必十思。’恪曰：‘昔季文子三思而后行，夫子曰：“再思可矣。”今君令恪十思，明恪之劣也！’岱无以答，时咸谓之失言。……恪至建业，见吴主于卧内，受诏床下，以大将军领太子太傅，孙弘领少傅；诏有司诸事一统于恪，惟杀生大事然后以闻。为制群官百司拜揖之仪，各有品序。又以会稽太守北海滕胤为太常。胤，吴主婿也。”

蜀国使臣樊建聘吴。

《三国志》卷三五《蜀书·董厥传》载：“延熙十四年，以校尉（樊建）使吴，值孙权病笃，不自见建。权问诸葛恪曰：‘樊建何如宗预也？’恪对曰：‘才识不及预，而雅性过之。’”

按：孙权病重，不亲自接待樊建，而将樊建与此前蜀使臣宗预相较。

赤乌十年至十四年（247—251，蜀延熙十年至十四年），吴蜀间有聘问，宗预为使臣，但史料阙载，未详具体年月。

《三国志》卷四五《蜀书·宗预传》载：“延熙十年，为屯骑校尉。时车骑将军邓芝自江州还，来朝，谓预曰：‘礼，六十不服戎，而卿甫受兵，何也？’预答曰：‘卿七十不还兵，我六十何为不受邪？’芝性骄傲，自大将军费祎等皆避下之，而预独不为屈。预复东聘吴，孙权捉预手，涕泣而别曰：‘君每衔命结二国之好。今君年长，孤亦衰老，恐不复相见！’遗预大珠一斛，乃还。”裴注引《吴历》曰：“预临别，谓孙权曰：‘蜀土僻小，虽云邻国，东西相赖，吴不可无蜀，蜀不可无吴，君臣凭恃，唯陛下重垂神虑。’又自说：‘年老多病，恐不复得奉圣颜。’”

按：延熙十年，邓芝年七十，则知其生于178年；又该年宗预年六十，应当生于188年。

蜀李密多次出使吴国，亦未详具体年月。

《华阳国志》卷一一《后贤志·李宓传》载：“（李宓）奉使聘吴。吴主问蜀马有多少，对曰：‘官用有余，民间自足。’吴主与群臣泛论道义，谓：‘宁为人弟。’宓曰：‘愿为人兄。’吴主曰：‘何以为兄?’宓曰：‘为兄供养之日长。’吴主及群臣称之。”《晋书》卷八八《李密传》载：“少仕蜀，为郎，数使吴，有才辩，吴人称之。”

孙权约于是年始命丁孚与项峻著《吴书》，是孙吴本国史的第一次撰作。

《三国志》卷五三《吴书·薛莹传》载华覈上疏曰：“大吴受命，建国南土。大皇帝末年，命太史令丁孚、郎中项峻始撰《吴书》。孚、峻俱非史才，其所撰作，不足纪录。”

按：华覈称“大皇帝末年”，姑系于本年。刘汝霖《汉晋学术编年》①、杨翼骧编著《增订中国史学史资料编年·先秦至隋唐五代卷》②亦皆系于本年。

太史令丁孚擅长著史。

《南齐书》卷九《礼志上》载：“吴则太史令丁孚拾遗汉事，蜀则孟光、许慈草建众典。”姚振宗《三国艺文志》说：“《礼志》谓拾遗汉事者，指丁孚《汉仪》之书。”《新唐书》卷五八

①参见刘汝霖：《汉晋学术编年》，华东师范大学出版社2010年版，第533页。

②参见杨翼骧编著，乔治忠、朱洪斌订补：《增订中国史学史资料编年·先秦至隋唐五代卷》，商务印书馆2013年版，第88页。

《艺文志二》载："丁孚《汉官仪式选用》一卷。"

按：丁孚虽是太史令，却无讨论天文、星象、历法、占卜的记载，而修撰《吴书》、著有《汉仪》，属于地道的史学家。这说明到了孙权末期，随着孙权对本国史撰作的重视，太史令的职能重点似已由方术转向著史。但韦昭说"孚、峻俱非史才，其所撰作，不足纪录"（《三国志》卷五三《吴书·薛莹传》），否定了丁孚的史学才能，不知何故。

孙权太元二年(神凤元年,252)
孙亮建兴元年　魏嘉平四年
蜀延熙十五年

正月，孙权分封诸子为王。

《三国志》卷四七《吴书·吴主传》载:“二年春正月，立故太子和为南阳王，居长沙；子奋为齐王，居武昌；子休为琅邪王，居虎林。”

二月，改元神凤。

《三国志》卷四七《吴书·吴主传》载:“二月，大赦，改元为神凤。”

吴潘皇后被杀。

《资治通鉴》卷七五载:“吴潘后性刚戾，吴主疾病，后使人问孙弘以吕后称制故事。左右不胜其虐，伺其昏睡，缢杀之，托言中恶。后事泄，坐死者六七人。”胡三省注:“斯事也，实吴用事之臣所为也。潘后欲求称制，左右小人正当相与从臾为之，安有不胜其虐而缢杀之之理。吴史缘饰，后人遂因而书之云尔。”

按: 潘氏于去年五月被立为皇后。

三月，吴将朱然、朱异与诸葛诞战，不胜。

《宋书》卷二三《天文志一》载："四年三月，吴将朱然、朱异为寇，镇东将军诸葛诞破走之。"

三月，孙权疾笃，诏问神人王表请福。

《建康实录》卷二《太祖下》载："三月，帝疾甚，使有司传诏问神人王表请福。表云：'国之将兴，听之于人；国之将亡，听之于神。'"

四月，孙权（182—252）薨，谥曰大皇帝，庙号太祖。

《三国志》卷四七《吴书·吴主传》载："夏四月，权薨，时年七十一，谥曰大皇帝。秋七月，葬蒋陵。"卷二一《魏书·傅嘏传》裴注引司马彪《战略》曰："嘉平四年四月，孙权死。"卷三三《蜀书·后主传》载："十五年，吴王孙权薨。"《建康实录》卷二《太祖下》载："群臣上谥为大皇帝，庙曰太祖。"

四月，吴太子孙亮即位，改元建兴。

《三国志》卷四八《吴书·孙亮传》载："明年四月，权薨，太子即尊号，大赦，改元。"

闰月，诸葛恪为太傅，总管军国大政，滕胤为卫将军领尚书事，吕岱为大司马。

《三国志》卷五九《吴书·孙和传》载："四月，权薨，诸葛恪秉政。"卷四八《吴书·孙亮传》载："建兴元年闰月，以恪为帝太傅，胤为卫将军领尚书事，上大将军吕岱为大司马，诸文武在位皆进爵班赏，冗官加等。"卷六〇《吴书·吕岱传》载："孙亮即位，拜大司马。"卷六四《吴书·滕胤传》载："孙亮即位，加卫将军。"卷六四《吴书·诸葛恪传》载："权疾困，召恪、弘及太常滕胤、将军吕据、侍中孙峻，属以后事。”裴注引《吴书》曰：“权寝疾，议所付托。时朝臣咸皆注意于恪，而孙峻表恪器任辅政，可付大事。权嫌恪刚很自用，峻以当今朝臣皆莫及，遂固保之，乃征恪。后引恪等见卧内，受诏床下，权诏曰：‘吾疾困矣，恐不复相见，诸事一以相委。’恪歔欷流涕曰：‘臣等皆受厚恩，当以死奉诏，愿陛下安精神，损思虑，无以外事为念。’权诏有司诸事一统于恪，惟杀生大事然后以闻。为治第馆，设陪卫。群官百司拜揖之仪，各有品叙。诸法令有不便者，条列以闻，权辄听之。中外翕然，人怀欢欣。”卷四三《蜀书·张嶷传》载：“吴太傅诸葛恪以初破魏军，大兴兵众以图攻取。侍中诸葛瞻，丞相亮之子，恪从弟也，嶷与书曰：‘东主初崩，帝实幼弱，太傅受寄托之重，亦何容易！亲以周公之才，犹有管、蔡流言之变，霍光受任，亦有燕、盖、上官逆乱之谋，赖成、昭之明，以免斯难耳。昔每闻东主杀生赏罚，不任下人，又今以垂没之命，卒召太傅，属以后事，诚实可虑。加吴、楚剽急，乃昔所记，而太傅离少主，履敌庭，恐非良计长算之术也。虽云东家纲纪肃然，上下辑睦，百有一失，非明者之虑邪？取古则今，今则古也，自非郎君进忠言于太傅，谁复有尽言者也！旋军广农，务行德惠，数年之中，东西并举，实为不晚，愿深采察。’恪竟以此夷族。嶷识见多如是类。”

按：据洪饴孙《三国职官表》，吴太傅“建兴元年初置，居是官者一人”，终吴之世，太傅仅有诸葛恪一人。

诸葛恪作《与弟公安督融书》。

《三国志》卷六四《吴书·诸葛恪传》载其与弟公安督融书曰："今月十六日乙未，大行皇帝委弃万国，群下大小，莫不伤悼。至吾父子兄弟，并受殊恩，非徒凡庸之隶，是以悲恸，肝心圮裂。皇太子以丁酉践尊号，哀喜交并，不知所措。吾身受顾命，辅相幼主，窃自揆度，才非博陆而受姬公负图之托，惧忝丞相辅汉之效，恐损先帝委付之明，是以忧惭惶惶，所虑万端。且民恶其上，动见瞻观，何时易哉？今以顽钝之姿，处保傅之位，艰多智寡，任重谋浅，谁为唇齿？近汉之世，燕、盖交遘，有上官之变，以身值此，何敢怡豫邪？又弟所在，与贼犬牙相错，当于今时整顿军具，率厉将士，警备过常，念出万死，无顾一生，以报朝廷，无忝尔先。又诸将备守各有境界，犹恐贼虏闻讳，恣睢寇窃。边邑诸曹，已别下约敕，所部督将，不得妄委所戍，径来奔赴。虽怀怆怛不忍之心，公义夺私，伯禽服戎，若苟违戾，非徒小故。以亲正疏，古人明戒也。"

诸葛恪将孙奋从武昌迁于豫章，作《谏齐王孙奋笺》。

《三国志》卷五九《吴书·孙奋传》载："太元二年，立为齐王，居武昌。权薨，太傅诸葛恪不欲诸王处江滨兵马之地，徙奋于豫章。奋怒，不从命，又数越法度。恪上笺谏曰：'帝王之尊，与天同位，是以家天下，臣父兄，四海之内，皆为臣妾。仇雠有善，不得不举，亲戚有恶，不得不诛，所以承天理物，先国后身，盖圣人立制，百代不易之道也。昔汉初兴，多王子弟，至于太强，辄为不轨，上则几危社稷，下则骨肉相残，其后惩戒，以为大讳。自光武以来，诸王有制，惟得自娱于宫内，不得临民，干与政事，其与交通，皆有重禁，遂以全安，各保福祚，此则前世得失之验也。近袁绍、刘表各有国土，土地非狭，人众非弱，以适庶不分，遂灭其宗祀，此乃天下愚智，所共嗟痛。大行皇帝览古戒今，防芽遏萌，虑于千载。是以寝疾之日，分遣诸王，各早就国，诏策殷勤，科禁严峻，其所戒敕，无所不至，诚欲上安宗庙，下全诸王，使百世相承，无凶国害家之悔也。大王宜上惟太伯顺父之志，中念河间献王、东海王强恭敬之节，下当裁抑骄恣荒乱以为警戒。而闻顷至武昌以来，多违诏敕，不拘制度，擅发诸将兵治护宫室。又左右常从有罪过者，当以表闻，公付有司，而擅私杀，事不明白。大司马吕岱亲受先帝诏敕，辅导大王，既不承用其言，令怀忧怖。华锜先帝近臣，忠良正直，其所陈道，当纳用之，而闻怒锜，有收缚之语。又中书杨融，亲受诏敕，所当恭肃，云："正自不听禁，当如我何?"闻此之日，大小惊怪，莫不寒心。里语曰："明镜所以照形，古事所以知今。"大王宜深以鲁王为戒，改易其行，战战兢兢，尽敬朝廷，如此则无求不得。若弃忘先帝法教，怀轻慢之心，臣下宁负大王，不敢负先帝遗诏，宁为大王所怨疾，岂敢忘尊主之威，而令诏敕不行于藩臣邪？此古今正义，大王所照知也。夫福来有由，祸来有渐，渐生不忧，将不可悔。向使鲁王早纳忠直之言，怀惊惧之虑，享祚无穷，岂有灭亡之祸哉？夫良药苦口，惟疾者能甘之。忠言逆耳，惟达者能受之。今者恪等慺慺欲为大王除危殆于萌芽，广福庆之基原，是以不自知言至，愿蒙三思。'奋得笺惧，遂移南昌。"

九月，桃李开花，以为赋役舒缓之应。

《宋书》卷三二《五行志三》载："吴孙亮建兴元年九月，桃李华。孙权世，政烦赋重，民凋于役。是时诸葛恪始辅政，息校官，原逋责，除关梁，崇宽厚。此舒缓之应也。一说桃李寒华为草妖，或属华孽。"《建康实录》卷三《废帝》载："秋九月，桃李花开，此舒缓之应也。"

十月，诸葛恪更作东兴大堤，全端守西城，留略守东城。

《三国志》卷四八《吴书·孙亮传》载："冬十月，太傅恪率军遏巢湖，城东兴，使将军全端守西城，都尉留略守东城。"卷四《魏书·齐王芳纪》裴注引《汉晋春秋》曰："初，孙权筑东兴堤以遏巢湖。后征淮南，坏不复修。是岁诸葛恪帅军更于堤左右结山，挟筑两城，使全端、留略守之，引军而还。诸葛诞言于司马景王曰：'致人而不致于人者，此之谓也。今因其内侵，使文舒逼江陵，仲恭向武昌，以羁吴之上流，然后简精卒攻两城，比救至，可大获也。'景王从之。"卷六四《吴书·诸葛恪传》载："初，权黄龙元年迁都建业。二年筑东兴堤遏湖水。后征淮南，败，以内船，由是废不复修。恪以建兴元年十月会众于东兴，更作大堤，左右结山，侠筑两城，各留千人，使全端、留略守之，引军而还。"

按：孙权废弃东兴堤的原因，《资治通鉴》卷七五胡三省注说正始二年芍陂之败："遏巢湖所以利舟师，而反为湖内之船所败，故废而不治。"[1]

[1]相关的研究参见宋杰：《濡须与孙吴的抗魏战争》，《文史》2003年第4辑。

十一月，魏诏三路攻吴：一路是诸葛诞、胡遵攻东兴，一路是王昶攻南郡，一路是毌丘俭攻武昌。

《三国志》卷四《魏书·齐王芳纪》载："冬十一月，诏征南大将军王昶、征东将军胡遵、镇南将军毌丘俭等征吴。"《三国志》卷二一《魏书·傅嘏传》裴注引司马彪《战略》曰："其年十一月，诏昶等征吴。"卷五五《吴书·丁奉传》载："魏遣诸葛诞、胡遵等攻东兴，诸葛恪率军拒之。"

傅嘏反对魏三路攻吴，未被听从。

《三国志》卷二一《魏书·傅嘏传》裴注引司马彪《战略》引傅嘏语："昔夫差胜齐陵晋，威行中国，不能以免姑苏之祸；齐闵辟土兼国，开地千里，不足以救颠覆之败：有始不必善终，古事之明效也。孙权自破蜀兼平荆州之后，志盈欲满，罪戮忠良，殊及胤嗣，元凶已极。相国宣文侯先识取乱侮亡之义，深建宏图大举之策。今权已死，托孤于诸葛恪。若矫权苛暴，蠲其虐政，民免酷烈，偷安新惠，外内齐虑，有同舟之惧，虽不能终自保完，犹足以延期挺命于深江之表矣。昶等或欲泛舟径渡，横行江表，收民略地，因粮于寇；或欲四道并进，临之以武，诱间携贰，待其崩坏；或欲进军大佃，逼其项领，积谷观衅，相时而动：凡此三者，皆取贼之常计也。然施之当机，则功成名立，苟不应节，必贻后患。自治兵已来，出入三载，非掩袭之军也。贼丧元帅，利存退守，若撰饰舟楫，罗船津要，坚城清野，以防卒攻，横行之计，殆难必施。贼之为寇，几六十年，君臣伪立，吉凶同患，若恪蠲其弊，天去其疾，崩溃之应，不可卒待。今边壤之守，与贼相远，贼设罗落，又持重密，间谍不行，耳目无闻。夫军无耳目，校察未详，而举大众以临巨险，此为希幸徼功，先战而后求胜，非全军之长策也。唯有进军大佃，最差完牢。可诏昶、遵等择地居险，审所错置，及令三方一时前守。夺其肥壤，使还耕塉土，一也；兵出民表，寇钞不犯，二也；招怀近路，降附日至，三也；罗落远设，间构不来，四也；贼退其守，罗落必浅，佃作易之，五也；坐食积谷，士不运输，六也；衅隙时闻，讨袭速决，七也：凡此七者，军事之急务也。不据则贼擅便资，据之则利归于国，不可不察也。夫屯垒相逼，形势已交，智勇得陈，巧拙得用，策之而知得失之计，角之而知有余不足，虏之情伪，将焉所逃？夫以小敌大，则役烦力竭，以贫敌富，则敛重财匮。故'敌逸能劳之，饱能饥之'，此之谓也。然后盛众厉兵以震之，参惠倍赏以招之，多方广似以疑之。由不虞之道，以间其不戒；比及三年，左提右挈，虏必冰散瓦解，安受其弊，可坐算而得也。昔汉氏历世常患匈奴，朝臣谋士早朝晏罢，介胄之将则陈征伐，搢绅之徒咸言和亲，勇奋之士思展搏噬。故樊哙愿以十万之众横行匈奴，季布面折其短。李信求以二十万独举楚人，而果辱秦军。今诸将有陈越江陵险，独步虏庭，即亦向时之类也。以陛下圣德，辅相忠贤，法明士练，错计于全胜之地，振长策以御之，虏之崩溃，必然之数。故兵法曰：'屈人之兵，而非战也；拔人之城，而非攻也。'若释庙胜必然之理，而行万一不必全之路，诚愚臣之所虑也。故谓大佃而逼之计最长。"

十二月，诸葛恪击破东兴一路的魏军，取得了东关之役的胜利。其他两路退还。

《三国志》卷四八《吴书·孙亮传》载:“十二月朔丙申,大风雷电,魏使将军诸葛诞、胡遵等步骑七万围东兴,将军王昶攻南郡,毌丘俭向武昌。甲寅,恪以大兵赴敌。戊午,兵及东兴,交战,大破魏军,杀将军韩综、桓嘉等。”卷五五《吴书·丁奉传》载:“魏遣诸葛诞、胡遵等攻东兴,诸葛恪率军拒之。诸将皆曰:‘敌闻太傅自来,上岸必遁走。’奉独曰:‘不然。彼动其境内,悉许、洛兵大举而来,必有成规,岂虚还哉?无恃敌之不至,恃吾有以胜之。’及恪上岸,奉与将军唐咨、吕据、留赞等,俱从山西上。奉曰:‘今诸军行迟,若敌据便地,则难与争锋矣。’乃辟诸军使下道,帅麾下三千人径进。时北风,奉举帆二日至,遂据徐塘。天寒雪,敌诸将置酒高会,奉见其前部兵少,相谓曰:‘取封侯爵赏,正在今日!’乃使兵解铠著胄,持短兵。敌人从而笑焉,不为设备。奉纵兵斫之,大破敌前屯。会据等至,魏军遂溃。迁灭寇将军,进封都乡侯。”《宋书》卷三四《五行志五》载:“吴孙亮建兴元年十二月丙申,大风震电。是岁,魏遣大众三道来攻,诸葛恪破其东兴军,二军亦退。明年,恪又攻新城,丧众大半,还,伏诛。”《三国志》卷四《魏书·齐王芳纪》载:“十二月,吴大将军诸葛恪拒战,大破众军于东关。不利而还。”卷六四《吴书·诸葛恪传》载:“魏以吴军入其疆土,耻于受侮,命大将胡遵、诸葛诞等率众七万,欲攻围两坞,图坏堤遏。恪兴军四万,晨夜赴救。遵等敕其诸军作浮桥度,陈于堤上,分兵攻两城。城在高峻,不可卒拔。恪遣将军留赞、吕据、唐咨、丁奉为前部。时天寒雪，魏诸将会饮，见赞等兵少，而解置铠甲，不持矛戟。但兜鍪刀楯，倮身缘遏，大笑之，不即严兵。兵得上，便鼓噪乱斫。魏军惊扰散走，争渡浮桥，桥坏绝，自投于水，更相蹈藉。乐安太守桓嘉等同时并没，死者数万。故叛将韩综为魏前军督，亦斩之。获车乘牛马驴骡各数千，资器山积，振旅而归。”卷六〇《吴书·全琮传》裴注引《江表传》载："东关之役，绪与丁奉建议引兵先出，以破魏军。”卷六四《吴书·诸葛恪传》载："以十二月战克。”卷二八《魏书·毌丘俭传》裴注引毌丘俭、文钦表载称："贼退过东关，坐自起众，三征同进，丧众败绩，历年军实，一旦而尽，致使贼来，天下骚动，死伤流离，其罪三也。贼举国悉众，号五十万，来向寿春，图诣洛阳，会太尉孚与臣等建计，乃杜塞要险，不与争锋，还固新城。淮南将士，冲锋履刃，昼夜相守，勤瘁百日，死者涂地，自魏有军已来，为难苦甚，莫过于此。而师遂意自由，不论封赏，权势自在，无所领录，其罪四也。”卷五六《吴书·朱异传》载："建兴元年，迁镇南将军。是岁魏遣胡遵、诸葛诞等出东兴，异督水军攻浮梁，坏之，魏军大破。”

按：《三国志》卷二一《魏书·傅嘏传》裴注引司马彪《战略》载："（嘉平）五年（253）正月，诸葛恪拒战，大破众军于东关。”则司马彪记载的战胜时间与此略有不同。据《孙亮传》载甲寅，诸葛恪带兵赴敌，戊午，在东兴交战，检核王双怀编著《中华通历·魏晋南北朝》，甲寅是2月4日，戊午是2月8日。此东关又称“东兴”。宋杰指出三国有三个东关，除东兴之东关外，还有蜀汉之江州、孙吴都城武昌。[1]

东关之役后，诸葛恪加荆、扬州牧，督中外诸军事。

《三国志》卷六四《吴书·诸葛恪传》载：“进封恪阳都侯，加荆、扬州牧，督中外诸军事，赐金一百斤，马二百匹，缯布各万匹。”

十二月，大风震电雷雨，以为孙亮终废之应。

《三国志》卷四八《吴书·孙亮传》载：“十二月朔丙申，大风雷电。……是月，雷雨，天灾武昌端门；改作端门，又灾内殿。”《宋书》卷三二《五行志三》载：“孙亮建兴元年十二月朔，大风震电；是月又雷雨。义同前说。亮终废。”又载：“吴孙亮建兴元年十二月，武昌端门灾。改作端门，又灾内殿。案《春秋》鲁雉门及两观灾，董仲舒以为天意欲使定公诛季氏，若曰去其高显而奢僭者也。汉武帝世，辽东高庙灾，其说又同。今此与二事颇类也。且门者，号令所出；殿者，听政之所。是时诸葛恪秉政，而矜慢放肆；孙峻总禁旅，而险害终著。武昌，孙氏尊号所始，天戒若曰，宜除其贵要之首者。恪果丧众殄民，峻授政于綝，綝废亮也。或曰孙权毁彻武昌，以增太初宫，诸葛恪有迁都意，更起门殿，事非时宜，故见灾也。京房《易传》曰：‘君不思道，厥妖火烧宫。’”

陆抗为奋威将军。

《三国志》卷五八《吴书·陆抗传》载：“建兴元年，拜奋威

[1] 参见宋杰：《孙吴武昌又称“东关”考》，氏著《三国兵争要地与攻守战略研究》，中华书局2020年版，第1254—1272页。

将军。”

韦昭为太史令。

《三国志》卷六五《吴书·韦曜传》曰：“孙亮即位，诸葛恪辅政，表曜为太史令。”

孙亮命韦昭与华覈、薛莹、周昭、梁广等共撰《吴书》，这是吴国第二次修国史。

《三国志》卷六五《吴书·韦昭传》载：“孙亮即位，诸葛恪辅政，表曜为太史令，撰《吴书》，华覈、薛莹等皆与参同。”卷五三《吴书·薛莹传》载华覈上疏曰：“至少帝时，更差韦曜、周昭、薛莹、梁广及臣五人，访求往事，所共撰立，备有本末。”卷五二《吴书·步骘传》载：“周昭者字恭远，与韦曜、薛莹、华覈并述《吴书》。”《史通》卷一二《古今正史》载：“少帝时，更敕韦曜、周昭、薛莹、梁广、华覈访求往事，相与记述。并作之中，曜、莹为首。”

杨翼骧编著《增订中国史学史资料编年》[①]、王德华撰《中国学术编年·三国两晋卷》[②]亦系于本年。

按：第二次修《吴书》明确参与者有韦昭、周昭、薛莹、梁广及华覈等人。韦昭为太史令，前面又说“韦氏作史”，则韦昭是主要负责人。薛莹有《条例吴事》，所谓“条例”是指作者撰

①参见杨翼骧编著，乔治忠、朱洪斌订补：《增订中国史学史资料编年·先秦至隋唐五代卷》，商务印书馆2013年版，第88页。

②参见王德华撰：《中国学术编年·三国两晋卷》，华东师范大学出版社2013年版，第88页。

史前制订的关于史书书法、史书结构的规定，可知薛莹编纂《吴书》时做了很多基础性的体例工作。

薛莹约于本年为秘府中书郎。

陆侃如《中古文学系年》系于嘉平四年，说："莹生年无考，年辈似与杜预、嵇康相近，大约生于二二〇年左右。为秘书府郎亦不知在何时，今假定与韦昭为太史令同时。"[①]

①陆侃如：《中古文学系年》，人民文学出版社1985年版，第566页。

孙亮建兴二年(253)　魏嘉平五年
蜀延熙十六年

正月，宫东立孙权庙，为太祖庙。

《宋书》卷一六《礼志三》载："权卒，子亮代立。明年正月，于宫东立权庙曰太祖庙，既不在宫南，又无昭穆之序。"

按：《三国志》卷五五《吴书·韩当传》载："数犯边境，杀害人民，权常切齿。东兴之役，（韩）综为前锋，军败身死，诸葛恪斩送其首，以白权庙。"东兴之役，是在建兴元年（252），可证孙权死亡次年即有孙权庙。据《吴主传》黄武六年（227）"闰月，韩当子综以其众降魏"，知韩综在孙权世投降魏朝，故传首于孙权庙。

正月，魏王昶退军，二月，吴封赏东兴之捷。

《三国志》卷四八《吴书·孙亮传》载："（正月）庚午，王昶等皆退。二月，军还自东兴，大行封赏。"《资治通鉴》卷七六载："二月，吴军还自东兴。进封太傅恪阳都侯，加荆、扬州牧，督中外诸军事。"

三月，诸葛恪发兵攻魏。

《三国志》卷四八《吴书·孙亮传》载："三月，恪率军伐魏。”

时大臣多有异同，诸葛恪著论喻众，即《出军论》。

《三国志》卷六四《吴书·诸葛恪传》载：“夫天无二日，土无二王，王者不务兼并天下而欲垂祚后世，古今未之有也。昔战国之时，诸侯自恃兵强地广，互有救援，谓此足以传世，人莫能危。恣情从怀，惮于劳苦，使秦渐得自大，遂以并之，此既然矣。近者刘景升在荆州，有众十万，财谷如山，不及曹操尚微，与之力竞，坐观其强大，吞灭诸袁。北方都定之后，操率三十万众来向荆州，当时虽有智者，不能复为画计，于是景升儿子，交臂请降，遂为囚虏。凡敌国欲相吞，即仇雠欲相除也。有雠而长之，祸不在己，则在后人，不可不为远虑也。昔伍子胥曰：‘越十年生聚，十年教训，二十年之外，吴其为沼乎！’夫差自恃强大，闻此邈然，是以诛子胥而无备越之心，至于临败悔之，岂有及乎？越小于吴，尚为吴祸，况其强大者邪？昔秦但得关西耳，尚以并吞六国，今贼皆得秦、赵、韩、魏、燕、齐九州之地，地悉戎马之乡，士林之薮。今以魏比古之秦，土地数倍；以吴与蜀比古六国，不能半之。然今所以能敌之，但以操时兵众，于今适尽，而后生者未悉长大，正是贼衰少未盛之时。加司马懿先诛王凌，续自陨毙，其子幼弱，而专彼大任，虽有智计之士，未得施用。当今伐之，是其厄会。圣人急于趋时，诚谓今日。若顺众人之情，怀偷安之计，以为长江之险可以传世，不论魏之终始，而以今日遂轻其后，此吾所以长叹息者也。自古以来，务在产育，今者贼民岁月繁滋，但以尚小，未可得用耳。若复十数年后，其众必倍于今，而国家劲兵之地，皆已空尽，唯有此见众可以定事。若不早用之，端坐使老，复十数年，略当损半，而见子弟数不足言。若贼众一倍，而我兵损半，虽复使伊、管图之，未可如何。今不达远虑者，必以此言为迂。夫祸难未至而豫忧虑，此固众人之所迂也。及于难至，然后顿颡，虽有智者，又不能图。此乃古今所病，非独一时。昔吴始以伍员为迂，故难至而不可救。刘景升不能虑十年之后，故无以诒其子孙。今恪无具臣之才，而受大吴萧、霍之任，智与众同，思不经远，若不及今日为国斥境，俯仰年老，而仇敌更强，欲刎颈谢责，宁有补邪？今闻众人或以百姓尚贫，欲务闲息，此不知虑其大危，而爱其小勤者也。昔汉祖幸已自有三秦之地，何不闭关守险，以自娱乐，空出攻楚，身被创痍，介胄生虮虱，将士厌困苦，岂甘锋刃而忘安宁哉？虑于长久不得两存者耳！每览荆邯说公孙述以进取之图，近见家叔父表陈与贼争竞之计，未尝不喟然叹息也。夙夜反侧，所虑如此，故聊疏愚言，以达二三君子之末。若一朝陨殁，志画不立，贵令来世知我所忧，可思于后。”

钱基博《中国文学史》说：“颇异乃父之简尽，而同蜀相之恳到；操心虑危，依仿《后出师表》，得其曲畅，而逊其轩昂。”①

聂友作《谏诸葛恪书》，诸葛恪作《题论后为书答聂友》。

《三国志》卷六四《吴书·诸葛恪传》载：“丹杨太守聂友素与恪善，书谏恪曰：‘大行皇帝本有遏东关之计，计未施行。今

①钱基博：《中国文学史》，华中师范大学出版社2011年版，第126页。

公辅赞大业，成先帝之志，寇远自送，将士凭赖威德，出身用命，一旦有非常之功，岂非宗庙神灵社稷之福邪！宜且案兵养锐，观衅而动。今乘此势，欲复大出，天时未可。而苟任盛意，私心以为不安。’恪题论后，为书答友曰：‘足下虽有自然之理，然未见大数。熟省此论，可以开悟矣。’于是违众出军，大发州郡二十万众，百姓骚动，始失人心。”

四月，诸葛恪围魏合肥新城，与魏司马孚、毌丘俭、文钦相拒，七月，在新城之役中大败。

《三国志》卷四八《吴书·孙亮传》载：“夏四月，围新城，大疫，兵卒死者大半。”卷六四《吴书·诸葛恪传》载：“恪意欲曜威淮南，驱略民人，而诸将或难之曰：‘今引军深入，疆埸之民，必相率远遁，恐兵劳而功少，不如止围新城。新城困，救必至，至而图之，乃可大获。’恪从其计，回军还围新城。攻守连月，城不拔。士卒疲劳，因暑饮水，泄下流肿，病者大半，死伤涂地。诸营吏日白病者多，恪以为诈，欲斩之，自是莫敢言。恪内惟失计，而耻城不下，忿形于色。将军朱异有所是非，恪怒，立夺其兵。都尉蔡林数陈军计，恪不能用，策马奔魏。魏知战士罢病，乃进救兵。恪引军而去。士卒伤病，流曳道路，或顿仆坑壑，或见略获，存亡忿痛，大小呼嗟。而恪晏然自若。出住江渚一月，图起田于浔阳，诏召相衔，徐乃旋师。由此众庶失望，而怨黩兴矣。”卷二七《魏书·王基传》载王基说：“昔诸葛恪乘东关之胜，竭江表之兵，以围新城，城既不拔，而众死者太半。”《宋书》卷三四《五行志五》载：“吴孙亮建兴二年四月，诸葛恪围新城。大疫，死者太半。”又载：“明年，恪又攻新城，丧众大半，还，伏诛。”《三国志》卷四《魏书·齐王芳纪》载：“五年夏四月，大赦。五月，吴太傅诸葛恪围合肥新城，诏太尉司马孚拒之。秋七月，恪退还。”卷二八《魏书·毋丘俭传》载：“吴太傅诸葛恪围合肥新城，俭与文钦御之，太尉司马孚督中军东解围，恪退还。”卷二八《魏书·邓艾传》载：“诸葛恪围合肥新城，不克，退归。艾言景王曰：‘孙权已没，大臣未附，吴名宗大族，皆有部曲，阻兵仗势，足以建命。恪新秉国政，而内无其主，不念抚恤上下以立根基，竞于外事，虐用其民，悉国之众，顿于坚城，死者万数，载祸而归，此恪获罪之日也。昔子胥、吴起、商鞅、乐毅皆见任时君，主没而败。况恪才非四贤，而不虑大患，其亡可待也。’恪归，果见诛。”卷四《魏书·齐王芳纪》裴注引《魏略》载：“（张）特字子产，涿郡人。先时领牙门，给事镇东诸葛诞，诞不以为能也，欲遣还护军。会毋丘俭代诞，遂使特屯守合肥新城。及诸葛恪围城，特与将军乐方等三军众合有三千人，吏兵疾病及战死者过半，而恪起土山急攻，城将陷，不可护。特乃谓吴人曰：‘今我无心复战也。然魏法，被攻过百日而救不至者，虽降，家不坐也。自受敌以来，已九十余日矣。此城中本有四千余人，而战死者已过半，城虽陷，尚有半人不欲降，我当还为相语之，条名别善恶，明日早送名，且持我印绶去以为信。’乃投其印绶以与之。吴人听其辞而不取印绶。不攻。顷之，特还，乃夜彻诸屋材栅，补其缺为二重。明日，谓吴人曰：‘我但有斗死耳!’吴人大怒，进攻之，不能拔，遂引去。朝廷嘉之，加杂号将军，封列侯，又迁安丰太守。”《晋书》卷二《景帝纪》载：“五年夏五月，吴太傅诸葛恪围新城，朝议虑其分兵以寇淮泗，欲戍诸水口。帝曰：‘诸葛恪新得政于吴，欲徼一时之利，并兵合肥，以冀万一，不暇复为青徐患也。且水口非一，多戍则用兵众，少戍则不足以御寇。’恪果并力合肥，卒如所度。帝于是使镇东将军毌丘俭、扬州刺史文钦等距之。俭、钦请战，帝曰：‘恪卷甲深入，投兵死地，其锋未易当。且新城小而固，攻之未可拔。’遂命诸将高垒以弊之。相持数月，恪攻城力屈，死伤太半。帝乃敕钦督锐卒趋合榆，要其归路，俭帅诸将以为后继。恪惧而遁，钦逆击，大破之，斩首万余级。”

八月，诸葛恪无功而还。

《三国志》卷四八《吴书·孙亮传》载：“秋八月，恪引军还。”卷六四《吴书·诸葛恪传》载：“秋八月军还，陈兵导从，归入府馆。”

中书令孙嘿因病还家。

《三国志》卷六四《吴书·诸葛恪传》载：“即召中书令孙嘿，厉声谓曰：‘卿等何敢数妄作诏！’嘿惶惧辞出，因病还家。”

九月，诸葛恪欲用兵青、徐。

《三国志》卷六四《吴书·诸葛恪传》载：“复敕兵严，欲向青、徐。”《建康实录》卷三《废帝》载：“九月，又治兵向青、徐，左右切谏军旅不宜数动，恪不受谏。”

十月，诸葛恪（203—253）被孙峻所杀。

《三国志》卷四八《吴书·孙亮传》载：“冬十月，大飨。武卫将军孙峻伏兵杀恪于殿堂。”卷六四《吴书·诸葛恪传》载：“孙峻因民之多怨，众之所嫌，构恪欲为变，与亮谋，置酒请恪。……及将见，驻车宫门，峻已伏兵于帷中，恐恪不时入，事泄，自出见恪曰：‘使君若尊体不安，自可须后，峻当具白主上。’欲以尝知恪。恪答曰：‘当自力入。’散骑常侍张约、朱恩等密书与恪曰：‘今日张设非常，疑有他故。’恪省书而去。未出路门，逢太常滕胤，恪曰：‘卒腹痛，不任入。’胤不知峻阴计，谓恪曰：‘君自行旋未见，今上置酒请君，君已至门，宜当力进。’恪踌躇而还，剑履上殿，谢亮，还坐。设酒，恪疑未饮，峻因曰：‘使君病未善平，当有常服药酒，自可取之。’恪意乃安，别饮所赍酒。酒数行，亮还内。峻起如厕，解长衣，著短服，出曰：‘有诏收诸葛恪！’恪惊起，拔剑未得，而峻刀交下。张约从旁斫峻，裁伤左手，峻应手斫约，断右臂。武卫之士皆趋上殿，峻云：‘所取者恪也，今已死。’悉令复刃，乃除地更饮。”裴注引《吴录》曰：“恪时年五十一。”《建康实录》卷三《废帝》载：“冬十月，大飨公卿，因会，乃杀恪于殿内，以苇席裹尸，篾束其腰，投于石子岗。时年五十一。”

《三国志》卷一五《魏书·张既传》裴注引《魏略》载：“数为国家陈击吴、蜀形势，又尝对司马大将军料诸葛恪虽得胜于边土，见诛不久。大将军问其故，缉云：‘威震其主，功盖一国，欲不死可得乎？’及恪从合肥还，吴果杀之。大将军闻恪死，谓众人曰：‘诸葛恪多辈耳！近张敬仲县论恪，以为必见杀，今果然如此。敬仲之智为胜恪也。’”

诸葛恪接连征伐，颇有民怨，故有灾异之说。

《三国志》卷六四《吴书·诸葛恪传》载："恪将见之夜，精爽扰动，通夕不寐。明将盥漱，闻水腥臭，侍者授衣，衣服亦臭。恪怪其故，易衣易水，其臭如初，意惆怅不悦。严毕趋出，犬衔引其衣，恪曰：'犬不欲我行乎?'还坐，顷刻乃复起，犬又衔其衣，恪令从者逐犬，遂升车。初，恪将征淮南，有孝子著缞衣入其阁中，从者白之，令外诘问，孝子曰：'不自觉入。'时中外守备，亦悉不见，众皆异之。出行之后，所坐厅事屋栋中折。自新城出住东兴，有白虹见其船，还拜蒋陵，白虹复绕其车。……先是，童谣曰：'诸葛恪，芦苇单衣篾钩落，于何相求成子阁。'成子阁者，反语石子冈也。建业南有长陵，名曰石子冈，葬者依焉。钩落者，校饰革带，世谓之钩络带。恪果以苇席裹其身而篾束其腰，投之于此冈。"《宋书》卷三一《五行志二》载："诸葛恪征淮南归，将朝会，犬衔引其衣。恪曰：'犬不欲我行乎?'还坐，有顷复起，犬又衔衣。乃令逐犬。遂升车入而被害。"卷三二《五行志三》载："吴诸葛恪将见诛，盥洗水血臭；侍者授衣，衣亦臭。此近赤祥也。"卷三一《五行志二》载："吴孙亮初，童谣曰：'吁汝恪，何若若，芦苇单衣篾钩络，于何相求成子阁。'成子阁者，反语石子堈也。钩落，钩带也。及诸葛恪死，果以苇席裹身，篾束其要，投之石子堈。后听恪故吏收敛，求之此堈云。"卷三〇《五行志一》载："吴孙亮建兴二年，诸葛恪征淮南，行后，所坐听事栋中折。恪妄兴征役，夺民农时，作为邪谋，伤国财力，故木失其性，致毁折也。及旋师而诛灭，于《周易》又为栋桡之凶也。”卷三二《五行志三》载：“孙亮初，公安有白鼍鸣。童谣曰：‘白鼍鸣，龟背平，南郡城中可长生，守死不去义无成。’南郡城可长生者，有急，易以逃也。明年，诸葛恪败，弟融镇公安，亦见袭。融刮金印龟，服之而死。鼍有鳞介，甲兵之象。又曰白祥也。”卷三四《五行志五》载：“吴孙亮建兴二年，诸葛恪将征淮南，有孝子著衰衣入其阁。诘问，答曰：‘不自觉入也。’时中外守备，亦悉不见。众皆异之。及还，果见杀。恪已被害，妻在室，使婢沃盥，闻婢血臭。又眼目视瞻非常，妻问其故，婢蹶然跃起，头至栋，攘臂切齿曰：‘诸葛公乃为峻所杀。’”

诸葛恪是孙吴最著名的辩士。

按：诸葛恪及其父诸葛瑾善谈论。《建康实录》载诸葛瑾“汉末避难渡江”，“为人善谭论谏喻，未尝切谔人主，粗陈指归，有未合而言他事，物类相求，帝亦解”。《三国志》卷六四《吴书·诸葛恪传》裴注引《江表传》称诸葛恪“少有才名，发藻岐嶷，辩论应机，莫与为对”，裴注引《吴录》称“恪长七尺六寸，少须眉，折頞广额，大口高声”。

诸葛恪自小即有才名，聪慧伟岸，又天赋“大口高声”，善于辩论，无人能够抗衡，曾指责汉末士林领袖郭林宗说：“林宗隐不修遁，出不益时，实欲扬名养誉而已。街谈巷议以为辩，讪上谤政以为高。时俗贵之歙然，犹郭解、原涉见趋于曩时也。后进慕声者，未能考之于圣王之典，论之于先贤之行，徒惑华名，咸竞准的，学之者如不及，谈之者则盈耳，中人犹不觉，童蒙安能知。”(《抱朴子外篇·正郭》引)诸葛恪指责郭泰进退都无裨于世，反而邀名逐誉，后学之士惑于他的论辩才能和毁谤朝政，却不能认真核考儒家典籍和先贤举止。这显然是对郭泰的否定，主要出于对邀名、谤政等违反儒家行为标准的不满。

《世说新语·排调》曰:“诸葛瑾为豫州，遣别驾到台，语云:‘小儿知谈，卿可与语。’连往诣恪，恪不与相见。后于张辅吴坐中相遇，别驾唤恪:‘咄咄郎君。’恪因嘲之曰:‘豫州乱矣，何咄咄之有?’答曰:‘君明臣贤，未闻其乱。’恪曰:‘昔唐尧在上，四凶在下。’答曰:‘非唯四凶，亦有丹朱。’于是一坐大笑。”程炎震考证说:“黄龙元年，瑾为豫州牧。张昭，嘉禾五年卒。当在此八年中。恪死时年五十一，是时三十上下矣。”则此事发生在229—236年。

臧均作《乞收葬诸葛恪表》。

《三国志》卷六四《吴书·诸葛恪传》载:“及亡，临淮臧均表乞收葬恪曰:‘臣闻震雷电激，不崇一朝，大风冲发，希有极日。然犹继以云雨，因以润物。是则天地之威，不可经日浃辰。帝王之怒，不宜讫情尽意。臣以狂愚，不知忌讳，敢冒破灭之罪，以邀风雨之会。伏念故太傅诸葛恪得承祖考风流之烈，伯叔诸父遭汉祚尽，九州鼎立，分托三方，并履忠勤，熙隆世业。爰及于恪，生长王国，陶育圣化，致名英伟，服事累纪，祸心未萌，先帝委以伊、周之任，属以万机之事。恪素性刚愎，矜己陵人，不能敬守神器，穆静邦内，兴功暴师，未期三出，虚耗士民，空竭府藏，专擅国宪，废易由意，假刑劫众，大小屏息。侍中武卫将军都乡侯俱受先帝嘱寄之诏，见其奸虐，日月滋甚，将恐荡摇宇宙，倾危社稷。奋其威怒，精贯昊天，计虑先于神明，智勇百于荆、聂，躬持白刃，枭恪殿堂，勋超朱虚，功越东牟。国之元害，一朝大除，驰首徇示，六军喜踊，日月增光，风尘不动，斯实宗庙之神灵，天人之同验也。今恪父子三首，县市积日，观者数万，詈声成风。国之大刑，无所不震，长老孩幼，无不毕见。人情之于品物，乐极则哀生，见恪贵盛，世莫与贰，身处台辅，中间历年，今之诛夷，无异禽兽，观讫情反，能不憯然！且已死之人，与土壤同域，凿掘斫刺，无所复加。愿圣朝稽则乾坤，怒不极旬，使其乡邑若故吏民，收以士伍之服，惠以三寸之棺。昔项籍受殡葬之地，韩信获收敛之恩，斯则汉高发神明之誉也。惟陛下敦三皇之仁，垂哀矜之心，使国泽加于辜戮之骸，复受不已之恩，于以扬声遐方，沮劝天下，岂不弘哉！昔栾布矫命彭越，臣窃恨之，不先请主上，而专名以肆情，其得不诛，实为幸耳。今臣不敢章宣愚情，以露天恩，谨伏手书，冒昧陈闻，乞圣朝哀察。’于是亮、峻听恪故吏敛葬，遂求之于石子冈。”

按：《建康实录》卷三《景皇帝》系于永安二年（259）春正月，张忱石校勘记引陶札云：“据《吴志·诸葛恪传》，臧均乞收葬恪在孙亮时，《实录》误。”[①]

孙峻自为丞相、大将军，督中外诸军事，封富春侯。

《三国志》卷四八《吴书·孙亮传》载：“大赦。以峻为丞

① （唐）许嵩撰，张忱石点校：《建康实录》卷三，中华书局1986年版，第87页。

相，封富春侯。”卷六四《吴书·孙峻传》载：“既诛诸葛恪，迁丞相大将军，督中外诸军事，假节，进封富春侯。”

孙和（224—253）被赐死。

《三国志》卷五九《吴书·孙和传》载：“（诸葛）恪即和妃张之舅也。妃使黄门陈迁之建业上疏中宫，并致问于恪。临去，恪谓迁曰：‘为我达妃，期当使胜他人。’此言颇泄。又恪有徙都意，使治武昌宫，民间或言欲迎和。及恪被诛，孙峻因此夺和玺绶，徙新都，又遣使者赐死。和与妃张辞别，张曰：‘吉凶当相随，终不独生活也。’亦自杀，举邦伤焉。”

十一月，大鸟五见于春申，改明年为五凤元年。

《三国志》卷四八《吴书·孙亮传》载：“十一月，有大鸟五见于春申，改明年元。”《宋书》卷二八《符瑞志中》载：“吴孙亮建兴二年十一月，大鸟五见于春申。”卷三二《五行志三》载：“吴孙亮建兴二年十一月，大鸟五见于春申。吴人以为凤凰，明年，改元为五凤。汉桓帝时，有五色大鸟。司马彪云：‘政治衰缺，无以致凤，乃羽虫孽耳。’孙亮未有德政，孙峻骄暴方甚，此与桓帝同事也。案《瑞应图》，大鸟似凤而为孽者非一，疑皆是也。”卷二八《符瑞志中》载：“故得凤之象，一则过之，二则翔之，三则集之，四则春秋居之，五则终身居之。”

按：凤凰与五色大鸟不同，凤凰是祥瑞，但五色大鸟是羽孽。

本年有草妖，以为孙亮被废之征。

《宋书》卷二九《符瑞志下》载：“吴孙亮五凤元年，交阯稗草化为稻。”卷三二《五行志三》载：“吴孙亮五凤元年六月，交趾稗草化为稻。昔三苗将亡，五谷变种。此草妖也。其后亮废。”

全尚代滕胤为太常、卫将军，录尚书事。

《三国志》卷五〇《吴书·妃嫔传》载：“（全）夫人立为皇后，以尚为城门校尉，封都亭侯，代滕胤为太常、卫将军，进封永平侯，录尚书事。”

按：全夫人立为皇后在建兴二年春正月，因此全尚为太常应在此时。

礼学家射慈（？—253）被孙奋杀害。

《三国志》卷五九《吴书·孙奋传》载：“奋得笺惧，遂移南昌，游猎弥甚，官属不堪命。及恪诛，奋下住芜湖，欲至建业观变。傅相谢慈等谏奋，奋杀之。”裴注曰：“慈字孝宗，彭城人，见《礼论》，撰《丧服图》及《变除》，行于世。”

按：《资治通鉴》亦系于本年。射慈为齐王孙奋的老师和相国，也是吴国重要的礼学家，《隋书·经籍志》著录“梁有《丧服变除图》五卷，吴齐王傅射慈撰，亡”，又载“《礼记音》二卷宋中散大夫徐爰撰。梁有郑玄、王肃、射慈、射贞、孙毓、缪炳音各一卷”，知射慈撰《礼记音》一卷。又《三国志》卷五三《吴书·薛综传》载：“《五宗图》一卷，后汉郑玄撰，吴薛综述。”则孙吴的礼学家，据史书目录可知者有射慈和薛综二人，以射慈最为名家。射慈《礼记音》止有一卷，大概是注明读音一类的著作；其《丧服变除图》，采取徐整问、射慈答的形式，全书基本是两人的问答，讨论关于丧的一系列礼仪。马国翰《玉函山房辑佚书》认为："与徐整答问为多，整当是慈之门人，其书体例亦郑志之类也。"则徐整亦熟悉礼学。

纪瞻（253—324）生。

《晋书》卷六八《纪瞻传》载："瞻性静默，少交游，好读书，或手自抄写，凡所著述，诗赋笺表数十篇。兼解音乐，殆尽其妙。"又载："少与陆机兄弟亲善。"

支谦译经完毕，或卒于本年。

《高僧传》卷一载："谦以大教虽行，而经多梵文，未尽翻译，已妙善方言，乃收集众本，译为汉语。从吴黄武元年至建兴中，所出《维摩》《大般泥洹》《法句》《瑞应本起》等四十九经，曲得圣义，辞旨文雅。又依《无量寿》《中本起》，制《菩提连句梵呗》三契，并注《了本生死经》等，皆行于世。"

《出三藏记集》卷一三《支谦传》载："吴主孙亮与众僧书曰：'支恭明不救所疾，其业履冲素，始终可高，为之恻怆，不能已已。'其为时所惜如此。"

支越本年译经书数十本。

《出三藏记集》卷七《合首楞严经记》载支越："才学深彻，内外备通，以季世尚文，时好简略，故其出经，颇从文丽，然其属辞析理，文而不越，约而义显，真可谓深入者也。以汉末沸乱，南度奔吴，从黄武至建兴中，所出诸经凡数十本，自有别传记录。"

孙亮五凤元年(254)　魏嘉平六年（正元元年）　蜀延熙十七年

正月，丹杨郡徙治宛陵。

《建康实录》卷三《废帝》载："春正月，以大将军、左司马李衡为丹杨太守，自芜湖又徙治宛陵。"

夏，大水，以为简宗庙、不祭祀之罚。

《宋书》卷三三《五行志四》载："吴孙亮五凤元年夏，大水。亮即位四年，乃立权庙；又终吴世，不上祖宗之号，不修严父之礼，昭穆之数有阙。亮及休、皓又并废二郊，不秩群神。此简宗庙、不祭祀之罚也。又是时，孙峻专政，阴胜阳之应乎。"

秋，孙英谋杀孙峻未遂而死。

《三国志》卷四八《吴书·孙亮传》载："五凤元年夏，大水。秋，吴侯英谋杀峻，觉，英自杀。"卷六四《吴书·孙峻传》载："五凤元年，吴侯英谋杀峻，英事泄死。"

按：据《资治通鉴》卷七六载"吴孙峻骄矜淫暴，国人侧目。司马桓虑谋杀峻，立太子登之子吴侯英；不克，皆死"，则桓虑是谋主。

十一月，星茀于斗、牛。

《三国志》卷四八《吴书·孙亮传》载:“冬十一月，星茀于斗、牛。”《建康实录》卷三《废帝》载:“十二月，星孛于牛、斗。”

按:《三国志》与《建康实录》所载时间不同。

交阯稗草化为稻。

《三国志》卷四八《吴书·孙亮传》裴注引《江表传》曰:“是岁交阯稗草化为稻。”《建康实录》卷三《废帝》载:十二月，“交阯稗草化为稻，此草妖也。昔三苗亡而五谷变”。

孙亮五凤二年(255)　魏正元二年蜀延熙十八年

正月，毌丘俭、文钦叛魏。文钦诣降。

《三国志》卷四《魏书·高贵乡公髦纪》载："二年春正月乙丑，镇东将军毌丘俭、扬州刺史文钦反。戊寅，大将军司马景王征之。癸未，车骑将军郭淮薨。闰月己亥，破钦于乐嘉。钦遁走，遂奔吴。甲辰，安风津都尉斩俭，传首京都。"卷四八《吴书·孙亮传》载："二年春正月，魏镇东大将军毌丘俭、前将军文钦以淮南之众西入，战于乐嘉。闰月壬辰……闻钦等败。……钦诣峻降，淮南余众数万口来奔。"卷六四《吴书·孙峻传》载："二年，魏将毌丘俭、文钦以众叛，与魏人战于乐嘉，峻帅骠骑将军吕据、左将军留赞袭寿春，会钦败降，军还。"卷二八《魏书·诸葛诞传》载："俭、钦之破也，诞先至寿春。寿春中十余万口，闻俭、钦败，恐诛，悉破城门出，流迸山泽，或散走入吴。"《宋书》卷二三《天文志一》载："二年正月，毌丘俭等据淮南以叛，大将军司马师讨平之。"

《晋书》卷二《景帝纪》载："二年春正月，有彗星见于吴楚之分，西北竟天。镇东大将军毌丘俭、扬州刺史文钦举兵作乱，矫太后令移檄郡国，为坛盟于西门之外，各遣子四人质于吴以请救。二月，俭、钦帅众六万，渡淮而西。帝会公卿谋征讨计，朝议多谓可遣诸将击之，王肃及尚书傅嘏、中书侍郎钟会劝帝自行。戊午，帝统中军步骑十余万以征之。倍道兼行，召三方兵，大会于陈许之郊。甲申，次于㶏桥，俭将史招、李续相次来降。俭、钦移入项城，帝遣荆州刺史王基进据南顿以逼俭。帝深壁高垒，以待东军之集。诸将请进军攻其城，帝曰：‘诸君得其一，未知其二。淮南将士本无反志。且俭、钦欲蹈纵横之迹，习仪秦之说，谓远近必应。而事起之日，淮北不从，史招、李续前后瓦解。内乖外叛，自知必败，困兽思斗，速战更合其志。虽云必克，伤人亦多。且俭等欺诳将士，诡变万端，小与持久，诈情自露，此不战而克之也。’乃遣诸葛诞督豫州诸军自安风向寿春，征东将军胡遵督青、徐诸军出谯宋之间，绝其归路。帝屯汝阳，遣兖州刺史邓艾督太山诸军进屯乐嘉，示弱以诱之。钦进军将攻艾，帝潜军衔枚，径造乐嘉，与钦相遇。钦子鸯，年十八，勇冠三军，谓钦曰：‘及其未定，请登城鼓噪，击之可破也。’既谋而行，三噪而钦不能应，鸯退，相与引而东。帝谓诸将曰：‘钦走矣。’命发锐军以追之。诸将皆曰：‘钦旧将，鸯少而锐，引军内入，未有失利，必不走也。’帝曰：‘一鼓作气，再而衰，三而竭。鸯三鼓，钦不应，其势已屈，不走何待?’钦将遁，鸯曰：‘不先折其势，不得去也。’乃与骁骑十余摧锋陷阵，所向皆披靡，遂引去。帝遣左长史司马琏督骁骑八千翼而追之，使将军乐綝等督步兵继其后。比至沙阳，频陷钦阵，弩矢雨下，钦蒙楯而驰。大破其军。众皆投戈而降，钦父子与麾下走保项。俭闻钦败，弃众宵遁淮南。安风津都尉追俭，斩之，传首京都。钦遂奔吴，淮南平。”

闰正月，孙峻与吕据、留赞袭寿春，魏诸葛诞拒之，孙峻引军还。

《三国志》卷四《魏书·高贵乡公髦纪》载：“甲子，吴大将孙峻等众号十万至寿春，诸葛诞拒击破之，斩吴左将军留赞，献捷于京都。”卷四八《吴书·孙亮传》载：“闰月壬辰，峻及骠骑将军吕据、左将军留赞率兵袭寿春，军及东兴，闻钦等败。壬寅，兵进于橐皋，钦诣峻降，淮南余众数万口来奔。魏诸葛诞入寿春，峻引军还。”卷二八《魏书·诸葛诞传》载：“吴大将孙峻、吕据、留赞等闻淮南乱，会文钦往，乃帅众将钦径至寿春；时诞诸军已至，城不可攻，乃走。”卷二八《魏书·邓艾传》载：“吴大将军孙峻等号十万众，将渡江，镇东将军诸葛诞遣艾据肥阳，艾以与贼势相远，非要害之地，辄移屯附亭，遣泰山太守诸葛绪等于黎浆拒战，遂走之。”

二月，孙峻击败魏将曹珍，留赞等为魏将蒋班所攻杀。

《三国志》卷四八《吴书·孙亮传》载：“二月，及魏将军曹珍遇于高亭，交战，珍败绩。留赞为（诸葛）诞别将蒋班所败于菰陂，赞及将军孙楞、蒋脩等皆遇害。”卷五六《吴书·吕范传》载：“五凤二年，假节，与峻等袭寿春，还遇魏将曹珍，破之于高亭。”卷二八《魏书·诸葛诞传》载：“诞遣将军蒋班追击之，斩赞，传首，收其印节。进封高平侯，邑三千五百户，转为征东大将军。”

《三国志》卷六四《吴书·孙峻传》裴注引《吴书》曰：“（留赞）好读兵书及三史，每览古良将战攻之势，辄对书独叹。”

吴封文钦都护、假节、镇北大将军、幽州牧、谯侯。

《三国志》卷二八《魏书·毌丘俭传》载：“钦亡入吴，吴以钦为都护、假节、镇北大将军、幽州牧、谯侯。”裴注引《魏书》曰：“自曹爽之诛，钦常内惧，与诸葛诞相恶，无所与谋。会诞去兵，毌丘俭往，乃阴共结谋。战败走，昼夜间行，追者不及，遂得入吴，孙峻厚待之。钦虽在他国，不能屈节下人，自吕据、朱异等诸大将皆憎疾之，惟峻常左右之。”

三月，朱异袭安丰，不克。

《三国志》卷四八《吴书·孙亮传》载：“三月，使镇南将军朱异袭安丰，不克。”

五月，阳羡山石自立。

《宋书》卷三一《五行志二》载：“吴孙亮五凤二年五月，阳羡县离里山大石自立。按京房《易传》曰：‘庶士为天子之祥也。’其说曰：‘石立于山，同姓；平地，异姓。’干宝以为孙皓承废故之家得位，其应也；或曰孙休见立之祥也。”

按：《三国志》卷四八《吴书·孙亮传》系“阳羡离里山大石自立”于七月谋杀孙峻事后。《建康实录》卷三《废帝》亦系于七月后，曰：“阳羡黑山石自立，曰：‘当有庶人为帝之祥。’”

七月，吴将孙仪、张怡、林恂等谋杀孙峻，未遂而死。

《三国志》卷四八《吴书·孙亮传》载："秋七月，将军孙仪、张怡、林恂等谋杀峻，发觉，仪自杀，恂等伏辜。"卷六四《吴书·孙峻传》载："是岁，蜀使来聘，将军孙仪、张怡、林恂等欲因会杀峻。事泄，仪等自杀，死者数十人，并及公主鲁育。"《资治通鉴》卷七六载："全公主谮朱公主于峻，曰'与仪同谋'。峻遂杀朱公主。"

十二月，吴作太庙于建业，尊孙权为太祖。

《三国志》卷四八《吴书·孙亮传》载："十二月，作太庙。"《资治通鉴》卷七六载："冬，十二月，始作太庙于建业，尊大帝为太祖。"《考异》曰："《吴历》：'太平元年正月，立太祖庙。'沈约《宋书》：'孙亮立，明年正月，立权庙。'今从《吴志》。"

陆凯拜巴丘督、偏将军，封都乡侯。

《三国志》卷六一《吴书·陆凯传》载："五凤二年，讨山贼陈毖于零陵，斩毖克捷，拜巴丘督、偏将军，封都乡侯，转为武昌右部督。"

本年大旱。

《三国志》卷四八《吴书·孙亮传》载："是岁大旱。"《宋书》卷三一《五行志二》载："吴孙亮五凤二年，大旱，民饥。是岁闰月，魏将文钦以淮南众数万口来奔；孙峻又破魏将曹珍于高亭。三月，朱异袭安丰，不克。七月，城广陵、东海二郡。十二月，以冯朝为监军使者，督徐州诸军，军士怨叛。此亢阳自大，劳民失众之罚也。其役弥岁，故旱亦竟年。"

吴国势力似已达徐州境。

《三国志》卷四八《吴书·孙亮传》载本年:“使卫尉冯朝城广陵，拜将军吴穰为广陵太守，留略为东海太守。……以冯朝为监军使者，督徐州诸军事，民饥，军士怨畔。”

按：钱大昕《廿二史考异》卷十七《三国志三》按语说：“秣陵与广陵隔江相对，而广陵为徐州部，权意欲都广陵，以图广陵，故云欲图徐州”，因此占据广陵，则已进取徐州。

蜀国遣使来聘。

《三国志》卷六四《吴书·孙峻传》:“是岁，蜀使来聘。”

孙亮五凤三年(太平元年,256) 魏正元三年(甘露元年) 蜀延熙十九年

正月，迁孙权神主于新太庙。

《建康实录》卷三《废帝》说：“三年春正月，新作太庙，迁太祖神主，大赦，改太平元年。”

按：建兴二年（253）已于宫东立孙权庙，为太祖庙，此处是新建太庙，两者不同。《三国志》卷四八《吴书·孙亮传》裴注引《吴历》曰：“正月，为权立庙，称太祖庙。”此应指建兴二年事。

二月，建业火，以为弃法律、逐功臣之罚。

《三国志》卷四八《吴书·孙亮传》载：“二月朔，建业火。”《宋书》卷三三《五行志四》载：“吴孙亮太平元年二月朔，建业火。人火之也。是秋，孙綝始秉政，矫以亮诏杀吕据、滕胤。明年，又辄杀朱异。弃法律、逐功臣之罚也。”

二月，吴用文钦计，举兵伐魏，以图青、徐。

《三国志》卷四八《吴书·孙亮传》载：“峻用征北大将军文钦计，将征魏。”卷六四《吴书·孙峻传》载：“其明年，文钦说峻征魏，峻使钦与吕据、车骑将军刘纂、镇南将军朱异、前将军

唐咨自江都入淮、泗，以图青、徐。峻与胤至石头，因饯之，领从者百许人入据营。据御军齐整，峻恶之，称心痛去，遂梦为诸葛恪所击，恐惧发病死，时年三十八，以后事付綝。”《建康实录》卷三《废帝》说：“二月，用魏将文钦计，大举兵伐魏。”《资治通鉴》卷七七胡三省注“此自邗沟入淮，自淮入泗也”，又“魏青州统齐、济南、乐安、城阳、东莱，徐州统下邳、彭城、东海、琅邪、东莞、东安、广陵、临淮”。

八月，孙峻遣文钦与吕据等出兵淮、泗，魏将陈泰拒之。

《三国志》卷四八《吴书·孙亮传》载：“八月，先遣钦及骠骑将军吕据、车骑将军刘纂、镇南将军朱异、前将军唐咨军自江都入淮、泗。”卷二二《魏书·陈泰传》载：“吴大将孙峻出淮、泗。以泰为镇军将军，假节都督淮北诸军事，诏徐州监军已下受泰节度。峻退，军还，转为左仆射。”

九月，孙峻卒，弟孙綝掌权，吕据等举滕胤为丞相，孙綝不从，遣军相攻，滕胤、吕据兵败而死。

《三国志》卷四八《吴书·孙亮传》载：“九月丁亥，峻卒，以从弟偏将军綝为侍中、武卫将军，领中外诸军事，召还据等。据闻綝代峻，大怒。己丑，大司马吕岱卒。壬辰，太白犯南斗。据、钦、咨等表荐卫将军滕胤为丞相，綝不听。癸卯，更以胤为大司马，代吕岱驻武昌。据引兵还，欲讨綝。綝遣使以诏书告喻钦、咨等，使取据。冬十月丁未，遣孙宪及丁奉、施宽等以舟兵逆据于江都，遣将军刘丞督步骑攻胤。胤兵败夷灭。”卷五六《吴书·吕范传》载：“太平元年，帅师侵魏，未及淮，闻孙峻死，以从弟綝自代，据大怒，引军还，欲废綝。綝闻之，使中书奉诏，诏文钦、刘纂、唐咨等使取据，又遣从兄宪以都下兵逆据于江都。左右劝据降魏，据曰：‘耻为叛臣。’遂自杀。夷三族。”卷六四《吴书·孙綝传》载：“綝始为偏将军，及峻死，为侍中武卫将军，领中外诸军事，代知朝政。吕据闻之大恐，与诸督将连名，共表荐滕胤为丞相，綝更以胤为大司马，代吕岱驻武昌。据引兵还，使人报胤，欲共废綝。綝闻之，遣从兄虑将兵逆据于江都，使中使敕文钦、刘纂、唐咨等合众击据，遣侍中左将军华融、中书丞丁晏告胤取据，并喻胤宜速去意。胤自以祸反，因留融、晏，勒兵自卫，召典军杨崇、将军孙咨，告以綝为乱，迫融等使有书难綝。綝不听，表言胤反，许将军刘丞以封爵，使率兵骑急攻围胤。胤又劫融等，使诈诏发兵。融等不从，胤皆杀之。胤颜色不变，谈笑若常。或劝胤引兵至苍龙门，将士见公出，必皆委綝就公。时夜已半，胤恃与据期，又难举兵向宫，乃约令部典，说吕侯以在近道，故皆为胤尽死，无离散者。时大风，比晓，据不至。綝兵大会，遂杀胤及将士数十人，夷胤三族。”

九月，吕岱（161—256）卒。

《三国志》卷六〇《吴书·吕岱传》载：“太平元年，年九十六卒。”卷四八《吴书·孙亮传》载：“（九月）己丑，大司马吕岱卒。”

十月己酉，吴改元太平。

《三国志》卷四八《吴书·孙亮传》载：“己酉，大赦，改年。”

十一月，孙綝为大将军，孙宪、王惇谋杀綝未遂而死。

《三国志》卷四八《吴书·孙亮传》载：“十一月，以綝为大将军、假节，封永宁侯。孙宪与将军王惇谋杀綝，事觉，綝杀惇，迫宪令自杀。”卷六四《吴书·孙綝传》载：“綝迁大将军，假节，封永宁侯，负贵倨傲，多行无礼。初，峻从弟虑与诛诸葛恪之谋，峻厚之，至右将军、无难督，授节盖，平九官事。綝遇虑薄于峻时，虑怒，与将军王惇谋杀綝。綝杀惇，虑服药死。”

十二月，吴遣使刁玄聘蜀。

《三国志》卷四八《吴书·孙亮传》载：“十二月，使五官中郎将刁玄告乱于蜀。”

支疆梁接于交州译《法华三昧经》六部。

《历代三宝纪》卷五曰：“《法华三昧经》六部。右一部六卷。高贵乡公世，甘露元年七月，外国沙门支疆梁接，魏言正无畏，于交州译。沙门道声笔受。”

孙亮太平二年(257)　魏甘露二年 蜀延熙二十年

二月，大雨雷电大雪，以为孙亮见废之征。

《三国志》卷四八《吴书·孙亮传》载："二年春二月甲寅，大雨，震电。乙卯，雪，大寒。"《宋书》卷三〇《五行志一》载："孙亮太平二年二月甲寅，大雨震电；乙卯，雪，大寒。案刘歆说，此时当雨而不当大，大雨，恒雨之罚也。于始震电之明日而雪大寒，又恒寒之罚也。刘向以为既已震电，则雪不当复降，皆失时之异也。天戒若曰，为君失时，贼臣将起。先震电而后雪者，阴见间隙，起而胜阳，逆杀之祸将及也。亮不悟，寻见废。此与《春秋》鲁隐同也。"

二月，分立湘东郡、衡阳郡、临海郡、临川郡等。

《三国志》卷四八《吴书·孙亮传》载："以长沙东部为湘东郡，西部为衡阳郡，会稽东部为临海郡，豫章东部为临川郡。"

沈莹《临海水土异物志》形成于本年或之后。

《隋书·经籍志》载："《临海水土异物志》一卷，沈莹撰。"

四月，孙亮亲政，选子弟三千余人教习。

《三国志》卷四八《吴书·孙亮传》载："夏四月，亮临正殿，大赦，始亲政事。綝所表奏，多见难问，又科兵子弟年十八已下十五已上，得三千余人，选大将子弟年少有勇力者为之将帅。亮曰：‘吾立此军，欲与之俱长。’日于苑中习焉。”《资治通鉴》卷七七载：“夏，四月，吴主临正殿，大赦，始亲政事。孙綝表奏，多见难问，又科兵子弟十八已下、十五以上三千余人，选大将子弟年少有勇力者，使将之，日于苑中教习，曰：‘吾立此军，欲与之俱长。’又数出中书视大帝时旧事，问左右侍臣曰：‘先帝数有特制，今大将军问事，但令我书可邪?’尝食生梅，使黄门至中藏取蜜，蜜中有鼠矢；召问藏吏，藏吏叩头。吴主曰：‘黄门从尔求蜜邪?’吏曰：‘向求，实不敢与。’黄门不服。吴主令破鼠矢，矢中燥，因大笑，谓左右曰：‘若矢先在蜜中，中外当俱湿；今外湿里燥，此必黄门所为也。’诘之，果服，左右莫不惊悚。”

五月，魏将诸葛诞起兵反，称臣于吴。魏将王基讨叛。

《三国志》卷四八《吴书·孙亮传》载：“五月，魏征东大将军诸葛诞以淮南之众保寿春城，遣将军朱成称臣上疏，又遣子靓、长史吴纲诸牙门子弟为质。”卷二八《魏书·诸葛诞传》载：“（诸葛诞）敛淮南及淮北郡县屯田口十余万官兵，扬州新附胜兵者四五万人，聚谷足一年食，闭城自守。遣长史吴纲将小子靓至吴请救。吴人大喜，遣将全怿、全端、唐咨、王祚等，率三万众，密与文钦俱来应诞。以诞为左都护、假节、大司徒、骠骑将军、青州牧、寿春侯。是时镇南将军王基始至，督诸军围寿春，未合。咨、钦等从城东北，因山乘险，得将其众突入城。”卷五五《吴书·丁奉传》载:“太平二年,魏大将军诸葛诞据寿春来降,魏人围之。遣朱异、唐咨等往救,复使奉与黎斐解围。奉为先登,屯于黎浆,力战有功,拜左将军。”卷六四《吴书·孙綝传》载:“魏大将军诸葛诞举寿春叛,保城请降。吴遣文钦、唐咨、全端、全怿等帅三万人救之。魏镇南将军王基围诞,钦等突围入城。魏悉中外军二十余万增诞之围。朱异帅三万人屯安丰城,为文钦势。魏兖州刺史州泰拒异于阳渊,异败退,为泰所追,死伤二千人。綝于是大发卒出屯镬里,复遣异率将军丁奉、黎斐等五万人攻魏,留辎重于都陆。异屯黎浆,遣将军任度、张震等募勇敢六千人,于屯西六里为浮桥夜渡,筑偃月垒。为魏监军石苞及州泰所破,军却退就高。异复作车箱围趣五木城。苞、泰攻异,异败归,而魏太山太守胡烈以奇兵五千诡道袭都陆,尽焚异资粮。綝授兵三万人使异死战,异不从,綝斩之于镬里,而遣弟恩救,会诞败引还。綝既不能拔出诞,而丧败士众,自戮名将,莫不怨之。”

《晋书》卷二《文帝纪》载:“二年夏五月辛未,镇东大将军诸葛诞杀扬州刺史乐綝,以淮南作乱,遣子靓为质于吴以请救。议者请速伐之,帝曰:‘诞以毌丘俭轻疾倾覆,今必外连吴寇,此为变大而迟。吾当与四方同力,以全胜制之。’乃表曰:‘昔黥布叛逆,汉祖亲征;隗嚣违戾,光武西伐;烈祖明皇帝乘舆仍出:皆所以奋扬赫斯,震耀威武也。陛下宜暂临戎,使将士得凭天威。今诸军可五十万,以众击寡,蔑不克矣。’”

陆抗破魏军，迁征北将军。

《三国志》卷五八《吴书·陆抗传》载："太平二年，魏将诸葛诞举寿春降，拜抗为柴桑督，赴寿春，破魏牙门将偏将军，迁征北将军。"

六月，朱异袭夏口，孙壹降魏。

《三国志》卷四八《吴书·孙亮传》载："朱异自虎林率众袭夏口，夏口督孙壹奔魏。"卷四《魏书·高贵乡公髦纪》载："六月乙巳，诏：'吴使持节、都督夏口诸军事、镇军将军、沙羡侯孙壹，贼之枝属，位为上将，畏天知命，深鉴祸福，翻然举众，远归大国，虽微子去殷，乐毅遁燕，无以加之。其以壹为侍中、车骑将军、假节、交州牧、吴侯，开府辟召，仪同三司，依古侯伯八命之礼，衮冕赤舄，事从丰厚。'"《资治通鉴》卷七七载："吴滕胤、吕据之妻，皆夏口督孙壹之妹也。"

六月，司马昭率军二十六万征讨，魏将王基、陈骞、石苞、州泰等与吴将文钦、唐咨、全端、全怿等交战。

《三国志》卷六四《吴书·孙綝传》载："魏大将军诸葛诞举寿春叛，保城请降。吴遣文钦、唐咨、全端、全怿等三万人救之。魏镇南将军王基围诞。钦等突围入城。魏悉中外军二十余万增诞之围。"卷四八《吴书·孙亮传》载："六月，使文钦、唐咨、全端等步骑三万救诞。"卷二八《魏书·诸葛诞传》载："六月，车驾东征，至项。大将军司马文王督中外诸军二十六万众，临淮讨之。大将军屯丘头。使基及安东将军陈骞等四面合围，表里再重，堑垒甚峻。又使监军石苞、兖州刺史州泰等，简锐卒为游军，备外寇。钦等数出犯围，逆击走之。”卷一三《魏书·钟毓传》载：“诸葛诞反，大将军司马文王议自诣寿春讨诞。会吴大将孙壹率众降，或以为‘吴新有衅，必不能复出军。东兵已多，可须后问’。毓以为‘夫论事料敌，当以己度人。今诞举淮南之地以与吴国，孙壹所率，口不至千，兵不过三百。吴之所失，盖为无几。若寿春之围未解，而吴国之内转安，未可必其不出也’。大将军曰：‘善。’遂将毓行。”

《晋书》卷二《文帝纪》载：“秋七月，奉天子及皇太后东征，征兵青、徐、荆、豫，分取关中游军，皆会淮北。师次于项，假廷尉何桢节，使淮南，宣慰将士，申明逆顺，示以诛赏。甲戌，帝进军丘头。吴使文钦、唐咨、全端、全怿等三万余人来救诞，诸将逆击，不能御。将军李广临敌不进，泰山太守常时称疾不出，并斩之以徇。八月，吴将朱异帅兵万余人，留辎重于都陆，轻兵至黎浆。监军石苞、兖州刺史州泰御之，异退。泰山太守胡烈以奇兵袭都陆，焚其粮运。苞、泰复进击异，大破之。异之余卒馁甚，食葛叶而遁，吴人杀异。帝曰：‘异不得至寿春，非其罪也，而吴人杀之，适以谢寿春而坚诞意，使其犹望救耳。若其不尔，彼当突围，决一旦之命。或谓大军不能久，省食减口，冀有他变。料贼之情，不出此三者。今当多方以乱之，备其越逸，此胜计也。’因命合围，分遣羸疾就谷淮北，禀军士大豆，人三升。钦闻之，果喜。帝愈羸形以示之，多纵反间，扬言吴救方至。诞等益宽恣食，俄而城中乏粮。石苞、王基并请攻之，帝曰：‘诞之逆谋，非一朝一夕也，聚粮完守，外结吴人，自谓足据淮南。钦既同恶相济，必不便走。今若急攻之，损游军之力。外寇卒至，表里受敌，此危道也。今三叛相聚于孤城之中，天其或者将使同戮。吾当以长策縻之，但坚守三面。若贼陆道而来，军粮必少，吾以游兵轻骑绝其转输，可不战而破外贼。外贼破，钦等必成擒矣。'"

七月，孙綝、朱异等救诸葛诞。

《三国志》卷四八《吴书·孙亮传》载："秋七月，綝率众救寿春，次于镬里，朱异至自夏口，綝使异为前部督，与丁奉等将介士五万解围。"卷二七《魏书·王基传》载："会吴遣朱异来救诞，军于安城。"《宋书》卷二三《天文志一》载："后三年，即魏甘露二年，诸葛诞又反淮南，吴遣朱异救之。及城陷，诞众吴兵死没各数万人，犹前长星之应也。"

吴将朱异屯安丰，为魏州泰等所败，被孙綝斩杀。

《三国志》卷六四《吴书·孙綝传》载："朱异帅三万人屯安丰城，为文钦势。魏兖州刺史州泰拒异于阳渊，异败退，为泰所追，死伤二千人。綝于是大发卒出屯镬里，复遣异率将军丁奉、黎斐等五万人攻魏，留辎重于都陆。异屯黎浆，遣将军任度、张震等募勇敢六千人，于屯西六里为浮桥夜渡，筑偃月垒。为魏监军石苞及州泰所破，军却退就高。异复作车箱围趣五木城。苞、泰攻异，异败归，而魏太山太守胡烈以奇兵五千诡道袭都陆，尽焚异资粮。綝授兵三万人使异死战，异不从，綝斩之于镬里，而遣弟恩救。会诞败引还。綝既不能拔出诞，而丧败士众，自戮名将，莫不怨之。"卷二八《魏书·诸葛诞传》载："吴将朱异再以大众来迎诞等，渡黎浆水，泰等逆与战，每摧其锋。孙綝以异战不进，怒而杀之。”卷五六《吴书·朱异传》载：“太平二年，假节，为大都督，救寿春围，不解。还军，为孙綝所枉害。”裴注引《吴书》曰：“綝要异相见，将往，恐陆抗止之，异曰：‘子通，家人耳，当何所疑乎！’遂往。綝使力人于坐上取之。异曰：‘我吴国忠臣，有何罪乎？’乃拉杀之。”

朱异虽是武将，亦有文才，现有《赋弩》传世。张纯有《赋席》，张俨有《赋犬》。

《三国志》卷五六《吴书·朱异传》裴注引《文士传》曰：“张惇子纯，与张俨及（朱）异俱童少，往见骠骑将军朱据。据闻三人才名，欲试之，告曰：‘老鄙相闻，饥渴甚矣。夫騕褭以迅骤为功，鹰隼以轻疾为妙，其为吾各赋一物，然后乃坐。’俨乃赋犬曰：‘守则有威，出则有获，韩卢、宋鹊，书名竹帛。’纯赋席曰：‘席以冬设，簟为夏施，揖让而坐，君子攸宜。’异赋弩曰：‘南岳之干，钟山之铜，应机命中，获隼高墉。’三人各随其目所见而赋之，皆成而后坐，据大欢悦。”

九月，孙綝还军，封赏、抚恤淮南战死者。

《建康实录》卷三《废帝》载：“九月，綝自淮南归，还军。甲申，赦，淮南战死者，加爵赏，为举哀。”

十一月，诸葛诞将蒋班、焦彝降司马昭。

《三国志》卷二八《魏书·诸葛诞传》载：“将军蒋班、焦彝，皆诞爪牙计事者也，弃诞，逾城自归大将军。大将军乃使反间，以奇变说全怿等。”裴注引《汉晋春秋》曰：“蒋班、焦彝言于诸葛诞曰：‘朱异等以大众来而不能进，孙綝杀异而归江东，外以发兵为名，而内实坐须成败，其归可见矣。今宜及众心尚固，士卒思用，并力决死，攻其一面，虽不能尽克，犹可有全者。’文钦曰：‘江东乘战胜之威久矣，未有难北方者也。况公今举十余万之众内附，而钦与全端等皆同居死地，父子兄弟尽在江表，就孙綝不欲，主上及其亲戚岂肯听乎？且中国无岁无事，军民并疲，今守我一年，势力已困，异图生心，变故将起，以往准今，可计日而望也。’班、彝固劝之，钦怒，而诞欲杀班。二人惧，且知诞之必败也，十一月，乃相携而降。”

十二月，吴将全端、全怿降魏。

《三国志》卷四八《吴书·孙亮传》载：“十一月，全绪子祎、仪以其母奔魏。十二月，全端、怿等自寿春城诣司马文王。”卷四《魏书·高贵乡公髦纪》载：“冬十二月，吴大将全端、全怿等率众降。”卷二八《魏书·诸葛诞传》载：“大将军乃使反间，以奇变说全怿等，怿等率众数千人开门来出。”卷二八《魏书·钟会传》载：“初，吴大将全琮，孙权之婚亲重臣也，琮子怿、孙静、从子端、翩、缉等，皆将兵来救诞。怿兄子辉、仪留建业，与其家内争讼，携其母，将部曲数十家渡江，自归文王。会建策，密为辉、仪作书，使辉、仪所亲信赍入城告怿等，说吴中怒怿等不能拔寿春，欲尽诛诸将家，故逃来归命。怿等恐惧，遂将所领开东城门出降，皆蒙封宠，城中由是乖离。寿春之破，会谋居多，亲待日隆，时人谓之子房。”《晋书》卷二《文帝纪》载：“全怿母，孙权女也，得罪于吴，全端兄子祎及仪奉其母来奔。仪兄静时在寿春，用钟会计，作祎、仪书以谲静。静兄弟五人帅其众来降，城中大骇。”

孙亮太平三年(258)　孙休永安元年　魏甘露三年　蜀景耀元年

正月，诸葛诞杀文钦。

《三国志》卷四八《吴书·孙亮传》载："三年春正月，诸葛诞杀文钦。"卷二八《魏书·诸葛诞传》载："三年正月，诞、钦、咨等大为攻具，昼夜五六日攻南围，欲决围而出。围上诸军，临高以发石车火箭逆烧破其攻具，弩矢及石雨下，死伤者蔽地，血流盈堑。复还入城，城内食转竭，降出者数万口。钦欲尽出北方人，省食，与吴人坚守，诞不听，由是争恨。钦素与诞有隙，徒以计合，事急愈相疑。钦见诞计事，诞遂杀钦。"

三月，司马昭攻克寿春，诸葛诞战死，唐咨等皆降。

《三国志》卷四八《吴书·孙亮传》载："三月，司马文王克寿春，诞及左右战死，将吏已下皆降。"《宋书》卷二三《天文志一》载："甘露三年，诸葛诞族灭。"《晋书》卷二《文帝纪》载："二月乙酉，攻而拔之，斩诞，夷三族。吴将唐咨、孙弥、徐韶等帅其属皆降，表加爵位，禀其馁疾。"

《三国志》卷二八《魏书·诸葛诞传》载："唐咨、王祚及诸裨将皆面缚降，吴兵万众，器仗军实山积。……拜咨安远将军，其余裨将咸假号位，吴众悦服。江东感之，皆不诛其家。”

八月始，天阴不雨四十余日，孙亮被废之罚。

《三国志》卷四八《吴书·孙亮传》载：“自八月沈阴不雨四十余日。”《宋书》卷三四《五行志五》载：“吴孙亮太平三年，自八月沈阴不雨四十余日。是时将诛孙綝，谋泄。九月戊午，綝以兵围宫，废亮为会稽王。此常阴之罚也。”

九月，孙亮欲杀孙綝，被废为会稽王。

《三国志》卷四八《吴书·孙亮传》载：“亮以綝专恣，与太常全尚、将军刘丞谋诛綝。九月戊午，綝以兵取尚，遣弟恩攻杀丞于苍龙门外，召大臣会宫门，黜亮为会稽王，时年十六。”卷六四《吴书·孙綝传》载：“綝入谏不从，亮遂与公主鲁班、太常全尚、将军刘承议诛綝。亮妃，綝从姊女也，以其谋告綝。綝率众夜袭全尚，遣弟恩杀刘承于苍龙门外，遂围宫。使光禄勋孟宗告庙废亮，召群司议曰：‘少帝荒病昏乱，不可以处大位，承宗庙，以告先帝废之。诸君若有不同者，下异议。’皆震怖，曰：‘唯将军令。’綝遣中书郎李崇夺亮玺绶，以亮罪状班告远近。尚书桓彝不肯署名，綝怒杀之。”

《资治通鉴》卷七七载其始末甚详，谓：“吴孙綝以吴主亲览政事，多所难问，甚惧；返自镬里，遂称疾不朝，使弟威远将军据入仓龙门宿卫，武卫将军恩、偏将军幹、长水校尉闿分屯诸营，欲以自固。吴主恶之，乃推朱公主死意，全公主惧曰：‘我实不知，皆朱据二子熊、损所白。’是时熊为虎林督，损为外部督，吴主皆杀之。损妻，即孙峻妹也。綝谏，不从，由是益惧。

吴主阴与全公主及将军刘丞谋诛綝。全后父尚为太常、卫将军，吴主谓尚子黄门侍郎纪曰：‘孙綝专势，轻小于孤。孤前敕之使速上岸，为唐咨等作援，而留湖中不上岸一步；又委罪于朱异，擅杀功臣，不先表闻；筑第桥南，不复朝见。此为自在，无复所畏，不可久忍，今规取之。卿父作中军都督，使密严整士马，孤当自出临桥，率宿卫虎骑、左右无难一时围之，作版诏敕綝所领皆解散，不得举手。正尔，自当得之；卿去，但当使密耳！卿宣诏卿父，勿令卿母知之；女人既不晓大事，且綝同堂姊，邂逅漏泄，误孤非小也！’纪承诏以告尚。尚无远虑，以语纪母，母使人密语綝。九月，戊午，綝夜以兵袭尚，执之，遣弟恩杀刘承于苍龙门外，比明，遂围宫。吴主大怒，上马带鞬执弓欲出，曰：‘孤大皇帝适子，在位已五年，谁敢不从者！’侍中近臣及乳母共牵攀止之，不得出，叹咤不食，骂全后曰：‘尔父愦愦，败我大事！’又遣呼纪，纪曰：‘臣父奉诏不谨，负上，无面目复见。’因自杀。綝使光禄勋孟宗告太庙，废吴主为会稽王。召群臣议曰：‘少帝荒病昏乱，不可以处大位，承宗庙，已告先帝废之。诸君若有不同者，下异议。’皆震怖，曰：‘唯将军令！’綝遣中书郎李崇夺吴主玺绶，以吴主罪班告远近。尚书桓彝不肯署名，綝怒，杀之。典国施正劝綝迎立琅邪王休，綝从之。己未，綝使宗正楷与中书郎董朝迎琅邪王于会稽。遣将军孙耽送会稽王亮之国，亮时年十六。徙全尚于零陵，寻追杀之，迁全公主于豫章。”

按：钱大昕《廿二史考异》卷十七《三国志三》说“‘承’‘丞’古通用”，故刘承亦作刘丞。

孙綝迎立孙休为吴主，作《奉书琅邪王休》。

《三国志》卷四八《吴书·孙亮传》载："己未，孙綝使宗正孙楷与中书郎董朝迎休。休初闻问，意疑，楷、朝具述綝等所以奉迎本意，留一日二夜，遂发。"卷六四《吴书·孙綝传》载："典军施正劝綝征立琅邪王休，綝从之。遣宗正楷奉书于休曰：'綝以薄才，见授大任，不能辅导陛下。顷月以来，多所造立，亲近刘承，悦于美色，发吏民妇女，料其好者，留于宫内，取兵子弟十八已下三千余人，习之苑中，连日续夜，大小呼嗟，败坏藏中矛戟五千余枚，以作戏具。朱据先帝旧臣，子男熊、损皆承父之基，以忠义自立，昔杀小主，自是大主所创，帝不复精其本末，便杀熊、损，谏不见用，诸下莫不侧息。帝于宫中作小船三百余艘，成以金银，师工昼夜不息。太常全尚，累世受恩，不能督诸宗亲，而全端等委城就魏。尚位过重，曾无一言以谏陛下，而与敌往来，使传国消息，惧必倾危社稷。推案旧典，运集大王，辄以今月二十七日擒尚斩承。以帝为会稽王，遣楷奉迎。百寮喁喁，立住道侧。'"卷五七《吴书·虞翻传》裴注引《会稽典录》载："孙綝废幼主，迎立琅邪王休。休未至，綝欲入宫，图为不轨，召百官会议，皆惶怖失色，徒唯唯而已。汜对曰：'明公为国伊周，处将相之位，擅废立之威，将上安宗庙，下惠百姓，大小踊跃，自以伊霍复见。今迎王未至，而欲入宫，如是，群下摇荡，众听疑惑，非所以永终忠孝，扬名后世也。'綝不怿，竟立休。"卷三三《蜀书·后主传》载："吴大将军孙綝废其主亮，立琅邪王休。"

孙綝毁佛寺。

《三国志》卷六四《吴书·孙綝传》载："綝意弥溢，侮慢民神，遂烧大桥头伍子胥庙，又坏浮屠祠，斩道人。"《建康实录》卷三《景皇帝》载："綝乃废少主迎帝，遂乃肆意，侮慢人神，烧大航及伍胥庙，毁坏浮图塔寺，斩道人。"

十月，吴改元永安，以孙綝为丞相、荆州牧，封孙皓为乌程侯，遣就国。

《三国志》卷四八《吴书·孙休传》载："永安元年冬十月壬午，诏曰：'夫褒德赏功，古今通义。其以大将军綝为丞相、荆州牧，增食五县。武卫将军恩为御史大夫、卫将军、中军督，封县侯。威远将军据为右将军、县侯。偏将军幹杂号将军、亭侯。长水校尉张布辅导勤劳，以布为辅义将军，封永康侯。董朝亲迎，封为乡侯。'……己丑，封孙皓为乌程侯，皓弟德钱唐侯，谦永安侯。"卷四八《吴书·孙皓传》载："孙休立，封皓为乌程侯，遣就国。"

孙綝作《诣阙上书》，孙休作《封孙綝等诏》。

《三国志》卷六四《吴书·孙綝传》载："休既即位，称草莽臣，诣阙上书曰：'臣伏自省，才非干国，因缘肺腑，位极人臣，伤锦败驾，罪负彰露，寻愆惟阙，夙夜忧惧。臣闻天命棐谌，必就有德，是以幽厉失度，周宣中兴。陛下圣德，纂承大统，宜得良辅，以协雍熙，虽尧之盛，犹求稷契之佐，以协明圣之德。古人有言："陈力就列，不能者止。"臣虽自展竭，无益庶政，谨上印绶节钺，退还田里，以避贤路。'休引见慰喻。又下诏曰：'朕以不德，守藩于外，值兹际会，群公卿士，暨于朕躬，以奉宗庙。朕用怃然，若涉渊冰。大将军忠计内发，扶危定倾，安康社稷，功勋赫然。昔汉孝宣践阼，霍光尊显，褒德赏功，古今之通义也。其以大将军为丞相、荆州牧，食五县。'"

陆凯为征北将军、豫州牧。

《三国志》卷六一《吴书·陆凯传》载："孙休即位，拜征北将军，假节领豫州牧。"

十一月，风雾之灾，十二月，夜大风，孙綝被诛之应。

《三国志》卷四八《吴书·孙亮传》载："十一月甲午，风四转五复，蒙雾连日。"《宋书》卷三四《五行志五》载："吴孙休永安元年十一月甲午，风四转五复，蒙雾连日。是时孙綝一门五侯，权倾吴主，风雾之灾，与汉五侯、丁、傅同应也。十二月丁卯夜，又大风，发木扬沙。明日，綝诛。"

十二月，孙休趁腊会杀孙綝。

《三国志》卷四八《吴书·孙休传》载："綝一门五侯皆典禁兵，权倾人主，有所陈述，敬而不违，于是益恣。休恐其有变，数加赏赐。……顷之，休闻綝逆谋，阴与张布图计。十二月戊辰腊，百僚朝贺，公卿升殿，诏武士缚綝，即日伏诛。"卷六四《吴书·孙綝传》载："綝一门五侯，皆典禁兵，权倾人主，自吴国朝臣未尝有也。綝奉牛酒诣休，休不受，赍诣左将军张布；酒酣，出怨言曰：'初废少主时，多劝吾自为之者。吾以陛下贤明，故迎之。帝非我不立，今上礼见拒，是与凡臣无异，当复改图耳。'布以言闻休，休衔之，恐其有变，数加赏赐，又复加恩侍中，与綝分省文书。或有告綝怀怨侮上欲图反者，休执以付綝，綝杀之，由是愈惧。因孟宗求出屯武昌，休许焉，尽敕所督中营精兵万余人，皆令装载，所取武库兵器，咸令给与。将军魏邈说休曰'綝居外必有变'，武卫士施朔又告'綝欲反有征'。休密问张布，布与丁奉谋于会杀綝。永安元年十二月丁卯，建业中谣言明会有变，綝闻之，不悦。夜大风发木扬沙，綝益恐。戊辰腊会，綝称疾。休强起之，使者十余辈，綝不得已，将入，众止焉。綝曰：'国家屡有命，不可辞。可豫整兵，令府内起火，因是可得速还。'遂入，寻而火起，綝求出，休曰：'外兵自多，不足烦丞相也。'綝起离席，奉、布目左右缚之。綝叩首曰：'愿徙交州。'休曰：'卿何以不徙滕胤、吕据？'綝复曰：'愿没为官奴。'休曰：'何不以胤、据为奴乎！'遂斩之。"卷五五《吴书·丁奉传》载："孙休即位，与张布谋，欲诛孙綝，布曰：'丁奉虽不能吏书，而计略过人，能断大事。'休召奉告曰：'綝秉国威，将行不轨，欲与将军诛之。'奉曰：'丞相兄弟友党甚盛，恐人心不同，不可卒制，可因腊会，有陛下兵以诛之也。'休纳其计，因会请綝，奉与张布目左右斩之。迁大将军，加左右都护。"

按：十二月戊辰为259年1月18日。

据此可知，孙吴尚有"腊会"的礼仪。腊会，《说文解字》谓"腊，冬至后三戌，腊祭百神"，应劭《风俗通义》引《礼传》说"夏曰嘉平，殷曰清祀，周曰大蜡，汉改为腊"，又说"腊者，猎也，言田猎取禽兽，以祭祀其先祖也。或曰：腊者，接也，新故交接，以大祭以报功也"。《资治通鉴》卷七七载："吴以土德王，用辰腊。”

孙休改葬诸葛恪等。

《资治通鉴》卷七七载：“己巳，吴主以张布为中军督。改葬诸葛恪、滕胤、吕据等，其罹恪等事远徙者，一切召还。朝臣有乞为诸葛恪立碑者，吴主诏曰：‘盛夏出军，士卒伤损，无尺寸之功，不可谓能；受托孤之任，死于竖子之手，不可谓智。’遂寝。”

十二月，孙休作《置学官五经博士诏》，令将吏子弟有志好者就学。

《三国志》卷四八《吴书·孙休传》载，孙休下诏曰：“古者建国，教学为先，所以道世治性，为时养器也。自建兴以来，时事多故，吏民颇以目前趋务，去本就末，不循古道。夫所尚不淳，则伤化败俗。其案古置学官，立五经博士，核取应选，加其宠禄，科见吏之中及将吏子弟有志好者，各令就业。一岁课试，差其品第，加以位赏。使见之者乐其荣，闻之者羡其誉，以敦王化，以隆风俗。”《建康实录》卷三《景皇帝》载：“是月，诏初置五经博士一人、助教三人。”

韦昭为中书郎、博士祭酒，受诏依刘向故事，校定众书。

《三国志》卷六五《吴书·韦昭传》载：“孙休践阼，为中书郎、博士祭酒。命曜依刘向故事，校定众书。”

《建康实录》卷三《景皇帝》系于永安五年，曰：“以张布为中军督，委万机于布；委军国于濮阳兴；诏中书郎、领博士韦昭依刘向故事，校定众书。而帝悦意典籍，唯春夏二时出射雉，暂废耳。”

按：五经博士共十五人，韦昭为博士祭酒，是太学的负责人。

王蕃与贺邵、薛莹、虞汜等俱为散骑中常侍，皆加驸马都尉。

《三国志》卷六五《吴书·王蕃传》载：“王蕃字永元，庐江人也。博览多闻，兼通术艺。始为尚书郎，去官。孙休即位，与贺邵、薛莹、虞汜俱为散骑中常侍，皆加驸马都尉。时论清之。”卷五七《吴书·虞翻传》裴注引《会稽典录》载：“休初即位，(虞) 汜与贺邵、王蕃、薛莹俱为散骑中常侍。”卷五三《吴书·薛莹传》载：“孙休即位，为散骑中常侍。”

王蕃作《浑天象说》。

《晋书》卷一七《律历志中》载：“中常侍王蕃以洪术精妙，用推浑天之理，以制仪象及论，故孙氏用《乾象历》，至吴亡。”

按：《晋书》载王蕃为中常侍，即散骑中常侍，兹依刘汝霖《汉晋学术编年》而系于本年。[1]

陆胤为西陵督，封都亭侯。

《三国志》卷六一《吴书·陆胤传》载：“永安元年，征为西陵督，封都亭侯，后转在虎林。”

中书丞华覈作《奏荐陆胤》。

《三国志》卷六一《吴书·陆胤传》：“中书丞华覈表荐胤曰：‘胤天姿聪朗，才通行洁，昔历选曹，遗迹可纪。还在交州，奉

①参见刘汝霖：《汉晋学术编年》，华东师范大学出版社2010年版，第548页。

宣朝恩，流民归附，海隅肃清。苍梧、南海，岁有旧风瘴气之害，风则折木，飞沙转石，气则雾郁，飞鸟不经。自胤至州，风气绝息，商旅平行，民无疾疫，田稼丰稔。州治临海，海流秋咸，胤又畜水，民得甘食。惠风横被，化感人神，遂凭天威，招合遗散。至被诏书当出，民感其恩，以忘恋土，负老携幼，甘心景从，众无携贰，不烦兵卫。自诸将合众，皆胁之以威，未有如胤结以恩信者也。衔命在州，十有余年，宾带殊俗，宝玩所生，而内无粉黛附珠之妾，家无文甲犀象之珍，方之今臣，实难多得。宜在辇毂，股肱王室，以赞唐虞康哉之颂。江边任轻，不尽其才，虎林选督，堪之者众。若召还都，宠以上司则天工毕修，庶绩咸熙矣。'"

朱育答会稽太守濮阳兴会稽古今人物和地理沿革等。

《三国志》卷五七《吴书·虞翻传》裴注引《会稽典录》曰："孙亮时，有山阴朱育，少好奇字，凡所特达，依体象类，造作异字千名以上。仕郡门下书佐。太守濮阳兴正旦宴见掾吏，言次，问：'太守昔闻朱颍川问士于郑召公，韩吴郡问士于刘圣博，王景兴问士于虞仲翔，尝见郑、刘二答而未睹仲翔对也。钦闻国贤，思睹盛美有日矣，书佐宁识之乎？'育对曰：'往过习之。昔初平末年，王府君以渊妙之才，超迁临郡，思贤嘉善，乐采名俊，问功曹虞翻曰："闻玉出昆山，珠生南海，远方异域，各生珍宝。且曾闻士人叹美贵邦，旧多英俊，徒以远于京畿，含香未越耳。功曹雅好博古，宁识其人邪？"翻对曰："夫会稽上应牵牛之宿，下当少阳之位，东渐巨海，西通五湖，南畅无垠，北渚浙江，南山攸居，实为州镇，昔禹会群臣，因以命之。山有金木鸟兽之殷，水有鱼盐珠蚌之饶，海岳精液，善生俊异，是以忠臣继踵，孝子连闾，下及贤女，靡不育焉。”王府君笑曰：“地势然矣，士女之名可悉闻乎？”翻对曰：“不敢及远，略言其近者耳。往者孝子句章董黯，尽心色养，丧致其哀，单身林野，鸟兽归怀，怨亲之辱，白日报仇，海内闻名，昭然光著。太中大夫山阴陈嚣，渔则化盗，居则让邻，感侵退藩，遂成义里，摄养车妪，行足厉俗，自扬子云等上书荐之，粲然传世。太尉山阴郑公，清亮质直，不畏强御。鲁相山阴钟离意，禀殊特之姿，孝家忠朝，宰县相国，所在遗惠，故取养有君子之谟，鲁国有丹书之信。及陈宫、费齐皆上契天心，功德治状，记在汉籍，有道山阴赵晔，征士上虞王充，各洪才渊懿，学究道源，著书垂藻，骆驿百篇，释经传之宿疑，解当世之槃结，或上穷阴阳之奥秘，下摅人情之归极。交阯刺史上虞綦毋俊，拔济一郡，让爵土之封。决曹掾上虞孟英，三世死义。主簿句章梁宏，功曹史余姚驷勋，主簿句章郑云，皆敦终始之义，引罪免居。门下督盗贼余姚伍隆，鄮。主簿任光，章安小吏黄他，身当白刃，济君于难。扬州从事句章王脩，委身授命，垂声来世。河内太守上虞魏少英，遭世屯蹇，忘家忧国，列在八俊，为世英彦。尚书乌伤杨乔，桓帝妻以公主，辞疾不纳。近故太尉上虞朱公，天姿聪亮，钦明神武，策无失谟，征无遗虑，是以天下义兵，思以为首。上虞女子曹娥，父溺江流，投水而死，立石碑纪，炳然著显。”王府君曰：“是既然矣，颍川有巢、许之逸轨，吴有太伯之三让，贵郡虽士人纷纭，于此足矣。”翻对曰：“故先言其近者耳，若乃引上世之事，及抗节之士，亦有其人。昔越王翳让位，逃于巫山之穴，越人薰而出之，斯非太伯之俦邪？且太伯外来之君，非其地人也。若以外来言之，则大禹亦巡于此而葬之矣。鄞大里黄公，絜己暴秦之世，高祖即阼，不能一致，惠帝恭让，出则济难。征士余姚严遵，王莽数聘，抗节不行，光武中兴，然后俯就，矫手不拜，志陵云日。皆著于传籍，较然彰明，岂如巢、许，流俗遗谭，不见经传者哉？”王府君笑曰：“善哉话言也！贤矣，非君不著。太守未之前闻也。”’

“濮阳府君曰：‘御史所云，既闻其人，亚斯已下，书佐宁识之乎？’育曰：‘瞻仰景行，敢不识之？近者太守上虞陈业，洁身清行，志怀霜雪，贞亮之信，同操柳下，遭汉中微，委官弃禄，遁迹黟歙，以求其志，高邈妙踪，天下所闻，故桓文林遗之尺牍之书，比竟三高。其聪明大略，忠直謇谔，则侍御史余姚虞翻、偏将军乌伤骆统。其渊懿纯德，则太子少傅山阴阚泽，学通行茂，作帝师儒。其雄姿武毅，立功当世，则后将军贺齐，勋成绩著。其探极秘术，言合神明，则太史令上虞吴范。其文章之士，立言粲盛，则御史中丞句章任奕，鄱阳太守章安虞翔，各驰文檄，晔若春荣。处士鄮卢叙，弟犯公宪，自杀乞代。吴宁斯敦、山阴祁庚、上虞樊正，咸代父死罪。其女则松阳柳朱、永宁翟素，或一醮守节，丧身不顾，或遭寇劫贼，死不亏行。皆近世之事，尚在耳目。’

“府君曰：‘皆海内之英也。吾闻秦始皇二十五年，以吴越地为会稽郡，治吴。汉封诸侯王，以何年复为郡，而分治于此?’育对曰：‘刘贾为荆王，贾为英布所杀，又以刘濞为吴王。景帝四年，濞反诛，乃复为郡，治于吴。元鼎五年，除东越，因以其地为治，并属于此，而立东部都尉，后徙章安。阳朔元年，又徙治鄞，或有寇害，复徙句章。到永建四年，刘府君上书，浙江之北，以为吴郡，会稽还治山阴。自永建四年岁在己巳，以至今年，积百二十九岁。’

“府君称善。是岁，吴之太平三年，岁在丁丑。育后仕朝，常在台阁，为东观令，遥拜清河太守，加位侍中，推刺占射，文艺多通。”

按：朱育是文字学家，《隋书·经籍志》载有《幼学》二卷，马国翰《玉函山房辑佚书》载有《异字苑》二卷。朱育也是经学家，《隋书·经籍志》载“《毛诗答杂问》七卷，吴侍中韦昭、侍中朱育等撰”，这应是与韦昭等人回答毛诗问题的合集。朱育还是史学家，《会稽典录》说“育后仕朝，常在台阁，为东观令，遥拜清河太守，加位侍中，推刺占射，文艺多通”，东观是藏书的场所，也是东汉时期著史的场所。

孙休永安二年(259)　魏甘露四年　蜀景耀二年

三月，孙休作《务农桑诏》，设置九卿官制，以纪亮为尚书令，纪陟为中书令。

《三国志》卷四八《吴书·孙休传》载：“三月，备九卿官，诏曰：‘朕以不德，托于王公之上，夙夜战战，忘寝与食。今欲偃武修文，以崇大化。推此之道，当由士民之赡，必须农桑。管子有言：“仓廪实，知礼节；衣食足，知荣辱。”夫一夫不耕，有受其饥；一妇不织，有受其寒。饥寒并至而民不为非者，未之有也。自顷年已来，州郡吏民及诸营兵，多违此业，皆浮船长江，贾作上下，良田渐废，见谷日少，欲求大定，岂可得哉？亦由租入过重，农人利薄，使之然乎！今欲广开田业，轻其赋税，差科强羸，课其田亩，务令优均，官私得所，使家给户赡，足相供养，则爱身重命，不犯科法，然后刑罚不用，风俗可整。以群僚之忠贤，若尽心于时，虽太古盛化，未可卒致，汉文升平，庶几可及。及之则臣主俱荣，不及则损削侵辱，何可从容俯仰而已？诸卿尚书，可共咨度，务取便佳。田桑已至，不可后时。事定施行，称朕意焉。’”

《建康实录》卷三《景皇帝》载:“二月,备九卿官,下诏劝广农事,进用忠贤。以纪亮为尚书令,亮子陟为中书令。每朝列坐,帝以云母屏风隔之。”

吴为司马氏所平之童谣流传。

《宋书》卷三一《五行志二》载:“孙休永安二年,将守质子群聚嬉戏,有异小子忽来,言曰:‘三公锄,司马如。’又曰:‘我非人,荧惑星也。’言毕上升,仰视若曳一匹练,有顷没。干宝曰,后四年而蜀亡,六年而魏废,二十一年而吴平,于是九服归晋。魏与吴、蜀,并为战国,‘三公锄,司马如’之谓也。”

十一月,孙壹在魏被杀。

《资治通鉴》卷七七载:“冬,十一月,车骑将军孙壹为婢所杀。”

陆抗为镇军将军,都督西陵。

《三国志》卷五八《吴书·陆抗传》载:“永安二年,拜镇军将军,都督西陵,自关羽至白帝。”

韦昭依据魏国缪袭的《魏铙歌十二曲》制作《吴鼓吹铙歌十二曲》。

《晋书》卷二三《乐志下》载:“是时吴亦使韦昭制十二曲名,以述功德受命。改《朱鹭》为《炎精缺》,言汉室衰,孙坚奋迅猛志,念在匡救,王迹始乎此也。改《思悲翁》为《汉之季》,言坚悼汉之微,痛董卓之乱,兴兵奋击,功盖海内也。改《艾如张》为《摅武师》,言权卒父之业而征伐也。改《上之回》为《乌林》,言魏武既破荆州,顺流东下,欲来争锋,权命将周瑜逆击之于乌林而破走也。改《雍离》为《秋风》，言权悦以使人，人忘其死也。改《战城南》为《克皖城》，言魏武志图并兼，而权亲征，破之于皖也。改《巫山高》为《关背德》，言蜀将关羽背弃吴德，权引师浮江而擒之也。改《上陵曲》为《通荆州》，言权与蜀交好齐盟，中有关羽自失之愆，终复初好也。改《将进酒》为《章洪德》，言权章其大德，而远方来附也。改《有所思》为《顺历数》，言权顺箓图之符，而建大号也。改《芳树》为《承天命》，言其时主圣德践位，道化至盛也。改《上邪曲》为《玄化》，言其时主修文武，则天而行，仁泽流洽，天下喜乐也。其余亦用旧名不改。"

按：韦昭制曲选择近绍缪袭而不取汉铙歌，且只作字面的变动，甚至连结句都不敢随意变化，这应该是迁就音乐的缘故。孙吴的乐府发展状况，在孙皓前罕有所闻，要在音乐上独出机杼，则需要高明的音乐家，困难可想而知。韦昭使用曹魏的铙歌，也是国情使然，有迫不得已的缘故；这种情况下仅仅通过改动辞藻，为孙吴创制宗庙雅乐，显然是最为明智的选择。萧涤非《汉魏六朝乐府文学史》说："此种填词办法之产生，原由于作者音乐知识之浅薄……缪袭为魏之音乐家，而史不言韦昭精通音律，则其出此，或亦以济一时之穷欤？"[1]

韦昭上《吴鼓吹铙歌十二曲表》。

《宋书》卷一九《乐志一》载："何承天曰：'世咸传吴朝无雅乐。'案孙皓迎父丧明陵，唯云倡伎昼夜不息，则无金石登哥

①萧涤非：《汉魏六朝乐府文学史》，人民文学出版社2011年版，第158页。

可知矣。承天曰：‘或云今之《神弦》，孙氏以为宗庙登哥也。’史臣案陆机《孙权诔》‘《肆夏》在庙，《云翘》承□’，机不容虚设此言。又韦昭孙休世上《鼓吹铙哥十二曲表》曰：‘当付乐官善哥者习哥。’然则吴朝非无乐官，善哥者乃能以哥辞被丝管，宁容止以《神弦》为庙乐而已乎？”

按：《宋书》说韦昭于孙休世上《鼓吹铙歌》，而后年（永安四年，261）韦昭为张布所忌，不得与孙休讲业，只能在永安元年至四年间。又考虑到本年孙休“备九卿官”，完善政治制度，太常卿是九卿之一，其属官有太乐令丞掌管雅乐。因此韦昭上《吴鼓吹铙歌十二曲表》很可能发生在本年。刘汝霖《汉晋学术编年》系于黄龙元年（229）①，误。陆侃如《中古文学系年》系于（魏）甘露三年。②

韦昭作《吴鼓吹铙歌十二曲》。

《宋书》卷二二《乐志四》载：“《吴鼓吹曲》十二篇，韦昭造。文曰：‘《炎精缺》者，言汉室衰，武烈皇帝奋迅猛志，念在匡救，然而王迹始乎此也。汉曲有《朱鹭》，此篇当之。第一。

炎精缺，汉道微。皇纲弛，政德违。众奸炽，民罔依。赫武烈，越龙飞。陟天衢，耀灵威。鸣雷鼓，抗电麾。抚乾衡，镇地机。厉虎旅，骋熊罴。发神听，吐英奇。张角破，边韩羁。宛颍平，南土绥。神武章，渥泽施。金声震，仁风驰。显高门，启皇基。统罔极，垂将来。

①参见刘汝霖：《汉晋学术编年》，华东师范大学出版社2010年版，第490页。

②参见陆侃如：《中古文学系年》，人民文学出版社1985年版，第585页。

右《炎精缺曲》凡三十句，句三字。

《汉之季》者，武烈皇帝悼汉之微，痛卓之乱，兴兵奋击，功盖海内也。汉曲有《曲悲翁》，此篇当之。第二。

汉之季，董卓乱。桓桓武烈，应时运。义兵兴，云旗建。厉六师，罗八陈。飞鸣镝，接白刃。轻骑发，介士奋。丑虏震，使众散。劫汉主，迁西馆。雄豪怒，元恶偾。赫赫皇祖，功名闻。

右《汉之季曲》凡二十句，其十八句句三字，二句句四字。

《摅武师》者，言大皇帝卒武烈之业而奋征也。汉曲有《艾如张》，此篇当之。第三。

摅武师，斩黄祖。肃夷凶族，革平西夏。炎炎大烈，震天下。

右《摅武师曲》凡六句，其三句句三字，三句句四字。

《乌林》者，言曹操既破荆州，从流东下，欲来争锋。大皇帝命将周瑜逆击之于乌林而破走也。汉曲有《上之回》，此篇当之。第四。

曹操北伐，拔柳城。乘胜席卷，遂南征。刘氏不睦，八郡震惊。众既降，操屠荆。舟车十万，扬风声。议者狐疑，虑无成。赖我大皇，发圣明。虎臣雄烈，周与程。破操乌林，显章功名。

右《伐乌林曲》凡十八句，其十句句四字，八句句三字。

《秋风》者，言大皇帝说以使民，民忘其死。汉曲有《拥离》，此篇当之。第五。

秋风扬沙尘，寒露沾衣裳。角弓持弦急，鸠鸟化为鹰。边垂飞羽檄，寇贼侵界疆。跨马披介胄，慷慨怀悲伤。辞亲向长路，安知存与亡。穷达固有分，志士思立功。邀之战场，身逸获高赏，身没有遗封。

右《秋风曲》凡十五句，其十四句句五字，一句四字。

《克皖城》者，言曹操志图并兼，而令朱光为庐江太守。上亲征光，破之于皖城也。汉曲有《战城南》，此篇当之。第六。

克灭皖城，遏寇贼。恶此凶孽，阻奸慝。王师赫征，众倾覆。除秽去暴，戢兵革。民得就农，边境息。诛君吊臣，昭至德。

右《克皖城曲》凡十二句，其六句句三字，六句句四字。

《关背德》者，言蜀将关羽背弃吴德，心怀不轨。大皇帝引师浮江而禽之也。汉曲有《巫山高》，此篇当之。第七。

关背德，作鸱张。割我邑城，图不祥。称兵北伐，围樊襄阳。嗟臂大于股，将受其殃。巍巍吴圣主，睿德与玄通。与玄通，亲任吕蒙。泛舟洪汜池，溯涉长江。神武一何桓桓！声烈正与风翔。历抚江安城，大据郢邦。虏羽授首，百蛮咸来同，盛哉无比隆。

右《关背德曲》凡二十一句，其八句句四字，二句句六字，七句句五字，四句句三字。

《通荆门》者，言大皇帝与蜀交好齐盟，中有关羽自失之愆，戎蛮乐乱，生变作患，蜀疑其眩，吴恶其诈，乃大治兵，终复初好也。汉曲有《上陵》，此篇当之。第八。

荆门限巫山，高峻与云连。蛮夷阻其险，历世怀不宾。汉王据蜀郡，崇好结和亲。乖微中情疑，谗夫乱其间。大皇赫斯怒，虎臣勇气震。荡涤幽薮，讨不恭。观兵扬炎耀，厉锋整封疆。整封疆，阐扬威武容。功赫戏，洪烈炳章。邈矣帝皇世，圣吴同厥风。荒裔望清化，化恢弘。煌煌大吴，延祚永未央。

右《通荆门曲》凡二十四句，其十七句句五字，四句句三字，三句句四字。

《章洪德》者，言大皇帝章其大德，而远方来附也。汉曲有《将进酒》，此篇当之。第九。

章洪德，迈威神。感殊风，怀远邻。平南裔，齐海滨。越裳贡，扶南臣。珍货充庭，所见日新。

右《章洪德曲》凡十句，其八句句三字，二句句四字。

《从历数》者，言大皇帝从箓图之符，而建大号也。汉曲有《有所思》，此篇当之。第十。

从历数，於穆我皇帝。圣哲受之天，神明表奇异。建号创皇基，聪睿协神思。德泽浸及昆虫，浩荡越前代。三光显精耀，阴阳称至治。肉角步郊畛，凤凰栖灵囿。神龟游沼池，图谶摹文字。黄龙觌鳞，符祥日月记。览往以察今，我皇多哙事。上钦昊天象，下副万姓意。光被弥苍生，家户蒙惠赉。风教肃以平，颂声章嘉喜。大吴兴隆，绰有余裕。

右《从历数曲》凡二十六句，其一句句三字，三句句四字，二十一句句五字，一句六字。

《承天命》者，言上以圣德践位，道化至盛也。汉曲有《芳树》，此篇当之。第十一。

承天命，於昭圣德。三精垂象，符灵表德。巨石立，九穗植。龙金其鳞，乌赤其色。舆人歌，亿夫叹息。超龙升，袭帝服。躬淳懿，体玄默。夙兴临朝，劳谦日昃。易简以崇仁，放远谗与慝。举贤才，亲近有德。均田畴，茂稼穑。审法令，定品式。考功能，明黜陟。人思自尽，惟心与力。家国治，王道直。思我帝皇，寿万亿。长保天禄，祚无极。

右《承天命曲》凡三十四句，其十九句句三字，二句句五字，十三句句四字。

《玄化》者，言上修文训武，则天而行，仁泽流洽，天下喜乐也。汉曲有《上邪》，此篇当之。第十二。

玄化象以天，陛下圣真。张皇纲，率道以安民。惠泽宣流而云布，上下睦亲。君臣酣宴乐，激发弦歌扬妙新。修文筹庙胜，须时备驾巡洛津。康哉泰，四海欢忻，越与三五邻。

右《玄化曲》凡十三句，其五句句五字，二句句三字，三句句四字，三句句七字。’”

孙休永安三年(260)　魏甘露五年(景元元年)　蜀景耀三年

春，薛珝聘蜀，论蜀政得失。

《三国志》卷五三《吴书·薛综传》裴注引《汉晋春秋》曰："孙休时，珝为五官中郎将，遣至蜀求马。及还，休问蜀政得失，对曰：'主暗而不知其过，臣下容身以求免罪，入其朝不闻正言，经其野民皆菜色。臣闻燕雀处堂，子母相乐，自以为安也，突决栋焚，而燕雀怡然不知祸之将及，其是之谓乎！'"《建康实录》卷三《景皇帝》载："三年春，使五官中郎将薛珝聘蜀求马，还，帝问蜀政得失，珝对曰：'蜀主暗而不知其过，臣下容身以求免罪，入朝不闻正言，经野民皆菜色。臣闻燕雀处堂，母子相乐，自以为安也，窟决栋焚，而燕雀恬然不知祸之将至，是其谓乎！'帝闻之慄然。"

按：《建康实录》系于本年，但《资治通鉴》卷七七载于景元二年（261）。

王蕃或此时使蜀。

《三国志》卷六五《吴书·王蕃传》载："遣使至蜀，蜀人称焉，还为夏口监军。"

西陵言赤乌见。

《三国志》卷四八《吴书·孙休传》载："三年春三月，西陵言赤乌见。"《宋书》卷二九《符瑞志下》载："吴孙休永安三年三月，西陵言赤乌见。"《建康实录》卷三《景皇帝》载："二月，西陵言赤乌见。"

谣言孙亮复位，孙亮被黜而自杀。

《三国志》卷四八《吴书·孙休传》载："会稽郡谣言王亮当还为天子，而亮宫人告亮使巫祷祠，有恶言。有司以闻，黜为候官侯，遣之国。道自杀，卫送者伏罪。"裴注引《吴录》曰："或云休鸩杀之。至晋太康中，吴故少府丹杨戴颙迎亮丧，葬之赖乡。"《建康实录》卷三《废帝》载："帝年十六，永安二年见杀，崩于候官道上。"又《景皇帝》永安三年载："时会稽谣言王亮当还为天子，而宫人告亮使巫祷祠，有司以闻。帝诏黜亮为候官侯，使之国，道上令鸩杀之。"

按：《建康实录》卷三《废帝》系孙亮死于永安二年，应是永安三年之误，张忱石《建康实录》卷三《废帝》校勘记第18条说："本书下文及《吴志·孙亮传》皆系废帝孙亮见杀于候官道上在永安三年，此云二年误。"[①]

分立建安郡和建平郡。

《三国志》卷四八《吴书·孙休传》载："以会稽南部为建安郡，分宜都置建平郡。"

于建德县得大鼎，作《宝鼎歌》。

① （唐）许嵩撰，张忱石点校：《建康实录》卷三，中华书局1986年版，第87页。

《三国志》卷四八《吴书·孙休传》裴注引《吴历》曰："是岁得大鼎于建德县。"《建康实录》卷三《景皇帝》载："是年，得大鼎于建德县，告太庙，作《宝鼎歌》。"

秋，吴用严密之议，濮阳兴等作浦里塘。

《三国志》卷四八《吴书·孙休传》载永安三年："秋，用都尉严密议，作浦里塘。"卷六四《吴书·濮阳兴传》载："永安三年，都尉严密建丹杨湖田，作浦里塘。诏百官会议，咸以为用功多而田不保成，唯兴以为可成。遂会诸兵民就作，功佣之费不可胜数，士卒死亡，或自贼杀，百姓大怨之。"《宋书》卷三三《五行志四》载："吴孙休永安四年（261）五月，大雨，水泉涌溢。昔岁作浦里塘，功费无数，而田不可成，士卒死叛，或自贼杀，百姓愁怨，阴气盛也。"《建康实录》卷三《景皇帝》载："秋，使都尉严密作浦里塘，开丹杨湖田，卫将军濮阳兴率兵会成之。"

贺循（260—319）生。

孙休永安四年(261)　魏景元二年 蜀景耀四年

五月，大雨。

《宋书》卷三三《五行志四》载："吴孙休永安四年五月，大雨，水泉涌溢。昔岁作浦里塘，功费无数，而田不可成，士卒死叛，或自贼杀，百姓愁怨，阴气盛也。休又专任张布，退盛冲等，吴人贼之之应也。"

孙休好学，引韦昭、盛冲讲论，张布畏惧韦、盛言己罪恶，孙休作《答张布》《重答张布》《又答张布》。

《三国志》卷四八《吴书·孙休传》曰："休锐意于典籍，欲毕览百家之言，尤好射雉，春夏之间常晨出夜还，唯此时舍书。休欲与博士祭酒韦曜、博士盛冲讲论道艺，曜、冲素皆切直，布恐入侍，发其阴失，令己不得专，因妄饰说以拒遏之。休答曰：'孤之涉学，群书略遍，所见不少也；其明君暗主，奸臣贼子，古今贤愚成败之事，无不览也。今曜等入，但欲与论讲书耳，不为从曜等始更受学也。纵复如此，亦何所损？君特当以曜等恐道臣下奸变之事，以此不欲令入耳。如此之事，孤已自备之，不须曜等然后乃解也。此都无所损，君意特有所忌故耳。'布得诏陈谢，重自序述，又言惧妨政事。休答曰：‘书籍之事，患人不好，好之无伤也。此无所为非，而君以为不宜，是以孤有所及耳。政务学业，其流各异，不相妨也。不图君今日在事，更行此于孤也，良所不取。’布拜表叩头，休答曰：‘聊相开悟耳，何至叩头乎！如君之忠诚，远近所知。往者所以相感，今日之巍巍也。《诗》云：“靡不有初，鲜克有终。终之实难，君其终之。”’初休为王时，布为左右将督，素见信爱，及至践阼，厚加宠待，专擅国势，多行无礼，自嫌瑕短，惧曜、冲言之，故尤患忌。休虽解此旨，心不能悦，更恐其疑惧，竟如布意，废其讲业，不复使冲等入。”卷六五《吴书·韦昭传》载：“又欲延曜侍讲，而左将军张布近习宠幸，事行多玷，惮曜侍讲儒士，又性精确，惧以古今警戒休意，固争不可。休深恨布，语在休传。然曜竟止不入。”《世说新语·规箴》载：“孙休好射雉，至其时则晨去夕反。群臣莫不止谏：‘此为小物，何足甚耽？’休曰：‘虽为小物，耿介过人，朕所以好之。’”

按：永安四年五月的大雨，是孙休专任张布、不用盛冲的征应，则此时盛冲已经黜退，姑系于本年。刘汝霖《汉晋学术编年》系于262年[①]，陆侃如《中古文学系年》据史书置于“五年”定“韦昭为张布所忌”为262年[②]，但以261年最为近似。

八月，孙休遣周奕、石伟巡行风俗，察将吏清浊，民所疾苦，黜陟官员。

---

①参见刘汝霖：《汉晋学术编年》，华东师范大学出版社2010年版，第558页。

②参见陆侃如：《中古文学系年》，人民文学出版社1985年版，第605—606页。

《三国志》卷四八《吴书·孙休传》载："八月，吴遣光禄大夫周奕、石伟巡行风俗，察将吏清浊，民所疾苦，为黜陟之诏。"裴注引《楚国先贤传》曰："石伟字公操，南郡人。少好学，修节不怠，介然独立，有不可夺之志。举茂才、贤良方正，皆不就。孙休即位，特征伟，累迁至光禄勋。及皓即位，朝政昏乱，伟乃辞老耄痼疾乞身，就拜光禄大夫。吴平，建威将军王戎亲诣伟。太康二年，诏曰：'吴故光禄大夫石伟，秉志清白，皓首不渝，虽处危乱，廉节可纪。年已过迈，不堪远涉，其以伟为议郎，加二千石秩，以终厥世。'伟遂阳狂及盲，不受晋爵。年八十三，太熙元年卒。"

九月，布山言白龙见。

《三国志》卷四八《吴书·孙休传》载："九月，布山言白龙见。"《宋书》卷二八《符瑞志中》载："吴孙休永安四年九月，布山言白龙见。"

有民死七日穿冢而出，以为孙皓得位之祥。

《三国志》卷四八《吴书·孙休传》载："是岁，安吴民陈焦死，埋之，六日更生，穿土中出。"《宋书》卷三三《五行志四》载："吴孙休永安四年，安吴民陈焦死七日，复穿冢出。干宝曰：'此与汉宣帝同事。乌程侯皓承废故之家，得位之祥也。'"

周昭约卒于是年。

《三国志》卷五二《吴书·步骘传》曰："周昭者字恭远，与韦曜、薛莹、华覈并述《吴书》，后为中书郎，坐事下狱，覈表救之，孙休不听，遂伏法云。"《隋书·经籍志》有《周子》九卷，严可均《全三国文》卷七一载文四篇。

按：周昭卒年不详，今从王德华《中国学术编年·三国两晋卷》据《步骘传》说“孙休在位七年，姑系是年”[①]。

周昭曾著书论顾邵、诸葛瑾、步骘、严畯、张承等（严可均题为《新论论步骘严畯等》），应是《吴书》的组成部分。

《三国志》卷五二《吴书·步骘传》载：“颍川周昭著书称步骘及严畯等曰：‘古今贤士大夫所以失名丧身倾家害国者，其由非一也，然要其大归，总其常患，四者而已。急论议一也，争名势二也，重朋党三也，务欲速四也。急论议则伤人，争名势则败友，重朋党则蔽主，务欲速则失德，此四者不除，未有能全也。当世君子能不然者，亦比有之，岂独古人乎！然论其绝异，未若顾豫章、诸葛使君、步丞相、严卫尉、张奋威之为美也。《论语》言“夫子恂恂然善诱人”，又曰“成人之美，不成人之恶”，豫章有之矣。“望之俨然，即之也温，听其言也厉”，使君体之矣。“恭而安，威而不猛”，丞相履之矣。学不求禄，心无苟得，卫尉、奋威蹈之矣。此五君者，虽德实有差，轻重不同，至于趣舍大检，不犯四者，俱一揆也。昔丁谞出于孤家，吾粲由于牧竖，豫章扬其善，以并陆、全之列，是以人无幽滞而风俗厚焉。使君、丞相、卫尉三君，昔以布衣俱相友善，诸论者因各叙其优劣。初，先卫尉，次丞相，而后有使君也；其后并事明主，经营世务，出处之才有不同，先后之名须反其初，此世常人决勤薄

①王德华撰：《中国学术编年·三国两晋卷》，华东师范大学出版社2013年版，第108页。

也。至于三君分好，卒无亏损，岂非古人交哉！又鲁横江昔杖万兵，屯据陆口，当世之美业也，能与不能，孰不愿焉？而横江既亡，卫尉应其选，自以才非将帅，深辞固让，终于不就。后徙九列，迁典八座，荣不足以自曜，禄不足以自奉。至于二君，皆位为上将，穷富极贵。卫尉既无求欲，二君又不称荐，各守所志，保其名好。孔子曰“君子矜而不争，群而不党”，斯有风矣。又奋威之名，亦三君之次也，当一方之戍，受上将之任，与使君、丞相不异也。然历国事，论功劳，实有先后，故爵位之荣殊焉。而奋威将处此，决能明其部分，心无失道之欲，事无充诎之求，每升朝堂，循礼而动，辞气謇謇，罔不惟忠。叔嗣虽亲贵，言忧其败，蔡文至虽疏贱，谈称其贤。女配太子，受礼若吊，慷忾之趋，惟笃人物，成败得失，皆如所虑，可谓守道见机，好古之士也。若乃经国家，当军旅，于驰骛之际，立霸王之功，此五者未为过人。至其纯粹履道，求不苟得，升降当世，保全名行，邈然绝俗，实有所师。故粗论其事，以示后之君子。’”

按：周昭评价此五人，以顾邵最高，诸葛瑾、步骘、严畯、张承依次而下。

周昭曾作《又论薛莹等》。

《太平御览》卷四四五载：“薛莹、王蕃，器量绰异，弘博多通；楼玄清白节操，文理条畅；贺邵厉行贞洁，机理清要；韦曜笃学好古，博见群籍，有记述之才。胡冲以为玄、邵、蕃一时清妙，略无优劣。必不得已，玄宜在先，邵当次之。华覈诗赋之才，有过于曜，而典诰不及也。”

陆机（261—303）生。

按：臧荣绪《晋书》说陆机“年二十而吴灭”，吴灭于太康元年（280），则陆机生于261年。王隐《晋书》说陆机“为颖所害，临刑，年四十有三”。《世说新语·尤悔》刘孝标注引《陆机别传》云：“见害，时年四十二。”根据《晋书》的《惠帝纪》《陆机传》，陆机死于太安二年（303），知陆机生于261年。

孙休永安五年(262)　魏景元三年 蜀景耀五年

二月，白虎门北楼灾，以为嬖人用事之咎。

《三国志》卷四八《吴书·孙休传》载："五年春二月，白虎门北楼灾。"《宋书》卷三二《五行志三》载："吴孙休永安五年二月，白虎门北楼灾。六年十月，石头小城火烧西南百八十丈。是时嬖人张布专擅国势，多行无礼，而韦昭、盛冲终斥不用，兼遣察战等为使，惊扰州郡，致使交趾反乱。是其咎也。"

七月，始新言黄龙见。

《三国志》卷四八《吴书·孙休传》载："秋七月，始新言黄龙见。"《宋书》卷二八《符瑞志中》载："永安五年七月，始新言黄龙见。"

八月，大雨震电。

《三国志》卷四八《吴书·孙休传》载："八月壬午，大雨震电，水泉涌溢。"《宋书》卷三三《五行志四》载："吴孙休永安五年八月壬午，大雨震电，水泉涌溢。"

十月，以濮阳兴为丞相，与张布分典宫廷内外。

《三国志》卷四八《吴书·孙休传》载："冬十月，以卫将军濮阳兴为丞相，廷尉丁密、光禄勋孟宗为左右御史大夫。休以丞相兴及左将军张布有旧恩，委之以事，布典宫省，兴关军国。”卷六四《吴书·濮阳兴传》载：“兴迁为丞相。与休宠臣左将军张布共相表里，邦内失望。”

孙休作《为四男作名字诏》。

《三国志》卷四八《吴书·孙休传》裴注引《吴录》载休诏曰：“人之有名，以相纪别，长为作字，惮其名耳。礼，名子欲令难犯易避，五十称伯仲，古或一字。今人竞作好名好字，又令相配，所行不副，此瞽字伯明者也，孤尝哂之。或师友父兄所作，或自己为；师友尚可，父兄犹非，自为最不谦。孤今为四男作名字：太子名𩅦，𩅦音如湖水湾澳之湾，字莔，莔音如迄今之迄；次子名𩃙，𩃙音如兕觥之觥，字𠅃，𠅃音如玄礥首之礥；次子名壾，壾音如草莽之莽，字昷，昷音如举物之举；次子名𠁊，𠁊音如褒衣下宽大之褒，字焚，焚音如有所拥持之拥。此都不与世所用者同，故钞旧文会合作之。夫书八体损益，因事而生，今造此名字，既不相配，又字但一，庶易弃避，其普告天下，使咸闻知。”

孙休永安六年(263)　魏景元四年 蜀炎兴元年

春，有青龙、白燕、赤雀之瑞。

《三国志》卷四八《吴书·孙休传》裴注引《吴历》曰：“是岁青龙见于长沙，白燕见于慈胡，赤雀见于豫章。”《建康实录》卷三《景皇帝》载：“六年春，长沙言青龙见，慈湖言白燕见，豫章言赤雀见。”

四月，泉陵言黄龙见。

《三国志》卷四八《吴书·孙休传》载：“六年夏四月，泉陵言黄龙见。”《宋书》卷二八《符瑞志中》载：“永安六年四月，泉陵言黄龙见。”

五月，交阯郡吏杀太守。

《三国志》卷四八《吴书·孙休传》载：“五月，交阯郡吏吕兴等反，杀太守孙谞。谞先是科郡上手工千余人送建业，而察战至，恐复见取，故兴等因此扇动兵民，招诱诸夷也。”《宋书》卷三二《五行志三》载：“六年十月，石头小城火烧西南百八十丈……兼遣察战等为使，惊扰州郡，致使交趾反乱。是其咎也。”

按：《吴书·孙休传》载五年“使察战到交阯调孔爵、大猪”。据此可知，交阯不仅上贡孔雀、大猪等珍稀动物，而且提供手工业者千余名，他们很可能是从事交阯特产的加工。薛综黄龙三年说：“县官羁縻，示令威服，田户之租赋，裁取供办，贵致远珍名珠、香药、象牙、犀角、玳瑁、珊瑚、琉璃、鹦鹉、翡翠、孔雀、奇物、充备宝玩，不必仰其赋入，以益中国也。”交阯地区人民负担较重，因此有吕兴之反。

五月，魏伐蜀。

《三国志》卷四《魏书·陈留王纪》载五月：“命镇西将军钟会由骆谷伐蜀。”

按：《晋书》卷二《文帝纪》载：“夏，帝将伐蜀，乃谋众曰：‘自定寿春已来，息役六年，治兵缮甲，以拟二虏……’”自寿春之战后六年，吴魏无战事。

十月，蜀使告急，吴发兵三路救蜀。

《三国志》卷四八《吴书·孙休传》载：“冬十月，蜀以魏见伐来告。……甲申，使大将军丁奉督诸军向魏寿春，将军留平别诣施绩于南郡，议兵所向，将军丁封、孙异如沔中，皆救蜀。”卷五五《吴书·丁奉传》载：“六年，魏伐蜀，奉率诸军向寿春，为救蜀之势。蜀亡，军还。”

十一月，蜀后主降魏，蜀亡。

《晋书》卷二《文帝纪》载：“十一月，邓艾帅万余人自阴平逾绝险至江由，破蜀将诸葛瞻于绵竹，斩瞻，传首。进军雒县，刘禅降。”

吴国救亡不及，罢兵。

《三国志》卷四八《吴书·孙休传》载:"蜀主刘禅降魏问至,然后罢。"

华覈作《闻蜀亡诣宫门上表》。

《三国志》卷六五《吴书·华覈传》载:"蜀为魏所并,覈诣宫门发表曰:'间闻贼众蚁聚向西境,西境艰险,谓当无虞。定闻陆抗表至,成都不守,臣主播越,社稷倾覆。昔卫为翟所灭而桓公存之,今道里长远,不可救振,失委附之土,弃贡献之国,臣以草芥,窃怀不宁。陛下圣仁,恩泽远抚,卒闻如此,必垂哀悼。臣不胜忡怅之情,谨拜表以闻。'"

钟离牧为武陵太守,平定五溪夷。

《三国志》卷六〇《吴书·钟离牧传》载:"永安六年,蜀并于魏,武陵五溪夷与蜀接界,时论惧其叛乱,乃以牧为平魏将军,领武陵太守,往之郡。魏遣汉葭县长郭纯试守武陵太守,率涪陵民入蜀迁陵界,屯于赤沙,诱致诸夷邑君,或起应纯,又进攻酉阳县,郡中震惧。牧问朝吏曰:'西蜀倾覆,边境见侵,何以御之?'皆对曰:'今二县山险,诸夷阻兵,不可以军惊扰,惊扰则诸夷盘结。宜以渐安,可遣恩信吏宣教慰劳。'牧曰:'不然。外境内侵,诳诱人民,当及其根柢未深而扑取之,此救火贵速之势也。'敕外趣严,掾史沮议者便行军法。抚夷将军高尚说牧曰:'昔潘太常督兵五万,然后以讨五溪夷耳。是时刘氏连和,诸夷率化,今既无往日之援,而郭纯已据迁陵,而明府以三千兵深入,尚未见其利也。'牧曰:'非常之事,何得循旧?'即率所领,晨夜进道,缘山险行,垂二千里,从塞上,斩恶民怀异心者魁帅百余人及其支党凡千余级，纯等散，五溪平。”

分立天门郡。

《三国志》卷四八《吴书·孙休传》载：“分武陵为天门郡。”

陆机同母弟陆云（263—303）生。

按：此据俞士玲《陆机陆云年谱》。[①]姜亮夫《陆平原年谱》[②]、陆侃如《中古文学系年》[③]系于262年。

薛莹约于是年免官。

陆侃如《中古文学系年》系于景元四年，说：“《三国志·吴志》卷八《薛莹传》：‘数年，以病免。’假定在常侍后五年左右。”[④]

①参见俞士玲：《陆机陆云年谱》，人民文学出版社2009年版，第7—8页。

②参见姜亮夫：《陆平原年谱》，《姜亮夫全集》（二十二），云南人民出版社2003年版，第306页。

③参见陆侃如：《中古文学系年》，人民文学出版社1985年版，第607页。

④陆侃如：《中古文学系年》，人民文学出版社1985年版，第610页。

孙休永安七年(264)　孙皓元兴元年
魏景元五年(咸熙元年)

二月，陆抗等围攻蜀将罗宪，七月，退兵。

《三国志》卷四八《吴书·孙休传》载："二月，镇军将军陆抗、抚军将军步协、征西将军留平、建平太守盛曼，率众围蜀巴东守将罗宪。……（七月）魏使将军胡烈步骑二万侵西陵，以救罗宪，陆抗等引军退。"卷四《魏书·陈留王纪》载："初，自平蜀之后，吴寇屯逼永安，遣荆、豫诸军掎角赴救。七月，贼皆遁退。"卷四一《蜀书·霍峻传》裴注引《襄阳记》曰："罗宪字令则。父蒙，避乱于蜀，官至广汉太守。宪少以才学知名，年十三能属文。后主立太子，为太子舍人，迁庶子、尚书吏部郎，以宣信校尉再使于吴，吴人称美焉。时黄皓预政，众多附之，宪独不与同，皓恚，左迁巴东太守。时右大将军阎宇都督巴东，为领军，后主拜宪为宇副贰。魏之伐蜀，召宇西还，留宇二千人，令宪守永安城。寻闻成都败，城中扰动，江边长吏皆弃城走，宪斩称成都乱者一人，百姓乃定。得后主委质问至，乃帅所统临于都亭三日。吴闻蜀败，起兵西上，外托救援，内欲袭宪。宪曰：'本朝倾覆，吴为唇齿，不恤我难而徼其利，背盟违约。且汉已亡，吴何得久，宁能为吴降虏乎！'保城缮甲，告誓将士，厉以节义，莫不用命。吴闻钟、邓败，百城无主，有兼蜀之志，而巴东固守，兵不得过，使步协率众而西。宪临江拒射，不能御，遣参军杨宗突围北出，告急安东将军陈骞，又送文武印绶、任子诣晋王。协攻城，宪出与战，大破其军。孙休怒，复遣陆抗等帅众三万人增宪之围。被攻凡六月日而救援不到，城中疾病大半。或说宪奔走之计，宪曰：'夫为人主，百姓所仰，危不能安，急而弃之，君子不为也，毕命于此矣。'陈骞言于晋王，遣荆州刺史胡烈救宪，抗等引退。晋王即委前任，拜宪凌江将军，封万年亭侯。会武陵四县举众叛吴，以宪为武陵太守巴东监军。泰始元年改封西鄂县侯。宪遣妻子居洛阳，武帝以子袭为给事中。三年冬，入朝，进位冠军将军，假节。四年三月，从帝宴于华林园，诏问蜀大臣子弟，后问先辈宜时叙用者，宪荐蜀郡常忌、杜轸、寿良、巴西陈寿、南郡高轨、南阳吕雅、许国、江夏费恭、琅邪诸葛京、汝南陈裕，即皆叙用，咸显于世。宪还，袭取吴之巫城，因上伐吴之策。"

七月，复从交州分置广州，以滕脩为广州刺史。

《三国志》卷四八《吴书·孙休传》载："复分交州置广州。"《建康实录》卷三《景皇帝》载七年秋七月："复分交州置广州。"卷六〇《吴书·吕岱传》裴注引王隐《交广记》曰："吴后复置广州，以南阳滕脩为刺史。"

《资治通鉴》卷七八胡三省注："汉武帝元鼎六年，开百越，置交趾州刺史，治龙编。献帝建安八年，改曰交州，治苍梧广信县。十六年，徙治南海番禺县。至是分为二州，广州治番禺，交州还治龙编。”

按：《晋书》卷一五《地理志下》载：“永安六年，复分交州置广州。”此处从七年之说。此次分置广州，应与交阯郡吏吕兴之反有关。

七月，孙休（235—264）薨。

《三国志》卷四八《吴书·孙休传》载：“癸未，休薨，时年三十，谥曰景皇帝。”裴注引《江表传》曰：“休寝疾，口不能言，乃手书呼丞相濮阳兴入，令子𩅦出拜之。休把兴臂，而指𩅦以托之。”《建康实录》卷三《景皇帝》载：“八月癸未，帝遇疾，口不能言，手书呼丞相濮阳兴入，令太子𩅦出拜丞相，帝把兴臂指𩅦托之。丙戌，帝崩于内殿。十二月，葬定陵。年二十四即位，在位七年，年三十，谥曰景皇帝。”

按：《建康实录》卷三《景皇帝》说孙休崩于八月癸未，张忱石校勘记第30条说：“八月戊子朔，无癸未。《吴志·孙休传》、《通鉴》七八皆作‘七月癸未’。”[①]查王双怀编著《中华通历·魏晋南北朝》八月确无癸未，七月有癸未。《建康实录》说癸未遇疾，丙戌驾崩，中间隔了甲申、乙酉两天，可从。永安七年七月丙戌是公元264年9月6日。

孙皓即位，改元元兴。

《三国志》卷四八《吴书·孙皓传》载：“左典军万彧昔为乌程令，与皓相善，称皓才识明断，是长沙桓王之畴也，又加之好

① （唐）许嵩撰，张忱石点校：《建康实录》卷三，中华书局1986年版，第88页。

学，奉遵法度，屡言之于丞相濮阳兴、左将军张布。兴、布说休妃太后朱，欲以皓为嗣。朱曰：‘我寡妇人，安知社稷之虑，苟吴国无损，宗庙有赖可矣。’于是遂迎立皓，时年二十三。改元，大赦。”卷五五《吴书·丁奉传》载：“休薨，奉与丞相濮阳兴等从万彧之言，共迎立孙皓，迁右大司马左军师。”卷六四《吴书·濮阳兴传》载：“七年七月，休薨。左典军万彧素与乌程侯孙皓善，乃劝兴、布，于是兴、布废休嫡子而迎立皓，皓既践阼，加兴侍郎，领青州牧。”

九月，孙皓改葬其父孙和，并建明陵。

《三国志》卷四八《吴书·孙皓传》载：“九月，贬太后为景皇后，追谥父和曰文皇帝，尊母为何太后。”《宋书》卷一六《礼志三》载：“孙皓初立，追尊父和曰文皇帝。皓先封乌程侯，即改葬和于乌程西山，号曰明陵，置园邑二百家。于乌程立陵寝，使县令丞四时奉祠。”

九月，交阯反将吕兴被杀。

《三国志》卷四《魏书·陈留王纪》载：“辛未，诏曰：‘吴贼政刑暴虐，赋敛无极。孙休遣使邓句，敕交阯太守锁送其民，发以为兵。吴将吕兴因民心愤怒，又承王师平定巴蜀，即纠合豪杰，诛除句等，驱逐太守长吏，抚和吏民，以待国命。九真、日南郡闻兴去逆即顺，亦齐心响应，与兴协同。兴移书日南州郡，开示大计，兵临合浦，告以祸福；遣都尉唐谱等诣进乘县，因南中都督护军霍弋上表自陈。又交阯将吏各上表，言“兴创造事业，大小承命。郡有山寇，入连诸郡，惧其计异，各有携贰。权时之宜，以兴为督交阯诸军事、上大将军、定安县侯，乞赐褒奖，以慰边荒”。乃心款诚，形于辞旨。昔仪父朝鲁，《春秋》所美；窦融归汉，待以殊礼。今国威远震，抚怀六合，方包举殊裔，混一四表。兴首向王化，举众稽服，万里驰义，请吏帅职，宜加宠遇，崇其爵位。既使兴等怀忠感悦，远人闻之，必皆竞劝。其以兴为使持节、都督交州诸军事、南中大将军，封定安县侯，得以便宜从事，先行后上。’策命未至，兴为下人所杀。”

魏置交阯太守到任。

《三国志》卷四八《吴书·孙皓传》载：“是岁，魏置交阯太守之郡。”

十月，魏朝廷论吴国形势。

《三国志》卷四《魏书·陈留王纪》载冬十月诏曰：“自顷江表衰弊，政刑荒暗，巴、汉平定，孤危无援，交、荆、扬、越，靡然向风。今交阯伪将吕兴已帅三郡，万里归命；武陵邑侯相严等纠合五县，请为臣妾；豫章庐陵山民举众叛吴，以助北将军为号。又孙休病死，主帅改易，国内乖违，人各有心。伪将施绩，贼之名臣，怀疑自猜，深见忌恶。众叛亲离，莫有固志，自古及今，未有亡征若此之甚。若六军震曜，南临江、汉，吴会之域必扶老携幼以迎王师，必然之理也。然兴动大众，犹有劳费，宜告喻威德，开示仁信，使知顺附和同之利。相国参军事徐绍、水曹掾孙彧，昔在寿春，并见虏获。绍本伪南陵督，才质开壮；彧，孙权支属，忠良见事。其遣绍南还，以彧为副，宣扬国命，告喻吴人，诸所示语，皆以事实，若其觉悟，不损征伐之计，盖庙胜长算，自古之道也。其以绍兼散骑常侍，加奉车都尉，封都亭侯；彧兼给事黄门侍郎，赐爵关内侯。绍等所赐妾及男女家人在此者，悉听自随，以明国恩，不必使还，以开广大信。”

十月，魏遣使来喻以平蜀事，并陈说利害。

《三国志》卷四八《吴书·孙皓传》载：“晋文帝为魏相国，遣昔吴寿春城降将徐绍、孙彧衔命赍书，陈事势利害，以申喻皓。”《晋书》卷二《文帝纪》载：“冬十月丁亥，奏遣吴人相国参军徐劭、散骑常侍水曹属孙彧使吴，喻孙皓以平蜀之事，致马锦等物，以示威怀。”《建康实录》卷四《后主》载：“十二月，司马昭为魏相国，遣使徐绍赍书来，陈事势利害。”

按：《晋书·文帝纪》与《建康实录》所载时间不同，或是十月晋朝决定派遣使臣，十二月方至建康。

十一月，孙皓诛濮阳兴、张布。

《三国志》卷四八《吴书·孙皓传》载：“皓既得志，粗暴骄盈，多忌讳，好酒色，大小失望。兴、布窃悔之。或以谮皓，十一月，诛兴、布。”卷六四《吴书·濮阳兴传》载：“俄彧谮兴、布追悔前事。十一月朔入朝，皓因收兴、布，徙广州，道追杀之，夷三族。”

孙皓毁坏佛寺。

《高僧传》卷一《康僧会传》载：“至孙皓即政，法令苛虐，废弃淫祀，乃及佛寺，并欲毁坏。皓曰：‘此由何而兴？若其教真正，与圣典相应者，当存奉其道。如其无实，皆悉焚之。’诸臣佥曰：‘佛之威力，不同余神。康会感瑞，大皇创寺。今若轻毁，恐贻后悔。’皓遣张昱诣寺诘会。昱雅有才辩，难问纵横。会应机骋词，文理锋出。自旦之夕，昱不能屈。既退，会送于门，时寺侧有淫祀者，昱曰：‘玄化既孚，此辈何故近而不革？’会曰：‘雷霆破山，聋者不闻，非音之细，苟在理通，则万里悬应，如其阻塞，则肝胆楚越。’昱还，叹会才明，非臣所测，愿天鉴察之。皓大集朝贤，以马车迎会。会既坐，皓问曰：‘佛教所明，善恶报应，何者是耶？’会对曰：‘夫明主以孝慈训世，则赤乌翔而老人见。仁德育物，则醴泉涌而嘉苗出。善既有瑞，恶亦如之。故为恶于隐，鬼得而诛之。为恶于显，人得而诛之。《易》称：“积善余庆。”《诗》咏：“求福不回。”虽儒典之格言，即佛教之明训。’皓曰：‘若然，则周孔已明，何用佛教？’会曰：‘周孔所言，略示近迹，至于释教，则备极幽微。故行恶则有地狱长苦，修善则有天宫永乐。举兹以明劝沮，不亦大哉。’皓当时无以折其言。皓虽闻正法，而昏暴之性不胜其虐。后使宿卫兵入后宫治园，于地得一金像，高数尺，呈皓。皓使著不净处，以秽汁灌之，共诸群臣笑以为乐。俄尔之间，举身大肿，阴处尤痛，叫呼彻天。太史占言，犯大神所为，即祈祀诸庙，永不差愈。婇女先有奉法者，因问讯云：‘陛下就佛寺中求福不？’皓举头问曰：‘佛神大耶？’婇女云：‘佛为大神。’皓心遂悟，具语意故。婇女即迎像置殿上，香汤洗数十过，烧香忏悔。皓叩头于枕自陈罪状。有顷痛间。遣使至寺，问讯道人，请会说法。会即随入。皓具问罪福之由。会为敷析，辞甚精要。皓先有才解，欣然大悦，因求看沙门戒。会以戒文禁秘，不可轻宣，乃取本业百三十五愿，分作二百五十事，行住坐卧，皆愿众生。皓见慈愿广普，益增善意，即就会受五戒，旬日疾瘳。乃于会所住更加修饰，宣示宗室莫不必奉。会在吴朝亟说正法，以皓性凶粗，不及妙义，唯叙报应近事以开其心。”

刘汝霖《汉晋学术编年》系此事于265年。[①]

陆凯为镇西大将军，都督巴丘，领荆州牧。

《三国志》卷六一《吴书·陆凯传》载：“孙皓立，迁镇西大将军，都督巴丘，领荆州牧，封嘉兴侯。”

楼玄、王蕃、郭逴、万彧为散骑中常侍。

《三国志》卷六五《吴书·楼玄传》载：“孙皓即位，（玄）与王蕃、郭逴、万彧俱为散骑中常侍。”

陆抗加镇军大将军，领益州牧。

《三国志》卷五八《吴书·陆抗传》载：“孙皓即位，加镇军大将军，领益州牧。”

薛莹为左执法。

《三国志》卷五三《吴书·薛莹传》载：“孙皓初，为左执法。”

韦昭封高陵亭侯，迁中书仆射。

《三国志》卷六五《吴书·韦昭传》载：“孙皓即位，封高陵亭侯，迁中书仆射，职省，为侍中，常领左国史。”

陆喜为选曹尚书。

俞士玲《陆机陆云年谱》说：“《三国志·吴书·陆瑁传》

①参见刘汝霖：《汉晋学术编年》，华东师范大学出版社2010年版，第565页。

云：‘（子喜，）孙皓时为选曹尚书。’陆云《晋故散骑常侍陆府君诔》叙陆喜在吴宦迹：作尹名邦（‘考绩三载’）、为选曹尚书（‘奕世纳言，帝衡以平’）、‘征戎东邑’、‘爰守会稽’、‘屯骑是抚’，最后归隐〔约凤皇三年（274），详是年谱〕，以三年考绩之例，喜约是年为选曹尚书。”①

①俞士玲：《陆机陆云年谱》，人民文学出版社2009年版，第9页。

孙皓元兴二年(甘露元年,265) 魏咸熙二年 晋泰始元年

三月，孙皓遣纪陟、弘璆使魏报聘，与魏君臣颇有应对。

《三国志》卷四《魏书·陈留王纪》载："夏四月，南深泽县言甘露降。吴遣使纪陟、弘璆请和。"卷四八《吴书·孙皓传》载："甘露元年三月，皓遣使随绍、彧报书曰：'知以高世之才，处宰辅之任，渐导之功，勤亦至矣。孤以不德，阶承统绪，思与贤良共济世道，而以壅隔未有所缘，嘉意允著，深用依依。今遣光禄大夫纪陟、五官中郎将弘璆宣明至怀。'绍行到濡须，召还杀之，徙其家属建安，始有白绍称美中国者故也。"裴注引干宝《晋纪》曰："陟、璆奉使如魏，入境而问讳，入国而问俗。寿春将王布示之马射，既而问之曰：'吴之君子亦能斯乎？'陟曰：'此军人骑士肄业所及，士大夫君子未有为之者矣。'布大惭。既至，魏帝见之，使傧问曰：'来时吴王何如？'陟对曰：'来时皇帝临轩，百寮陪位，御膳无恙。'晋文王飨之，百寮毕会，使傧者告曰：'某者安乐公也，某者匈奴单于也。'陟曰：'西主失土，为君王所礼，位同三代，莫不感义，匈奴边塞难羁之国，君王怀之，亲在坐席，此诚威恩远著。'又问：'吴之戍备几何？'对曰：

‘自西陵以至江都，五千七百里。’又问曰：‘道里甚远，难为坚固？’对曰：‘疆界虽远，而其险要必争之地，不过数四，犹人虽有八尺之躯靡不受患，其护风寒亦数处耳。’文王善之，厚为之礼。”《晋书》卷二《文帝纪》载：“夏四月，孙皓使纪陟来聘，且献方物。”

四月，蒋陵言甘露降。五月，改元甘露

《三国志》卷四八《吴书·孙皓传》载：“夏四月，蒋陵言甘露降，于是改年大赦。”《宋书》卷二八《符瑞志中》载：“吴孙皓甘露元年四月，蒋陵言甘露降。”《建康实录》卷四《后主》载：“五月，大赦，改甘露元年。”

七月，孙皓逼杀孙休皇后，又迁杀孙休二子。

《建康实录》卷四《后主》载：“秋七月，逼杀景皇后朱氏于苑中小屋，治丧，内外知其非疾，皆痛之。又迁其四子于吴，道追杀𩅦、(𩃙) 二人。”

九月，孙皓徙都武昌。

《三国志》卷四八《吴书·孙皓传》载：“九月，从西陵督步阐表，徙都武昌，御史大夫丁固、右将军诸葛靓镇建业。”裴注引《汉晋春秋》曰：“初望气者云，荆州有王气破扬州而建业宫不利，故皓徙武昌，遣使者发掘荆州界大臣名家冢与山冈连者以厌之。”

百谷丰美而不实，以为孙皓迁都治宫室饰台榭之罚。

《宋书》卷三四《五行志五》：“吴孙皓时，尝岁无水旱，苗稼丰美，而实不成，百姓以饥，阖境皆然，连岁不已。吴人以为伤露，非也。按刘向《春秋说》曰：‘水旱当书，不书水旱，而曰大无麦禾者，土气不养，稼穑不成。’此其义也。皓初迁都武昌，寻迁建业，又起新馆，缀饰珠玉，壮丽过甚，破坏诸宫，增修苑囿，犯暑妨农，官民疲怠。《月令》‘季夏不可以兴土功’。皓皆冒之。此治宫室饰台榭之罚，与《春秋》鲁庄公三筑台同应也。班固曰：‘无水旱之灾，而草木百谷不熟，皆为稼穑不成。’”

十月，吴张俨、丁忠赴晋吊丧。

《建康实录》卷四《后主》载：“冬十月，使大鸿胪张俨、五官中郎将丁忠于魏吊祭司马文王。后主谓俨曰：‘今南北通好，以卿有出境之才，故相屈行。’俨对曰：‘皇皇者华，臣蒙其荣，惧无古人延誉之美，谨厉锋锷，思不辱命。’既至，晋贾充、裴秀皆不能屈，羊祜等与结缟带之好。”

按：《三国志》卷四八《吴书·孙皓传》系于宝鼎元年正月，实际上是返回时间。司马昭卒于八月，十月赴丧比较合理。又《资治通鉴》卷七九系吴遣张俨、丁忠赴晋于甘露二年三月，未知何据。

十一月，纪陟、弘璆还吴。

《三国志》卷四八《吴书·孙皓传》载：“陟、璆至洛，遇晋文帝崩，十一月，乃遣还。”《太平御览》卷八〇六引干宝《晋纪》曰：“孙皓遣使，诏书赐班罽五十张，绛罽二十张，紫、青罽各十五张。”

十一月，孙皓至武昌。

《三国志》卷四八《吴书·孙皓传》载:“皓至武昌,又大赦。”《建康实录》卷四《后主》载:“十一月,后主至武昌,大赦。”

吴分立始安郡、始兴郡。

《三国志》卷四八《吴书·孙皓传》载:“以零陵南部为始安郡,桂阳南部为始兴郡。”

月支人支昙籥抵达建业,后制六言梵呗。

王小盾、金溪《鱼山梵呗传说的道教背影》说本年“月支人支昙籥到达建康,后‘梦天神授其声法,觉因裁制新声’,制六言梵呗”,又说“中国梵呗的确是在曹植时代进入兴盛期的。不过,记载中的制呗之人都是胡僧,制呗的地点主要在东吴,新声的来源则托于天神”。①

①参见王小盾、金溪:《鱼山梵呗传说的道教背影》,《中国文化》2012年第2期。

孙皓甘露二年(宝鼎元年,266)　晋泰始二年

正月，丁忠返吴，张俨（？—266）卒于洛阳南还路上。

《三国志》卷四八《吴书·孙皓传》载：“宝鼎元年正月，遣大鸿胪张俨、五官中郎将丁忠吊祭晋文帝。及还，俨道病死。”裴注引《吴录》曰：“俨字子节，吴人也。弱冠知名，历显位，以博闻多识，拜大鸿胪。至是，使于晋，吊祭司马昭。孙皓谓俨曰：‘今南北通好，以君为有出境之才，故相屈行。’对曰：‘皇皇者华，蒙其荣耀，无古人延誉之美。磨厉锋锷，思不辱命。’既至，车骑将军贾充、尚书令裴秀、侍中荀勖等欲傲以所不知，而不能屈。尚书仆射羊祜、尚书何桢并结缟带之好。及还，道病死。”《建康实录》卷四《后主》载：“甘露二年春正月，张俨、丁忠等使晋还，俨道遇病卒，而忠独归，言北方无战备，且弋阳可袭而取。后主大悦，信之，因置酒会公卿大饮，令左右相嘲为乐。”

按：张俨，吴郡吴人，《隋书·经籍志》载“《吴侍中张俨集》一卷”，又载“梁二卷，录一卷”。张俨是吴郡张氏的代表。吴郡张氏可分为两支：张允、张温父子一支，张敦、张纯、张

俨、张勃、张翰一支。张敦，有两子张纯、张俨，张俨又有两子张勃、张翰。《三国志》卷五六《吴书·朱异传》裴注引《文士传》载："张惇子纯，与张俨及（朱）异俱童少，往见骠骑将军朱据。据闻三人才名，欲试之，告曰：'老鄙相闻，饥渴甚矣。夫騕褭以迅骤为功，鹰隼以轻疾为妙，其为吾各赋一物，然后乃坐。'俨乃赋犬曰：'守则有威，出则有获，韩卢、宋鹊，书名竹帛。'纯赋席曰：'席以冬设，簟为夏施，揖让而坐，君子攸宜。'异赋弩曰：'南岳之干，钟山之铜，应机命中，获隼高墉。'三人各随其目所见而赋之，皆成而后坐，据大欢悦。"张纯、张俨少年便显示出文才敏捷，则张氏注重文学教育。

王蕃（228—266）为孙皓斩杀，陆凯作《疏悼王蕃》。

《三国志》卷六五《吴书·王蕃传》载："甘露二年，丁忠使晋还，皓大会群臣，蕃沈醉顿伏，皓疑而不悦，舆蕃出外。顷之请还，酒亦不解。蕃性有威严，行止自若，皓大怒，呵左右于殿下斩之。卫将军滕牧、征西将军留平请，不能得。丞相陆凯上疏曰：'常侍王蕃黄中通理，知天知物，处朝忠蹇，斯社稷之重镇，大吴之龙逢也。昔事景皇，纳言左右，景皇钦嘉，叹为异伦。而陛下忿其苦辞，恶其直对，枭之殿堂，尸骸暴弃，郡内伤心，有识悲悼。'其痛蕃如此。蕃死时年三十九，皓徙蕃家属广州。"裴注引《江表传》曰："皓用巫史之言，谓建业宫不利，乃西巡武昌，仍有迁都之意，恐群臣不从，乃大请会，赐将吏。问蕃'射不主皮，为力不同科，其义云何？'蕃思惟未答，即于殿上斩蕃。出登来山，使亲近将掷蕃首，作虎跳狼争咋啮之，头皆碎坏，欲以示威，使众不敢犯也。”

《建康实录》卷四《后主》载：“常侍王蕃嘲尚书万彧曰：‘鱼潜于泉，出水吹沫，何则？物有本性，不可横处非分。彧出自溪口，羊质虎皮。’彧答曰：‘唐虞之朝无谬举之才，造父之侧无驽蹇之乘。’由是衔之，蕃既沈醉，后主舆出，因请还。蕃为人有威仪，行动自若，后主不悦。时万彧、陈声等承颜争毁之，后主大怒，叱左右收殿下斩之。太常滕牧、征西留平等苦请，不得。”

按：《晋书》卷一一《天文志上》载中常侍庐江王蕃善数术，传刘洪《乾象历》，依其法而制浑仪。《隋书·经籍志》著录《浑天象注》一卷，吴散骑常侍王蕃撰。

丁忠言弋阳可袭取，被陆凯谏止。

《三国志》卷六一《吴书·陆凯传》载：“孙皓与晋平，使者丁忠自北还，说皓弋阳可袭，凯谏止，语在皓传。”卷四八《吴书·孙皓传》载：“忠说皓曰：‘北方守战之具不设，弋阳可袭而取。’皓访群臣，镇西大将军陆凯曰：‘夫兵不得已而用之耳，且三国鼎立已来，更相侵伐，无岁宁居。今强敌新并巴蜀，有兼土之实，而遣使求亲，欲息兵役，不可谓其求援于我。今敌形势方强，而欲徼幸求胜，未见其利也。’车骑将军刘纂曰：‘天生五才，谁能去兵？谲诈相雄，有自来矣。若其有阙，庸可弃乎？宜遣间谍，以观其势。’皓阴纳纂言，且以蜀新平，故不行，然遂自绝。”

春夏旱，以为迁都劳民动众之应。

《宋书》卷三一《五行志二》载:“吴孙皓宝鼎元年，春夏旱。是时皓迁都武昌，劳民动众之应也。”

八月，言得大鼎，改元宝鼎，以陆凯为左丞相，万彧为右丞相。

《三国志》卷四八《吴书·孙皓传》载:“八月，所在言得大鼎，于是改年，大赦。以陆凯为左丞相，常侍万彧为右丞相。”《宋书》卷二九《符瑞志下》载:“吴孙皓宝鼎元年八月，在所言得大鼎。”《三国志》卷六一《吴书·陆凯传》载:“宝鼎元年，迁左丞相。”

洪饴孙《三国职官表》说:“丞相，黄武初置。宝鼎元年，分置左右。建衡中复旧。”

十月，永安山越施但反，被丁固、诸葛靓击败。

《三国志》卷四八《吴书·孙皓传》载:“冬十月，永安山贼施但等聚众数千人，劫皓庶弟永安侯谦出乌程，取孙和陵上鼓吹曲盖。比至建业，众万余人。丁固、诸葛靓逆之于牛屯，大战，但等败走。获谦，谦自杀。”《三国志》卷四八《吴书·孙皓传》裴注引《汉晋春秋》曰:“初望气者云荆州有王气破扬州而建业宫不利，故皓徙武昌，遣使者发民掘荆州界大臣名家冢与山冈连者以厌之。既闻但反，自以为徙土得计也。使数百人鼓噪入建业，杀但妻子，云天子使荆州兵来破扬州贼，以厌前气。”

《三国志》卷五九《吴书·孙和传》裴注引《吴历》载:“皓在武昌，吴兴施但因民之不堪命，聚万余人，劫谦，将至秣陵，欲立之。未至三十里住，择吉日，但遣使以谦命诏丁固、诸葛靓。靓即斩其使。但遂前到九里，固、靓出击，大破之。但兵裸身无铠甲，临陈皆披散。谦独坐车中，遂生获之。固不敢杀，以状告皓，皓鸩之，母子皆死。俊，张承外孙，聪明辨惠，为远近所称，皓又杀之。”

孙皓分立东阳郡、吴兴郡、邵陵郡，并作《立吴兴郡诏》。

《三国志》卷四八《吴书·孙皓传》载：“分会稽为东阳郡，分吴、丹杨为吴兴郡。以零陵北部为邵陵郡。”卷四八《吴书·孙皓传》载孙皓诏曰：“古者分土建国，所以褒赏贤能，广树藩屏。秦毁五等为三十六郡，汉室初兴，闿立乃至百王，因事制宜，盖无常数也。今吴郡阳羡、永安、余杭、临水及丹杨故鄣、安吉、原乡、於潜诸县，地势水流之便，悉注乌程，既宜立郡以镇山越，且以藩卫明陵，奉承大祭，不亦可乎！其亟分此九县为吴兴郡，治乌程。”卷五九《吴书·孙和传》载：“皓即阼，其年追谥父和曰文皇帝，改葬明陵，置园邑二百家，令、丞奉守。后年正月，又分吴郡、丹杨九县为吴兴郡，治乌程，置太守，四时奉祠。”

按：据此可知，立吴兴郡，是施但反叛的结果，目的有两个：一是镇压山越，二是保护孙和陵墓。

韦昭《国语解》成书不晚于本年。

方韬《韦昭〈国语解〉文献考释》指出《国语·鲁语下》“汪芒氏之君也，守封、嵎之山者也”句韦昭注：“封，封山。嵎，嵎山。今在吴郡永安县也。”据《三国志》卷四八《吴书·孙皓传》裴注载孙皓宝鼎元年（266）下诏曰：“今吴郡阳羡、永安、余杭、临水及丹杨故鄣、安吉、原乡、於潜诸县，地势水流之便，悉注乌程，既宜立郡以镇山越，且以藩卫明陵，奉承大祭，不亦可乎！其亟分此九县为吴兴郡。治乌程”认为：“宝鼎元年，韦昭尚在，此注不作‘吴兴永安县’而作‘吴郡永安县’，则作注之时或在设吴兴郡前。”[①]

陆凯作《上疏谏吴主皓》。

《三国志》卷六一《吴书·陆凯传》载：“皓徙都武昌，扬土百姓泝流供给，以为患苦，又政事多谬，黎元穷匮。凯上疏曰：……”《宋书》卷三一《五行志二》载：“孙皓初，童谣曰：‘宁饮建业水，不食武昌鱼。宁还建业死，不止武昌居。’皓寻迁都武昌，民泝流供给，咸怨毒焉。”

陆凯作《上疏谏吴主皓》曰：

“臣闻有道之君，以乐乐民；无道之君，以乐乐身。乐民者，其乐弥长；乐身者，不乐而亡。夫民者，国之根也，诚宜重其食，爱其命。民安则君安，民乐则君乐。自顷年以来，君威伤于桀纣，君明暗于奸雄，君惠闭于群孽。无灾而民命尽，无为而国财空，辜无罪，赏无功，使君有谬误之愆，天为作妖。而诸公卿媚上以求爱，困民以求饶，导君于不义，败政于淫俗，臣窃为痛心。今邻国交好，四边无事，当务息役养士，实其廪库，以待天时。而更倾动天心，骚扰万姓，使民不安，大小呼嗟，此非保国养民之术也。

臣闻吉凶在天，犹影之在形，响之在声也，形动则影动，形

①方韬：《韦昭〈国语解〉文献考释》，《中国典籍与文化》2021年第2期。

止则影止，此分数乃有所系，非在口之所进退也。昔秦所以亡天下者，但坐赏轻而罚重，政刑错乱，民力尽于奢侈，目眩于美色，志浊于财宝，邪臣在位，贤哲隐藏，百姓业业，天下苦之，是以遂有覆巢破卵之忧。汉所以强者，躬行诚信，听谏纳贤，惠及负薪，躬请岩穴，广采博察，以成其谋。此往事之明证也。

近者汉之衰末，三家鼎立，曹失纲纪，晋有其政。又益州危险，兵多精强，闭门固守，可保万世，而刘氏与夺乖错，赏罚失所，君恣意于奢侈，民力竭于不急，是以为晋所伐，君臣见虏。此目前之明验也。

臣暗于大理，文不及义，智慧浅劣，无复冀望，窃为陛下惜天下耳。臣谨奏耳目所闻见，百姓所为烦苛，刑政所为错乱，愿陛下息大功，损百役，务宽荡，忽苛政。

又武昌土地，实危险而塉确，非王都安国养民之处，船泊则沈漂，陵居则峻危，且童谣言：‘宁饮建业水，不食武昌鱼；宁还建业死，不止武昌居。’臣闻翼星为变，荧惑作妖，童谣之言，生于天心，乃以安居而比死，足明天意，知民所苦也。

臣闻国无三年之储，谓之非国，而今无一年之畜，此臣下之责也。而诸公卿位处人上，禄延子孙，曾无致命之节，匡救之术，苟进小利于君，以求容媚，荼毒百姓，不为君计也。自从孙弘造义兵以来，耕种既废，所在无复输入，而分一家父子异役，廪食日张，畜积日耗，民有离散之怨，国有露根之渐，而莫之恤也。民力困穷，鬻卖儿子，调赋相仍，日以疲极，所在长吏，不加隐括，加有监官，既不爱民，务行威势，所在骚扰，更为烦苛，民苦二端，财力再耗，此为无益而有损也。愿陛下一息此辈，矜哀孤弱，以镇抚百姓之心。此犹鱼鳖得免毒螫之渊，鸟兽得离罗网之纲，四方之民襁负而至矣。如此，民可得保，先王之国存焉。

臣闻五音令人耳不聪，五色令人目不明，此无益于政，有损于事者也。自昔先帝时，后宫列女，及诸织络，数不满百，米有畜积，货财有余。先帝崩后，幼、景在位，更改奢侈，不蹈先迹。伏闻织络及诸徒坐，乃有千数，计其所长，不足为国财，然坐食官廪，岁岁相承，此为无益，愿陛下料出赋嫁，给与无妻者。如此，上应天心，下合地意，天下幸甚。

臣闻殷汤取士于商贾，齐桓取士于车辕，周武取士于负薪，大汉取士于奴仆。明王圣主取士以贤，不拘卑贱，故其功德洋溢，名流竹素，非求颜色而取好服、捷口、容悦者也。臣伏见当今内宠之臣，位非其人，任非其量，不能辅国匡时，群党相扶，害忠隐贤。愿陛下简文武之臣，各勤其官，州牧督将，藩镇方外，公卿尚书，务修仁化，上助陛下，下拯黎民，各尽其忠，拾遗万一，则康哉之歌作，刑错之理清。愿陛下留神思臣愚言。”

按：《建康实录》卷二《太祖下》载黄龙元年说：“时童谣云：‘宁饮建业水，不食武昌鱼；宁就建业死，不就武昌居。’”孙权黄龙时已有此童谣，不待孙皓时出现。

孙皓问陆凯陆氏家族之贵盛。

《世说新语·规箴》载：“孙皓问丞相陆凯曰：‘卿一宗在朝有几人？’陆曰：‘二相、五侯、将军十余人。’皓曰：‘盛哉！’

陆曰：‘君贤臣忠，国之盛也。父慈子孝，家之盛也。今政荒民弊，覆亡是惧，臣何敢言盛！’”

按：“二相”即陆逊和陆凯。陆凯任左丞相是在266—269年，又陆凯说“政荒民弊，覆亡是惧”，与本年的《上疏谏吴主皓》和明年的《重表谏起宫》相若，姑系于此。

华覈约本年作《上务农禁侈疏》。

《三国志》卷六五《吴书·华覈传》载：“时仓廪无储，世俗滋侈，覈上疏曰：‘今寇虏充斥，征伐未已，居无积年之储，出无应敌之畜，此乃有国者所宜深忧也。夫财谷所生，皆出于民，趋时务农，国之上急。而都下诸官，所掌别异，各自下调，不计民力，辄与近期。长吏畏罪。昼夜催民，委舍佃事，遑赴会日，定送到都，或蕴积不用，而徒使百姓消力失时。到秋收月，督其限入，夺其播殖之时，而责其今年之税，如有逋悬，则籍没财物，故家户贫困，衣食不足。宜暂息众役，专心农桑。古人称一夫不耕，或受其饥，一女不织，或受其寒，是以先王治国，惟农是务。军兴以来，已向百载，农人废南亩之务，女工停机杼之业。推此揆之，则蔬食而长饥，薄衣而履冰者，固不少矣。臣闻主之所求于民者二，民之所望于主者三。二谓求其为己劳也，求其为己死也。三谓饥者能食之，劳者能息之，有功者能赏之。民以致其二事而主失其三望者，则怨心生而功不建。今帑藏不实，民劳役猥，主之二求已备，民之三望未报。且饥者不待美馔而后饱，寒者不俟狐貉而后温，为味者口之奇，文绣者身之饰也。今事多而役繁，民贫而俗奢，百工作无用之器，妇人为绮靡之饰，不勤麻枲，并绣文黼黻，转相仿效，耻独无有。兵民之家，犹复逐俗，内无儋石之储，而出有绫绮之服，至于富贾商贩之家，重以金银，奢恣尤甚。天下未平，百姓不赡，宜一生民之原，丰谷帛之业，而弃功于浮华之巧，妨日于侈靡之事，上无尊卑等级之差，下有耗财物力之损。今吏士之家，少无子女，多者三四，少者一二，通令户有一女，十万家则十万人，人织绩一岁一束，则十万束矣。使四疆之内同心戮力，数年之间，布帛必积。恣民五色，惟所服用，但禁绮绣无益之饰。且美貌者不待华采以崇好，艳姿者不待文绮以致爱，五采之饰，足以丽矣。若极粉黛，穷盛服，未必无丑妇；废华采，去文绣，未必无美人也，若实如论，有之无益废之无损者，何爱而不暂禁以充府藏之急乎？此救乏之上务，富国之本业也，使管、晏复生，无以易此。汉之文、景，承平继统，天下已定，四方无虞，犹以雕文之伤农事，锦绣之害女红，开富国之利，杜饥寒之本。况今六合分乖，豺狼充路，兵不离疆，甲不解带，而可以不广生财之原，充府藏之积哉？'”

按：陆凯作《上疏谏吴主皓》屡称孙皓奢侈，本文亦称“世俗滋侈”，故系于本年。

十二月，孙皓采纳左丞相陆凯还都建业的建议。

《三国志》卷四八《吴书·孙皓传》载：“十二月，皓还都建业，卫将军滕牧留镇武昌。”

十二月，久阴不雨，传陆凯欲废孙皓。

《宋书》卷三四《五行志五》载：“吴孙皓宝鼎元年十二月，太史奏久阴不雨，将有阴谋。皓深惊惧。时陆凯等谋因其谒庙废之。及出，留平领兵前驱，凯语平，平不许，是以不果。皓既肆虐，群下多怀异图，终至降亡。”

《三国志》卷六一《吴书·陆凯传》载：“太史郎陈苗奏皓久阴不雨，风气回逆，将有阴谋。皓深警惧云。”

《考异》曰：“《吴志·陆凯传》：‘或曰：“宝鼎元年十二月，凯与丁奉、丁固谋因皓谒庙，欲废皓，立孙休子。时左将军留平领兵先驱，故密语平，平拒而不许，誓以不泄，是以不果。”’按凯尽忠执义，必不为此事。况皓残酷猜忌，留平庸人，若闻凯谋，必不能不泄，殆虚语耳。故不取。”

陈苗时为太史郎，后为太史令。

按：《隋书》卷一九《天文志上》载：“吴太史令陈苗云：‘先贤制木为仪，名曰浑天。’”则陈苗担任过太史令。前引《陆凯传》说陈苗当时正是太史郎。

丹杨老妇化鼋，豕祸，以为吴亡之象。

《宋书》卷三四《五行志五》载：“吴孙皓宝鼎元年，丹阳宣骞母，年八十，因浴化为鼋。兄弟闭户卫之，掘堂上作大坎，实水其中。鼋入坎戏一二日，恒延颈外望，伺户小开，便轮转自跃，入于远潭，遂不复还。与汉灵帝时黄氏母事同。吴亡之象也。”《宋书》卷三三《五行志四》载：“吴孙皓宝鼎元年，野豕入右司马丁奉营。此豕祸也。后奉见遣攻穀阳，无功反，皓怒，斩其导军。及举大众北出，奉及万彧等相谓曰：‘若至华里，不得不各自还也。’此谋泄，奉时虽已死，皓追讨穀阳事，杀其子温，家属皆远徙。豕祸之应也。龚遂曰：‘山野之兽，来入宫室，宫室将空。'又其象也。"

薛莹约于是年迁选曹尚书。

陆侃如《中古文学系年》系于泰始二年，说："《三国志·吴志》卷八《薛莹传》：'迁选曹尚书。'事在孙皓即位与瑾为太子之间，故假定在宝鼎初，即太始二年左右。"①

①陆侃如：《中古文学系年》，人民文学出版社1985年版，第628页。

孙皓宝鼎二年(267)　晋泰始三年

六月，孙皓建昭明宫。十二月，孙皓移居昭明宫。

《三国志》卷四八《吴书·孙皓传》载："夏六月，起显明宫，冬十二月，皓移居之。"裴注引《太康三年地记》曰："吴有太初宫，方三百丈，权所起也。昭明宫方五百丈，皓所作也。避晋讳，故曰显明。"又引《江表传》曰："皓营新宫，二千石以下皆自入山督摄伐木。又破坏诸营，大开园囿，起土山楼观，穷极伎巧，功役之费以亿万计。陆凯固谏，不从。"《建康实录》卷四《后主》载："十二月，新宫成，周五百丈，署曰昭明宫。开临硎、弯碕之门，正殿曰赤乌殿，后主移居之。"

陆凯作《重表谏起宫》。

《三国志》卷六一《吴书·陆凯传》裴注引《江表传》载："初，皓始起宫，凯上表谏，不听，凯重表曰：'臣闻宫功当起，夙夜反侧，是以频烦上事，往往留中，不见省报，于邑叹息，企想应罢。昨食时，被诏曰："君所谏，诚是大趣，然未合鄙意，如何？此宫殿不利，宜当避之，乃可以妨劳役，长坐不利宫乎？父之不安，子亦何倚？"臣拜纸诏，伏读一周，不觉气结于胸，而涕泣雨集也。臣年已六十九，荣禄已重，于臣过望，复何所冀？所以勤勤数进苦言者，臣伏念大皇帝创基立业，劳苦勤至，白发生于鬓肤，黄耇被于甲胄。天下始静，晏驾早崩，自含息之类，能言之伦，无不歔欷，如丧考妣。幼主嗣统，柄在臣下，军有连征之费，民有凋残之损。贼臣干政，公家空竭。今强敌当涂，西州倾覆，孤罢之民，宜当畜养，广力肆业，以备有虞。且始徙都，属有军征，战士流离，州郡骚扰，而大功复起，征召四方，斯非保国致治之渐也。臣闻为人主者，攘灾以德，除咎以义。故汤遭大旱，身祷桑林，荧惑守心，宋景退殿，是以旱魃销亡，妖星移舍。今宫室之不利，但当克己复礼，笃汤、宋之至道，愍黎庶之困苦，何忧宫之不安，灾之不销乎？陛下不务修德，而务筑宫室，若德之不修，行之不贵，虽殷辛之瑶台，秦皇之阿房，何止而不丧身覆国，宗庙作墟乎？夫兴土功，高台榭，既致水旱，民又多疾，其不疑也？为父长安，使子无倚，此乃子离于父，臣离于陛下之象也。臣子一离，虽念克骨，茅茨不翦，复何益焉？是以大皇帝居于南宫，自谓过于阿房。故先朝大臣，以为宫室宜厚，备卫非常，大皇帝曰："逆虏游魂，当爱育百姓，何聊趣于不急？"然臣下恳恻，由不获已，故裁调近郡，苟副众心，比当就功，犹豫三年。当此之时，寇钞慑威，不犯我境，师徒奔北，且西阻岷、汉，南州无事，尚犹冲让，未肯筑宫，况陛下危恻之世，又乏大皇帝之德，可不虑哉？愿陛下留意，臣不虚言。'"

华覈作《谏吴主皓盛夏兴工疏》。

《三国志》卷六五《吴书·华覈传》载："宝鼎二年，皓更营新宫，制度弘广，饰以珠玉，所费甚多。是时盛夏兴工，农守并废，覈上疏谏曰……书奏，皓不纳。”

华覈《谏吴主皓盛夏兴工疏》曰：

“臣闻汉文之世，九州晏然，秦民喜去惨毒之苛政，归刘氏之宽仁，省役约法，与之更始，分王子弟以藩汉室，当此之时，皆以为泰山之安，无穷之基也。至于贾谊，独以为可痛哭及流涕者三，可为长叹息者六，乃曰当今之势何异抱火于积薪之下而寝其上，火未及然而谓之安。其后变乱，皆如其言。臣虽下愚，不识大伦，窃以曩时之事，揆今之势。

谊曰复数年间，诸王方刚，汉之傅相称疾罢归，欲以此为治，虽尧舜不能安。今大敌据九州之地，有大半之众，习攻战之余术，乘戎马之旧势，欲与中国争相吞之计，其犹楚汉势不两立，非徒汉之诸王淮南、济北而已。谊之所欲痛哭，比今为缓，抱火卧薪之喻，于今而急。大皇帝览前代之如彼，察今势之如此，故广开农桑之业，积不訾之储，恤民重役，务养战士，是以大小感恩，各思竭命。斯运未至，早弃万国。自是之后，强臣专政，上诡天时，下违众议，亡安存之本，邀一时之利，数兴军旅，倾竭府藏，兵劳民困，无时获安。今之存者乃创夷之遗众，哀苦之余民耳。遂使军资空匮，仓廪不实，布帛之赐，寒暑不周，重以失业，家户不赡。而北积谷养民，专心向东，无复他警。蜀为西藩，土地险固，加承先主统御之术，谓其守御足以长久，不图一朝，奄至倾覆。唇亡齿寒，古人所惧。交州诸郡，国之南土，交阯、九真二郡已没，日南孤危，存亡难保，合浦以北，民皆摇动，因连避役，多有离叛，而备戍减少，威镇转轻，常恐呼吸复有变故。昔海虏窥窬东县，多得离民，地习海行，狃于往年，钞盗无日，今胸背有嫌，首尾多难，乃国朝之厄会也。诚宜住建立之役，先备豫之计，勉垦殖之业，为饥乏之救。唯恐农时将过，东作向晚，有事之日，整严未办。若舍此急，尽力功作，卒有风尘不虞之变，当委版筑之役，应烽燧之急，驱怨苦之众，赴白刃之难，此乃大敌所因为资也。如但固守，旷日持久，则军粮必乏，不待接刃，而战士已困矣。

昔太戊之时，桑谷生庭，惧而修德，怪消殷兴。荧惑守心，宋以为灾，景公下从瞽史之言，而荧惑退舍，景公延年。夫修德于身而感异类，言发于口而通神明，臣以愚蔽，误忝近署，不能翼宣仁泽以感灵祇，仰惭俯愧，无所投处。退伏思惟荧惑桑谷之异，天示二主，至如他余锱介之妖，近是门庭小神所为，验之天地，无有他变，而征祥符瑞前后屡臻，明珠既觌，白雀继见，万亿之祚，实灵所挺，以九域为宅，天下为家，不与编户之民转徙同也。又今之宫室，先帝所营，卜土立基，非为不祥。又杨市土地与宫连接，若大功毕竟，舆驾迁住，门行之神，皆当转移，犹恐长久未必胜旧。屡迁不可，留则有嫌，此乃愚臣所以夙夜为忧灼也。臣省《月令》，季夏之月，不可以兴土功，不可以会诸侯，不可以起兵动众，举大事必有大殃。今虽诸侯不会，诸侯之军与会无异。六月戊己，土行正王，既不可犯，加又农月，时不可失。昔鲁隐公夏城中丘，春秋书之，垂为后戒。今筑宫为长世之洪基，而犯天地之大禁，袭《春秋》之所书，废敬授之上务，臣以愚管，窃所未安。

又恐所召离民，或有不至，讨之则废役兴事，不讨则日月滋蔓。若悉并到，大众聚会，希无疾病。且人心安则念善，苦则怨叛。江南精兵，北土所难，欲以十卒当东一人。天下未定，深可忧惜之。如此宫成，死叛五千，则北军之众更增五万，若到万人，则倍益十万，病者有死亡之损，叛者传不善之语，此乃大敌所以欢喜也。今当角力中原，以定强弱，正于际会，彼益我损，加以劳困，此乃雄夫智士所以深忧。

臣闻先王治国无三年之储，曰国非其国，安宁之世戒备如此，况敌强大而忽农忘畜。今虽颇种殖，间者大水沈没，其余存者当须耘获，而长吏怖期，上方诸郡，身涉山林，尽力伐材，废农弃务，士民妻孥羸小，垦殖又薄，若有水旱则永无所获。州郡见米，当待有事，冗食之众，仰官供济。若上下空乏，运漕不供，而北敌犯疆，使周、召更生，良、平复出，不能为陛下计明矣。臣闻君明者臣忠，主圣者臣直，是以偻偻，昧犯天威，乞垂哀省。”

七月，孙皓在建业为父孙和立清庙。

《三国志》卷五九《吴书·孙和传》载：“宝鼎二年七月，使守大匠薛珝营立寝堂，号曰清庙。”《宋书》卷一六《礼志三》载：“有司寻又言宜立庙京邑。宝鼎二年，遂更营建，号曰清庙。遣守丞相孟仁、太常姚信等备官僚中军步骑，以灵舆法驾迎神主于明陵，亲引仁拜送于庭。”《建康实录》卷四《后主》亦载：秋七月“使大匠卿薛珝营寝室，号曰清庙”。

按：孙皓为其父孙和立清庙于京城，应与孙和的明陵被山越侵犯有关。

十月，孙皓遣守丞相孟仁、太常姚信等迎神于明陵。十二月，孟仁奉法驾至。

《三国志》卷五九《吴书·孙和传》载："十二月遣守丞相孟仁、太常姚信等备官僚中军步骑二千人，以灵舆法驾，东迎神于明陵。皓引见仁，亲拜送于庭。灵舆当至，使丞相陆凯奉三牲祭于近郊，皓于金城外露宿。明日，望拜于东门之外。其翌日，拜庙荐祭，歔欷悲感。比七日三祭，倡技昼夜娱乐。有司奏言'祭不欲数，数则黩，宜以礼断情'，然后止。"

《建康实录》卷四《后主》载："冬十月，遣守丞相孟仁、太常姚信等备官寮，中军步骑二千人以灵舆法驾，东迎神于明陵，引见仁等亲拜送于庭。十二月，仁奉灵舆法驾至，后主遣中使日夜相继，奉问神灵起居动止。巫言见文帝被服颜色如平生。后主悲泣，悉诏公卿诣阙，赐各有差。使丞相陆凯奉三牲祭于近郊，后主于金城门外露宿，明日望拜于东阁。翌日，拜庙荐祭，欷歔悲感，比至七日三祭，倡伎昼夜娱乐。有司奏'夫祭不欲数，数则渎，宜以礼断情'，乃止。"

俗乐《神弦歌》被孙皓用作宗庙登歌，施于迎父丧的仪式。

按：《三国志》卷五九《吴书·孙和传》载："比七日三祭，倡技昼夜娱乐。"《宋书》卷一九《乐志一》引何承天说"世咸传吴朝无雅乐。案孙皓迎父丧明陵，唯云倡伎昼夜不息"，又说"或云今之《神弦》，孙氏以为宗庙登哥也"。《建康实录》卷四

《后主》载:“巫言见文帝被服颜色如平生……翌日,拜庙荐祭,唏嘘悲感,比至七日三祭,倡伎昼夜娱乐。”王运熙《神弦歌考》认为孙皓奉父神灵的仪式,充满了巫觋的气氛,而“《神弦歌》本是巫觋祀神乐曲,祭祀的是地方性的杂鬼怪”,因此推断其中包括《神弦歌》,并且其“在孙吴时代,已经出现,而且其信仰已由民间及于贵族上层阶级了”。[①]《宋书》卷一九《乐志一》又说:“倡伎昼夜不息”。所谓“倡乐”,是以娱乐为主要功能的音乐歌舞的专门名称,“伎”指音乐或乐舞,都是传统意义上的俗乐。据《建康实录》,迎丧之事发生在宝鼎二年,当时蜀国已灭,中原业已入晋,应该说至迟到孙皓时,孙吴的俗乐繁盛,已经施用至雅乐的场合。[②]

姚信时已为太常。

《三国志》卷五九《吴书·孙和传》曰:“十二月遣守丞相孟仁、太常姚信等备官僚中军步骑二千人,以灵舆法驾,东迎神于明陵。”

按:姚信生卒年不详,《三国志》无传。《隋书》卷三二《经籍志一》载有“《周易》十卷,吴太常姚信注”,卷三四《经籍志三》载“梁有《昕天论》一卷,姚信撰”,另梁有《士纬新书》十卷,《姚氏新书》二卷,与《士纬》相似。

韦昭为吴侍中,常领左国史。

①参见王运熙:《乐府诗述论》,《王运熙文集》第11册,上海古籍出版社2012年版,第 151页。

②参见拙文《孙吴乐府综考》,《乐府学》第12辑,社会科学文献出版社2015年版。

陆侃如《中古文学系年》系于泰始三年，说：“《三国志》卷二十《吴书·韦曜传》载：‘职省为侍中，常领左国史。’万斯同《吴将相大臣年表》系于宝鼎二年，即太始三年。”①

陆机为虞翻子虞忠所赏。

俞士玲《陆机陆云年谱》说：“《三国志·吴书·虞翻传》裴松之注引《会稽典录》云：‘（虞）忠字世方，翻第五子。贞固干事，好识人物，造吴郡陆机于童龀之年，称上虞魏迁于无名之初，终皆致远，为著闻之士。’《国语·郑语》云：‘府之童妾，未既龀而遭之。’韦昭《注》云：‘毁齿曰龀……女七岁而毁齿。’今据此典，系于此。”②

分立安成郡。

《三国志》卷四八《吴书·孙皓传》载：“是岁，分豫章、庐陵、长沙为安成郡。”

①陆侃如：《中古文学系年》，人民文学出版社1985年版，第629页。

②俞士玲：《陆机陆云年谱》，人民文学出版社2009年版，第10—11页。

孙皓宝鼎三年(268)　晋泰始四年

二月，以丁固为司徒、孟仁（宗）为司空。

《三国志》卷四八《吴书·孙皓传》载：“三年春二月，以左右御史大夫丁固、孟仁为司徒、司空。”

洪饴孙《三国职官表》说司徒、司空皆“宝鼎三年置，居是官者三人”，司徒即丁固、□燮、何植，司空即孟仁、董朝、滕循。

九月，孙皓至东关，遣丁奉至合肥。

《三国志》卷四八《吴书·孙皓传》载：“秋九月，皓出东关，丁奉至合肥。”卷五五《吴书·丁奉传》载：“宝鼎三年，皓命奉与诸葛靓攻合肥。奉与晋大将石苞书，构而间之，苞以征还。”《宋书》卷三一《五行志二》载：“宝鼎三年，皓出东关，遣丁奉至合肥。”

十月，吴出兵荆州之江夏、襄阳，为晋所败。

《宋书》卷二三《天文志一》载：“十月，吴将施绩寇江夏，万彧寇襄阳，后将军田璋、荆州刺史胡烈等破却之。”《晋书》卷三《武帝纪》载：“冬十月，吴将施绩入江夏，万郁寇襄阳。遣太尉义阳王望屯龙陂。荆州刺史胡烈击败郁。”

十月，吴出兵交阯，为晋所败。

《三国志》卷四八《吴书·孙皓传》载："是岁，遣交州刺史刘俊、前部督修则等入击交阯，为晋将毛炅等所破，皆死，兵散还合浦。"《晋书》卷三《武帝纪》载："吴将顾容寇郁林，太守毛炅大破之，斩其交州刺史刘俊、将军修则。"

十一月，吴丁奉、诸葛靓与晋司马骏战于合肥。

《晋书》卷三《武帝纪》载："十一月，吴将丁奉等出芍陂，安东将军汝阴王骏与义阳王望击走之。"《资治通鉴》卷七九载："十一月，吴丁奉、诸葛靓出芍陂，攻合肥，安东将军汝阴王骏拒却之。"

陆云六岁能属文。

《世说新语·赏誉》刘孝标注引《陆云别传》曰："六岁便能赋诗，时人以为项托、扬乌之俦也。"《晋书》卷五四《陆云传》曰："云字士龙，六岁能属文，性清正，有才理。少与兄机齐名，虽文章不及机，而持论过之，号曰'二陆'。幼时吴尚书广陵闵鸿见而奇，曰：'此儿若非龙驹，当是凤雏。'"

孙皓宝鼎四年（建衡元年，269） 晋泰始五年

正月，西苑言凤凰集。

《宋书》卷二八《符瑞志中》载：“吴孙皓宝鼎四年正月，西苑言凤皇集。”

正月，孙皓立子孙瑾为太子。

《三国志》卷四八《吴书·孙皓传》载：“建衡元年春正月，立子瑾为太子，及淮阳、东平王。”

薛莹领太子少傅。

《三国志》卷五三《吴书·薛莹传》载：“及立太子，又领少傅。”

十月，吴改元建衡。

《三国志》卷四八《吴书·孙皓传》载：“冬十月，改年，大赦。”

十一月，左丞相陆凯（198—269）卒。

《三国志》卷四八《吴书·孙皓传》载：“十一月，左丞相陆凯卒。”卷六一《吴书·陆凯传》载：“建衡元年，疾病，皓遣中书令董朝问所欲言，凯陈：‘何定不可任用，宜授外任，不宜委

以国事。奚熙小吏，建起浦里田，欲复严密故迹，亦不可听。姚信、楼玄、贺邵、张悌、郭逴、薛莹、滕修及族弟喜、抗，或清白忠勤，或姿才卓茂，皆社稷之桢干，国家之良辅。愿陛下重留神思，访以时务，各尽其忠，拾遗万一。’遂卒，时年七十二。”

《隋书·经籍志》载“《吴先贤传》四卷，吴左丞相陆凯撰”，“《扬子太玄经》十三卷，陆凯注”，“《吴丞相陆凯集》五卷”。

陆凯曾作《上表谏吴主皓》。

《三国志》卷六一《吴书·陆凯传》裴注引《江表传》曰：“皓所行弥暴，凯知其将亡，上表曰：‘臣闻恶不可积，过不可长，积恶长过，丧乱之源也。是以古人惧不闻非，故设进善之旌，立敢谏之鼓。武公九十，思闻警戒，诗美其德，士悦其行。臣察陛下无思警戒之义，而有积恶之渐，臣深忧之，此祸兆见矣，故略陈其要，写尽愚怀。陛下宜克己复礼，述修前德，不可捐弃臣言，而放奢意。意奢情至，吏日欺民；民离则上不信下，下当疑上，骨肉相克，公子相奔。臣虽愚，暗于天命，以心审之，败不过二十稔也。臣常忿亡国之人夏桀、殷纣，亦不可使后人复忿陛下也。臣受国恩，奉朝三世，复以余年，值遇陛下，不能循俗，与众沈浮。若比干、伍员，以忠见戮，以正见疑，自谓毕足，无所余恨，灰身泉壤，无负先帝，愿陛下九思，社稷存焉。’”

传陆凯作《上书谏吴主皓不遵先帝二十事》。

《三国志》卷六一《吴书·陆凯传》载：“予连从荆、扬来者得凯所谏皓二十事，博问吴人，多云不闻凯有此表。又按其文殊甚切直，恐非皓之所能容忍也。或以为凯藏之箧笥，未敢宣行，病困，皓遣董朝省问欲言，因以付之。虚实难明，故不著于篇，然爱其指擿皓事，足为后戒，故钞列于凯传左云。皓遣亲近赵钦口诏报凯前表曰：'孤动必遵先帝，有何不平？君所谏非也。又建业宫不利，故避之，而西宫室宇摧朽，须谋移都，何以不可徙乎？'凯上疏曰：'臣窃见陛下执政以来，阴阳不调，五星失晷，职司不忠，奸党相扶，是陛下不遵先帝之所致。夫王者之兴，受之于天，修之由德，岂在宫乎？而陛下不谘之公辅，便盛意驱驰，六军流离悲惧，逆犯天地，天地以灾，童歌其谣。纵令陛下一身得安，百姓愁劳，何以用治？此不遵先帝一也。臣闻有国以贤为本，夏杀龙逄，殷获伊挚，斯前世之明效，今日之师表也。中常侍王蕃黄中通理，处朝忠謇，斯社稷之重镇，大吴之龙逄也，而陛下忿其苦辞，恶其直对，枭之殿堂，尸骸暴弃。邦内伤心，有识悲悼，咸以吴国夫差复存。先帝亲贤，陛下反之，是陛下不遵先帝二也。臣闻宰相国之柱也，不可不强，是故汉有萧、曹之佐，先帝有顾、步之相。而万彧琐才凡庸之质，昔从家隶，超步紫闼，于彧已丰，于器已溢，而陛下爱其细介，不访大趣，荣以尊辅，越尚旧臣。贤良愤惋，智士赫咤，是不遵先帝三也。先帝爱民过于婴孩，民无妻者以妾妻之，见单衣者以帛给之，枯骨不收而取埋之。而陛下反之，是不遵先帝四也。昔桀纣灭由妖妇，幽厉乱在嬖妾，先帝鉴之，以为身戒，故左右不置淫邪之色，后房无旷积之女。今中宫万数，不备嫔嫱，外多鳏夫，女吟于中。风雨逆度，正由此起，是不遵先帝五也。先帝忧劳万机，犹惧有失。陛下临阼以来，游戏后宫，眩惑妇女，乃令庶事多旷，下吏容奸，是不遵先帝六也。先帝笃尚朴素，服不纯丽，宫无高台，物不雕饰，故国富民充，奸盗不作。而陛下征调州郡，竭民财力，土被玄黄，宫有朱紫，是不遵先帝七也。先帝外仗顾、陆、朱、张，内近胡综、薛综，是以庶绩雍熙，邦内清肃。今者外非其任，内非其人，陈声、曹辅，斗筲小吏，先帝之所弃，而陛下幸之，是不遵先帝八也。先帝每宴见群臣，抑损醇醲，臣下终日无失慢之尤，百寮庶尹，并展所陈。而陛下拘以视瞻之敬，惧以不尽之酒。夫酒以成礼，过则败德，此无异商辛长夜之饮也，是不遵先帝九也。昔汉之桓、灵，亲近宦竖，大失民心。今高通、詹廉、羊度，黄门小人，而陛下赏以重爵，权以战兵。若江渚有难，烽燧互起，则度等之武不能御侮明也，是不遵先帝十也。今宫女旷积，而黄门复走州郡，条牒民女，有钱则舍，无钱则取，怨呼道路，母子死诀，是不遵先帝十一也。先帝在时，亦养诸王太子，若取乳母，其夫复役，赐与钱财，给其资粮，时遣归来，视其弱息。今则不然，夫妇生离，夫故作役，儿从后死，家为空户，是不遵先帝十二也。先帝叹曰："国以民为本，民以食为天，衣其次也，三者，孤存之于心。"今则不然，农桑并废，是不遵先帝十三也。先帝简士，不拘卑贱，任之乡闾，效之于事，举者不虚，受者不妄。今则不然，浮华者登，朋党者进，是不遵先帝十四也。先帝战士，不给他役，使春惟知农，秋惟收稻，江渚有事，责其死效。今之战士，供给众役，廪赐不赡，是不遵先帝十五也。夫赏以劝功，罚以禁邪，赏罚不中，则士民散失。今江边将士，死不见哀，劳不见赏，是不遵先帝十六也。今在所监司，已为烦猥，兼有内使，扰乱其中，一民十吏，何以堪命？昔景帝时，交阯反乱，实由兹起，是为遵景帝之阙，不遵先帝十七也。夫校事，吏民之仇也。先帝末年，虽有吕壹、钱钦，寻皆诛夷，以谢百姓。今复张立校曹，纵吏言事，是不遵先帝十八也。先帝时，居官者咸久于其位，然后考绩黜陟。今州县职司，或莅政无几，便征召迁转，迎新送旧，纷纭道路，伤财害民，于是为甚，是不遵先帝十九也。先帝每察竟解之奏，当留心推按，是以狱无冤囚，死者吞声。今则违之，是不遵先帝二十也。若臣言可录，藏之盟府；如其虚妄，治臣之罪。愿陛下留意。’”

孙皓于本年或稍前迁华覈为东观令、领右国史，作《答华覈》。

《三国志》卷六五《吴书·华覈传》载：“后迁东观令，领右国史，覈上疏辞让，皓答曰：‘得表，以东观儒林之府，当讲校文艺，处定疑难，汉时皆名学硕儒乃任其职，乞更选英贤。闻之，以卿研精坟典，博览多闻，可谓悦礼乐敦诗书者也。当飞翰骋藻，光赞时事，以越杨、班、张、蔡之畴，怪乃谦光，厚自菲薄，宜勉修所职，以迈先贤，勿复纷纷。’”

按：据下条可知，本年华覈已为右国史，则迁东观令、领右国史更在此前，姑系于此。

华覈已为右国史，作《表荐陆祎》，推荐陆凯子陆祎镇夏口。

《三国志》卷六一《吴书·陆凯传》载:“子祎,初为黄门侍郎,出领部曲,拜偏将军。凯亡后,入为太子中庶子。右国史华覈表荐祎曰:‘祎体质方刚,器干强固,董率之才,鲁肃不过。及被召当下,径还赴都,道由武昌,曾不回顾,器械军资,一无所取,在戎果毅,临财有节。夫夏口,贼之冲要,宜选名将以镇戍之,臣窃思惟,莫善于祎。’”

吴以荆州、建安陆海两道合击交阯。

《三国志》卷四八《吴书·孙皓传》载:“遣监军虞汜、威南将军薛珝、苍梧太守陶璜由荆州,监军李勖、督军徐存从建安海道,皆就合浦击交阯。”

孙皓建衡二年(270)　晋泰始六年

春，万彧还建业，建安海道击交阯不利。

《三国志》卷四八《吴书·孙皓传》载："二年春。万彧还建业。李勖以建安道不通利，杀导将冯斐，引军还。"

正月，丁奉入涡口，为晋将牵弘击败。

《晋书》卷三《武帝纪》载："六年春正月丁亥朔，帝临轩，不设乐。吴将丁奉入涡口，扬州刺史牵弘击走之。"

三月，大火，以为孙皓好内之罚

《三国志》卷四八《吴书·孙皓传》载："三月，天火烧万余家，死者七百人。"《宋书》卷三二《五行志三》载："吴孙皓建衡二年三月，大火，烧万余家，死者七百人。案《春秋》，齐火。刘向以为桓公好内，听女口，妻妾数更之罚也。皓制令诡暴，荡弃法度，劳臣名士，诛斥甚众。后宫万余，女谒数行，其中隆宠佩皇后玺者又多矣。故有大火。"

四月，左大司马施绩卒。

《三国志》卷四八《吴书·孙皓传》载："夏四月，左大司马施绩卒。"

陆抗都督信陵、西陵、夷道、乐乡、公安诸军事。

《三国志》卷五八《吴书·陆抗传》载："建衡二年，大司马施绩卒，拜抗都督信陵、西陵、夷道、乐乡、公安诸军事，治乐乡。"

陆抗作《陈时宜疏》。

《三国志》卷五八《吴书·陆抗传》载："抗闻都下政令多阙，忧深虑远，乃上疏曰：'臣闻德均则众者胜寡，力侔则安者制危，盖六国所以兼并于强秦，西楚所以北面于汉高也。今敌跨制九服，非徒关右之地；割据九州，岂但鸿沟以西而已。国家外无连国之援，内非西楚之强，庶政陵迟，黎民未乂，而议者所恃，徒以长川峻山，限带封域，此乃守国之末事，非智者之所先也。臣每远惟战国存亡之符，近览刘氏倾覆之衅，考之典籍，验之行事，中夜抚枕，临餐忘食。昔匈奴未灭，去病辞馆；汉道未纯，贾生哀泣。况臣王室之出，世荷光宠，身名否泰，与国同戚，死生契阔，义无苟且，夙夜忧怛，念至情惨。夫事君之义犯而勿欺，人臣之节匪躬是殉，谨陈时宜十七条如左。'十七条失本，故不载。"

陆抗作《请抑黜群小疏》。

《三国志》卷五八《吴书·陆抗传》载抗上疏曰："臣闻开国承家，小人勿用，靖谮庸回，唐书攸戒，是以雅人所以怨刺，仲尼所以叹息也。春秋已来，爰及秦、汉，倾覆之衅，未有不由斯者也。小人不明理道，所见既浅，虽使竭情尽节，犹不足任，况其奸心素笃，而憎爱移易哉？苟患失之，无所不至。今委以聪明之任，假以专制之威，而冀雍熙之声作，肃清之化立，不可得也。方今见吏，殊才虽少，然或冠冕之胄，少渐道教，或清苦自立，资能足用，自可随才授职，抑黜群小，然后俗化可清，庶政无秽也。”

十二月，吴夏口督孙秀奔晋。

《三国志》卷四八《吴书·孙皓传》载：“秋九月，何定将兵五千人上夏口猎。都督孙秀奔晋。是岁，大赦。”卷五一《吴书·孙匡传》载：“泰子秀为前将军、夏口督。秀公室至亲，握兵在外，皓意不能平。建衡二年，皓遣何定将五千人至夏口猎。先是，民间佥言秀当见图，而定远猎。秀遂惊，夜将妻子亲兵数百人奔晋。晋以秀为骠骑将军、仪同三司，封会稽公。”《宋书》卷二三《天文志一》载：“二年，吴夏口督孙秀率部曲二千余人来降。”《孙匡传》裴注引干宝《晋纪》曰：“秀在晋朝，初闻皓降，群臣毕贺，秀称疾不与，南向流涕曰：‘昔讨逆弱冠以一校尉创业，今后主举江南而弃之，宗庙山陵，于此为墟。悠悠苍天，此何人哉！’朝廷美之。”《晋书》卷三《武帝纪》载：“十二月，吴夏口督、前将军孙秀帅众来奔，拜骠骑将军、开府仪同三司，封会稽公。”

孙皓建衡三年(271)　晋泰始七年

正月，孙皓迷信谶文北上，东观令华覈固谏，孙皓遇大雪而还。

《三国志》卷四八《吴书·孙皓传》载："三年春正月晦，皓举大众出华里，皓母及妃妾皆行，东观令华覈固争，乃还。"裴注引《江表传》曰："初丹杨刁玄使蜀，得司马徽与刘廙论运命历数事。玄诈增其文以诳国人曰：'黄旗紫盖，见于东南，终有天下者，荆、扬之君乎！'又得中国降人，言寿春下有童谣曰'吴天子当上'。皓闻之，喜曰：'此天命也。'即载其母妻子及后宫数千人，从牛渚陆道西上，云青盖入洛阳，以顺天命。行遇大雪，道涂陷坏，兵士被甲持仗，百人共引一车，寒冻殆死。兵人不堪，皆曰：'若遇敌，便当倒戈耳。'皓闻之，乃还。"《宋书》卷三一《五行志二》载泰始七年："是春，孙皓出华里，大司马望帅众次于淮北。"《资治通鉴》卷七九载："吴人刁玄诈增谶文云：'黄旗紫盖，见于东南，终有天下者，荆、扬之君。'吴主信之。是月晦，大举兵出华里，载太后、皇后及后宫数千人，从牛渚西上。东观令华覈等固谏，不听。行遇大雪，道涂陷坏，兵士被甲持仗，百人共引一车，寒冻殆死，皆曰：'若遇敌，便当倒戈。’吴主闻之，乃还。帝遣义阳王望统中军二万、骑三千屯寿春以备之，闻吴师退，乃罢。”

《晋书》卷九五《陈训传》载：“陈训，字道元，历阳人。少好秘学，天文、算历、阴阳、占候无不毕综，尤善风角。孙皓以为奉禁都尉，使其占候。皓政严酷，训知其必败而不敢言。时钱唐湖开，或言天下当太平，青盖入洛阳。皓以问训，训曰：‘臣止能望气，不能达湖之开塞。’退而告其友曰：‘青盖入洛，将有舆榇衔璧之事，非吉祥也。’寻而吴亡。训随例内徙，拜谏议大夫。俄而去职还乡。”

按：黄旗是天子旌旗，青盖是天子仪仗，《三国志》卷五一《吴书·孙邻传》载“若天下一统，青盖北巡”。

孙皓大举出华里，以为吴亡之应。

《宋书》卷三一《五行志二》载：“建衡三年，皓又大举出华里。侵边境之谓也。故令金失其性，卒面缚而吴亡。”《晋书》卷三《武帝纪》载：“二月，孙皓帅众趋寿阳，遣大司马望屯淮北以距之。”

十月，吴破交阯，杀晋守将，置新昌郡、武平郡。

《三国志》卷四八《吴书·孙皓传》载：“是岁，汜、璜破交阯，禽杀晋所置守将，九真、日南皆还属。”《建康实录》卷四《后主》载：“冬十月，苍梧太守陶璜与监军虞汜大破晋交阯太守杨稷，稷降。因定日南、九真，大赦，分交阯为新昌郡，破扶严，置武平郡。”

《晋书》卷三《武帝纪》载：“夏四月，九真太守董元为吴将虞汜所攻，军败，死之”，又闰五月“诏交趾三郡、南中诸郡无出今年户调”，又七月“吴将陶璜等围交趾，太守杨稷与郁林太守毛炅及日南等三郡降于吴”。

《资治通鉴》卷七九载：“夏，四月，吴交州刺史陶璜袭九真太守董元，杀之，杨稷以其将王素代之。”又载：“吴大都督薛珝与陶璜等兵十万，共攻交趾，城中粮尽援绝，为吴所陷，虏杨稷、毛炅等。璜爱炅勇健，欲活之，炅谋杀璜，璜乃杀之。脩则之子允，生剖其腹，割其肝，曰：‘复能作贼不？’炅犹骂曰：‘恨不杀汝孙皓，汝父何死狗也！’王素欲逃归南中，吴人获之，九真、日南皆降于吴。吴大赦，以陶璜为交州牧。璜讨降夷獠，州境皆平。”

楼玄或卒于此时。

《三国志》卷六五《吴书·楼玄传》载：“后人诬白玄与贺邵相逢，驻共耳语大笑，谤讪政事，遂被诏诘责，送付广州。东观令华覈上疏曰……皓疾玄名声，复徙玄及子据，付交阯将张奕，使以战自效，阴别敕奕，令杀之。据到交阯，病死。玄一身随奕讨贼，持刀步涉，见奕辄拜，奕未忍杀。会奕暴卒，玄殡敛奕，于器中见敕书，还便自杀。”裴注引《江表传》曰：“皓遣将张奕追赐玄鸩，奕以玄贤者，不忍即宣诏致药，玄阴知之，谓奕曰：‘当早告玄，玄何惜邪？’即服药死。”

按：268年，晋将斩杀交州刺史刘俊等，本年虞汜、陶璜攻破交阯，则268—271年交阯一度归晋，因此本年楼玄才有可能从广州迁谪交阯，并且随张奕与晋人战斗。又《孙皓传》说本年华覈是东观令，与《楼玄传》正同。

华覈作《上疏乞赦楼玄》。

《三国志》卷六五《吴书·楼玄传》载："东观令华覈上疏曰：'臣窃以治国之体，其犹治家。主田野者，皆宜良信。又宜得一人总其条目，为作维纲，众事乃理。《论语》曰："无为而治者其舜也与！恭己正南面而已。"言所任得其人，故优游而自逸也。今海内未定，天下多事，事无大小，皆当关闻，动经御坐，劳损圣虑。陛下既垂意博古，综极艺文，加勤心好道，随节致气，宜得闲静以展神思，呼翕清淳，与天同极。臣夙夜思惟，诸吏之中，任干之事，足委仗者，无胜于楼玄。玄清忠奉公，冠冕当世，众服其操，无与争先。夫清者则心平而意直，忠者惟正道而履之，如玄之性，终始可保，乞陛下赦玄前愆，使得自新，擢之宰司，责其后效，使为官择人，随才授任，则舜之恭己，近亦可得。'"

十一月，西苑言凤凰集，吴改明年为凤皇元年。

《三国志》卷四八《吴书·孙皓传》载："西苑言凤凰集，改明年元。"《宋书》卷三二《五行志三》载："吴孙皓建衡三年，西苑言凤皇集，以之改元。义同于亮。"

薛莹督凿圣溪，无功，出为武昌左部督。

《三国志》卷五三《吴书·薛综传》载："是岁，何定建议凿圣溪以通江淮，皓令莹督万人往，遂以多盘石难施功，罢还，出为武昌左部督。"

贺邵约于本年作《谏吴主皓疏》。

《三国志》卷六五《吴书·贺邵传》载《谏吴主皓疏》曰：

“古之圣王，所以潜处重闱之内而知万里之情，垂拱衽席之上，明照八极之际者，任贤之功也。陛下以至德淑姿，统承皇业，宜率身履道，恭奉神器，旌贤表善，以康庶政。自顷年以来，朝列纷错，真伪相贸，上下空任，文武旷位，外无山岳之镇，内无拾遗之臣；佞谀之徒拊翼天飞，干弄朝威，盗窃荣利，而忠良排坠，信臣被害。是以正士摧方，而庸臣苟媚，先意承旨，各希时趣，人执反理之评，士吐诡道之论，遂使清流变浊，忠臣结舌。陛下处九天之上，隐百重之室，言出风靡，令行景从，亲洽宠媚之臣，日闻顺意之辞，将谓此辈实贤，而天下已平也。臣心所不安，敢不以闻。

臣闻兴国之君乐闻其过，荒乱之主乐闻其誉。闻其过者，过日消而福臻；闻其誉者，誉日损而祸至。是以古之人君，揖让以进贤，虚己以求过，譬天位于乘奔，以虎尾为警戒。至于陛下，严刑法以禁直辞，黜善士以逆谏臣，眩耀毁誉之实，沈沦近习之言。昔高宗思佐，梦寐得贤，而陛下求之如忘，忽之如遗。故常侍王蕃忠恪在公，才任辅弼，以醉酒之间加之大戮。近鸿胪葛奚，先帝旧臣，偶有逆迕，昏醉之言耳，三爵之后，礼所不讳，陛下猥发雷霆，谓之轻慢，饮之醇酒，中毒陨命。自是之后，海内悼心，朝臣失图，仕者以退为幸，居者以出为福，诚非所以保光洪绪，熙隆道化也。

又何定本趋走小人，仆隶之下，身无锱铢之行，能无鹰犬之用，而陛下爱其佞媚，假其威柄，使定恃宠放恣，自擅威福，口正国议，手弄天机，上亏日月之明，下塞君子之路。夫小人求入，必进奸利，定间妄兴事役，发江边戍兵以驱麋鹿，结罝山陵，芟夷林莽，殚其九野之兽，聚于重围之内，上无益时之分，下有损耗之费。而兵士罢于运送，人力竭于驱逐，老弱饥冻，大小怨叹。臣窃观天变，自比年以来阴阳错谬，四时逆节，日食地震，中夏陨霜，参之典籍，皆阴气陵阳，小人弄势之所致也。臣尝览书传，验诸行事，灾祥之应，所为寒栗。昔高宗修己以消鼎雉之异，宋景崇德以退荧惑之变，愿陛下上惧皇天谴告之诮，下追二君攘灾之道，远览前代任贤之功，近寤今日谬授之失，清澄朝位，旌叙俊乂，放退佞邪，抑夺奸势，如是之辈，一勿复用，广延淹滞，容受直辞，祇承乾指，敬奉先业，则大化光敷，天人望塞也。

《传》曰：'国之兴也，视民如赤子；其亡也，以民为草芥。'陛下昔韬神光，潜德东夏，以圣哲茂姿，龙飞应天，四海延颈，八方拭目，以成康之化必隆于旦夕也。自登位以来，法禁转苛，赋调益繁；中宫内竖，分布州郡，横兴事役，竞造奸利；百姓罹杼轴之困，黎民罢无已之求，老幼饥寒，家户菜色，而所在长吏，迫畏罪负，严法峻刑，苦民求办。是以人力不堪，家户离散，呼嗟之声，感伤和气。又江边戍兵，远当以拓土广境，近当以守界备难，宜特优育，以待有事，而征发赋调，烟至云集，衣不全裋褐，食不赡朝夕，出当锋镝之难，入抱无聊之戚。是以父子相弃，叛者成行。愿陛下宽赋除烦，振恤穷乏，省诸不急，荡禁约法，则海内乐业，大化普洽。夫民者国之本，食者民之命也。今国无一年之储，家无经月之畜，而后宫之中坐食者万有余人。内有离旷之怨，外有损耗之费，使库廪空于无用，士民饥于糟糠。

又北敌注目，伺国盛衰，陛下不恃己之威德，而怙敌之不来，忽四海之困穷，而轻虏之不为难，诚非长策庙胜之要也。昔大皇帝勤身苦体，创基南夏，割据江山，拓土万里，虽承天赞，实由人力也。余庆遗祚，至于陛下，陛下宜勉崇德器，以光前烈，爱民养士，保全先轨，何可忽显祖之功勤，轻难得之大业，忘天下之不振，替兴衰之巨变哉？臣闻否泰无常，吉凶由人，长江之限不可久恃，苟我不守，一苇可航也。昔秦建皇帝之号，据殽函之阻，德化不修，法政苛酷，毒流生民，忠臣杜口，是以一夫大呼，社稷倾覆。近刘氏据三关之险，守重山之固，可谓金城石室，万世之业，任授失贤，一朝丧没，君臣系颈，共为羁仆。此当世之明鉴，目前之炯戒也。愿陛下远考前事，近鉴世变，丰基强本，割情从道，则成康之治兴，而圣祖之祚隆矣。”

按：文中称“故常侍王蕃”，王蕃卒于266年，又文中称何定尚“恃宠放恣”，《孙皓传》载凤皇元年“何定奸秽发闻，伏诛”，则作于272年前，即作于266—272年。又“定间妄兴事役”，考虑到本年“何定建议凿圣溪以通江淮”，或指此事，故系于本年。

薛莹受孙皓命作《追悼先父献诗》。

《三国志》卷五三《吴书·薛莹传》载：“建衡三年，皓追叹莹父综遗文，且命莹继作。莹献诗曰：‘惟臣之先，昔仕于汉，奕世绵绵，颇涉台观。暨臣父综，遭时之难，卯金失御，邦家毁乱。适兹乐土，庶存孑遗，天启其心，东南是归。厥初流隶，困于蛮垂。大皇开基，恩德远施。特蒙招命。拯擢泥污，释放巾褐，受职剖符。作守合浦，在海之隅，迁入京辇，遂升机枢。枯瘁更荣，绝统复纪，自微而显，非愿之始。亦惟宠遇，心存足止。重值文皇，建号东宫，乃作少傅，光华益隆。明明圣嗣，至德谦崇，礼遇兼加，惟渥惟丰。哀哀先臣，念竭其忠，洪恩未报，委世以终。嗟臣蔑贱，惟昆及弟，幸生幸育，托综遗体。过庭既训，顽蔽难启。堂构弗克，志存耦耕。岂悟圣朝，仁泽流盈。追录先臣，愍其无成，是济是拔，被以殊荣。翊忝千里，受命南征，旌旗备物，金革扬声。及臣斯陋，实暗实微，既显前轨，人物之机；复傅东宫，继世荷辉，才不逮先，是忝是违。乾德博好，文雅是贵，追悼亡臣，冀存遗类。如何愚胤，曾无仿佛！瞻彼旧宠，顾此顽虚，孰能忍愧，臣实与居。夙夜反侧，克心自论，父子兄弟，累世蒙恩，死惟结草，生誓杀身，虽则灰陨，无报万分。’”

韦昭触怒孙皓，为华覈所救免。

《三国志》卷六五《吴书·韦昭传》载：“孙皓即位，封高陵亭侯，迁中书仆射，职省，为侍中，常领左国史。时所在承指数言瑞应。皓以问曜，曜答曰：‘此人家筐箧中物耳。’又皓欲为父和作纪，曜执以和不登帝位，宜名为传。如是者非一，渐见责怒。曜益忧惧，自陈衰老，求去侍、史二官，乞欲成所造书，以从业别有别付，皓终不听。时有疾病，医药监护，持之愈急。”

陆侃如《中古文学系年》系于泰始七年，说："此事当在迁侍中后，被杀前。于此，我们应说明两点：第一，华覈救昭有两次。姚振宗《隋书经籍志考证》卷十一：'《史通·正史篇》……当归命侯时，昭，广先亡，曜、莹徙黜，史官久缺，书遂无闻。覈表请召曜，莹续成前史，其后曜独终其书，定为五十五卷。(按此知华覈疏救凡两次，本传合并记载，故曰连上疏。其初被罪黜，得覈疏救而解，召还史馆，得以续成前书，其事当在凤皇二年之前。至是年收付狱，覈又疏救，以《吴书》未述序赞为言，而事不可解矣。以是知《吴书》序赞终未底于成焉。)'大约昭求去而皓不听，即得华覈的救助。第二，昭首次迕皓在凤皇元年以前。《吴志》卷八《薛莹传》：'后〔何〕定被诛，皓追圣溪事，下莹狱，徒广州。右国史华覈上疏曰："……昭、广先亡，曜负恩蹈罪，莹出为将，复以过徙，其书遂委滞，迄今未撰奏。"'据《孙皓传》，'何定奸秽发闻伏诛'是凤皇元年的事。薛莹下狱而覈疏救，当亦在此。至于昭的获罪，则显然在其前。凤皇元年即太始八年，故今系于七年。"[①]

范慎为吴太尉。

《三国志》卷四八《吴书·孙皓传》载："以武昌督范慎为太尉。"

丁奉、孟宗（218—271）卒。

《三国志》卷四八《吴书·孙皓传》载："右大司马丁奉、司空孟仁卒。"裴注引《吴录》曰："仁字恭武，江夏人也，本名

①陆侃如：《中古文学系年》，人民文学出版社1985年版，第645页。

宗，避皓字，易焉。少从南阳李肃学。其母为作厚褥大被，或问其故，母曰：‘小儿无德致客，学者多贫，故为广被，庶可得与气类接也。’其读书夙夜不懈，肃奇之，曰：‘卿宰相器也。’初为骠骑将军朱据军吏，将母在营。既不得志，又夜雨屋漏，因起涕泣，以谢其母，母曰：‘但当勉之，何足泣也？’据亦稍知之，除为监池司马。自能结网，手以捕鱼，作鲊寄母，母因以还之，曰：‘汝为鱼官，而鲊寄我，非避嫌也。’迁吴令。时皆不得将家之官，每得时物，来以寄母，常不先食。及闻母亡，犯禁委官，语在权传。特为减死一等，复使为官，盖优之也。”《太平御览》卷五一一亦载：“吴司徒孟宗，少从南阳李肃学，母为作厚褥大被，或问故，曰：‘小儿无德可容，而学者多贫，故为广被，可得气类相接也。’”

按：“孟宗哭竹”入二十四孝，《孙皓传》裴注引《楚国先贤传》曰：“宗母嗜笋，冬节将至。时笋尚未生，宗入竹林哀叹，而笋为之出，得以供母，皆以为至孝之所致感。累迁光禄勋，遂至公矣。”自孟宗后，武昌孟氏成为名门望族。孟宗曾孙孟嘉以德行著称，是陶渊明的外祖父。其弟弟孟陋，一生未曾做官，施德于人而不张扬，在士林中声望很高。传说京城显贵们想一睹他的风采，故谎称在京任职的孟嘉病重，孟陋闻信急急忙忙地进京，显贵们看到他后，无不赞叹，甚至说孟嘉有这样的弟弟接续他的德业，纵然死去又有何妨！孟嘉娶了陶侃的第十个女儿，陶渊明的外婆就是他的祖姑母。孟嘉既有名士风度，又擅长文学，与当时的名流都有交往，深受庾亮、桓温等名门望族的赏识。因此陶渊明的文学和学术很大程度上来自母亲武昌孟氏一族。

孙皓凤皇元年(272)　晋泰始八年

八月，孙皓征西陵督步阐，步阐不应，遣陆抗围攻步阐，九月步阐降晋。晋遣杨肇援救步阐，被陆抗击败，步阐亦被灭。

《三国志》卷四八《吴书·孙皓传》载："凤皇元年秋八月，征西陵督步阐。阐不应，据城降晋。遣乐乡都督陆抗围取阐，阐众悉降。阐及同计数十人皆夷三族。"《宋书》卷三一《五行志二》载："去年九月，吴西陵督步阐据城来降，遣羊祜统杨肇等众八万救迎阐。十二月，陆抗大破肇军，攻阐灭之。"《晋书》卷三《武帝纪》载："九月，吴西陵督步阐来降，拜卫将军、开府仪同三司，封宜都公。"卷三四《羊祜传》载："及还镇，吴西陵督步阐举城来降。吴将陆抗攻之甚急，诏祜迎阐。祜率兵五万出江陵，遣荆州刺史杨肇攻抗，不克，阐竟为抗所擒。有司奏：'祜所统八万余人，贼众不过三万。祜顿兵江陵，使贼备得设。乃遣杨肇偏军入险，兵少粮悬，军人挫衄。背违诏命，无大臣节。可免官，以侯就第。'竟坐贬为平南将军，而免杨肇为庶人。"

《孙皓传》裴注引干宝《晋纪》曰："王濬治船于蜀，吾彦取其流柹以呈孙皓，曰：'晋必有攻吴之计，宜增建平兵。建平不下，终不敢渡江。’皓弗从。陆抗之克步阐，皓意张大，乃使尚广筮并天下，遇《同人》之《颐》，对曰：‘吉。庚子岁，青盖当入洛阳。’故皓不修其政，而恒有窥上国之志。”卷五二《吴书·步骘传》载：“协弟阐，继业为西陵督，加昭武将军，封西亭侯。凤皇元年，召为绕帐督。阐累世在西陵，卒被征命，自以失职，又惧有谗祸，于是据城降晋。遣玑与弟璿诣洛阳为任，晋以阐为都督西陵诸军事、卫将军、仪同三司，加侍中，假节领交州牧，封宜都公；玑监江陵诸军事、左将军，加散骑常侍，领庐陵太守，改封江陵侯；璿给事中、宣威将军，封都乡侯。命车骑将军羊祜、荆州刺史杨肇往赴救阐。孙皓使陆抗西行，祜等遁退。抗陷城，斩阐等，步氏泯灭，惟璿绍祀。”卷五八《吴书·陆抗传》载：“凤皇元年，西陵督步阐据城以叛，遣使降晋。抗闻之，日部分诸军，令将军左奕、吾彦、蔡贡等径赴西陵，敕军营更筑严围，自赤溪至故市，内以围阐，外以御寇，昼夜催切，如敌以至，众甚苦之。……抗遂陷西陵城，诛夷阐族及其大将吏，自此以下，所请赦者数万口。修治城围，东还乐乡，貌无矜色，谦冲如常，故得将士欢心。”

《晋书》卷三《武帝纪》载：“九月，吴西陵督步阐来降，拜卫将军、开府仪同三司，封宜都公。吴将陆抗攻阐，遣车骑将军羊祜帅众出江陵，荆州刺史杨肇迎阐于西陵，巴东监军徐胤击建平以救阐。冬十月辛未朔，日有蚀之。十二月，肇攻抗，不克而还。阐城陷，为抗所禽。”卷三四《羊祜传》载：“及还镇，吴西陵督步阐举城来降。吴将陆抗攻之甚急，诏祜迎阐。祜率兵五万出江陵，遣荆州刺史杨肇攻抗，不克，阐竟为抗所擒。有司奏：'祜所统八万余人，贼众不过三万。祜顿兵江陵，使贼备得设。乃遣杨肇偏军入险，兵少粮悬，军人挫衄。背违诏命，无大臣节。可免官，以侯就第。'竟坐贬为平南将军，而免杨肇为庶人。"

按：自吴蜀恢复盟好后，直至本年西陵四十余年未有战争。

八月，右丞相万彧卒。

《三国志》卷四八《吴书·孙皓传》载："是岁右丞相万彧被谴忧死，徙其子弟于庐陵。"裴注引《江表传》曰："初皓游华里，彧与丁奉、留平密谋曰：'此行不急，若至华里不归，社稷事重，不得不自还。'此语颇泄。皓闻知，以彧等旧臣，且以计忍而阴衔之。后因会，以毒酒饮彧，传酒人私减之。又饮留平，平觉之，服他药以解，得不死。彧自杀。平忧懑，月余亦死。"《考异》曰："《吴志·孙皓传》云'彧被谴忧死'，今从《江表传》。"《建康实录》卷四《后主》载："秋八月，左丞相万彧以泄禁中语，因会饮毒，不死，自杀。"

薛莹因圣溪事下狱，徙广州。

《三国志》卷五三《吴书·薛莹传》载："后定被诛，皓追圣溪事，下莹狱，徙广州。"

按：根据《三国志》卷四八《吴书·孙皓传》载凤皇元年"何定奸秽发闻，伏诛"，知薛莹下狱流徙事发生于本年。

右国史华覈作《上疏请召还薛莹》，孙皓遂召莹还，为左国史。

《三国志》卷五三《吴书·薛莹传》载："右国史华覈上疏曰：'臣闻五帝三王皆立史官，叙录功美，垂之无穷。汉时司马迁、班固，咸命世大才，所撰精妙，与六经俱传。大吴受命，建国南土。大皇帝末年，命太史令丁孚、郎中项峻始撰《吴书》。孚、峻俱非史才，其所撰作，不足纪录。至少帝时，更差韦曜、周昭、薛莹、梁广及臣五人，访求往事，所共撰立，备有本末。昭、广先亡，曜负恩蹈罪，莹出为将，复以过徙，其书遂委滞，迄今未撰奏。臣愚浅才劣，适可为莹等记注而已，若使撰合，必袭孚、峻之迹，惧坠大皇帝之元功，损当世之盛美。莹涉学既博，文章尤妙，同寮之中，莹为冠首。今者见吏，虽多经学，记述之才，如莹者少，是以慺慺为国惜之。实欲使卒垂成之功，编于前史之末。奏上之后，退填沟壑，无所复恨。'皓遂召莹还，为左国史。"

陆抗作《请原薛莹》。

《三国志》卷五八《吴书·陆抗传》载："闻武昌左部督薛莹征下狱，抗上疏曰：'夫俊乂者，国家之良宝，社稷之贵资，庶政所以伦叙，四门所以穆清也。故大司农楼玄、散骑中常侍王蕃、少府李勖，皆当世秀颖，一时显器，既蒙初宠，从容列位，而并旋受诛殛，或圮族替祀，或投弃荒裔。盖《周礼》有赦贤之辟，《春秋》有宥善之义，《书》曰："与其杀不辜，宁失不经。"而蕃等罪名未定，大辟以加，心经忠义，身被极刑，岂不痛哉！且已死之刑，固无所识，至乃焚烁流漂，弃之水滨，惧非先王之正典，或甫侯之所戒也。是以百姓哀耸，士民同戚。蕃、勖永已，悔亦靡及，诚望陛下赦召玄出，而顷闻薛莹卒见逮录。莹父综纳言先帝，傅弼文皇，及莹承基，内厉名行，今之所坐，罪在可宥。臣惧有司未详其事，如复诛戮，益失民望，乞垂天恩，原赦莹罪，哀矜庶狱，清澄刑网，则天下幸甚！'"

孙皓数挑边衅，陆抗作《戒动师旅疏》。

《三国志》卷五八《吴书·陆抗传》载："时师旅仍动，百姓疲弊，抗上疏曰：'臣闻《易》贵随时，《传》美观衅，故有夏多罪而殷汤用师，纣作淫虐而周武授钺。苟无其时，玉台有忧伤之虑，孟津有反旆之军。今不务富国强兵，力农畜谷，使文武之才效展其用，百揆之署无旷厥职，明黜陟以厉庶尹，审刑罚以示劝沮，训诸司以德，而抚百姓以仁，然后顺天乘运，席卷宇内，而听诸将徇名，穷兵黩武，动费万计，士卒凋瘁，寇不为衰，而我已大病矣！今争帝王之资，而昧十百之利，此人臣之奸便，非国家之良策也。昔齐鲁三战，鲁人再克而亡不旋踵。何则？大小之势异也。况今师所克获，不补所丧哉？且阻兵无众，古之明鉴，诚宜暂息进取小规，以畜士民之力，观衅伺隙，庶无悔吝。'"

交州九真太守谷朗（219—272）卒，现存《吴故九真太守谷府君之碑》。

碑文曰："府君讳朗，字义先，桂阳耒阳人。豫章府君之曾孙，公府君之孙，郎中君之子也。其先出自颛顼，益为舜虞，赐姓嬴氏，至于厞子，封于秦谷，因而氏焉。君承洪原之清流，禀奕世之高素，履道思顺，德行纯备。三岁丧母，十一亡父，独与弟居，承奉继亲，和颜悦色，孝友温恭，曾闵之操，君其蹈焉。

弱冠仕郡，历右职，守阳安长，淑问宣流，遂升王府，除郎中、尚书令史、郡中正，迁长沙浏阳令。播渥惠以育物，垂仁恩以布化。莅政未期，征拜立忠都尉尚书郎，靖密枢机，名冠众僚。迁部广州督军校尉，正身率下，不畏强御。流清荡浊，万里肃齐。功成辞退，拜五官郎中，迁大中正。平衡清格，彝伦攸叙。于时交州，窃邑叛国。戎车娄驾，干戈未戢。帝思俾乂，酬咨群司，佥以君任部南州，威恩素著，迁九真太守。君禀明德，所历垂勋，宜延遐纪，光赞皇家。如何不永，春秋五十有四，凤凰元年四月乙未，寝疾而卒。呜呼哀哉！凡百君子，莫不嗟痛，乃立碑作颂，以显行绩。其词曰：‘于铄府君，禀性元通。积行闺阈，九族睦雍。羽仪上京，德与云腾。入蹈丹墀，夙夜靖恭。出抚梨民，风移俗兴。名参豹产，勋齐往纵。当永黄耇，翼佐帝庸。昊天不吊，哲人其终。济济缙绅，靡瞻靡宗。勒兹玄石，永光无穷。’”

孙皓凤皇二年(273)　晋泰始九年

是年大疫。

《宋书》卷三四《五行志五》载："吴孙皓凤皇二年，疫。"

春三月，陆抗拜大司马、荆州牧。

《三国志》卷四八《吴书·孙皓传》载："二年春三月，以陆抗为大司马。"卷五八《吴书·陆抗传》载："二年春，就拜大司马、荆州牧。"

七月，吴鲁淑被晋王浑击败。

《晋书》卷三《武帝纪》载："秋七月丁酉朔，日有蚀之。吴将鲁淑围弋阳，征虏将军王浑击败之。"

司徒丁固（198—273）卒。

《三国志》卷四八《吴书·孙皓传》载："司徒丁固卒。"卷五七《吴书·虞翻传》裴注引《会稽典录》曰："览子固，字子贱，本名密，避滕密，改作固。固在襁褓中，阚泽见而异之，曰：'此儿后必致公辅。'固少丧父，独与母居，家贫守约，色养致敬，族弟孤弱，与同寒温。翻与固同僚书曰：'丁子贱塞渊好德，堂构克举，野无遗薪，斯之为懿，其美优矣。令德之后，惟此君嘉耳。'历显位，孙休时固为左御史大夫，孙皓即位，迁司徒。皓悖虐，固与陆凯、孟宗同心忧国，年七十六卒。”

按：《建康实录》卷四《后主》系于凤凰三年三月，兹从《孙皓传》。

韦昭屡忤孙皓，下狱。

《三国志》卷六五《吴书·韦昭传》载：“皓每飨宴，无不竟日，坐席无能否率以七升为限，虽不悉入口，皆浇灌取尽。曜素饮酒不过二升，初见礼异时，常为裁减，或密赐茶荈以当酒，至于宠衰，更见逼强，辄以为罪。又于酒后使侍臣难折公卿，以嘲弄侵克，发摘私短以为欢。时有愆过，或误犯皓讳，辄见收缚，至于诛戮。曜以为外相毁伤，内长尤恨，使不济济，非佳事也，故但示难问经义言论而已。皓以为不承用诏命，意不忠尽，遂积前后嫌忿，收曜付狱，是岁凤皇二年也。”

《资治通鉴》卷八〇载：“吴人多言祥瑞者，吴主以问侍中韦昭，昭曰：‘此家人筐箧中物耳！’昭领左国史，吴主欲为其父作纪，昭曰：‘文皇不登帝位，当为传，不当为纪。’吴主不悦，渐见责怒。昭忧惧，自陈衰老，求去侍、史二官，不听。时有疾病，医药监护，持之益急。吴主饮群臣酒，不问能否，率以七升为限。至昭，独以茶代之，后更见逼强。又酒后常使侍臣嘲弄公卿，发摘私短以为欢；时有愆失，辄见收缚，至于诛戮。昭以为外相毁伤，内长尤恨，使群臣不睦，不为佳事，故但难问经义而已。吴主以为不奉诏命，意不忠尽，积前后嫌忿，遂收昭付狱。昭因狱吏上辞，献所著书，冀以此求免。而吴主怪其书垢故，更被诘责，遂诛昭，徙其家于零陵。”

按：《建康实录》卷四《后主》系于凤皇三年九月，误。

韦昭作《因狱吏上辞》。

《三国志》卷六五《吴书·韦昭传》载："曜因狱吏上辞曰：'囚荷恩见哀，无与为比，曾无芒氂有以上报，孤辱恩宠，自陷极罪。念当灰灭，长弃黄泉，愚情慺慺，窃有所怀，贪令上闻。囚昔见世间有古历注，其所纪载既多虚无，在书籍者亦复错谬。囚寻按传记，考合异同，采摭耳目所及，以作《洞纪》，起自庖牺，至于秦、汉，凡为三卷，当起黄武以来，别作一卷，事尚未成。又见刘熙所作《释名》，信多佳者，然物类众多，难得详究，故时有得失，而爵位之事，又有非是。愚以官爵，今之所急，不宜乖误。囚自忘至微，又作《官职训》及《辩释名》各一卷，欲表上之。新写始毕，会以无状，幽囚待命，泯没之日，恨不上闻，谨以先死列状，乞上言秘府，于外料取，呈内以闻。追惧浅蔽，不合天听，抱怖雀息，乞垂哀省。'"

华覈作《上疏救韦昭》。

《三国志》卷六五《吴书·韦昭传》载："华覈连上疏救曜曰：'曜运值千载，特蒙哀识，以其儒学，得与史官，貂蝉内侍，承合天问，圣朝仁笃，慎终追远，迎神之际，垂涕敕曜。曜愚惑不达，不能敷宣陛下大舜之美，而拘系史官，使圣趣不叙，至行不彰，实曜愚蔽当死之罪。然臣慺慺，见曜自少勤学，虽老不倦，探综坟典，温故知新，及意所经识古今行事，外吏之中少过曜者。昔李陵为汉将，军败不还而降匈奴，司马迁不加疾恶，为陵游说，汉武帝以迁有良史之才，欲使毕成所撰，忍不加诛，书卒成立，垂之无穷。今曜在吴，亦汉之史迁也。伏见前后符瑞彰著，神指天应，继出累见，一统之期，庶不复久。事平之后，当观时设制，三王不相因礼，五帝不相沿乐，质文殊涂，损益异体，宜得曜辈依准古义，有所改立。汉氏承秦，则有叔孙通定一代之仪，曜之才学亦汉通之次也。又《吴书》虽已有头角，叙赞未述。昔班固作《汉书》，文辞典雅，后刘珍、刘毅等作《汉记》，远不及固，叙传尤劣。今《吴书》当垂千载，编次诸史，后之才士论次善恶，非得良才如曜者，实不可使阙不朽之书。如臣顽蔽，诚非其人。曜年已七十，余数无几，乞赦其一等之罪，为终身徒，使成书业，永足传示，垂之百世。谨通进表，叩头百下。'"

韦昭（204—273）被杀。

《三国志》卷六五《吴书·韦昭传》载："皓不许，遂诛曜，徙其家零陵。"

《隋书·经籍志》载："《毛诗答杂问》七卷，吴侍中韦昭、侍中朱育等撰"，"《春秋外传国语》二十二卷，韦昭注"，"《孝经解赞》一卷，韦昭解"，"《辨释名》一卷，韦昭撰"，"《汉书音义》七卷，韦昭撰"，"《吴书》二十五卷，韦昭撰"，"《洞记》四卷，韦昭撰"，"韦昭《官仪职训》一卷"，"《韦昭集》二卷，录一卷，亡"。另外韦昭有《孝经注》《三吴郡国志》《吴鼓吹曲十二篇》。

韦昭《吴书》五十五卷基本成型。

《史通》卷一二《古今正史》载："当归命侯（孙皓）时，昭

(周昭)、广（梁广）先亡，曜（韦曜)、莹（薛莹）徙黜，史宫久阙，书遂无闻。覈（华覈）表请召曜、莹续成前史。其后曜独终其书（《吴书》），定为五十五卷。”

按：《三国志》卷六五《吴书·韦昭传》说“《吴书》虽已有头角，叙赞未述”，则基本成型。

薛莹约于是年又徙广州，未至，召还复职。

《三国志》卷五三《吴书·薛莹传》曰：“顷之，选曹尚书同郡缪祎以执意不移，为群小所疾，左迁衡阳太守。既拜，又追以职事见诘责，拜表陈谢。因过诣莹，复为人所白，云祎不惧罪，多将宾客会聚莹许。乃收祎下狱，徙桂阳，莹还广州。未至，莹还，复职。”

陆侃如《中古文学系年》系于泰始九年说：“从‘顷之’二字看，似在为左国史后不久，故假定在次年。所谓‘复职’，当指左国史言。严可均《全晋文》卷八十一注谓‘召还复为选曹尚书’，显然因缪祎而误。”[①]

华覈上书荐薛莹继续撰著吴史。

《三国志》卷五三《薛莹传》载：“（薛）遂召莹还为左国史。”卷六五《华覈传》载：“（华覈）后迁东观令，领右国史。”《史通》卷一一《史官建置》载：“吴归命侯时，有左右二国史之职，薛莹为其左，华覈为其右。又周处自左国史迁东观令。”

杨翼骧编著《增订中国史学史资料编年》说：“据《三国志·薛莹传》所载，华覈上疏荐薛莹撰史，系在何定被诛之后，

①陆侃如：《中古文学系年》，人民文学出版社1985年版，第655页。

韦曜获罪系狱之时。考《三国志》卷四八《孙皓传》，何定被诛在凤凰元年；又卷六五《韦曜传》，韦曜下狱在凤凰二年，故编于此。”①

①杨翼骧编著，乔治忠、朱洪斌订补：《增订中国史学史资料编年·先秦至隋唐五代卷》，商务印书馆2013年版，第94页。

孙皓凤皇三年(274)　晋泰始十年

春，会稽讹言孙奋当为天子。

《三国志》卷四八《吴书·孙皓传》载："三年，会稽妖言章安侯奋当为天子。临海太守奚熙与会稽太守郭诞书，非论国政。诞但白熙书，不白妖言，送付建安作船。遣三郡督何植收熙，熙发兵自卫，断绝海道。熙部曲杀熙，送首建业，夷三族。"《建康实录》卷四《后主》载："三年春，临海太守奚熙以疑举兵，断海路，为其部曲所杀，传首建业，夷三族。"

《考异》曰："《江表传》曰：'张布女有宠于皓而死，皓厚葬之。国人见葬太奢丽，皆谓皓已死，所葬者是也。皓舅子何都，颜状似皓，故民间讹言都代立。临海太守奚熙信讹言，举兵欲还秣陵诛都。都叔父植时备海督，击杀熙，夷三族，讹言及怨息。'又云：'奋本在章安，徙还吴城禁锢，使男女不得通婚，或年三十、四十不得嫁娶。奋上表乞自比禽兽，使男女自相配偶。皓大怒，遣察战赍药赐奋父子，皆饮药死。'裴松之按，'建衡二年至奋之死，孙皓即位尚未久，若奋未被疑之前，儿女年二十左右，至奋死时，不得年三十、四十也。若先已长大，自失时未婚娶，不由皓之禁锢矣。此虽欲增皓之恶，然非实理。'又

《吴志·孙皓传》:'凤凰三年，会稽妖言奋为天子，遂诛奚熙。'不言诛奋。《孙奋传》:'建衡二年，左夫人王氏卒，民间讹言，遂诛奋及五子。'《三十国》《晋春秋》，自皓纳张布女至杀奋，皆在天册元年。按奋若以建衡二年死，不容至凤凰三年会稽方有讹言。不知奋死果在何年，今因奚熙之死终言之。”

夏，陆抗作《疾病上疏》。

《三国志》卷五八《吴书·陆抗传》载:“三年夏，疾病，上疏曰:‘西陵、建平，国之蕃表，既处下流，受敌二境。若敌泛舟顺流，舳舻千里，星奔电迈，俄然行至，非可恃援他部以救倒县也。此乃社稷安危之机，非徒封疆侵陵小害也。臣父逊昔在西垂陈言，以为西陵国之西门，虽云易守，亦复易失。若有不守，非但失一郡，则荆州非吴有也。如其有虞，当倾国争之。臣往在西陵，得涉逊迹，前乞精兵三万，而主者循常，未肯差赴。自步阐以后，益更损耗。今臣所统千里，受敌四处，外御强对，内怀百蛮，而上下见兵财有数万，羸弊日久，难以待变。臣愚以为诸王幼冲，未统国事，可且立傅相，辅导贤姿，无用兵马，以妨要务。又黄门竖宦，开立占募，兵民怨役，逋逃入占。乞特诏简阅，一切料出，以补疆场受敌常处，使臣所部足满八万，省息众务，信其赏罚，虽韩、白复生，无所展巧。若兵不增，此制不改，而欲克谐大事，此臣之所深戚也。若臣死之后，乞以西方为属。愿陛下思览臣言，则臣死且不朽。’”

七月，陆抗(226—274)卒。

《三国志》卷四八《吴书·孙皓传》载:“秋七月……大司马

陆抗卒。”卷五八《吴书·陆抗传》载：“秋遂卒，子晏嗣。晏及弟景、玄、机、云、分领抗兵。”

按：吴国实行的是父子世袭领兵制，孙坚死后，孙策从袁术要回了父亲的部曲，陆抗死后，诸子分领陆抗的军队。

陆机作《吴大司马陆公诔》。

文曰：“我公承轨，高风肃迈。明德继体，徽音奕世。昭德伊何？克俊克仁。德周能事，体合机神。礼交徒候，敬睦白屋。跔踖曲躬，吐食挥沐。爰及鳏寡，赈此惸独。孚厥惠心，脱骖分禄。乃命我公，诞作元辅。位表百辟，名茂群后。因是荆人，造我宁宇。备物典策，主冠及斧。龙旂飞藻，灵鼓树羽。质文殊涂，百行异辙。人玩其华，鲜识其实。於穆我公，因心则哲。经纶至道，终始自结。德与行满，英与言溢。”①

陆抗子陆晏嗣父爵，拜裨将军、夷道监。

《三国志》卷五八《吴书·陆抗传》载：“子晏嗣。……晏为裨将军、夷道监。”

陆抗子陆景领兵，拜偏将军、中夏督。

《三国志》卷五八《吴书·陆抗传》载：“（景）既领抗兵，拜偏将军、中夏督。”

陆抗子陆机为牙门将军。

《文选》卷一七陆机《文赋》李善注引臧荣绪《晋书》曰：“机少袭领父兵，为牙门将军。”

①载于《艺文类聚》卷四七，此处从杨明校笺：《陆机集校笺》，上海古籍出版社2016年版，第670—680页。

按：陆机后作《怀旧赋》怀念牙门将之时的风物。《建康实录》卷一《太祖上》载："越王筑城江上镇，今淮水一里半废越城是也。案，越范蠡所筑城，东南角近故城望国门桥，西北即吴牙门将军陆机宅。故机入晋，作《怀旧赋》曰'望东城之行余'，即此城。"

九月，吴枳里城为晋所拔，又有江夏之败。

《晋书》卷三《武帝纪》载："九月癸亥，以大将军陈骞为大尉。攻拔吴枳里城，获吴立信校尉庄祐。吴将孙遵、李承帅众寇江夏，太守嵇喜击破之。"卷三四《羊祜传》载："会吴人寇弋阳、江夏，略户口，诏遣侍臣移书诘祜不追讨之意，并欲移州复旧之宜。祜曰：'江夏去襄阳八百里，比知贼问，贼去亦已经日矣。步军方往，安能救之哉！劳师以免责，恐非事宜也。昔魏武帝置都督，类皆与州相近，以兵势好合恶离。疆埸之间，一彼一此，慎守而已，古之善教也。若辄徙州，贼出无常，亦未知州之所宜据也。'使者不能诘。"

十一月，范慎（？—274）卒，有《矫非》二十篇。

《三国志》卷五九《吴书·孙登传》裴注引《吴录》曰："（范）慎字孝敬，广陵人，竭忠知己之君，缠绵三益之友，时人荣之。著论二十篇，名曰《矫非》。后为侍中，出补武昌左部督，治军整顿。孙皓移都，甚惮之，诏曰：'慎勋德俱茂，朕所敬凭，宜登上公，以副众望。'以为太尉。慎自恨久为将，遂托老耄。军士恋之，举营为之陨涕。凤凰三年卒，子耀嗣。"《建康实录》卷四《后主》载："十一月，侍中、太尉范慎薨。"

十二月，吴分立桂林郡。

《三国志》卷四八《吴书·孙皓传》载："分郁林为桂林郡。"《建康实录》卷四《后主》载："十二月，诏分郁林为桂林郡。"

邵畴作《临亡置辞》。

《三国志》卷四八《吴书·孙皓传》裴注引《会稽邵氏家传》曰："邵畴字温伯，时为诞功曹。诞被收，惶遽无以自明。畴进曰：'畴今自在，畴之事，明府何忧？'遂诣吏自列，云不白妖言，事由于己，非府君罪。吏上畴辞，皓怒犹盛。畴虑诞卒不免，遂自杀以证之。临亡，置辞曰：'畴生长边陲，不闲教道，得以门资，厕身本郡，逾越侪类，位极朝右，不能赞扬盛化，养之以福。今妖讹横兴，干国乱纪，畴以噂喈之语，本非事实，虽家诵人咏，不足有虑。天下重器，而匹夫横议，疾其丑声，不忍闻见，欲含垢藏疾，不彰之翰笔，镇躁归静，使之自息。愚心勤勤，每执斯旨，故诞屈其所是，默以见从。此之为愆，实由于畴。谨不敢逃死，归罪有司，唯乞天鉴，特垂清察。'吏收畴丧，得辞以闻，皓乃免诞大刑，送付建安作船。畴亡时，年四十。皓嘉畴节义，诏郡县图形庙堂。"

本年大疫。

《三国志》卷四八《吴书·孙皓传》载："自改年及是岁，连大疫。"

孙皓天册元年(275)　晋咸宁元年

吴郡掘地得银，故改年天册。

《三国志》卷四八《吴书·孙皓传》载："天册元年，吴郡言掘地得银，长一尺，广三分，刻上有年月字，于是大赦，改年。"《宋书》卷二九《符瑞志下》载："吴孙皓天玺元年，吴郡言掘地得银一，长尺，广三分，刻上有年月字。"《建康实录》卷四《后主》载："四年春，吴郡上言掘地得银，长一尺，广二分，上有年月字，因赦，改元天册元年。"

按：《三国志》和《宋书》记载"天册元年"与"天玺元年"不同，兹从《三国志》。《资治通鉴》亦系于本年。

陆凯卒，其家人被徙建安。

《三国志》卷六一《吴书·陆凯传》载："初，皓常衔凯数犯颜忤旨……既以重臣，难绳以法，又陆抗时为大将在疆埸，故以计容忍。抗卒后，竟徙凯家于建安。"卷六一《吴书·陆胤传》载陆胤子陆式："天策元年，与从兄祎俱迁徙建安。"

贺邵（227—275）被诛。

《三国志》卷六五《吴书·贺邵传》载："邵奉公贞正，亲近所惮。乃共谮邵与楼玄谤毁国事，俱被诘责，玄见送南州，邵原复职。后邵中恶风，口不能言，去职数月，皓疑其托疾，收付酒藏，掠考千所，邵卒无一语，竟见杀害，家属徙临海。并下诏诛玄子孙，是岁天册元年也，邵年四十九。”

《晋书》卷六八《贺循传》载：“元帝为安东将军，复上循为吴国内史，与循言及吴时事，因问曰：‘孙皓尝烧锯截一贺头，是谁邪?’循未及言，帝悟曰：‘是贺邵也。’循流涕曰：‘先父遭遇无道，循创巨痛深，无以上答。’帝甚愧之，三日不出。”

华覈被免官。

《三国志》卷六五《吴书·华覈传》载：“天册元年以微谴免，数岁卒。”

孙皓天玺元年(276)　晋咸宁二年

吴将孙楷降晋。

《三国志》卷四八《吴书·孙皓传》载："秋八月，京下督孙楷降晋。"《建康实录》卷四《后主》载："八月，京下督孙楷降。"《晋书》卷三《武帝纪》载："吴京下督孙楷帅众来降，以为车骑将军，封丹杨侯。"《资治通鉴》卷八〇述其原委："吴施但之乱，或谮京下督孙楷于吴主曰：'楷不时赴讨，怀两端。'吴主数诘让之，征为宫下镇、骠骑将军。楷自疑惧，夏，六月，将妻子来奔；拜车骑将军，封丹阳侯。"

按：孙楷降晋月份，《三国志》《建康实录》作八月，《资治通鉴》作六月。

七月，吴郡湖中得石刻上作皇帝字，因改元天玺。

《三国志》卷四八《吴书·孙皓传》载："天玺元年，吴郡言临平湖自汉末草秽壅塞，今更开通。长老相传：'此湖塞，天下乱，此湖开，天下平。'又于湖边得石函，中有小石，青白色，长四寸，广二寸余，刻上作皇帝字，于是改年，大赦。"《宋书》卷三二《五行志三》载："吴孙皓天玺元年，吴郡临平湖自汉末秽塞，是时一夕忽开，除无草。长老相传：'此湖塞，天下乱；

此湖开，天下平。’吴寻亡，而九服为一。”《建康实录》卷四《后主》载：“吴郡临平湖自汉末草秽壅塞，长老相传云：‘此湖塞，天下乱；此湖开，天下静。’至是湖忽开通，或云当太平，青盖入洛。后主以问奉禁都尉陈训，训曰：‘臣能望气，不能达湖之开塞。’退而谓人曰：‘青盖入洛，将有舆榇衔璧之事，非吉祥也。’又于湖边得石函，函中有小石，青白色，长四寸，广二寸，刻上作皇帝字，于是又改元为天玺元年。立石刻于岩山，纪吴功德。”《晋书》卷三《武帝纪》载：“秋七月，有星孛于大角。吴临平湖自汉末壅塞，至是自开。父老相传云：‘此湖塞，天下乱；此湖开，天下平。’”

八月，孙皓遣董朝、周处封禅国山，预改明年元为天纪。

《三国志》卷四八《吴书·孙皓传》载：“鄱阳言历阳山石文理成字，凡二十，云：‘楚九州渚，吴九州都，扬州士，作天子，四世治，太平始。’又吴兴阳羡山有空石，长十余丈，名曰石室，在所表为大瑞。乃遣兼司徒董朝、兼太常周处至阳羡县，封禅国山。改明年元，大赦，以协石文。”裴注引《江表传》曰：“历阳县有石山临水，高百丈，其三十丈所，有七穿骈罗，穿中色黄赤，不与本体相似，俗相传谓之石印。又云，石印封发，天下当太平。下有祠屋，巫祝言石印神有三郎。时历阳长表上言石印发，皓遣使以太牢祭历山。巫言，石印三郎说‘天下方太平’。使者作高梯，上看印文，诈以朱书石作二十字，还以启皓。皓大喜曰：‘吴当为九州作都、渚乎！从大皇帝逮孤四世矣，太平之主，非孤复谁？’重遣使，以印绶拜三郎为王，又刻石立铭，褒赞灵德，以答休祥。”《宋书》卷三一《五行志二》载：“孙皓遣使者祭石印山下妖祠。使者因以丹书岩曰：‘楚九州渚，吴九州都。扬州士，作天子。四世治，太平矣。’皓闻之，意益张，曰：‘从大皇帝至朕四世，太平之主，非朕复谁？’恣虐逾甚，寻以降亡。近诗妖也。”又载：“吴时，历阳县有岩穿似印，咸云‘石印封发，天下太平’。孙皓天玺元年印发。又阳羡山有石穴，长十余丈。皓初修武昌宫，有迁都之意。是时武昌为离宫。班固云：‘离宫与城郭同占。’饰城郭之谓也。”

钱大昕《廿二史考异》卷十七《三国志三》载：“《史通》之《毗陵志》云：‘碑有大司空朝，而无处名。’案：《处传》，处仕吴，止东观令、无难督，无兼太常之事，岂史氏见处为阳羡人，辄附益邪？当以碑为正。”

《禅国山碑》。

严可均《全三国文》卷七五载：“[上阙]之□□□子兹格于上下，光被八幽，蠉飞蠕动，无不归仁，是故□□□□□□□□□□□□□□赂□□□□□□□上尊□□□□□□□□□□□□□□□□□□□□靡不遑假民用不犯，于是□□□□□□□丞相沆□□□□□□□□□率礼备仪尊敬□□□□□□□□□□□大□□□□□□□宫□□□□□□□□□□□□□□□□□□□□□□□□□□□所临□徘徊于此，遂基大宫。玉烛□□□泽□清万民子来，不曰□□□□□□延颈跂足，率土来庭。柔服百神，经纬庶务。日昃不暇，□观六经。旁贯百家，思该道根。数世陵迟，大繇未光。阎立东观，□纪实言。建设坟典，采询微间。穷神极化，无幽不阐。举逸远佞，宽罪宥刑。守道尚功，嘉善矜弱。哀贱愍凶，□□朽枯。上天感应，□□□□□践阼初升，特发神梦，膺受箓图。玉玺启自神匮，神人指授金册青玉符者四，日月抱戴、老人星见者一十有一，五帝瑞气、黄旗紫盖、覆拥宫阙、显著斗牛者一十有九，麟凤龟龙、衔图负书卅有九，青猊白虎、丹鸾彩□凤廿有二，白鹿白羚、白麑白兔卅有二，白雉白乌白鹊白鸠一十有九，赤乌赤雀廿有四，白雀白燕廿有桼，神鱼吐书白鲤腾舡者二，灵絮神蚕弥被原野者三，嘉禾秀颖甘露凝液六十有五，殊干连理六百八十有三，明月火珠璧流离卅有六，大贝余蚳余泉桼十有五，大宝神璧水青谷璧卅有八，玉燕玉羊玉鸠者三，宝鼎神钟神神□柷神卅有六，石室山石阖石印封启九州吉发显天谶彰石镜光者一十有一，神□颂歌庙灵□示者三，畿民惟纪湖泽闿通应谶合谣者五，神翁神僮灵母神女告征表祥者卅有桼，灵梦启谶神人授书著验□□者十，秘记谶文玉版纪德者三，玉人玉印文采明发者八，玉□王琯玉瓒玉玦玉钩玉称殊辉异色者卅有三，玉尊玉碗玉盘玉罂清洁，光眼良者九，孔子河伯子肯，王□□，言天平坠，成天子出东门鄂者四，大贤司马微虞翻推步图纬甄匮启缄发事与运会者二；其余飞行之类，植生之伦，希古所觌，命世殊奇，不在瑞命之篇者，不可称而数也。于是旃蒙协洽之岁，月次陬訾之□，日惟重光大渊献，行年所值，实惟兹岁，帝出虖震，周易实著。遂受上天玉玺，文曰吴真□帝，玉质青黄，觬理洞彻，拜受祇筵，夙夜惟寅。夫大德宜报，大命宜彰，乃以柔兆涒滩之岁，钦若上天月正革元，郊天祭地，纪号天玺，用彰明命。于是丞相沇、太尉璆、大司徒爕、大司空朝、执金吾修、城门校尉歆、屯骑校尉悌、尚书令忠、尚书昏直晃昌、国史莹覈等佥以为天道元嘿，以瑞表真。今从瑞毕至，三表纳贡，幽荒百蛮，浮海慕化，九垓八埏，罔不被泽，率按典繇，宜先行禅礼，纪勒天命。遂于吴兴国山之阴，告祭刊石，以对扬乾命，广报坤德，副慰天下喁喁之望焉。□书东观令史立信中郎将臣苏建所书。”

薛莹、华覈时为左右国史。

按：参见《禅国山碑》“国史莹覈”。

临海郡吏得石树。

《宋书》卷二九《符瑞志下》载：“孙皓天玺元年，临海郡吏伍曜在海水际得石树，高三尺余，枝茎紫色，诘屈倾靡，有光采。《山海经》所载玉碧树之类也。”

孙皓天纪元年(277)　晋咸宁三年

五月，吴将邵凯、夏祥降晋。

《晋书》卷三《武帝纪》载：“夏五月戊子，吴将邵凯、夏祥帅众七千余人来降。”《资治通鉴》卷八〇作“邵顗”，《考异》曰：“《武纪》作邵凯，今从《羊祜传》。”

十二月，夏口督孙慎出兵江夏、汝南。

《三国志》卷四八《吴书·孙皓传》载：“天纪元年夏，夏口督孙慎出江夏、汝南，烧略居民。”《晋书》卷三《武帝纪》载：“十二月，吴将孙慎入江夏、汝南，略千余家而去。”《资治通鉴》卷八〇亦系于十二月。

张俶为孙皓所杀。

《三国志》卷四八《吴书·孙皓传》载：“初，驺子张俶多所谮白，累迁为司直中郎将，封侯，甚见宠爱。是岁，奸情发闻，伏诛。”裴注引《江表传》曰：“俶父，会稽山阴县卒也，知俶不良，上表云：‘若用俶为司直，有罪乞不从坐。’皓许之。俶表立弹曲二十人，专纠司不法，于是爱恶相攻，互相谤告。弹曲承言，收系囹圄，听讼失理，狱以贿成。人民穷困，无所措手足。俶奢淫无厌，取小妻三十余人，擅杀无辜，众奸并发，父子俱见车裂。”

孙皓天纪二年(278)　晋咸宁四年

十月，晋王浑遣将应绰伐吴皖城。

《晋书》卷三《武帝纪》载冬十月：“扬州刺史应绰伐吴皖城，斩首五千级，焚谷米百八十万斛。”卷四二《王浑传》载：“迁安东将军、都督扬州诸军事，镇寿春。吴人大佃皖城，图为边害。浑遣扬州刺史应绰督淮南诸军攻破之，并破诸别屯，焚其积谷百八十余万斛、稻苗四千余顷、船六百余艘。浑遂陈兵东疆，视其地形险易，历观敌城，察攻取之势。”

童谣“阿童复阿童”流传。

《宋书》卷三一《五行志二》载：“孙皓天纪中，童谣曰：‘阿童复阿童，衔刀游渡江。不畏岸上虎，但畏水中龙。’晋武帝闻之，加王濬龙骧将军。及征吴，江西众军无过者，而王濬先定秣陵。”

闵鸿举陆云为贤良。

《晋书》卷五四《陆云传》载：闵鸿“举云贤良，时年十六”。

陆式召还建业。

《三国志》卷六一《吴书·陆胤传》载：陆胤子陆式，“天纪二年，召还建业，复将军、侯”。

按：天玺元年（276），陆凯的家人被徙建安，至本年召还建业。

周处为东观令。

《三国志》卷六〇《吴书·周鲂传》载：“子处，亦有文武材干，天纪中为东观令、无难督。”

按：周处天纪中为东观令，具体难考，姑系之本年。

薛莹约于是年为光禄勋。

陆侃如《中古文学系年》系于咸宁四年，说：“《三国志·吴志》卷八《薛莹传》：‘是时法政多谬，举措烦苛。莹每上便宜，陈缓刑简役，以济育百姓，事或施行。迁光禄勋。’年月无考，假定在吴亡前一二年。”[①]

华覈（219—278）卒。

按：华覈，字永先，吴郡武进人。华覈有深厚的经学修养，孙皓称他：“研精坟典，博览多闻，可谓悦礼乐、敦《诗》《书》者也。”（《三国志》卷六五《吴书·华覈传》）华覈也是孙吴重要的史学家，曾与韦昭、薛莹等撰《吴书》，又任东观令、右国史；还是文学家，孙皓称“当飞翰骋藻，光赞时事，以越杨、班、张、蔡之俦”（《三国志》卷六五《吴书·华覈传》）。《隋书·经籍志》著录：“《东观令华覈集》五卷，录一卷，亡。”

陆玩（278—341）生。

孙皓杀张纮之孙中书令张尚。

---

①陆侃如：《中古文学系年》，人民文学出版社1985年版，第476页。

《资治通鉴》卷八〇载："吴主忌胜己者，侍中、中书令张尚，纮之孙也，为人辩捷，谈论每出其表，吴主积以致恨。后问：'孤饮酒可以方谁？'尚曰：'陛下有百觚之量。'吴主曰：'尚知孔丘不王，而以孤方之。'因发怒，收尚。公卿已下百余人，诣宫叩头，请尚罪，得减死，送建安作船，寻就杀之。"

羊祜卒，杜预代祜领兵。

《晋书》卷三四《杜预传》载："时帝密有灭吴之计，而朝议多违，唯预、羊祜、张华与帝意合。祜病，举预自代，因以本官假节行平东将军，领征南军司。及祜卒，拜镇南大将军、都督荆州诸军事，给追锋车，第二驸马。"

杜预攻袭吴西陵督张政，孙皓遣刘宪代张政。

《晋书》卷三四《杜预传》载："预既至镇，缮甲兵，耀威武，乃简精锐，袭吴西陵督张政，大破之，以功增封三百六十五户。政，吴之名将也，据要害之地，耻以无备取败，不以所丧之实告于孙皓。预欲间吴边将，乃表还其所获之众于皓。皓果召政，遣武昌监刘宪代之。故大军临至，使其将帅移易，以成倾荡之势。"

孙皓天纪三年(279)　晋咸宁五年

四月，交州郭马反，八月，孙皓遣两路军攻郭马。

《三国志》卷四八《吴书·孙皓传》载："三年夏，郭马反。马本合浦太守脩允部曲督。允转桂林太守，疾病，住广州，先遣马将五百兵至郡安抚诸夷。允死，兵当分给，马等累世旧军，不乐离别。皓时又科实广州户口，马与部曲将何典、王族、吴述、殷兴等因此恐动兵民，合聚人众，攻杀广州督虞授。马自号都督交、广二州诸军事、安南将军，兴广州刺史，述南海太守。典攻苍梧，族攻始兴。八月，以军师张悌为丞相，牛渚都督何植为司徒。执金吾滕循为司空，未拜，转镇南将军，假节，领广州牧，率万人从东道讨马，与族遇于始兴，未得前。马杀南海太守刘略，逐广州刺史徐旗。皓又遣徐陵督陶濬将七千人从西道，命交州牧陶璜部伍所领及合浦、郁林诸郡兵，当与东西军共击马。"裴注引《汉晋春秋》曰："先是，吴有说谶者曰：'吴之败，兵起南裔，亡吴者公孙也。'皓闻之，文武职位至于卒伍有姓公孙者，皆徙于广州，不令停江边。及闻马反，大惧曰：'此天亡也。'"《建康实录》卷四《后主》载："三年夏四月，合浦部曲将郭马反，杀广州刺史，自称交、广二州刺史、安南将军。初有谶云：

‘吴之败，兵起南裔，亡吴者公孙也。’后主闻之，自文武职位有姓公孙者，皆徙广州，不令停江滨。秋七月，以张悌为丞相、领军师将军，率牛渚督何祯、滕脩等总戎，自东道缘海向广州，以脩为镇南将军，假节，领广州牧，又使徐陵督陶濬等将兵七千会陶璜，自西道向广州，东西俱进，共讨郭马。”

八月，吴有草妖。

《三国志》卷四八《吴书·孙皓传》载：“有鬼目菜生工人黄耇家，依缘枣树，长丈余，茎广四寸，厚三分。又有买菜生工人吴平家，高四尺，厚三分，如枇杷形，上广尺八寸，下茎广五寸，两边生叶绿色。东观案图，名鬼目作芝草，买菜作平虑草，遂以耇为侍芝郎，平为平虑郎，皆银印青绶。”《宋书》卷三二《五行志三》载：“吴孙皓天纪三年八月，建业有鬼目菜生工黄狗家，依缘枣树，长丈余，茎广四寸，厚三分。又有荬菜生工吴平家，高四尺，如枇杷形，上圆径一尺八寸，下茎广五寸，两边生叶绿色。东观案图，名鬼目作芝草，荬菜作平虑。遂以狗为侍芝郎，平为平虑郎，皆银印青绶。干宝曰：‘明年晋平吴，王濬止船，正得平渚，姓名显然，指事之征也。黄狗者，吴以土运承汉，故初有黄龙之瑞，及其季年，而有鬼目之妖，托黄狗之家，黄称不改，而贵贱大殊。天道精微之应也。’”

八月，晋王濬、杜预上疏伐吴。

《晋书》卷三《武帝纪》载：“八月，晋监梁、益二州军事王濬、荆州都督杜预上疏请伐吴。”

十一月，晋贾充等举二十余万众伐吴。

《三国志》卷四八《吴书·孙皓传》载："冬，晋命镇东大将军司马伷向涂中，安东将军王浑、扬州刺史周浚向牛渚，建威将军王戎向武昌，平南将军胡奋向夏口，镇南将军杜预向江陵，龙骧将军王濬、广武将军唐彬浮江东下，太尉贾充为大都督，量宜处要，尽军势之中。陶濬至武昌，闻北军大出，停驻不前。"

《晋书》卷三《武帝纪》载："十一月，大举伐吴，遣镇军将军、琅邪王伷出涂中，安东将军王浑出江西，建威将军王戎出武昌，平南将军胡奋出夏口，镇南大将军杜预出江陵，龙骧将军王濬、广武将军唐彬率巴蜀之卒浮江而下，东西凡二十余万。以太尉贾充为大都督，行冠军将军杨济为副，总统众军。"

陆云似于是年作《嘲褚常侍》。

俞士玲《陆机陆云年谱》说："文曰：'六年正月，以临川府丞褚为常侍，君子谓吴于是乎能官人。'知其文作于吴未灭时。据《三国志·吴书·孙亮传》，吴太平二年（257）以豫章东部为临川郡，之后仅孙休永安有六年（263），其他纪元皆不及六年，然永安六年陆云生，不可能作文。文中'六'疑与'三'形近而误（行、草书，三、六极易误）。云《嘲褚常侍》文首立官人之义，次刺褚常侍'不谦'无德，提出君子当'谦'而'慎'，文末云'吴无君子，斯焉取斯'，嘲吴朝廷所举匪人。当在云为贤良后，故系于此。此文挥洒自如，文风犀利，出手不俗。"[1]

---

①俞士玲：《陆机陆云年谱》，人民文学出版社2009年版，第27页。

孙皓天纪四年(280)　晋咸宁六年（太康元年）

正月，王濬自成都出发，率唐彬攻克丹杨。

《晋书》卷四二《王濬传》载："太康元年正月，濬发自成都，率巴东监军、广武将军唐彬攻吴丹杨，克之，擒其丹杨监盛纪。吴人于江险碛要害之处，并以铁锁横截之，又作铁锥长丈余，暗置江中，以逆距船。先是，羊祜获吴间谍，具知情状。濬乃作大筏数十，亦方百余步，缚草为人，被甲持杖，令善水者以筏先行，筏遇铁锥，锥辄著筏去。又作火炬，长十余丈，大数十围，灌以麻油，在船前，遇锁，然炬烧之，须臾，融液断绝，于是船无所碍。"

二月，王濬攻克吴西陵。

《晋书》卷四二《王濬传》载："二月庚申，克吴西陵，获其镇南将军留宪、征南将军成据、宜都太守虞忠。壬戌，克荆门、夷道二城，获监军陆晏。乙丑，克乐乡，获水军督陆景。平西将军施洪等来降。"

二月，陆晏、陆景为国殉身。

《三国志》卷五八《吴书·陆抗传》载："二月壬戌，晏为王濬别军所杀。癸亥，景亦遇害，时年三十一。”《晋书》卷四二《王濬传》载：王濬，“二月庚申，克吴西陵，获其镇南将军留宪、征南将军成据、宜都太守虞忠。壬戌，克荆门、夷道二城，获监军陆晏，乙丑，克乐乡，获水军督陆景。平西将军施洪等来降”。《晋书》卷三《武帝纪》载：“壬戌，濬又克夷道、乐乡城，杀夷道监陆晏、水军都督陆景。”

按：陆景（250—280），字士仁，《三国志》卷五八《吴书·陆抗传》称其“澡身好学，著书数十篇也”，《隋书·经籍志》子部儒家类载：“著《典语》十卷、《典语别》二卷，并吴中夏督陆景撰。亡。”《隋书·经籍志》别集载：“《陆景集》一卷，亡。”

陆景曾作《诫盈》。

《艺文类聚》卷二三载：“富贵，天下之至荣；位势，人情之所趋。然古之智士，或山藏林窜，忽而不慕；或功成身退，逝若脱屣者。何哉？盖居高畏其危，处满惧其盈，富贵荣势，本非祸始，而多以凶终者，持之失德，守之背道，道德丧而身随之矣。是以留侯、范蠡，弃贵如遗；叔敖、萧何，不宅美地。此皆知盛衰之分，识倚伏之机，故身全名著，与福始卒。自此以来，重臣贵戚，隆盛之族，莫不罹患构祸，鲜以善终。大者破家，小者灭身。唯金张子弟，世履忠笃，故保贵持宠，祚钟昆嗣。其余祸败，可为痛心。”

杜预平定荆州。

《晋书》卷三《杜预传》载：“预以太康元年正月，陈兵于江陵，遣参军樊显、尹林、邓圭、襄阳太守周奇等率众循江西上，授以节度，旬日之间，累克城邑，皆如预策焉。又遣牙门管定、周旨、伍巢等率奇兵八百，泛舟夜渡，以袭乐乡，多张旗帜，起火巴山，出于要害之地，以夺贼心。吴都督孙歆震恐，与伍延书曰：‘北来诸军，乃飞渡江也。’吴之男女降者万余口，旨、巢等伏兵乐乡城外。歆遣军出距王浚，大败而还。旨等发伏兵，随歆军而入，歆不觉，直至帐下，虏歆而还。故军中为之谣曰：‘以计代战一当万。’于是进逼江陵。吴督将伍延伪请降而列兵登陴，预攻克之。既平上流，于是沅湘以南，至于交广，吴之州郡皆望风归命，奉送印绶，预仗节称诏而绥抚之。凡所斩及生获吴都督、监军十四，牙门、郡守百二十余人。又因兵威，徙将士屯戍之家以实江北，南郡故地各树之长吏，荆土肃然，吴人赴者如归矣。”

王浑于长江下游击破吴将，张悌、沈莹等皆战死。

《晋书》卷四二《王浑传》载：“及大举伐吴，浑率师出横江，遣参军陈慎、都尉张乔攻寻阳濑乡，又击吴牙门将孔忠，皆破之，获吴将周兴等五人。又遣殄吴护军李纯据高望城，讨吴将俞恭，破之，多所斩获。吴历武将军陈代、平虏将军朱明惧而来降。吴丞相张悌、大将军孙震等率众数万指城阳，浑遣司马孙畴、扬州刺史周浚击破之，临阵斩二将，及首虏七千八百级，吴人大震。孙皓司徒何植、建威将军孙晏送印节诣浑降。既而王濬破石头，降孙皓，威名益振。明日，浑始济江，登建邺宫，酾酒高会。”

《三国志》卷四八《吴书·孙皓传》裴注引干宝《晋纪》曰："吴丞相军师张悌、护军孙震、丹杨太守沈莹帅众三万济江，围成阳都尉张乔于杨荷桥，众才七千，闭栅自守，举白接告降。吴副军师诸葛靓欲屠之，悌曰：'强敌在前，不宜先事其小；且杀降不祥。'靓曰：'此等以救兵未至而力少，故且伪降以缓我，非来伏也。因其无战心而尽坑之，可以成三军之气。若舍之而前，必为后患。'悌不从，抚之而进。与讨吴护军张翰、扬州刺史周浚成陈相对。沈莹领丹杨锐卒刀楯五千，号曰青巾兵，前后屡陷坚陈，于是以驰淮南军，三冲不动。退引乱，薛胜、蒋班因其乱而乘之，吴军以次土崩，将帅不能止，张乔又出其后，大败吴军于版桥，获悌、震、莹等。"裴注引《襄阳记》曰："悌字巨先，襄阳人，少有名理，孙休时为屯骑校尉。……晋来伐吴，皓使悌督沈莹、诸葛靓，率众三万渡江逆之。至牛渚，沈莹曰：'晋治水军于蜀久矣，今倾国大举，万里齐力，必悉益州之众浮江而下。我上流诸军，无有戒备，名将皆死，幼少当任，恐边江诸城，尽莫能御也。晋之水军，必至于此矣！宜畜众力，待来一战。若胜之日，江西自清，上方虽坏，可还取之。今渡江逆战，胜不可保，若或摧丧，则大事去矣。'悌曰：'吴之将亡，贤愚所知，非今日也。吾恐蜀兵来至此，众心必骇惧，不可复整。今宜渡江，可用决战力争。若其败丧，则同死社稷，无所复恨。若其克胜，则北敌奔走，兵势万倍，便当乘威南上，逆之中道，不忧不破也。若如子计，恐行散尽，相与坐待敌到，君臣俱降，无复一人死难者，不亦辱乎！'遂渡江战，吴军大败。诸葛靓与五六百人退走，使过迎悌，悌不肯去，靓自往牵之，谓曰：‘巨先，天下存亡有大数，岂卿一人所知，如何故自取死为?’悌垂涕曰：‘仲思，今日是我死日也。且我作儿童时，便为卿家丞相所拔，常恐不得其死，负名贤知顾。今以身徇社稷，复何遁邪？莫牵曳之如是。’靓流涕放之，去百余步，已见为晋军所杀。”

孙皓作《与舅何植书》。

《三国志》卷四八《吴书·孙皓传》裴注引《江表传》载皓将败与舅何植书曰：“昔大皇帝以神武之略，奋三千之卒，割据江南，席卷交、广，开拓洪基，欲祚之万世。至孤末德，嗣守成绪，不能怀集黎元，多为咎阙，以违天度。暗昧之变，反谓之祥，致使南蛮逆乱，征讨未克。闻晋大众，远来临江，庶竭劳瘁，众皆摧退，而张悌不反，丧军过半。孤甚愧怅，于今无聊。得陶濬表云武昌以西，并复不守。不守者，非粮不足，非城不固，兵将背战耳。兵之背战，岂怨兵邪？孤之罪也。天文县变于上，士民愤叹于下，观此事势，危如累卵，吴祚终讫，何其局哉！天匪亡吴，孤所招也。瞑目黄壤，当复何颜见四帝乎！公其勖勉奇谟，飞笔以闻。”

孙皓作《遗群臣书》。

《三国志》卷四八《吴书·孙皓传》裴注引《江表传》载皓又遗群臣书曰：“孤以不德，忝继先轨。处位历年，政教凶勃，遂令百姓久困涂炭，至使一朝归命有道，社稷倾覆，宗庙无主，惭愧山积，没有余罪。自惟空薄，过偷尊号，才琐质秽，任重王公，故《周易》有折鼎之诫，诗人有彼其之讥。自居宫室。仍抱笃疾，计有不足，思虑失中，多所荒替。边侧小人，因生酷虐，虐毒横流，忠顺被害。暗昧不觉，寻其壅蔽，孤负诸君，事已难图，覆水不可收也。今大晋平治四海，劳心务于擢贤，诚是英俊展节之秋也。管仲极雠，桓公用之，良、平去楚，入为汉臣，舍乱就理，非不忠也。莫以移朝改朔，用损厥志。嘉勖休尚，爱敬动静。夫复何言，投笔而已!"

薛莹作《为孙皓作请降书》。

《三国志》卷四八《吴书·孙皓传》载："王濬顺流将至，司马伷、王浑皆临近境。皓用光禄勋薛莹、中书令胡冲等计，分遣使奉书于濬、伷、浑曰：'昔汉室失统，九州分裂，先人因时，略有江南，遂分阻山川，与魏乖隔。今大晋龙兴，德覆四海。暗劣偷安，未喻天命。至于今者，猥烦六军，衡盖路次，远临江渚，举国震惶，假息漏刻。敢缘天朝含弘光大，谨遣私署太常张夔等奉所佩印绶，委质请命，惟垂信纳，以济元元。'"卷五三《吴书·薛莹传》载："天纪四年，晋军征皓，皓奉书于司马伷、王浑、王濬请降，其文，莹所造也。"《晋书》卷四二《王濬传》载："濬自发蜀，兵不血刃，攻无坚城，夏口、武昌，无相支抗。于是顺流鼓棹，径造三山。皓遣游击将军张象率舟军万人御濬，象军望旗而降。皓闻濬军旌旗器甲，属天满江，威势甚盛，莫不破胆。用光禄薛莹、中书令胡冲计，送降文于濬曰：'吴郡孙皓叩头死罪。昔汉室失御，九州幅裂，先人因时，略有江南，遂阻山河，与魏乖隔。大晋龙兴，德覆四海，暗劣偷安，未喻天命。至于今者，猥烦六军，衡盖露次，远临江渚。举国震惶，假息漏刻，敢缘天朝，含弘光大。谨遣私署太常张夔等奉所佩玺绶，委质请命。’壬寅，濬入于石头。皓乃备亡国之礼，素车白马，肉袒面缚，衔璧牵羊，大夫衰服，士舆榇，率其伪太子瑾、瑾弟鲁王虔等二十一人，造于垒门。濬躬解其缚，受璧焚榇，送于京师。”

三月壬寅，孙皓降，吴灭。

《三国志》卷四八《吴书·孙皓传》载：“三月丙寅，殿中亲近数百人叩头请皓杀岑昏，皓惶愦从之。戊辰，陶濬从武昌还，即引见，问水军消息，对曰：‘蜀船皆小，今得二万兵，乘大船战，自足击之。’于是合众，授濬节钺。明日当发，其夜众悉逃走。壬申，王濬最先到，于是受皓之降，解缚焚榇，延请相见。伷以皓致印绶于己，遣使送皓。”《宋书》卷二三《天文志一》载：“太康元年三月，大破吴军，孙皓面缚请死，吴国遂亡。”《晋书》卷四二《王濬传》载：“壬寅，濬入于石头。皓乃备亡国之礼，素车白马，肉袒面缚，衔璧牵羊，大夫衰服，士舆榇，率其伪太子瑾、瑾弟鲁王虔等二十一人，造于垒门。濬躬解其缚，受璧焚榇，送于京师。”

按：三月无壬申，有壬寅，《三国志》有误，兹从《晋书》。

四月甲申，晋武帝封孙皓为归命侯。五月丁亥，孙皓至洛阳；辛亥，拜孙皓太子为中郎，诸子为郎中。

《三国志》卷四八《吴书·孙皓传》载：“皓举家西迁，以太康元年五月丁亥集于京邑。四月甲申，诏曰：‘孙皓穷迫归降，前诏待之以不死，今皓垂至，意犹愍之，其赐号为归命侯。进给衣服车乘，田三十顷，岁给谷五千斛，钱五十万，绢五百匹，绵五百斤。'皓太子瑾拜中郎，诸子为王者拜郎中。五年，皓死于洛阳。"裴注引《吴录》曰："皓以四年十二月死，时年四十二，葬河南县界。"《晋书》卷三《武帝纪》载："五月辛亥，封孙皓为归命侯，拜其太子为中郎，诸子为郎中。吴之旧望，随才擢叙。"

按：《三国志》以四月甲申（280年6月12日）封孙皓为归命侯，五月丁亥（6月15日）始到洛阳，而《晋书》为五月辛亥（7月9日），有所不同。

孙皓作《尔汝歌》。

《世说新语·排调》载："晋武帝问孙皓：'闻南人好作尔汝歌，颇能为不？'皓正饮酒，因举觞劝帝而言曰：'昔与汝为邻，今与汝为臣。上汝一杯酒，令汝寿万春！'帝悔之。"

吴国图籍入晋。

《三国志》卷四八《吴书·孙皓传》裴注引《晋阳秋》曰："濬收其图籍，领州四，郡四十三，县三百一十三，户五十二万三千，吏三万二千，兵二十三万，男女口二百三十万，米谷二百八十万斛，舟船五千余艘，后宫五千余人。"《晋书》卷三《武帝纪》载："收其图籍，得州四，郡四十三，县三百一十三，户五十二万三千，吏三万三千，兵二十三万，男女口二百三十万。其牧守下皆因吴所置，除其苛政，示之简易，吴人大悦。"《晋书》卷四二《王濬传》载："（濬）收其图籍，封其府库，军无私焉。"

张载作《平吴颂》。

《艺文类聚》卷五九载《平吴颂》："闻之前志，尧有丹水之阵，舜有三苗之诛，此圣帝明王，平暴静乱，未有不用兵而制之也。夫大上成功，非颂不显；情动于中，非言不彰。猃狁既攘，出车以兴。淮夷既平。江汉用作。斯故先典之明志，不刊之美事，乌可阙欤？遂作颂曰：'上哉仁圣，曰惟皇晋。光泽四表，继天垂胤。帝道焕于唐尧，义声邈乎虞舜。蠢尔鲸吴，凭山阻水。肆虐播毒，而作豺虺。菁茅阙而不贡，越裳替其白雉。正九伐之明典，申号令之旧章。布亘地之长罗，振天网之修纲。制征期于一朝，并箕驱而慕张。尔乃拔丹阳之峻壁，屠西陵之高墉。日不移晷，群丑率从。望会稽而振铎，临吴地而奋旅。众军竞趣，烽飚具举。挫其轻锐，走其守御。'"

陈寿开始作《三国志》。

《华阳国志》卷一一《陈寿传》载："吴平后，寿乃鸠合三国史，撰魏、吴、蜀三书六十五篇，号《三国志》。"

薛莹随孙皓至洛阳，为散骑常侍。

《三国志》卷五三《吴书·薛莹传》载："莹既至洛阳，特先见叙，为散骑常侍，答问处当，皆有条理。"裴注引干宝《晋纪》曰："武帝从容问莹曰：'孙皓之所以亡者何也？'莹对曰：'归命侯臣皓之君吴也，昵近小人，刑罚妄加，大臣大将，无所亲信，人人忧恐，各不自保，危亡之衅，实由于此。'帝遂问吴士存亡者之贤愚，莹各以状对。"

褚陶于吴平后入洛，补为尚书郎。

《晋书》卷九二《文苑传》载："褚陶字季雅，吴郡钱塘人也。年十三，作《鸥鸟》《水碓》二赋，见者奇之。陶尝谓所亲曰：'圣贤备在黄卷中，舍此何求！'州郡辟，不就。吴平，召补尚书郎。张华见之，谓陆机曰：'君兄弟龙跃云津，顾彦先凤鸣朝阳，谓东南之宝已尽，不意复见褚生。'机曰：'公但未睹不鸣不跃者耳。'华曰：'故知延州之德不孤，川岳之宝不匮矣。'迁九真太守，转中尉。年五十五卒。"

杨泉被征为郎中，不就。

《北堂书钞》卷六三引《晋录》曰："会稽相朱则上书曰：'杨泉清滦自然，征聘终不就。'诏拜泉郎中。"《隋书·经籍志》载："梁有《杨子物理论》十六卷，《杨子大元经》十四卷，并晋征士杨泉撰。""《晋处士杨泉集》二卷，录一卷。"已知文学作品有《五湖赋》《赞善赋》《养性赋》《蚕赋》《织机赋》《草书赋》。

按：杨泉是会稽人[①]，主张"宣夜说"。他在宣夜说的基础上有所发展，重申了"天无体"的思想。《物理论》指出："夫天，元气也，皓然而已，无他物焉"，而"星者，元气之英也"。这是用气来解释宇宙，有朴素的唯物主义思想。"宣夜说"固然不是事实，但具有重要的理论价值。

陆机、陆云被俘北上，不久退居故里。

《晋书》卷五四《陆机传》载："年二十而吴灭，退居旧里。"《文选》卷一七陆机《文赋》李善注引臧荣绪《晋书》说："年二

①参见肖萐父：《略论杨泉》，《武汉大学学报》（哲学社会科学版）1980年第4期。

十而吴灭，退临旧里，与弟云勤学，积十一年。”

按：姜亮夫《陆平原年谱》[1]、陆侃如《中古文学系年》[2]认为吴亡之时“二陆”退居旧里，沈玉成《陆机、陆云兄弟赠答诗十首解》[3]认为应徙寿春，傅刚认为太康平吴，陆机被俘至洛阳，太康二年（281）始获释返归故里[4]。文献有阙，难以定论，兹依傅刚之说。

康僧会（？—280）卒。

《高僧传》卷一《康僧会传》载：“皓降晋。九月会遘疾而终，是岁晋武太康元年也。”

---

①参见姜亮夫：《陆平原年谱》，《姜亮夫全集》（二十二），云南人民出版社2003年版，第321页。

②参见陆侃如：《中古文学系年》，人民文学出版社1985年版，第694—695页。

③参见沈玉成：《〈张华年谱〉〈陆平原年谱〉中的几个问题》，《文学遗产》1992年第3期。

④参见傅刚：《陆机初次赴洛时间考辨》，《上海师范大学学报》1986年第2期。

孙吴文学年表

编年	学术	作家	作品
汉献帝 兴平二年 (195)		王肃生于会稽。 许劭卒于豫章南昌。	
建安元年 (196)	程秉约于本年前后避乱交州，与刘熙考论大义，遂博通五经。	许靖从会稽逃难交州。 贺齐被孙策举为会稽郡孝廉。 胡综时年十四岁，为孙策吏，与孙权在吴郡读书。	张纮作《为孙会稽劝袁术勿僭号书》。
建安二年 (197)			孙策作《明汉将军谢表》。
建安三年 (198)	孙策赏赐周瑜鼓吹。 王朗归曹操。	张纮受孙策命至许昌贡献，与孔融相亲善，为曹操所器重。 虞翻返回会稽郡。 陆凯生。	

续表

编年	学术	作家	作品
建安四年（199）	虞翻说降华歆。		孙策作《讨黄祖表》。 王朗作《遗孙策书》。
建安五年（200）	吴郡《左传》学者高岱为孙策所杀。 虞翻注《易》，后被孔融赞赏为“东南之美”。 诸葛瑾擅长《毛诗》《尚书》《左传》，始为孙权所用。	胡综为孙权金曹从事。 张纮被曹操任命为会稽东部都尉。 张纮与孔融书论虞翻。 张昭受托辅助孙权。 步骘始从孙权，为孙权主记。 虞翻为富春长。 薛综依族人避地交州，从刘熙学。	虞翻作《奏上易注》《又奏上易注》《奏郑玄解尚书违失事目》。
建安八年（203）	刘熙《释名》已经成书。	陆逊出仕为孙权幕僚。 诸葛恪生。	孔融作《遗张纮书》。
建安九年（204）	沈友被诬谋反而为孙权所杀。	韦昭生。	
建安十年（205）	吴郡太守盛宪已为孙权所杀。	顾谭生。	
建安十一年（206）	刘洪约于是年创造了《乾象历》。	太史慈卒。	

续表

编年	学术	作家	作品
建安十三年（208）	孔融被杀，对孙权使臣讪谤曹操，是被杀的原因之一。	贺齐为新都太守。 胡综拜鄂长。	朱治作《说孙贲》。
建安十四年（209）		吾粲被孙权召为主簿。 胡综被召回建业，与是仪、徐详共典军国密事。 步骘被孙权表为茂才。	
建安十五年（210）	庞统送周瑜丧至吴，与陆绩、顾邵、全琮等清谈。	步骘为吴交州刺史，斩刘表所置苍梧太守吴巨。 士燮奉迎步骘，表为交阯太守、左将军。 薛综为五官中郎将。 周瑜卒。 鲁肃为汉昌太守。 顾邵约于本年为豫章太守。 刘洪约卒于此年。	
建安十六年（211）	贺齐讨破宗贼郎稚，孙权祖道作乐舞象。		阮瑀作《为曹操作书与孙权》。

续表

编年	学术	作家	作品
建安十七年（212）	孙权因周泰有功而给赐鼓吹乐。	骆统出仕，试为乌程相。 张纮卒。	张纮作《临困授子靖留笺》。
建安十八年（213）	孙权引军回还作鼓吹，则孙吴政权已有乐府制度。		
建安二十年（215）		顾邵约卒于本年。	
建安二十一年（216）		贺齐讨伐鄱阳尤突有功，拜安东将军，封山阴侯。 范平生。	
建安二十二年（217）		凌统卒。 张承受孙权命为凌统作铭诔。 骆统代凌统领兵。 鲁肃卒。 吕蒙代鲁肃领兵。	
建安二十三年（218）			孙权作《让孙皎书》。

续表

编年	学术	作家	作品
建安二十四年（219）	孙权以吕蒙擒获关羽有功，给赐鼓吹。	虞翻说吕蒙速据南郡城。 虞翻筮关羽当断头。 吕蒙卒。 陆逊为右护军、镇西将军、进封娄侯，州举茂才。 阚泽为西曹掾。 骆统迁偏将军。 陆绩卒于郁林。	陆逊作《与关羽书》《为荆州士人上疏》。 虞翻作《与士仁书》。 孙权作《与陆逊论周瑜、鲁肃及吕蒙》。 陆绩作《自知亡日辞》。
建安二十五（延康元年，220） 魏文帝 黄初元年	十一月，孙权受曹丕赐轩悬之乐，吴之“轩悬之乐”或来源于此。	吕范代步骘为交州刺史。 步骘北上长沙益阳，平定诸郡叛乱。 阚泽论曹丕。 谢承为吴郡都督。	

续表

编年	学术	作家	作品
黄初二年（221）	山阳曹伟与吴王交书。 孙登被立为太子，选置师友，学习《汉书》。 张昭与孙邵、滕胤、郑礼等受孙权之命撰定吴朝仪。	张昭为绥远将军，封由拳侯。 唐固为议郎。 虞翻因醉酒激怒孙权，幸得刘基救免。	孙权作《报陆逊表保明诸葛瑾事》。
孙权黄武元年（222）	孙权击破刘备后，遣使聘魏，曹丕以素书所作《典论》及诗赋与权，并作《答吴王诏》。 谢承约于本年前后著《后汉书》。 支谦被孙权拜为博士，居东吴译经，从是年至吴建兴中，共出四十九经。	陆逊为西陵都督，加拜辅国将军，领荆州牧，改封江陵侯。 骆统封新阳亭侯。 唐固为议郎。 诸葛恪为骑都尉。	陆逊作《上疏请缓攻刘备》。 孙权作《上魏王笺》《与浩周书》。 骆统作《民户损耗上疏》。

续表

编年	学术	作家	作品
黄武二年(223)	正月，孙权改《四分历》为《乾象历》，推五德之运以为土德，以建寅为岁首。	吕蒙卒。	孙权作《辞群臣劝即尊号》。 虞翻作《上书吴主权》。
黄武三年(224)	维祇难、竺律炎译出《阿差末》等经二部。 维祇难、竺律炎译出《法句经》。		张温作《至蜀诣阙拜章》《自理》。 陆瑁作《与暨艳书》。 孙权作《斥张温令》。 骆统作《表理张温》。
黄武四年(225)		丞相孙邵卒。 顾雍为丞相。 陈化为太常。 谢承约于是年为吴五官郎中。 程秉守太常。 唐固为尚书仆射，卒。	诸葛恪作《磨赋》《答费祎》。

续表

编年	学术	作家	作品
黄武五年（226）	吴立孙坚庙于长沙。 交州刺史吕岱遣中郎康泰、宣化从事朱应出使扶南（今柬埔寨）、林邑（今越南南方）、堂明。归国后，朱应著《扶南异物志》，康泰著《吴时外国传》。	交阯太守士燮卒。 陈时代士燮领交阯太守。 全琮为东安太守讨伐山越。 薛综从吕岱讨伐，为合浦、交阯太守。 太史令吴范卒。	薛综作《凤颂》。 孙权作《报陆逊》《别咨诸葛瑾》。
黄武六年（227）		韦昭约本年为丞相掾。	
黄武七年（228）		骆统卒。 吕范迁大司马，卒。 王蕃生。	周鲂作《诱曹休笺七条》《密表呈诱曹休笺草》。

续表

编年	学术	作家	作品
黄龙元年（229）	孙权南郊祭天。 孙登为皇太子，以贤俊为宾友，东宫号为多士。 孙权不修郊祀礼。 陆逊劝孙虑勤览经典。 陆逊论礼先刑后。 步骘与太子孙登论贤人君子。	胡综、徐详为侍中。胡综负责吴国诏诰册命，邻国答书，与是仪、徐详共典机密。 张昭以年老多病辞官。 陆逊为上大将军、右都护。 陆逊辅太子，掌荆州及豫章、鄱阳、庐陵三郡事。 步骘为骠骑将军，领冀州牧，为西陵都督。 诸葛瑾为大将军。 刘基为光禄勋。 潘濬为少府。 阚泽为尚书。 虞翻以性疏直，被孙权徙于交州。	孙权作《告天文》。 胡综作《太子宾友目》《黄龙大牙赋》《中分天下盟文》《伪为吴质作降文三条》。 羊衜作《私改胡综〈太子宾友目〉》。 张俨作《请立太子师傅表》。 孙权作《与严畯论鲁肃比邓禹、吕范比吴汉》。 陆逊作《陈政事疏》。 孙登作《与步骘书》。 步骘作《上疏奖劝太子登》。

续表

编年	学术	作家	作品
黄龙二年（230）	春，孙权诏立都讲祭酒。 孙权或已设置博士官。 竺律炎译《摩登伽》等经四部。	张温卒。	陆逊作《请勿取夷州及朱崖疏》。
黄龙三年（231）		吕岱从交州召还。 薛综为孙虑镇军长史，时在半州。	薛综作《上疏宜重交州刺史选任》。 仆射存作《请授孙虑为镇军大将军疏》。 孙权作《诏孙虑假节开府治半州》。
嘉禾元年（232）	顾雍等奏宜修改郊庙社稷，孙权以建康非土中而拒绝郊祀。	孙虑卒。 虞翻认为不应遣使辽东求马。 薛综入守贼曹尚书，迁尚书仆射。 陆瑁拜议郎、选曹尚书。 韦昭约本年从丞相掾除西安令。 陆逊引兵向庐江，不久遁还。	

续表

编年	学术	作家	作品
嘉禾二年（233）	孙权赐公孙渊轩县之乐。	张昭谏孙权遣使拜公孙渊为王。	孙权作《封公孙渊为燕王诏》。 陆逊作《乞息亲征公孙渊疏》。 薛综作《上疏谏亲征公孙渊》。 陆瑁作《谏亲征公孙渊疏》《重上疏谏孙权欲亲征公孙渊》。
嘉禾三年（234）		诸葛恪拜为抚越将军、丹杨太守，受赐鼓吹。 孙奂卒，生前爱乐儒生。	薛综作《祝祖文》《再祝祖文》及《移诸葛恪等劳军》。 薛综作《嘲蜀使张奉》。
嘉禾四年（235）		谢承约于是年为武陵太守。	孙权作《吕岱平贼诏》。
嘉禾五年（236）		张昭卒。 阚泽约本年或稍前为中书令。	
嘉禾六年（237）	孙权诏令群臣议丧礼，顾雍、顾谭、胡综皆有讨论。 阚泽教孙和书艺。	韦昭约于是年为尚书郎。	孙权作《诏议奔丧》，顾谭、胡综皆作《议奔丧》。

续表

编年	学术	作家	作品
赤乌元年(238)	建邺周司隶供人写《大十二门经》。	朱桓卒。	薛综作《麟颂》《赤乌颂》。 孙权作《诏责诸葛瑾、步骘、朱然、吕岱等》。 孙权作《追赠步皇后策命》。
赤乌二年(239)	芜湖城隍建立，是现知最早的城隍庙。	潘濬卒。 陆瑁卒。	步骘作《上疏论典校》四篇。 诸葛瑾、步骘作《连名上疏请为周胤复爵》。 孙权作《答诸葛瑾等》。
赤乌三年(240)		薛综为选曹尚书，固让顾谭。	张承作《与吕岱书》。 胡综作《请立诸王表》。

续表

编年	学术	作家	作品
赤乌四年（241）	魏沐并流名吴国。 阚泽为孙权论佛教。 虞翻与《周易参同契》关系密切。 《周易参同契》在汉末孙吴时期的江南流传有序 金丹道发源于汉末孙吴的江南地区。	孙登卒。 谢景曾为孙登太子宾客，从豫章来赴丧。 诸葛瑾卒。 虞翻卒。	殷礼作《上言宜大举伐魏》。 孙登作《临终上疏》。

续表

编年	学术	作家	作品
赤乌五年（242）	阚泽整理礼书并制定礼仪，著《乾象历注》。 韦昭或于本年始作《国语解》。 严畯是孙吴重要学者，擅长《诗》《书》《三礼》《说文》，著有《孝经传》《潮水论》，与裴玄、张承有《论管仲、季路》。	孙和被立为太子。 阚泽为太子太傅。 薛综为太子少傅。 张纯为太子辅义都尉。 钟离牧为太子辅义都尉。 陆凯为儋耳太守。 韦昭约于是年迁太子中庶子。 严畯卒。 孙皓生。	是仪作《领鲁王傅上疏》。 薛综作《让太子少傅表》。 韦昭作《博弈论》。 裴玄、裴钦作《齐桓、晋文、夷、惠四人优劣论》。
赤乌六年（243）	扶南献乐人，吴宫廷有异域俗乐。 《老子河上公章句》已经在孙吴流传。	薛综卒。 顾雍卒。 阚泽卒。 胡综卒。 孙亮生。	薛综作《驺虞颂》。 陆逊作《议缓兴利改作》。

续表

编年	学术	作家	作品
赤乌七年（244）	“葛氏道”形成于孙吴时期。	陆逊为丞相，仍任荆州牧、右都护、领武昌事。 顾谭为太常，平尚书事。 葛玄卒。 张承卒。	孙权作《诏陆逊代顾雍为丞相》《答步骘朱然等疏请备蜀》。 步骘、朱然等有《上疏请备蜀》。
赤乌八年（245）		陆逊因二宫之争事与全琮、全寄父子有隙。 陆逊卒。 陆胤下狱。 顾谭为全琮、全寄父子构陷，徙交州。 顾承、张休俱徙交州。 姚信流徙。 张休卒。 吾粲卒。 陆抗为建武校尉。 诸葛恪为大将军，驻武昌，领荆州事。 诸葛恪督武昌左部，吕岱督武昌右部。	陆逊作《疏请安太子》。 顾谭作《上疏安太子》。 羊衜作《上疏请勿绝二宫宾客》。 诸葛恪作《与丞相陆逊书》。

续表

编年	学术	作家	作品
赤乌九年（246）	顾谭于交阯时作《新言》。	顾谭卒。 步骘为丞相。 朱然为左大司马。 全琮为右大司马。 吕岱为上大将军。 诸葛恪为大将军。 朱据为骠骑将军。 陆抗为立节中郎将。	
赤乌十年（247）	康僧会由交阯至建业。 孙权建建初寺，为江南第一寺。	全琮卒。 步骘卒。	
赤乌十一年（248）		陆胤为交州刺史。	孙权作《黄龙见白虎仁诏》。
赤乌十二年（249）		朱然卒。 朱据为丞相。	

续表

编年	学术	作家	作品
赤乌十三年（250）		陆景生。 朱据拥护太子，左迁新都郡丞。 韦昭为黄门侍郎。 朱据卒。 张纯卒。	
赤乌十四年（太元元年，251）	孙权礼遇罗阳妖神。 孙权南郊祭天，终孙权世无北郊祭地。 孙权约于是年始命丁孚与项峻撰著《吴书》，是孙吴本国史的第一次撰作。	陆抗自柴桑至建康治病，孙权涕泣与别。 诸葛恪为太子太傅。 孙弘为太子太傅。 滕胤为太常。	

续表

编年	学术	作家	作品
太元二年（神凤元年，252） 孙亮建兴元年	韦昭为太史令。 薛莹约于是年为秘府中书郎。 韦昭与华覈、薛莹、周昭、梁广等共撰《吴书》，这是吴国第二次修国史。	诸葛恪为太傅，总管军国大政。 诸葛恪因“东关之役”胜利，加荆扬州牧，督中外诸军事。 滕胤为卫将军领尚书事。 吕岱为大司马。 陆抗为奋威将军。 薛莹约本年为秘府中书郎。	诸葛恪作《与弟公安督融书》《谏齐王孙奋笺》。
建兴二年（253）	宫东立孙权庙，为太祖庙。 诸葛恪是孙吴最著名的辩士。 支谦译经完毕，或卒于本年。 支越本年译经书数十本。	诸葛恪被孙峻所杀。 全尚代滕胤为太常、卫将军、录尚书事。 礼学家射慈被孙奋杀害。 纪瞻生。	诸葛恪作《出军论》《题论后为书答聂友》。 聂友作《谏诸葛恪书》。 臧均作《乞收葬诸葛恪表》。
五凤二年（255）	十二月，吴作太庙于建业，尊孙权为太祖。	陆凯拜巴丘督、偏将军，封都乡侯。	

续表

编年	学术	作家	作品
五凤三年（太平元年，256）	正月，迁孙权神主于新太庙。 支疆梁接于交州译《法华三昧经》六部。	吕岱卒。	
太平二年（257）	沈莹《临海水土异物志》形成于本年或以后。	陆抗迁征北将军。 朱异卒。	
太平三年（258）孙休永安元年	十二月，孙休诏置学官，立五经博士。 韦昭受诏依刘向故事，校定众书。 孙綝毁佛寺。 孙休令将吏子弟有志好者就学官治学。 朱育答会稽太守濮阳兴会稽地势、士女、书佐、沿革等。	陆凯为征北将军、豫州牧。 韦昭为中书郎、博士祭酒。 王蕃与贺邵、薛莹、虞汜等俱为散骑中常侍，皆加驸马都尉。 陆胤为西陵督，封都亭侯。	孙綝作《奉书琅邪王休》《诣阙上书》。 孙休作《封孙綝等诏》《置学官五经博士诏》。 王蕃作《浑天象说》。 华覈作《荐陆胤表》。

续表

编年	学术	作家	作品
永安二年（259）	韦昭根据魏国缪袭的《魏铙歌十二曲》制作《吴鼓吹铙歌十二曲》。	陆抗为镇军将军，都督西陵。	孙休作《务农桑诏》。 韦昭作《吴鼓吹铙歌十二曲表》。 韦昭作《吴鼓吹铙歌十二曲》。
永安三年（260）		薛珝聘蜀，论蜀政得失。 王蕃或此时使蜀。 贺循生。	
永安四年（261）	周昭曾著书论顾邵、诸葛瑾、步骘、严畯、张承等，应是《吴书》的组成部分。 盛冲、韦昭为张布所忌，不得与孙休讲业。	周昭约卒于是年。 陆机生。	周昭作《新论论步骘严畯等》。 孙休作《答张布》《重答张布》《又答张布》。 建德县得大鼎，因作《宝鼎歌》。
永安五年（262）			孙休作《为四男作名字诏》。
永安六年（263）		陆云生。 薛莹约于是年免官。 钟离牧为武陵太守，平定五溪夷。	华覈作《闻蜀亡诣宫门上表》。

续表

编年	学术	作家	作品
永安七年(264) 孙皓元兴元年	九月，孙皓改葬其父孙和，并建明陵。 孙皓毁坏佛寺。	陆凯为镇西大将军，都督巴丘，领荆州牧。 楼玄、王蕃、郭逴、万彧为散骑中常侍。 陆抗为镇军大将军，益州牧。 薛莹为左执法。 韦昭封高陵亭侯，迁中书仆射。 陆喜为选曹尚书。	
元兴二年(甘露元年，265)	月支人支昙籥抵达建业，后制六言梵呗。		陆凯作《上书谏吴主皓不遵先帝二十事》。
甘露二年(宝鼎元年，266)	陈苗时为太史郎，后为太史令。 韦昭《国语解》成书不晚于本年。	张俨卒。 王蕃为孙皓斩杀。 陆凯为左丞相。 万彧为右丞相。 薛莹约于是年迁选曹尚书。	陆凯作《疏悼王蕃》《上疏谏吴主皓》。 孙皓作《立吴兴郡诏》。 华覈作《上务农禁侈疏》。

续表

编年	学术	作家	作品
宝鼎二年（267）	七月，孙皓在建业为父孙和立清庙。 十二月，吴孙皓遣守丞相孟仁、太常姚信等迎神于明陵。 俗乐《神弦歌》被孙皓用作宗庙登歌，施于迎父丧的仪式。	姚信时已为太常。 韦昭为吴侍中，常领左国史。 陆机为虞翻子虞忠所赏。	陆凯作《重表谏起宫》。 华覈作《谏吴主皓盛夏兴工疏》。
宝鼎三年（268）		丁固为司徒。 孟仁（宗）为司空。 陆云六岁能属文。	
宝鼎四年（建衡元年，269）		薛莹领太子少傅。 陆凯卒。 华覈已迁为东观令，领右国史。	孙皓作《答华覈》。 华覈作《表荐陆祎》。
建衡二年（270）		施绩卒。 陆抗都督信陵、西陵、夷道、乐乡、公安诸军事。	陆抗作《陈时宜疏》《请抑黜群小疏》。

续表

编年	学术	作家	作品
建衡三年（271）		楼玄或卒于此时。 薛莹督凿圣溪，无功，出为武昌左部督。 韦昭触怒孙皓，为华覈所救免。 范慎为吴太尉。 丁奉卒。 孟宗卒。	华覈作《上疏乞赦楼玄》。 贺邵作《谏吴主皓疏》。 薛莹作《追悼先父献诗》。
凤皇元年（272）		万彧卒。 薛莹因圣溪事下狱，徙广州。 薛莹被召还，为左国史。 谷朗卒。	华覈作《上疏请召还薛莹》。 陆抗作《请原薛莹》《戒动师旅疏》。
凤皇二年（273）	韦昭《吴书》五十五卷基本成型。	陆抗拜大司马、荆州牧。 丁固卒。 韦昭屡忤孙皓，下狱，被杀。 薛莹约于是年又徙广州，未至，召还复职。 华覈上书荐薛莹继续撰著吴史。	韦昭作《因狱吏上辞》。 华覈作《上疏救韦昭》。

续表

编年	学术	作家	作品
凤皇三年(274)	范慎有《矫非》二十篇。	陆抗卒。 陆晏嗣父爵，拜裨将军、夷道监。 陆景领兵，拜偏将军、中夏督。 陆机为牙门将军。 范慎卒。	陆抗作《疾病上疏》《吴大司马陆公诔》。 邵畴作《临亡置辞》。
天册元年(275)		陆凯家被徙建安。 贺邵被诛。 华覈被免官。	
天玺元年(276)		薛莹、华覈为左右国史。	《禅国山碑》。
天纪二年(278)		闵鸿举陆云为贤良。 周处为东观令。 薛莹约于是年为光禄勋。 华覈卒。 陆玩生。	
天纪三年(279)			陆云似于是年作《嘲褚常侍》。

续表

编年	学术	作家	作品
天纪四年（280）	吴国图籍入晋。 康僧会卒。	陆晏、陆景为国殉身。 薛莹随皓至洛阳，为散骑常侍。 褚陶于吴平后入洛，补为尚书郎。 杨泉被征为郎中，不就。 陆机、陆云被俘北上，不久退居故里。	孙皓作《与舅何植书》《遗群臣书》《尔汝歌》。 薛莹作《为孙皓作请降书》。

参考书目

《唐代四大类书·北堂书钞》，（隋）虞世南编，清华大学出版社2003年影印本

《曹道衡文集》，中州古籍出版社2018年版

《出三藏记集》，（梁）僧祐撰，中华书局1995年版

《初学记》，（唐）徐坚编，中华书局1985年版

《二十五史补编》，中华书局1995年影印开明书局本

《高僧传》，（梁）释慧皎撰，中华书局1992年版

《汉晋学术编年》，刘汝霖，华东师范大学出版社2010年版

《汉魏六朝乐府文学史》，萧涤非，人民文学出版社2011年版

《何兹全文集》，中华书局2006年版

《后汉书》，（刘宋）范晔等撰，中华书局1982年版

《华阳国志校注图补》，（晋）常璩著，任乃强校注，上海古籍出版社1987年版

《建安七子集》，俞绍初辑校，中华书局2005年版

《建康实录》，（唐）许嵩撰，张忱石点校，中华书局1986年版

《姜亮夫全集》，云南人民出版社2003年版

《晋书》，（唐）房玄龄等撰，中华书局1974年版

《开元释教录》，（唐）智昇撰，中华书局2018年版

《老子道德经河上公章句》，王卡点校，中华书局1993年版
《两汉三国学案》，（清）唐晏撰，中华书局2008年版
《陆机集校笺》，杨明校笺，上海古籍出版社2016年版
《陆机陆云年谱》，俞士玲，人民文学出版社2009年版
《吕思勉全集》，上海古籍出版社2016年版
《秦汉经学学术编年》，李梅、郑杰文等，凤凰出版社2015年版
《秦汉史编年》，王云度，凤凰出版社2011年版
《秦汉魏晋史探微》（重订本），田余庆，中华书局2011年版
《秦汉文学编年史》，刘跃进，商务印书馆2006年版
《全上古三代秦汉三国六朝文》，（清）严可均编，中华书局1958年版
《三曹年谱》，张可礼，齐鲁书社1983年版
《三国兵争要地与攻守战略研究》，宋杰，中华书局2020年版
《三国会要》，（清）钱仪吉撰，上海古籍出版社2006年版
《三国志》，（晋）陈寿撰，（刘宋）裴松之注，中华书局1982年版
《尚书学史》，程元敏，华东师范大学出版社2013年版
《宋书》（修订本），（梁）沈约等撰，中华书局2018年版
《隋书》（修订本），（唐）魏徵等撰，中华书局2019年版
《孙吴政区地理研究》，陈健梅，岳麓书社2008年版
《太平御览》，（宋）李昉等编，中华书局1960年版
《魏晋南北朝经学学术编年》，庄大钧、石静编，凤凰出版社2015年版
《魏晋南北朝史》，王仲荦，中华书局2007年版
《魏晋南北朝史探索》，郑欣，山东大学出版社2009年版

《魏晋文化编年》，马宝记主编，郑州大学出版社2021年版

《文选》，（梁）萧统编，（唐）李善注，中华书局1977年影印胡刻本

《先秦汉魏晋南北朝诗》，逯钦立编，中华书局1983年版

《艺文类聚》，（唐）欧阳询编，上海古籍出版社1999年版

《余嘉锡论学杂著》，余嘉锡，中华书局2007年版

《增订中国史学史资料编年·先秦至隋唐五代卷》，杨翼骧编著，乔治忠、朱洪斌订补，商务印书馆2013年版

《中古文学系年》，陆侃如，人民文学出版社1985年版

《中国地方行政制度史：魏晋南北朝地方行政制度》，严耕望，上海古籍出版社2007年版

《中国古代文学史》，《中国古代文学史》编写组编，高等教育出版社2018年版

《中国天文学史》，陈遵妫，上海人民出版社2006年版

《中国文学编年史·汉魏卷》，石观海编，湖南人民出版社2006年版

《中国文学编年史·两晋南北朝卷》，汪春泓编，湖南人民出版社2006年版

《中国文学史》，钱基博，华中师范大学出版社2011年版

《中国学术编年·两汉卷》，宋清秀、曾礼军、包礼详撰，华东师范大学出版社2013年版

《中国学术编年·三国两晋卷》，王德华撰，华东师范大学出版社2013年版

《中国移民史》，葛剑雄，福建人民出版社1997年版

《中华通历·魏晋南北朝》，王双怀编著，陕西师范大学出版社2018年版

《周易参同契》，章伟文整理，中华书局2014年版

《资治通鉴》，（宋）司马光等著，（元）胡三省注，中华书局1956年版

后　记

犹记得2005年刚考入北京大学中文系攻读硕士学位，导师傅刚先生叮嘱我要认真学习曹道衡先生的著作。我谨遵师训，收集了曹先生的所有著作，开始仔细地阅读学习。彼时学力尚浅，并不能完全领会精妙之处，但曹先生著作中呈现的治学方法，给了我潜移默化的影响。曹先生和刘跃进先生合作编写了《南北朝文学编年史》，后来刘跃进先生独立出版了《秦汉文学编年史》，他们扎实而细致的文学编年工作，无疑深深地吸引了我。

2019年末，我来到山东大学工作。山大中文学科的前辈学者陆侃如先生的《中古文学系年》和张可礼先生的《东晋文艺系年》，熠熠生辉，久负盛名。我于是不揣谫陋，决定踵武前贤，尝试编撰《孙吴文学系年》。

陈铁民先生给《南北朝文学编年史》所写的推荐书说："编撰这样一部综合性的文学编年史，必须有深入的专题研究作基础。同时，还必须对于学术界的研究状况有比较充分的了解。"我从2007年夏天开始进入硕士论文《三国吴地文化与文学》的写作，经过十五年的撰写和修改，已经形成近三十万字的书稿，并且幸运地获得了国家社科基金后期资助。希望这样的专题研究基础，能够提升《孙吴文学系年》的学术含量。

由于个人学识水平有限，书中难免有所疏漏或纰谬，敬祈读者诸君不吝赐正。

本书的出版，首先要感谢山东大学文学院提供的经费资助和杜泽逊院长、张帅书记的大力支持，也非常感谢山东大学出版社编辑老师的辛勤劳动。

徐昌盛

2022年2月12日

山东大学中文专刊目录

《杨振声文集》
《黄孝纾文集》
《萧涤非文集》
《殷孟伦文集》
《殷焕先文集》
《刘泮溪文集》
《孙昌熙文集》
《关德栋文集》
《牟世金文集》
《袁世硕文集》
《刘乃昌文集》
《钱曾怡文集》
《葛本仪文集》
《董治安文集》
《张可礼文集》
《郭延礼文集》
《曾繁仁学术文集》
《中国诗史》（陆侃如、冯沅君）
《诗经考索》（王洲明）
《出土文献与先秦著述史研究》（高新华）
《战国至汉初的黄老思想研究》（高新华）
《蔡伦造纸与纸的早期应用》（刘光裕）
《刘光裕编辑学论集》
《挚虞及其〈文章流别集〉研究》（徐昌盛）

《苏轼诗文评点研究》（樊庆彦）

《中国小说互文与通变研究》（李桂奎）

《中国当代戏曲论争史述》（刘方政）

《中国电影新生代的轨迹探寻》（丁晋）

《莫言小说叙事学》（张学军）

《景石斋训诂存稿》（路广正）

《古汉字通解500例》（徐超）

《战国至汉初简帛人物名号整理研究》（王辉）

《瑶语方言历史比较研究》（刘文）

《石学蠡探》（叶国良）

《因明通识》（姜宝昌）

《袁昶年谱长编》（朱家英）

《孙吴文学系年》（徐昌盛）

《明代文学论丛》（孙学堂）

《语言学田野调查方法与实践》（刘文）

《基于人工神经网络和向量空间模型的汉语体貌系统研究》（刘洪超）